이 달의 이웃비

이 달의 이웃비

박지영 소설집

민음사

차례

쿠쿠, 나의 반려밥솥에게

7월이 되면서 예쁜 치매 노인상을 신설했다. 후보는 어차피 강만석뿐이지만. 포도알 스티커를 냉장고에 붙여 두었다.

아버지, 보세요. 착한 일을 할 때마다 포도알 스티커를 하나씩 붙여 드릴 거예요. 그러니까 착하게 굴어야 해요. 똥은 변기에 앉아서 싸는 거고요. 혼자 변기에 앉아서 똥만 싸도 포도알 스티커가 하나 늘어나니 얼마나 좋아요? 나도 누가 똥만 잘 싸도 착하다고, 잘했다고 스티커를 붙여 주면 좋을 텐데 말이죠. 열두 개의 포도알을 다 채우면 이달의 예쁜 치매 노인상을 드릴게요. 이달의 예쁜 치매 노인상을 네 개

만 받으면 연말에 올해의 예쁜 치매 노인상도 받을 수
있어요. 그때는 아버지가 좋아하는 장어를 먹으러 가
요. 자연산 장어를 배가 터지게. 계산은 누나나 형보
고 하라고 하고요.

당연히, 강만석은 강선동의 말을 이해하지 못한다.
다만 중얼거릴 뿐이다. 염병.

지난 주말 오랜만에 방문한 강진경은 냉장고에 붙
여 놓은 포도알 스티커를 보고 강선동에게 말했다.
너 말이야, 즐기는 거 같다?

그러고 보니. 강선동은 자신이 즐기고 있다는 걸
인정했다. 치매에 걸린 아버지를 돌보는 일이 게임기
속 다마고치를 키우는 것과 같지는 않지만 이왕이면
게임처럼 즐기면서 하는 게 나쁜 건 아니잖아?

최근에는 「세상에 나쁜 개는 없다」 같은 반려견 행
동 교정 프로그램을 자주 보기 시작했다. 개나 고양
이는 귀엽지만 그뿐, 귀찮아서 키울 생각은 해 본 적
없는데 치매에 걸린 아버지와 같이 살기 시작하면서
동물 관련 방송들을 유심히 보게 됐다. 뭐랄까, 치매
에 관한 다큐멘터리보다 훨씬 참고할 만하달까. 다른
형제들에게는 말하지 않았다. 강진경이 안다면 아버
지를 반려동물로 생각하는 거냐고 어이없어할지도

모르니까. 하지만 아니었다. 강선동은 강만석을 절대 개나 고양이로 생각하지 않았다. 귀여운 구석도 없고 똑똑한 녀석들처럼 똥오줌도 못 가리는데 그럴 리가. 밥솥이라면 모를까.

전기밥솥의 평균 수명은 5년에서 7년. 강만석의 집에 있는 밥솥은 10인용이고 7년이 되었다. 바꿀 때가 되었다는 의미다. 강만석이 처음 치매 진단을 받은 것도 7년 전이었다. 집에서 치울 때가 된 것이 밥솥만은 아니라는 이야기다. 아직은 둘 다 집에 있다. 밥솥은 낡았지만 그럭저럭 쓸 만하고 교체하는 데 비용이 들어서, 강만석은 쓸데도 없고 고장 난 지 오래지만 강선동의 아버지이기 때문이다.

그러나 강만석은 완전히 고장 난 후 새로운 쓸모가 생겼다. 혼자서는 먹고 싸고 말하는 것도 못 하게 되면서 강선동의 2인용 밥솥으로 기능하게 된 것이다. 강선동은 돌봄 비용이 입금되는 날이면 매운 족발에 생맥주를 시켜 먹으며 그 어느 때보다 상냥한 목소리로 강만석에게 이렇게 중얼거렸다.

아버지, 따라 해 보세요. 잘 따라 하면 포도알 스티커를 붙여 줄게요. 요즘 말도 못 하는 밥솥이 어디 있어요. 그러니까 이렇게 말해 보세요. 지금부터 보온을 시작합니다. 쿠쿠.

*

강선동의 한자는 선할 선(善)에 아이 동(童), 착한
아이의 마음으로 살라고 강선동의 할아버지인 강욱
이 지어 준 이름이었다. 강만석은 그 이름이 마음에
들지 않았다. 착한 아이의 세계란 얼마나 좁고 답답
한가. 수많은 삶의 가능성을 차단하는 선한 억압에
대해서 강만석은 누구보다 잘 알았다. 자신은 그렇게
살았으나 자식은 그렇게 살지 않기를 바랐다. 그러나
착한 아들답게 강만석은 강욱의 뜻을 거스르지 못했
다. 그 대신 선동의 이름을 부를 땐 늘 거꾸로 불렀다.
강동선. 혹은 강똥선.
　아들은 아버지의 기대를 저버리는 쪽으로 자랐다.
그러니까 강선동은 강만석의 바람과는 달리 착한 아
이로 성장했다는 뜻이다. 초등학교 4학년인 강선동이
교실 뒤편에 붙여 놓은 마흔여덟 개의 포도알 스티커
를 빈틈없이 채우고 처음으로 선행상이란 걸 받아 왔
을 때 강만석이 한 말은 이런 것이었다. 염병, 너무 애
쓰지 마라.

그날 이후 강선동은 한층 더 착한 아이가 되었다. 그것이 강만석이 틀렸다는 걸 증명하는, 아버지와 불화하는 아들의 방식이었다. 자신은 애쓰는 게 아니라 태생적으로 착한 아이였다. 다만 착함을 표출하기 위해 다른 누군가에게 염병할 일들이 생기는 걸 반길 뿐이다. 다행히 염병할 일은 언제 어디서나 일어났다. 그리고 마침내 은유가 아닌 직유로서 염병의 시대가 도래했다. 코로나바이러스의 확산으로 모든 사람의 삶이 재편되기 시작한 것이다. 타인은 나를 위협하는 거대한 염병 집단이 되었고 나 역시 누군가의 염병이 될 가능성을 지닌 존재였다.

강만석이 다니던 주간 보호센터에도 확진자가 발생했다. 중증 치매로 장기요양 등급을 받은 후 일주일에 6일간 여덟 시간씩 머물며 하루 세끼의 식사까지 해결하던 곳이 폐쇄되었다. 혼자 거주하는 집으로 방문요양을 신청했으나 하루 세 시간의 돌봄으로는 부족했다. 한 달 사이에 세 번의 실종 사고가 있었고, 세 번째가 되자 경찰들은 치매 노인에 대한 가족의 학대와 방치를 의심하며 요양원 입소를 권했다. 요양원이라고 즉시 입소가 가능한 것도 아니었다. 믿을 만한 국공립 요양원은 남자 노인의 경우 대기 인원만 스무 명이 넘었다. 대기를 걸어 놓고 언제 자리가 날까요, 물었더니 그걸 제가 아나요,란 답이 돌아왔다. 노인 한 명이 죽어야 노인 한 명이 들어갈 수 있는 시스템이라고 했다.

누군가 죽어 나가기를 기다리는 동안 요양원을 중심으로 한 집단감염과 치매 노인에 대한 간병인들의 학대 기사들이 새삼 눈에 들어왔다. 강선동은 요양원에서 학대당하는 치매 노인의 영상이나 기사를 볼 때마다 가족 단톡방에 올려 정보를 공유했다. 마침내 강진경이 물었다.

─그래서, 어떻게 하자는 거야. 네가 돌보기라도 할래?

강진철은 큰아들이지만 강만석의 수원 집과 멀리 떨어진 세종시에 근무하며 남매를 키우는 맞벌이 가장이라서, 강진경은 주로 독박 돌봄의 역할을 맡게 되는 비혼의 장녀지만 학원을 운영하며 가장 경제 능력이 출중한 자녀라는 점에서 일찍이 돌봄노동에서 제외되었다. 남은 건 서른여덟의 미혼, 가족 내에서 잉여로 분류되며 최저 시급 이하의 값싼 노동력을 가진 막내아들 강선동뿐이었다.

─걱정하지 마. 내가 해 볼게.

강선동은 착한 아이였다. 초등학교 4학년부터 6학년까지 마흔여덟 개의 포도알 스티커를 학기마다 모두 채운 학생은 강선동뿐이었다. 포도알, 강선동에겐 언제나 더 많은 포도알이 필요했다. 착한 아이는 그렇게 착한 어른이 되어 착실히 독박 돌봄 가족의 길을 걷게 되었다.

*

강선동이 극단 일을 접고 강만석의 집에 들어가 스물네 시간 돌봄을 전담하기로 결정한 후 형제간에 협의된 건 강만석을 위한 돌봄 비용은 큰형 강진철과 둘째 딸 강진경이 분담한다는 것이었다. 문제는 적절한 비용의 결정에 있었다.

한 명의 자녀가 개인의 삶을 희생하며 돌봄을 전담할 경우 일련의 부작용이 따르는 것은 당연했다. 따라서 발생 가능한 모든 부정적 현상을 제거하기 위해서는 선제 예방이 필요했는데 가장 일차적이고 효과적인 예방책이란 강선동이 생각건대 적절하고 충분한 보상, 즉 높은 수준의 부양료 지급이었다.

강만석의 기본 생활비와 병원비를 제외한 적정한

돌봄 비용 산출을 위해 강선동은 다음과 같이 추가 고려 사항들을 제시했다.

돌봄 자녀의 심리적 부담감을 고려한 정신 건강 관리 비용/ 육체적인 건강 유지 비용/ 반복되는 간병에 따른 무기력과 피로 해소를 위한 소확행 비용/ 사회적 고립에 따른 인지기능 하락 방지를 위한 취미 생활 비용/ 돌봄 기간 경력 단절에 따른 불안 제거를 위한 재취업 교육 비용/ 간병 능력 향상을 위한 치매 안심 학습 비용/ 기본적인 케어 외에 다정함과 상냥함을 가능케 하는 추가 복지 비용/ 다른 자녀들의 자식 된 도리를 대신하는 데 따른 대리 효도 비용 등등.

— 야, 내 착한 동생이 어쩌다 이렇게 돈만 아는 괴물이 된 거야.

강선동이 적은 부양료 산정 내역서를 보고 강진경은 탄식했지만 이 모든 것은 사실 전적으로 강선동의 착한 마음에서 비롯된 세심한 배려였다. 강선동은 사람의 선한 의도가 상황에 따라 얼마나 쉽게 변질되는지 알고 있었다. 치매에 걸린 강만석 곁에서 그를 미워하지 않고 과중한 부담으로 다른 형제들을 원망하지 않으며 계속 착한 돌봄을 지속하기 위해서는 '내가 이 정도 돈을 받아도 되는 걸까?' 수준의 넘치는 금전적 보상이 필요하다는 것을 익히 파악했다. 강만석을 돌보며 짜증이 나다가도 돌봄 비용으로 사고 싶던 한정판 게임팩이나 나이키 신상을 사고, 배달료 3000원을 아까워하지 않으며 치킨과 맥주를 시킬 여유를 부리고, 프리미엄으로 결제한 넷플릭스의 19금 시리즈를 보며 분출되지 못한 욕구를 해소함으로써 자기 안의 선량함을 보호할 정도의 적절한, 그러니까 '염병, 이 정도 돈을 받는데 이것도 못 견디겠어' 수준의 돌봄 비용이 필요하다는 이야기였다. 이른바 염병 비용이었다. 직장인에게 스트레스 해소를 위한 씨발 비용이 필요하다면 강선동에게는 염병 비용이 필요했다. 더구나 숨 쉬듯 염병 소리를 입에 달고 사는 치매 노인이 아닌가 말이다.

언어장애부터 시작된 강만석의 치매는 그에게 캬카쿠크커처럼 의미 불명의 음성들, 녹슨 기계가 겨우 작동할 때 내는 소음과 유사한 소리 외의 모든 소통 가능한 말을 앗아 갔다. 그런 그가 유일하게 본래의 의미대로 사용하는 말이 염병이었다. 이는 강만석의 마지막 말로 꽤나 적절했다. 모든 것이 다 망가져 버린 지금 강만석에게는 살아서 겪는 모든 일이 염병할 노릇일 터였다. 더구나 이 말은 코로나 시대에 꽤 유용해지기까지 했다. 엘리베이터에서, 병원 대기실에서, 협소하고 인원이 밀집한 곳일수록 강만석은 침을 뱉듯 끊임없이 염병을 내뱉었고 사람들은 자연스레 그와 거리두기를 하는 것이다. 이제 이 말은 강만석 인생 최고의 농담이 되었다. 누구에게도 염병할 인간이 되지 않기 위해 스물네 시간 엄격한 규율을 세워 두고 일흔아홉 평생 성실하게 살아온 노인이었다. 50여 년을 함께 살아온 아내 김아녜스가 죽은 다음 날 장례식장에서 쪽잠을 자다가도 새벽 5시 50분 알람에 깨어 오랜 습관대로 휘적휘적 기체조를 하는 강만석의 뒷모습을, 그 염병할 쓸쓸한 몸짓을 강선동은 기억했다. 그런 그에게 끝까지 남은 단 하나의 말이 염병이라니. 이게 염병할 세상이 건네는 농담이 아니면 무어란 말인가.

그리하여 강선동은 염병 비용을 고려한, 어디까지나 객관적인 부양료 산정에 도움이 될 만한 자료를 가족 단톡방에 올렸다.

— 대형 병원에서 추천하는 열 개의 간병 협회에 문의한 결과, 개인 간병의 경우 하루에 12만 원이 기본. 치매나 중증 환자는 하루 1만 원의 간병비 추가.

식대는 별도로 하루에 5000원 추가되거나 햇반 세 개 제공. 햇반은 300그램 기준.

김아녜스가 췌장암으로 죽기 전 개인 간병인을 일 주일간 쓴 적 있었다. 4년 전이었는데 그때도 하루에 10만 원의 간병비가 들었다. 강진경도 기억할 터였다. 지금은 개인 간병인을 쓸 경우 한 달이면 30일×13만 원, 식대를 제하고도 390만 원이 든다는 이야기였다. 그러자 잠시 후 강진경이 이런 댓글을 달았다.

— 요양보호사 자격증이 있는 자녀가 집에서 노인 장기요양 등급을 받은 부모를 요양보호할 경우 1일 60분, 월 최대 20일까지의 방문요양을 제공한 것으로 인정받아 해당 수가 2만 790원×20일을 받을 수 있다.

그걸 기준으로 하면 한 달에 강선동이 받을 수 있는 돌봄 비용은 고작해야 40만 원 남짓이었다. 그런데 넌 요양보호사 자격증도 없잖아, 가 강진경의 주장이었다. 찾아보니 돌봄 대상자의 폭력 성향 등 부적절한 행동이 인정될 경우에는 1일 2만 7880원×월 20일을 초과하여 산정 가능하다고 되어 있었다. 말하자면 법적인 근거가 있는 염병 비용이었는데 위험에 노출되는 육체적, 감정적 노동에 비해 그 보상이 매우 미비하다는 점에서 실로 염병 비용이라 할 만했다. 강선동은 책에서 본 이런 내용을 다시 올렸다.

— 가족을 간병하는 사람 10명 중 6명은 우울증 치료가 필요한 것으로 나타났다. 일반 사람보다 10배 이상 높은 비율이다. 특히 간병 기간이 5년을 넘거나, 월 소득이 300만 원 이하일 때 우울감을 호소하는 사례가 큰 폭으로 늘어났다. 또한, 2006년부터 2018년 8월까지 발생한 간병살인 108건을 분석한 결과 사건 절반 이상인 53.7%가 치매 환자를 간병하는 과정에서 발생했다.[*]

강선동은 특히 월 소득이 300만 원 이하라는 부분을 강조했다. 『간병살인, 154인의 고백』이라는 책에서 발췌한 문장이었다. 며칠 전 강만석의 부양료 문제를 상의하러 온 강진경이 식탁에 놓인 책의 제목을 보고 넌 무슨 저런 책을 보니 하고 짜증을 내던 게 생각났다. 그때 감지했다. 적정 수준의 부양료를 결정할 때는 믿고 맡겨도 좋다라는 신뢰감을 바탕으로 적당한 불안감을 심어 주는 편이 협상에 유리하게 작용하리라는 것을.

---

[*] 유영규 외, 『간병살인, 154인의 고백』(루아크, 2019), 86~101쪽.

침묵 끝에 자정이 넘어서야 올라온 강진철의 댓글은 이런 것이었다.

— 염병하네.

일주일이 지났지만 모두가 만족할 만한 선에서 부양료를 결정하기란 쉽지 않았다. 미친 새끼와 착한 동생아, 사이를 오가는 동안에도 돌봄을 미뤄 둘 수는 없었다. 일단 한 달의 체험 기간을 가지기로 하고 강선동은 임의로 네 개의 케어 등급을 나누어 각각의 비용을 산출해 단톡방에 올렸다. 두 사람의 기본 생활비를 제하고 가족 특별 할인이 포함된, 최저 시급도 안 되는 순수 돌봄 비용만을 계산한 것임을 강조했다.

— 기본 케어 170만 원

— 세심한 케어 190만 원

— 다정플러스 케어 220만 원

— 하나뿐인 가족 케어 240만 원

당연하게도 강진철과 강진경이 선택한 건 비용이 가장 저렴한 기본 케어였다. 기본 케어를 시작하고 강선동은 그 어느 때보다 강진철과 강진경에게 자주 연락했다. 아침 점심 저녁의 식단과 일주일에 목욕을 몇 번 시킬지, 낮잠은 재울지 말지까지 일상을 돌보며 발생하는 사소한 것들에 관해 사사건건 의견을 물었다. 기본 케어에 따르면 책임과 선택은 가족의 몫이고 강선동은 최저 시급도 못 받는 위탁 도우미에 불과했기 때문이었다.

일주일 만에 강진경이 세심한 케어로 바꾸기를 요구했다. 세심한 케어에서 강선동은 소소한 일상의 결정권을 가지게 되었다. 그러나 다른 가족들이 해야 할 의무까지 대신할 수는 없었다. 매일 형과 누나에게 영상통화를 걸어 말도 못 하는 강만석을 바꿔 주었고 주 1회 두 사람이 번갈아 방문하도록 했다. 첫 번째 일요일에 강진경이 왔다가 딸을 알아보지 못하는 것은 물론 주방 싱크대 문을 열고 소변을 보는 강만석을 보고 삼십 분 만에 자리를 떴다. 둘째 주 일요일은 강진철의 차례였으나 오후가 되어서야 근무하는 시청에 일이 생겨 못 온다는 메시지를 남겼다. 셋째 주 일요일에 강진경은 아무 말 없이 방문 약속을 어기더니 전화도 받지 않았다. 그날 저녁 강진경의 인스타그램에는 #힐링이필요해라는 태그와 함께 충주호가 보이는 전망 좋은 카페에서 찍은 사진이 올라왔다.

한 달 만에 다정플러스 케어가 시작되었다. 두 번

의 방문 약속을 어기면 다음 등급의 케어로 넘어가기로 정해 둔 터였다. 다정플러스 케어에는 몇 가지의 다정한 돌봄이 추가되었다. 1일 1회 포옹 또는 안마나 손 마사지 등의 친밀한 접촉, 종이접기나 색칠하기 같은 인지 활동, 주 2회 손잡고 산책하기, 과거에 좋아했던 음악이나 영화 감상, 책 읽어 주기 등이 포함되었다. 강선동은 그 모든 돌봄 활동을 영상으로 찍어 가족 단톡방에 공유했다. 처음에는 수고했다, 네가 고생이 많다, 고맙다 같은 댓글이 달리더니 한 달쯤 지나자 누구도 댓글을 달지 않았다. 영상을 클릭해 보지도 않는 것 같았다. 그래도 강선동은 꾸준히 사진과 영상을 추가했다.

— 그만 좀 올리면 안 돼?

가족 단톡방에 올라오는 강만석의 영상에 마침내 불편함을 드러낸 것은 강진경이었다.

— 그렇게 하지 않으면 내가 제대로 돌보는지 알 수 없잖아?

— 넌 착한 내 동생이잖아. 내가 믿지 않으면 누가 믿겠니.

강진경의 말에 강선동은 웃음을 터뜨렸다. 그리고 댓글을 남겼다.

— 원하지 않으면 다음 케어로 넘어가면 돼. 하나뿐인 가족 케어. 그러면 다른 가족들에게 보고의 의무 없이 나 혼자 온전히 아버지를 돌볼 수 있어. 누나도 죄책감 느낄 필요 없고.

무언가를 하는 데도 비용이 지불되지만 하지 않는 데에도 비용이 지불된다는 것, 때로는 하지 않는 데에 더 큰 가치가 매겨진다는 것을 강선동은 알게 되었다.

강선동은 착한 동생이었다. 돈으로 하는 효도가 얼마나 어렵고 힘든 일인지도 잘 알고 있었다. 강진철은 추가 비용을 진경이가 다 지불한다면 아무래도 상관없다라는 말로 책임을 떠넘겼다. 강진경은 고민 끝에 하나뿐인 가족 케어를 선택했다. 그렇게 비혼의 장녀에게 부과된, 통상 다른 남자 형제보다 더 짊어질 수밖에 없었던 마음의 부담들, 강만석의 돌봄과 관련된 모든 의무와 책임으로부터 자유로워진 후 강진경은 제주도로 휴가를 떠났다.

한 달이 지났다. 그러나 계좌에 입금된 건 130만 원이 전부였다. 강진경에게 전화했더니 받지 않았다. 대신 밤늦게 단톡방에 이런 글이 올라왔다.

— 대기 걸어 둔 요양원에서 입소 가능하다고 연락

옴. 한 달 비용 90만 원. 너 어차피 돌아갈 곳도 없다며? 어떻게 할래?

어떻게 하긴. 다른 방법이 없었다. 아버지를 돌보기 위해 일도 포기한 기특하고 희생적인 아들인 척했지만 그 전에 이미 극단에서 불미스러운 사건, 동료를 상대로 한 코인과 관련된 사기에 엮여 쫓겨나듯 그만둔 게 사실이었다. 혼자 살던 원룸을 정리하고 보증금을 돌려받아 사고를 무마해야 했다. 그 후 짐만 극단 창고에 맡긴 채 몰래 강만석의 집에 들어와 살기 시작했다. 어차피 강만석은 기억도 못 하고 말도 못 하니 상관없었다. 문제는 형제들이었다. 마흔이 다 된 자식이 치매 걸린 노인에게 기생해서 산다는 말은 듣고 싶지 않았다. 그래서 비밀로 했다.

강만석이 세 번째 실종되던 날 강선동은 거실의 소파에서 낮잠을 자다가 현관문이 열리는 소리를 들었다. 그러나 모른 척했다. 자신은 그 시간에 그곳에 없어야 하는 사람이었다. 저녁 늦게 실종 신고를 하며 가장 두려웠던 건 강만석을 영영 못 찾을지도 모른다는 것이 아니었다. 자신이 평일 낮에 강만석의 집에 있었다는 사실, 있으면서 방관했다는 사실이 드러나는 것이었다.

당당하게 강만석의 집에 거주하며 생활비도 받을 기회가 그저 주어진 건 아니란 이야기다. 이대로 포기할 순 없었다. 그 대신 케어 등급은 130만 원에 적정한 수준으로 재조정하기로 했다.

— 다마고치 케어

130만 원의 돌봄 비용에 적합하게 제때 밥을 주고 똥을 치워 주는 정도의 케어를 벗어나지 않도록 노력했다. 그러자 강선동 역시 집에서 무의미하게 보내는 시간이 늘어났다. 대부분은 멍하니 유튜브나 넷플릭스를 보며 지냈다. 한 달에 130만 원이라는 부양료는 무엇을 적극적으로 하기에도 하지 않기에도 애매한 금액이었다. 다시 케어 등급 조정을 부탁해 볼까 하는 심정으로 단톡방에 올리려고 찍어 놓았던 영상들을 보았다. 그러다 그것으로 무언가를 해 볼 수 있겠다는 생각이 들었다. 치매 부자의 일상을 담은 유튜브 채널 「어쩌다 부자유친」의 시작이었다.

*

중앙치매센터의 2019년 대한민국 치매 현황 보고서에 따르면 2018년 기준 65세 이상 노인 인구는 전체 인구의 14.4퍼센트이고, 그중 치매 환자 수는 75만 488명으로 추정된다. 치매 유병률은 10.16퍼센트로 65세 이상 노인 열 명 중 한 명꼴로 치매를 앓고 있다는 것이다. 2017년 치매 환자 수는 추정 72만 4857명이었다. 이러한 증가세를 기초로 중앙치매센터는 치매 인구가 2024년에는 100만 명, 2039년에 200만 명, 2050년에 300만 명을 넘어설 것으로 전망하기도 했다. 이 자료가 의미하는 것은 무엇인가. 치매 관련 산업의 확장 가능성이다. 치매 관련한 유튜브 채널의 잠재 구독자도 계속 늘어나리란 이야기였다.

그렇다 해도 한계는 명확했다. 식탁에 앉아 밥솥에서 올라오는 김을 멍하니 응시하는 강만석을 보니 한숨만 나왔다. 도대체 누가 치매 노인의 브이로그 같은 걸 보고 싶어 할까? 더구나 저런 볼품없는 노인을. 물론 요즘은 노인들의 콘텐츠도 인기였다. 꼭 연륜과 경험이 풍부하지 않더라도 노인의 노인다움이 오히려 매력적인 콘텐츠로 각광받았다. 그러나 강만석은 언어장애가 있었다. 할 줄 아는 말이라곤 염병뿐. 치매라는 걸 감안해도 염병 소리만 내뱉는 노인에게 호감을 가지기란 힘들 터였다. 다만 소통은 불가능해도 아예 소리를 못 내는 건 아니니까 앵무새에게 하듯 새롭게 말을 가르쳐 볼 수는 있었다. 사랑합니다,나 고맙습니다, 같은 말은 무난하지만 진부했다. 그렇다고 구독과 좋아요를 연습시킬 순 없었다. 노골적이지 않으면서 재밌거나 의미가 담긴 말, 좋아요를 많이 받을 수 있는 단 한 문장을 연습시킨다면 어떤 게 좋을까. 강선동은 주방 한구석에서 김을 내뿜으며 취사가 완료되었다고 말하는 밥솥을 돌아보았다. 그래, 예를 들면 이런 말은 어떨까. 지금부터 보온을 시작합니다, 쿠쿠.

당연히 강만석은 그렇게 긴 문장은 따라 하지 못했다. 그래도 혹독한 훈련 덕분에 습관적으로 내뱉는 말은 두 개로 늘어났다. 염병과 쿠쿠.

유튜브 채널 속 강만석의 부캐 이름 역시 쿠쿠로 정했다. 부캐는 누구에게나 유용하다. 그것이 치매 노인과 가족에게라면 더욱더. 똥오줌도 못 가리는 노인이 평생을 성실하고 반듯하게 살아온 아버지 강만석과 동일인이라고 생각하면 참을 수 없는 씨발스러움이 밀려오지만 그저 밥솥과 별반 다름없는 무생물, 게임기 속 다마고치나 NPC라 생각하면 뭐 그럴 수도 있지, 평정심을 유지하게 되는 것이다.

통계에 따르면, 독박 돌봄노동을 하는 자녀는 대개 비혼의 딸인 경우가 많았다. 돌보는 역할이 가족

내에서 주로 여성에게 부과된다는 점, 그런 구시대의 보편성이 치매 부자 콘텐츠에도 차별성을 부여하리라 믿었다. 그러나 생각보다 전망이 밝지만은 않았다. 남자가 돌봄노동을 하는 경우가 수적으로 월등히 적음에도, 관련된 책이나 콘텐츠의 양은 크게 다르지 않았던 것이다. 남자들은 일단 위세를 떤다. 실질적으로 돌봄노동에 치여 그것을 기록하거나 사고할 시간적, 금전적, 정신적 여유가 없는 여성들, 자연스레 자신이 해야 할 일로 받아들이는 여성들과 달리 남자들은 요란을 떨며 돌봄노동을 하면서도 돌봄노동을 하는 자신을 명예롭게 만들 어떤 결과물을 만들기 위한 음모를 꾸미는 것이다. 그동안 자신을 위한 또 다른 돌봄 가족이 생기는 현상은 철저히 배제한다. 심지어 압도적으로 여성 간병 가족이 많음에도 간병살인의 경우 가해자가 남성인 경우가 80건으로 전체의 74.1퍼센트를 넘었다. 그중 아들이 38건, 35.2퍼센트로 비중이 가장 높았는데 이는 2006년부터 2018년 8월까지 발생한 간병살인 사건 판결문 108건을 분석한 결과였다.* 이렇듯 수치가 증명하는 비극 덕분에 강선

---

* 유영규 외, 같은 책, 24~25쪽 참조.

동은 오히려 비혼의 아들이 치매에 걸린 아버지와 동거하는 일상 브이로그가 나름 경쟁력 있는 콘텐츠가 될 수 있겠다는 긍정적인 결론을 도출하게 되었다.

그리하여 남보다 더 가까울 것도 없던 서먹한 일흔아홉, 서른여덟의 부자가 치매 노인과 돌봄 가족으로 만나 다투고 화해하며 기억의 해체와 재구성을 거쳐 서로에 대해 알아 가고, 삶과 죽음, 나아가 어디까지 잃은 후에도 인간다움을 유지하며 인간으로 존재할 수 있는가에 관한 성찰까지 담은, 아니 담겠다는 원대한 포부로 시작된 유튜브 채널 「어쩌다 부자유친」 이 개설되었다.

다른 치매 가족들의 영상도 모니터링하기 시작했다. 대개는 홈비디오 수준의 영상들이었고 조회수나 구독자 수도 저조했다. 기본적으로 수요가 없는 분야라는 점에서 부정적이었지만, 반면 그렇기 때문에 독보적인 입지를 차지할 수 있겠다는 희망도 보였다. 그러다 그 채널을 알게 되었다. 구독자 수와 조회수가 다른 채널에 비해 월등히 높았다. 「마담 케이의 비밀 정원」이란 채널이었는데 치매 걸린 홀어머니를 모시고 사는 강선동 또래의 아들이 올리는 치매 모자의 일상이었다. 어머니와 아버지라는 점이 다를 뿐 강선동의 유튜브와 콘셉트가 겹치는 면이 있었다. 그러나 강선동이 찍어 놓은 영상들보다 분위기가 훨씬 발랄하고 따스했다. 그것은 배경으로 등장하는 소박한 정원의 평화로움과 아들이 운영하는 서점의 생동감, 곱게 늙은 노인의 우아하고 사랑스러운 외모 덕인 듯했다. 그런데 노인의 모습이 어쩐지 낯익었다.

"엄마가 젤 좋아하는 꽃이에요. 이름이 뭔지 기억나세요?"

아들이 마당에서 꺾은 꽃을 머리에 꽂아 주며 말하자 노인이 수줍게 웃었다.

"내가 왜 몰라. 알지, 다 알지. 수국이잖아, 수국. 영무 아버지는 내가 그것도 잊었을까 봐."

그러자 아들이 노인의 손을 붙잡고 애틋하게 중얼거렸다.

"어머니, 저 아버지 아니고 영무잖아요. 어머니 첫째 아들. 영무야, 해 보세요. 영무야."

강선동은 영상을 정지시키고 아들의 모습을 찬찬히 들여다보기 시작했다. 영무라고? 혹시 제영무? 20여 년이 훌쩍 지난 후여서 동일인인지 확신하기는 힘들었지만 어릴 때의 모습이 어렴풋이 남아 있었다. 무엇보다 그 옆의 노인, 저 치매 걸린 노인은 볼수록 강선

동의 피아노 선생님이던 권순영이 분명했다. 권순영
의 아들이라면 제영무가 틀림없었다. 오래전 제영무
의 목소리가 다시 재생되기 시작했다. 하지 마. 너, 그
러지 마. 그러면 안 돼.

*

강선동은 살면서 한 번도 싸운 적이 없었다. 자신
을 위해서만이 아니라 남을 위해서도 그랬다. 소위
말하는 대의를 위해서도, 국가와 민족과 세계의 평화
와 지구의 안녕을 위해서도 그랬다. 그러니까 그런 식
으로 착했다.

그런 식으로 착하기 위해 강선동은 특히 소외되고
약한 사람들을 애정했다. 자신의 선함을 증명하고 돕
는 자의 위치에 있기 위해서는 늘 주변에 도움이 필
요한 사람이 있어야 했기 때문이었다. 소외된 사람을
찾아 약점을 드러내고 더욱 소외되게 만드는 일, 선
의라는 말로 다른 방식의 폭력을 행하고 자신은 선한
사마리아인의 자리에 앉아 불행한 이들을 굽어 살피
는 일에 강선동은 탁월한 재능이 있었다. 5학년 때 같
은 반이었던 제영무는 그 재능을 알아본 두 번째 사

람이었다.

외부에서 주최한 희망 편지 쓰기 대회에서 강선동은 반 친구에게 쓴 편지로 장려상을 받았다. 왼쪽 얼굴에 푸른 반점이 있는 여자아이였다. 단발머리로 얼굴의 반을 가리고 쉬는 시간이면 창밖만 바라보던, 가리지 않은 오른쪽 옆모습이 참 예쁘던 아이. 그 아이는 뛰는 법이 없었다. 머리카락이 날려 얼굴이 드러나는 게 싫어서인 것 같았다. 이름도 기억나지 않는, 친하게 말을 나눠 본 적도 없는 아이에게 강선동은 굳이 편지를 썼다. 너의 얼굴에서 나는 푸른 별을 본다고 썼다. 그 푸른 별이 널 특별하고 아름답게 만든다고, 부끄러워하지 말라고, 그 머리카락으로 가리지 않아도 너는 충분히 아름답다고, 머리카락을 날리며 마음껏 뛰는 너를 보고 싶다고. 그리고 이 편지가 너에게 위로가 되었으면 좋겠다고.

국어 시간에 선생님이 상 받은 글을 읽어 보라고 했다. 강선동이 일어나 읽기 시작하자 작은 수군거림이 들렸다. 이름은 언급하지 않았지만 누구에게 쓴 글인지 모두가 알아챘을 터였다. 평범한 푸른 반점은 강선동이 푸른 별이라 명명한 순간 아무리 끄려 해도 꺼지지 않고 발광하는 조악한 네온사인이 되었다. 잠시 후 뒤쪽에서 소란이 일었다. 읽기를 멈추고 돌아보니 제영무가 여자아이에게 장난을 치다 우유를 쏟았다고 했다. 여자아이가 고개를 숙인 채 눈물을 뚝뚝 흘리며 교실 밖으로 뛰쳐나갔다. 그러니까 뛰 었 다. 뭐 그런 걸로 우느냐고 제영무가 투덜거리다 교실 밖으로 쫓겨났다. 나가는 제영무와 강선동의 눈이 마주쳤다. 제영무가 작게 고개를 저으며 입 모양으로 무언가 중얼거렸다. 그만둬. 하지 마. 그러지 마. 너 그러면 안 돼. 그중 하나일 수도 있고 전혀 다른 말일 수도 있었는데 이 말은 절대 아니었겠으나 강선동은 이렇게 내뱉는 제영무의 음성을 들은 것 같았다. 개새끼. 그제야 알았다. 자신이 무슨 짓을 한 건지. 그러나 그해에도 마흔여덟 개의 포도알을 모두 채우고 선행상을 받은 건 강선동이었다.

그날 이후 제영무의 눈을 똑바로 쳐다볼 수 없었다. 늘 들켰다는 심정이었다. 녹색 바탕에 앵무새와 올리브 잎사귀가 그려진 권순영의 잃어버린 곱창머리끈을 가져간 범인이 강선동이라는 것도, 그걸 가지고 강선동이 피아노 학원 화장실에서 무엇을 했는지도, 권순영이 알면서 모른 체해 줬다는 것도 다 알고 있을 것만 같았다. 권순영이 치매를 앓는다는 걸 안

순간 강선동이 제일 먼저 떠올린 질문은 이런 것이었다. 그 치욕스러운 장면도 잊었을까? 그리고 생각했다. 다행이라고. 타인의 기억에 남았을지 모를 자신의 수치를 지우기 위해 치매 걸린 노인을 향해 다행이라고 안도할 수 있는 사람. 그것이 강선동이었다. 강선동은 여전히 그런 식으로 착한 아이였다.

*

권순영은 성인용 기저귀를 하고 대소변을 가리지 못하면서도 강선동에게 피아노를 가르칠 때의 우아함과 품위를 잃지 않고 있었다. 기저귀에 오줌을 싸면 권순영은 이렇게 말했다.

"비가 왔어. 꽃이 피려나 봐."

그러면 제영무는 우리 권순영 씨는 시인이네 하며 웃었다. 함께 화장실에 다녀와서는 권순영의 머리를 쓰다듬어 주며 이런 칭찬도 했다.

"오늘도 아주 예쁜 시를 썼어. 참 잘했어요."

권순영도 웃으며 제영무를 따라 자기 머리를 쓰다듬고는 말했다.

"참 잘했어요."

영상 속에서 권순영은 시인이었다. 제영무가 그렇게 만들었다. 대학 졸업 후 시인으로 등단한 제영무는 마당 있는 이층집에서 '소북소북'이란 서점을 운영하고 있었다. 3년 전 짧은 결혼 생활을 접고 이혼한 후로는 권순영과 둘이 살았는데 그해가 권순영이 치매 진단을 받은 해라고 했다. 이혼한 전처는 출판사 편집자로 지금도 친구처럼 지내고 있었고, 둘이 키우던 고양이 깜장콩은 이제 권순영의 고양이 김갑순이 되었다.

강선동은 이 모든 걸 제영무가 올린 서른일곱 편의 영상을 보고 알게 되었다. 제영무의 채널은 개설한 지 반년 만에 구독자 수가 4만 명에 육박했다. 치매 가족 채널로서는 탁월한 성과였다. 무엇보다 댓글들이 모두 호의적이었다. 그들은 권순영을 사랑했다. 고양이 김갑순을 귀여워하듯 치매에 걸린 무해한 노인을 귀여워했다. 그리고 제영무 역시 애정했다.

제영무의 서점에 들르는 손님 대부분이 유튜브를 보고 찾아온 팬인 것 같았다. 손님들이 부탁하면 권순영은 서점에 놓인 피아노 앞에 앉아 연주도 했다. 물론 제대로 연주하는 건 불가능했고 그저 건반을 두드리는 몸짓에 지나지 않았다. 그러나 권순영의 얼굴은 더없이 진지하고 충만해 보였고 연주가 끝나면 모두가 진심으로 권순영에게 박수를 쳐 주었다.

염병. 모든 게 이런 식이었다. 피아노 연주만이 아니었다. 모든 장면이 예쁘게 포장된 거짓과 위선으로 가득했다. 어느 정도 연출이 들어가는 건 이해했다. 그러나 연출의 방향성이 문제였다. 치매 가족의 현실을 미화해서 보여 주는 것은 왜곡된 정보를 제공할 뿐 아니라 다른 치매 가족에게 박탈감을 안겨 줄 수도 있다는 점에서 상당히 유해했다. 그러나 사람들은 제영무의 영상을 좋아했다. 개설한 지 한 달 된 강선동의 유튜브 구독자 수와 비교해도 반년이 넘은 제영무의 채널이 두 배, 세 배 더 증가 추세가 좋았다. 처음에는 금세 따라잡을 거라 생각했으나 아니었다. 아무리 봐도 편집이나 스토리텔링 면에서라면 강선동의 채널이 그보다 못할 것도 없었다. 두 채널의 결정적인 차이는 하나뿐이었다. 권순영과 강만석.

강만석을 코미디언으로 만들기로 했다.

그 아이디어는 제영무가 유튜브 방송 중에 추천해 준 책 『새벽 세 시의 몸들에게』*에서 착안한 것이

* 김영옥 외, 『새벽 세 시의 몸들에게』(봄날의 책, 2020).

었다. 제영무는 치매 환자의 망상을 시라고 받아들일 수도 있다는 것을 이 책을 통해 배웠다고 했다. 치매 환자가 믿는 가상현실을 부정하는 대신에 시라고 생각하며 수용하고, 그 안에서 상호작용하는 연극적 과정을 통해 특별한 교감을 이루는 긍정적 효과를 얻을 수 있다는 거였다.

강만석은 시인이 될 수는 없었다. 그러나 코미디언이라면 가능하지 않을까? 책에는 치매 걸린 노모를 돌보는 미국의 즉흥 코미디언 캐런 스토비의 이야기가 실려 있었다. 캐런은 치매 환자를 대하는 가이드북의 원칙들이 즉흥연기의 원칙과 일치한다는 것을 발견했다. 그리고 즉흥 코미디의 트레이닝 프로그램을 치매 걸린 노모에게 응용할 수 있다는 걸 깨달았다. 치매 환자와 소통하는 일은 즉흥 코미디와 다르지 않았다.

이거라면 해 볼 만하다고 강선동은 생각했다. 강만석은 애쓰지 않고도 이미 위대한 슬랩스틱 코미디언이었다. 밥 먹을 때면 수저 사용법을 잊어 젓가락 하나로 국을 떴다. 반바지를 주면 티셔츠인 줄 알고 다리를 넣어야 할 곳에 팔을 꿴 채 낑낑댔다. 오줌은 서서 싸더라도 똥은 앉아서 싸야 한다는 걸 잊어서 변기 앞에 선 채로 똥을 싸기도 했다. 언젠가는 강만석을 위해 기도해 주러 온 교인 분들이 아멘,을 말할 때 염병,을 외치기도 했다. 그 모든 난감한 순간들이 코미디라고 생각하자 그저 우스운 에피소드로 느껴졌다. 권순영의 예쁜 치매에 대적하려면 웃기는 치매 노인이 되는 수밖에 없었다.

매일 강만석과 함께 산책을 시작했다. 찰리 채플린 스타일의 콧수염이 그려진 마스크를 쓰고 몸에 잘 맞지도 않는 턱시도에 커다란 보타이를 맨 채 기저귀 때문에 엉덩이를 뒤로 쭉 빼고 뒤뚱뒤뚱 걷는 강만석은 꽤 귀여워 보였다. 몰티즈나 푸들 같은 보편적 귀여움은 아니어도 퍼그나 불도그의 귀여움 정도는 되었다. 길에서 짖는 강아지를 보면 같이 짖기도 했고 비둘기를 쫓다가 신발이 벗겨지기도 했다. 집에서 찍는 것보다 의외성 있는 신선하고 재미있는 영상이 많이 만들어졌다.

산책하는데 복장이 불편해 보인다는 댓글이 몇 개 달렸다. 그중 두 개는 강선동이 본인의 가계정으로 달아 놓은 것이었다. 그 댓글에 공감 수가 20이 넘었을 때 강선동은 유튜브의 라이브 방송을 켰다. 그리고 시청자 수가 마흔 명이 넘자 준비해 둔 이야기를 꺼냈다.

"아버지의 꿈은 스탠딩 코미디인이었습니다."

그럴 리가. 그러나 기억을 잃은 강만석에게 괜찮은 꿈 하나쯤 만들어 주는 것이 착한 아들의 역할인지도 모른다. 그러니 지금부터 강만석의 꿈은 스탠딩 코미디언이었던 것으로 하자. 그렇게 생각하니 이야기가 거침없이 풀려 나갔다. 세 아이를 둔 가장 강만석은 평생을 두 평 반짜리 수리점 안에서 근면 성실한 시계수리공으로 살았다. 그러나 그에게는 자유롭게 공연을 다니며 무대에서 사람들을 웃기고 싶은 꿈이 있었다. 그의 옷장에는 오래된 나비넥타이와 중절모, 그리고 턱시도와 지팡이가 있었다. 강선동은 강만석을 돌보기 시작하며 그 의상을 처음 발견했다. 한 번도 입은 모습을 본 적 없는데 왜 이런 옷이 옷장에 있는지 의문이었다. 그러다 알게 되었다. 그것이 무성영화 시대의 위대한 코미디언 찰리 채플린의 복장이라는 것을. 강만석의 오래된, 이루지 못한 꿈은 그런 식으로 옷장 깊숙한 곳에서 낡아 가고 있었다. 기억을 잃은 그에게 새로운 기억을 심어 주기로 했다. 찰리 채플린의 코스튬을 하고 거리 공연을 하는 코미디언의 기억 말이다. 그것이 착한 아들 강선동이 해 줄 수 있는 마지막 효도였다. 강만석은 코미디언인 적 없었으나 남은 생은 코미디언으로 살다 코미디언으로 죽을 것이다.

물론 모두 강선동이 지어낸 사연이었다. 그러나 사실이 아니면 어떤가. 강선동은 자신이 지어낸 이야기가 좋았다. 강만석이 스스로를 코미디언이라 믿으며 치매로 인해 하게 된 엉뚱한 행동과 실수들을 수치스럽게 느끼지 않고 죄책감 없이 맘껏 웃으며 하길 바란다고도 덧붙였다. 그러니 혹시 영상을 보며 느끼는 불편함이 있다면 그가 하는 우스꽝스러운 행동들을 안타깝게 여기지 말고 그저 재미있는 슬랩스틱코미디라 생각하고 맘껏 편하게 웃어 달라고도 당부했다. 라이브 방송이 끝나고 영상을 업로드했다. 다음 날 확인해 보니 다른 영상들보다 세 배는 많은 여든 한 개의 댓글이 달려 있었다. 모두 강만석의 코미디가 끝나지 않기를 기원하는 응원의 댓글이었다.

영상을 올리고 일주일쯤 지났을 때였다. 강만석과 병원에 들렀다가 혈압약과 당뇨약을 사러 약국에 들렀는데 늘 무표정하던 약사가 친절하게 웃으며 알은척을 했다.

"잘 보고 있어요."

"네?"

"유튜브요. 우리 성당 자매님께 들었어요. 치매 어르신을 돌보는 일이 쉽지 않은데 웃으면서 하시는 게 참 대단하세요."

약사가 비타민 드링크 두 병을 슬쩍 약봉지에 넣어 주며 덧붙였다.

"뭐라도 드리고 싶어서요. 힘내세요."

정말이지 힘이 났다. 흰 가운에 적힌 이름을 보았다. 김희진. 약국을 나오며 그 이름을 입 안에서 여러 번 되뇌어 보았다. 오래전부터 알던 사이 같기도 했고 앞으로 오래 알아 갈 이름 같기도 했다. 희진 씨를 위해서라도 더 힘내고 싶어졌다. 그래서 열심히, 더 열심히 강만석을 돌보고 더 열심히 유튜브에 영상을 업로드했다.

산책 시간도 늘렸다. 오전 11시와 12시 사이에 한 번, 오후 3시와 4시 사이에 한 번, 하루에 두 번씩 산책했다. 그때마다 약국 앞을 지나쳤다. 약국 안의 희진 씨와 눈이 마주치면 강만석의 손을 꼭 잡고 인사를 했다.

"또 뵙네요."

희진 씨가 웃으며 인사를 받아 주면 강선동은 난처해 하며 어쩔 수 없다는 듯 선한 웃음을 지으며 말했다.

"아버지께서 산책을 좋아하세요. 집에 있으면 답답하신지 자꾸만 조르시네요."

곤란하다는 말투 속에 강만석이 자신을 힘들게 한다는 사실이 은연중에 드러나도록 신경 썼다. 그래야 자신이 착한 아들이라는 점이 부각될 터였다. 오히려 산책을 원하는 건 강선동이었다. 강만석은 쉽게 지쳤고 불편한 옷을 입기 싫어해서 산책을 나오려면 때로 완력을 써야 했으나 그런 이야기를 할 필요는 없었다.

세상은 그 어느 때보다 강선동에게 친절했다. 강만석의 손을 잡고 블루클럽에 가서 아버지가 치매시라…… 미안한 듯 말하면 이발비 5000원에 공짜로 머리까지 감겨 주는 친절을 받을 수 있었다. 강만석과 성당 앞 빵집에 가면 세상에, 비오 형제님이 어쩌다 이렇게 되셨어요 하면서 단팥빵을 서비스로 넣어 주었다. 아니 꼭 공짜라서가 아니라 그 다정들이 강선동을 울렸다.

"치매 걸린 아버지와 걷다 보면 작은 귀여움과 작은 친절에 가슴이 웅장해지곤 합니다."

이런 내레이션과 함께 산책하며 만난 다정한 사람들과 귀여운 것들을 찍어 올리기 시작했다. 거짓이 아니었다. 강선동은 진심으로 자주 뭉클해졌고 자주 울컥했다. 강만석이 누가 봐도 치매 노인이라는 게 두드러질수록 사람들은 친절해졌다. 그럴수록 누가 봐도 치매 노인임이 드러나도록 요란스레 부축하고 강만석의 매무새에 더욱 신경을 썼다. 혼자 다닐 때는 느끼지 못했던 다정과 호의를 맘껏 누렸다. 사람들은 스쳐 지나가는 약자에게 선뜻 다정해졌다. 다들 자신의 다정한 마음을 과시할 기회를 찾고 있었다는 생각이 들었다. 누구나 기회만 된다면 포도알을 받고 싶은 것이다. 누구나, 착한 아이뿐 아니라 착하지 않은 어른도 포도알을 받을 기회를 놓치고 싶지 않은 것이다.

모든 것이 좋았다. 가장 좋은 건 유튜브 영상에 좋아요 수가 점점 늘어나는 거였다. 강만석이 옷을 거꾸로 입어도, 물 삼키는 법을 잊어 줄줄 흘려도, 면도기로 눈썹을 밀어 멍청한 얼굴이 더 멍청해 보여도 사람들은 웃어 주었다. 아버지가 참 재밌으세요, 귀여우세요, 그들은 그렇게 말했다. 시트콤을 보는 것 같다고도 했다. 강만석의 행동이 상식에서 벗어나 이해하기 힘들어질수록 강선동을 칭찬하는 댓글도 늘어났다.

강만석의 작은 실수도 과장되게 편집하기 시작했다. 조회수와 구독자 수가 기대만큼 늘지는 않았지만 충분히 좋았다. 최근에는 강선동이 보이지 않으면 불안해하는 강만석 때문에 똥을 눌 때도 화장실 문을 잠그지 못했지만 그래도 괜찮았다. 변기에 앉아 반쯤 열어 놓은 문으로 강만석의 무사를 확인하며 영상에 달린 댓글을 읽고 또 읽었다. 그러면 다 괜찮아졌다. 그러니까 괜찮았던 게 문제였다. 강선동은 편집해서 올린 영상들, 일상의 일부만을 보고 댓글을 다는 모르는 사람들의 칭찬에, 자신이 착한 아들이라는 자부심에 중독되었다. 원하는 건 포도알, 더 많은 포도알뿐이었다. 염병, 그러니까 너무 애를 썼다.

포도알에 중독된 강선동은 행복한 몽상을 시작했다. 요즘엔 다양한 분야의 생활 에세이 출간이 트렌드인 듯했다. 치매 부자의 일상에 대한 책을 써 보면 어떨까. 책과 유튜브가 화제가 되면 방송 출연 기회가 생길지도 몰랐다. 비록 배우로는 실패했으나 아버지의 치매로 새로운 가능성이 열릴 수도 있었다.

강선동은 즐겨 보던 예능 프로그램에 강만석과 나

가는 상상을 했다. 진행자가 묻겠지. 아버님, 방송 출연한 기분이 어떠세요? 그러면 강만석은 이렇게 답할 것이다. 염병. 그래도 다들 재미있는 농담을 들은 듯 착하게 웃어 줄 것이다. 이해하고 용서하고 웃어 줄 준비가 된 사람들을 웃기는 건 어려운 일이 아니었다. 생각만으로도 가슴이 따뜻해졌다. 그 후로는 강만석이 약국의 희진 씨 앞에서 염병을 연달아 내뱉어도 난처하지 않았다. 엘리베이터에서 인사를 건네는 아이에게 염병이라고 해도, 그들의 부모가 전염병이 옮을 것을 두려워하듯 두 사람에게서 몸을 사려도 강만석이 미워지지 않았다. 그저 우스운 코미디의 한 장면 같았다. 춥지도 덥지도 않은 날들이 이어졌고 강만석과 나눠 먹는 과일은 달고 즙이 많았다. 강선동은 마음껏 착한 아이로 살아갈 수 있었다. 제영무의 그 소식을 듣기 전까지는 그랬다.

*

제영무가 치매 걸린 어머니를 돌보며 쓴 에세이가 출간되었다. 권순영이 직접 그린 낙서 같은 삽화가 포함된 책 『우리 엄마는 시인이에요』에는 이런 에피소드가 나온다.

"생일 선물로 뭘 받고 싶어요, 엄마?"

"엄마."

"아니, 내 말 따라 하지 말고, 생일 선물로 받고 싶은 거 말이에요."

"엄마아. 엄마. 엄마."

그러니까 권순영이 받고 싶은 선물은 자신의 엄마, 제영무의 돌아가신 외할머니였다. 제영무는 엄마에게 엄마를 선물할 수 없었다. 그래서 데려온 게 고양이 김갑순이었다. 김갑순은 권순영의 엄마 이름이었다. 고양이를 엄마의 환생이라 믿게 하는 건 권순영이 치매 걸린 노인이라서 가능한 판타지였다.

또 이런 식이었다. 염병. 이런 이야기라면 강선동도 얼마든지, 하루에 열 개, 스무 개도 만들어 낼 수 있었다. 그러나 치매 부모를 돌보는 착한 예술가 아들의 역할을 선점한 건 제영무였다. 호기심에 한 번 클릭했더니 강선동의 SNS 피드에도 책의 광고나 리뷰가 자꾸 떠서 보고 싶지 않은데도 보게 되었다. 처음엔 괜찮았다. 그러나 한 아이돌 멤버가 치매를 앓다 돌아가신 할머니가 생각난다며 인스타그램에 소개하면서 제영무의 책이 갑자기 화제에 올랐다. 그리고 강선동이 즐겨 보던 프로그램, 언젠가 강만석과 나갈지도 모른다며 혼자 상상만 하던 방송에 제영무가 출연한다는 소식을 들었다. 방송은 보지 않았다. 그러나 다음 날 제영무의 채널에 들어가 보니 구독자 수가 1만 명 넘게 늘어나 있었다. 하루에 1만 명이라니. 강선동의 구독자 수는 아직 4000명이 넘지 않았다. 일주일에 3회 이상 성실하게 영상을 올린 지 4개월이 지났는데도 그랬다. 유튜브로 수익을 올리려던 계획은 이미 무산되었다. 그래도 그걸 기반으로 책도 내고 방송 출연도 좀 하고, 계획은 많았다. 그러나 그 계획을 모두 달성한 건 강선동이 아니었다. 제영무였다.

내게도 기회가 올까? 온다 해도 두 번째는 첫 번째처럼 주목받기 힘들 거였다. 무얼 해도 따라 하는 것처럼 보일 터였다. 게다가 자신의 아버지는 권순영이 아니었다. 늘 그랬듯 문제는 제영무와 강선동이 아니었다. 권순영과 강만석의 차이였다. 자신도 권순영의 아들이라면 애쓰지 않아도 착한 아들일 수 있을 터였다.

강만석의 볼품없이 늙고 병든 모습이 부쩍 눈에 거슬렸다. 밀어 버린 눈썹으로 더한층 아둔해 보이는 얼굴과 초점 없는 바랜 눈빛, 찌푸린 미간과 성정 나빠 보이는 깊은 주름들, 삐져나온 코털과 푹 팬 볼과 마른 팔다리까지 모든 게 지긋지긋했다.

그래도 애써 노력했다. 전처럼 하루 두 번 산책을 하고 영상을 올렸다. 여전히 좋은 댓글이 대부분이었지만 늘 보이는 형식적인 응원의 말이 전부였고 그것도 비슷한 영상이 반복되자 반으로 줄어들었다. 조회 수 역시 점점 떨어졌다. 그러는 동안에도 제영무의 책은 3쇄를, 5쇄를, 10쇄를 찍는다고 했다. 구독자 수도 가파르게 증가하고 있었다. 그즈음에 차라리 유튜브를 중단했어야 했다. 오래전 제영무의 말을 떠올렸어야 했다. 그만둬, 하지 마, 그러지 마, 그러면 안 돼. 그러나 강선동은 멈출 수 없었다. 멈추지 않았다. 강선동에게는 언제나 더 많은 포도알이 필요했다. 새로운 돌파구를 찾아야 했다.

강만석을 살찌우기로 했다.

종종 강만석이 너무 마른 것 같다고, 잘 돌보는 게 맞느냐는 걱정스러운 댓글이 달렸던 걸 기억했다. 악플이라고 무시했으나 참고할 만한 조언이었다. 마른 것보다는 보기 좋게 살이 오른 노인이 호감을 얻기 수월할 터였다. 돌봄을 잘 받은 것처럼 보이려면 지금

보다 5킬로그램 정도는 체중을 불리는 편이 나았다. 체중만 늘리면 구독자 수도 늘 것 같았다.

치매 노인을 위한 영양식을 만드는 콘텐츠를 시작했다. 요리와 먹방을 겸한 새로운 콘텐츠라서인지 반응이 나쁘지 않았다. 문제는 영양식을 만들어 먹이는데도 강만석의 살이 자꾸 빠진다는 점이었다. 저장 기능도 상실했는지 아무리 먹여도 믹는 대로 싸기만 하고 체중이 늘지 않았다. 이래서는 요리 콘텐츠의 진정성이 의심받을 수도 있었다. 대책을 강구해야 했다. 블루클럽 대신 강선동이 머리를 하는 미용실에 데려가 2만 원을 주고 머리를 다듬고 정성껏 드라이해서 머리에 볼륨을 주었다. 호감 가는 남자 인상 메이크업 사진을 참고해 눈썹을 그리고 코털도 정리하고 촬영 직전에는 안색 나쁜 얼굴에 혈색이 돌아오도록 뺨을 때려 홍조 띤 볼을 만들었다. 그래도 마른 얼굴은 감춰지지 않았다.

식욕을 돋우기 위해 산책 시간을 늘리고 달고 열량이 높은 간식들을 자주 먹이기 시작했다. 통조림 과일이나 우유에 적신 크림빵, 초콜릿과 아이스크림, 꿀과 마요네즈, 땅콩버터를 바른 바나나 같은 것을 수시로 먹였다. 일주일 만에 볼에 살이 오르기 시작했다. 인상도 좋아지고 없던 귀염성도 생겨나는 듯했다. 문제는 똥이었다. 똥을 너무 많이 쌌다. 혼자서 처리하지 못하는 똥을 자꾸만 자꾸만. 강만석은 기저귀가 불편한지 수시로 기저귀를 빼내고 바지에도 세면대에도 화장실 타일 위에도 똥을 지려 놓았다. 그래도 견뎠다. 밥통이나 다마고치라고 생각하면 견딜 수 있었다. 자식 된 도리나 효도로 생각하면 하지 못할 일도 다마고치 키우기나 게임을 클리어하기 위한 미션이라고 생각하면 할 만했다. 할 만하지 않았어야 했다. 차라리 못 견뎠어야 했다.

전과 다름없이 산책을 하고 영상을 올렸는데 이상한 댓글이 달리기 시작했다.

— 같은 동네 주민임. 산책하는 걸 몇 번 봤는데 개처럼 끌려다니시던데요? 아버지랑 산책하는 게 아니라 무슨 도살장에 개 끌고 가는 개장수인 줄. 치매 노인 학대가 의심됩니다.

발견 즉시 댓글을 삭제하고 차단했지만 이미 여러 사람이 본 후였다. 그리고 한 사람이 의문을 제기하자 동조하는 사람들이 생겼다.

— 저도 봄. 유튜브 때문인지 걷기도 힘들어 보이는 어르신을 억지로 끌고 다니며 계속 카메라를 들이

대더라고요. 이런 비윤리적인 영상을 계속 소비해도 되는 건가요?

그래. 그렇게 보일 수도 있었다. 균형도 잘 잡지 못하는 몸으로 턱시도를 입고 기저귀까지 찬 채 걷는 게 편할 리 없었다. 나가고 싶다는 의사를 표했다가도 금세 집에 들어가고 싶어 했다. 그러나 이왕 나왔으니 유튜브에 올릴 만한 영상은 찍고 돌아가야 했다. 더 많은 실수가, 더 자극적인 웃기는 장면이 필요했다. 많은 사람이 착한 아들 강선동의 인내와 수고를 목격해 줘야 했다. 그래서 무리해서 끌고 다니다시피 한 적도 있긴 했다. 그걸 보고 누군가 악플을 남긴 모양이었다. 앞에서는 참 대단하세요, 보기 좋아요, 하며 인사치레를 했던 101동 반장 아주머니일까. 산책하다 넘어진 강만석을 일으켜 주던 과일 가게 청년일 수도 있었다. 아니면 제영무 채널의 구독자일 수도 있었다. 강선동을 경쟁 채널로 인식해서 루머를 퍼뜨리는 것이다. 악플을 달고 나쁜 여론을 형성해 더 이상 채널이 크지 못하도록 견제하는 것이다.

자신은 착한 아이였다. 이유 없이 누군가를 의심하고 미워할 리가 없었다. 나쁜 마음의 주체는 결코 자신이 아니었다. 착한 마음에 나쁜 마음이 깃들게 한 건 누구인가. 제영무였다. 강만석이었다.

어쩌면 너무 괜찮은 척한 게 문제였다. 자신이 얼마나 애쓰며 돌보는지, 강만석이 자신을 얼마나 힘들게 하는지 사람들이 알아야 했다. 웃으며 한다고 해서 정말 괜찮은 게 아니라는 걸 보여 줘야 했다. 그리고 더 적나라하고 비참한 현실을 보여 줌으로써 제영무의 채널이 얼마나 비현실적인가를 알게 해 주어야 했다. 제영무와는 확실하게 차별화된 영상이 필요했다. 싸우고, 울고, 악다구니하고, 그리고 진짜 벽에 똥칠하는 것을 보여 줘야 했다.

약국에 가서 쾌변이라고 쓰인 변비약 세 통을 샀다. 희진 씨는 강선동에게 전처럼 알은척을 하거나 웃어 주지 않았다. 바빠서일 수도 있지만 유튜브의 악플을 보고 오해해서 냉정해진 거라는 생각이 들었다. 집에 돌아와 강만석에게 변비약 두 통을 섞은 죽을 먹였다. 강만석은 아무 말 없이 주는 대로 받아먹었다.

그날 밤 거실에서 텔레비전을 보는데 방에 누워 있던 강만석이 끙끙거리는 소리가 들렸다. 강선동을 찾는 소리였다. 똥이 마려운 거겠지. 강선동은 움직이지 않았다. 잠시 후 강만석이 바지를 반쯤 내린 채 엉거주춤한 자세로 방문을 열고 나오며 마치 선물을 건네듯 조심스레 강선동에게 손바닥을 내밀었다. 손바닥 위에 있는 건 똥이었다.

강선동은 서두르지 않았다. 천천히 카메라를 켜고 유튜브에 접속해 라이브 방송을 시작했다. 저녁 9시 20분. 생방송을 하기에 적당한 시간이었다. 스무 명이, 마흔 명이, 일흔 명이 방송을 보러 들어왔다. 강선동은 말없이 강만석의 모습을 실시간으로 찍어 내보냈다. 비쭉비쭉 비집고 나오는 똥을 어쩌지 못해 바지에, 거실 바닥에 자꾸만 묻히며 한쪽 손으로 받아 내려 애쓰고 있는 강만석의 모습을, 똥 묻은 손을 내밀고 강선동을 향해 걸어오는 그 어리둥절한 얼굴을, 그러고도 뿌직뿌직 계속 멈추지 않고 나오는 똥 덩어리를 그대로 방송에 내보냈다. 강선동이 어떤 도움도 주지 않고 카메라만 들이대자 강만석이 마침내 울 것 같은 얼굴로 똥 묻은 손을 얼굴에 문지르며 중얼거렸다. 염병.

화면에도 똥이 튀었다. 어디선가 소문이 퍼졌는지 갑자기 시청자 수가 급격히 늘어났다. 120명, 180명, 200명, 300명. 채팅창은 욕설로 뒤덮였다. 곧이어 노란 경고창이 떴고, 라이브 방송은 강제로 종료되었다.

이틀 후 강만석은 의식을 잃었다. 침대에 누워 눈도 뜨지 못하고 포도씨 같은 굳은 똥만 찔끔찔끔 싸댈 뿐이었다. 구급차를 불러 응급실로 갔다. 설사로 인한 탈수 현상과 함께 급성 당 쇼크로 인한 의식불명이라고 했다. 살을 찌우겠다고 당뇨환자에게 단기간에 지나치게 단 고열량의 음식들을 섭취하게 한 게 결정적인 원인이었다.

*

의식이 돌아온 후에도 강만석은 집으로 돌아오지 못했다. 요양병원에 장기 입원한 강만석이 자유의지로 할 수 있는 건 더 이상 없었다. 침대에 묶인 채 하루 스물네 시간 염병을 부르짖어도 모자랄 상황이었으나 강만석은 단지 염병의 인간화, 염병의 주체가 될 수 있을 뿐이었다. 강선동은 면회를 가지 않았다. 어차피 알아보지도 못할 터였다. 강만석의 주 보호자는 이제 강진경이 되었다. 강진경은 강선동에게 강만석과 관련된 어떤 것도 의논하지 않고 모든 부담을 혼자 짊어졌다. 그 대신 밤늦게 가끔 전화해서 술 취한 목소리로 이런 이야기를 했다.

"너 어렸을 때 얼마나 착한 동생이었는지 아니? 내가 아무리 괴롭혀도 엄마 아빠한테 고자질 한번 한 적 없었어. 심부름을 시키면 또 얼마나 곧이곧대로 열심히 하던지. 나는 있잖아 선동아, 너처럼 착한 동생을 본 적이 없어. 염병할. 넌 그걸 알아야 돼."

그런 전화를 받으면 강선동은 아무 말 못 하고 전화를 끊고는 오래 울었다. 그리고 알게 되었다. 언젠가 강만석이 했던 말, 염병, 너무 애쓰지 마라, 그것은 강만석이 착한 아이 강선동에게 해 줄 수 있는 최고의 칭찬이었다. 그 말이 사라지지 않도록 붙잡기 위해서는 그저 계속 애쓰는 수밖에 없었다. 염병.

한 달 만의 외출이었다. 강만석의 면회를 가기 위해 버스를 탔다. 그사이 거리의 풍경이 바뀌어 있었다. 멀리서 풍문처럼 봄이 오고 있었다. 한 시간이 걸려 병원에 도착했다. 그러나 차마 들어갈 수 없었다. 망설이다가 다시 버스를 타고 제영무의 서점을 찾아갔다. 왜인지 제영무가 보고 싶었다. 자신은 이토록 망가지고 부서졌지만 단단하게 그 자리에서 권순영과 함께 살아가는 제영무를 눈으로 확인하고 나면 다시 애쓸 수 있을 것 같았다. 제영무에게 다시 한번 하지 마, 그러지 마, 너 그러면 안 돼,라는 말을 듣고 싶었다. 아니면 개새끼,라는 말이라도.

제영무는 강선동을 기억했다. 그리고 권순영에게 물었다.

"엄마, 기억해요? 선동이가 왔어요. 강선동, 스테파노 말이에요."

"기억하지."

"착한 아이였잖아요."

"착한 아이였지."

"그런데 선동이는 몰라요."

"뭘 모른다고?"

"자기가 착한 아인 걸 몰라요."

"바보구나."

"네. 바보예요. 그러니 혼내 주세요."

"싫어."

"왜요?"

"착한 아이는 혼내는 거 아니야."

"그러면요?"

"칭찬해 줘야지."

그렇게 말하며 권순영은 강선동의 머리를 쓰다듬었다. 그리고 다정히 속삭였다.

"착한 아이야, 스테파노는."

아니다. 이것은 실제로 일어난 일이 아니다. 강선동은 제영무의 서점까지 가지 못했다. 중간에 내려 가까운 서점에 들러 제영무의 책을 샀다. 그리고 제영무의 책에 실린 에피소드를 보며 그 장면이 자신에게 재현되는 것을 상상했을 뿐이다.

유튜브 영상에도 종종 이런 장면이 나온다. 제영무가 지인이나 서점의 손님들을 소개하면 권순영이 머리를 쓰다듬어 주며 중얼거리는 것이다. 착한 아이구나, 착한 아이야. 모두가 가짜라는 걸 알고 하는 잘 짜인 상황극의 일종이었지만 마케팅적으로 꽤 효과가 있는 듯했다. 치매 걸린 노모를 서점 홍보에 이용한다고 가계정을 만들어 악플을 단 적도 있었다. 그러나 연극이면 어떤가. 누구나 착한 아이가 되고 싶은 것이다. 권순영이 그 작고 주름진 손으로 머리를 쓰다듬어 주는 순간 누구나 자기 안의 착한 아이와 다시 마주하게 되는 것이다. 한때는 누구나 착한 아이였다. 누구나. 그리고 그 아이는 언제나 깨어날 준비를 하고 있다는 것이 강선동의 믿음이었다. 그런 믿음은 지치지도 않았다. 아니 그러니까, 염병할.

버스를 타고 집으로 돌아오며 유튜브에 올린 강만석의 영상들을 다시 보다가 강선동은 정작 자신은 한 번도 좋아요를 누른 적 없다는 걸 깨달았다. 강선동은 마흔일곱 개의 영상을 하나씩 클릭했다. 그리고 가운뎃손가락을 들어 좋아요를 눌러 주었다. 충분히 착하지 않아도 강선동은 좋아요를 받을 자격이 있었다. 강선동은 애써 왔고 앞으로도 애쓸 거였기 때문이었다. 엿 먹이는 손가락과 좋아요를 눌러 주는 손가락이 같은 건 우연이 아니었다.

강선동은 한 번도 싸운 적 없었다. 자신을 위해서만이 아니라 남을 위해서도 그랬다. 그러니까 그런 식으로 착했다. 서른아홉이 되어서야 강선동은 자신과 남을 돌보기 위해서는 다른 방식의 착함이 필요하다는 것을 깨달았다. 착함은 양보가 아니었다. 희생이 아니었다. 투쟁하고 악착같이 싸우고 탐욕스레 지켜야 하는 것이었다. 하루 세끼 성실하게 꼭꼭 씹어 든든하게 먹고 근력운동을 하고 체력을 키우며 사라지지 않도록 버텨 내야 하는 것이었다.

강선동은 자신이 싸워야 할 이름들을 하나씩 메모창에 적기 시작했다. 그중에는 한 번도 만나지 않은 뉴스에서만 들어 본 이름도 있었고 터무니없는 모함으로 사람을 음해한 극단의 동료도 있었고 탄소와 기후 위기, 플라스틱 빨대, 몰래카메라나 혐오같이 사람이 아닌 것도 있었다. 망설이다가 탄소 발자국이 가장 많은 음식이라는 소고기도 적었다. 맙소사. 내가 소고기와 싸울 수 있을까? 자신은 없지만 일주일에 한 번, 한 달에 한 번만 싸움에서 이겨도 싸우지 않는 것보다는 나을 거였다. 그리고 그중에 가장 열심히 싸워야 하는 것은 자기 안의 착한 아이 강선동이었다.

집에 가면 냉장고에 붙여 놓은 포도알 스티커에 포도알부터 하나 그려 넣자. 포도알은 얼마든지 선불로 지급되어도 좋다. 포도알을 다 채우면 꼭, 그때는 강만석을 보러 가야지. 가야 한다. 갈 수 있을 것이다. 강선동은 미처 유튜브에 올리지 못한 강만석의 영상을 재생하기 시작했다. 오도카니 어둑한 식탁에 앉아 있는 강만석의 모습이 보인다. 강만석의 옆모습 뒤로 취사 완료를 알리는 밥솥의 김이 오른다. 강만석에게 밥솥의 말을 따라 하도록 훈련하며 찍은 영상이었다. 강만석은 이제 집에 없지만 밥솥은 여전히 그 자리에 있었다. 이제 밥솥의 말을 배워야 하는 건 강선동이었다. 강선동은 처음 말을 배우는 아이처럼 밥솥의 말을 더듬더듬 따라 하기 시작했다. 지금부터, 지금부터 보온을 시작합니다. 쿠쿠.

너무 작위적인가. 강선동은 끝까지 착한 아이 강선동을 연기하는 연극적 태도를 버리지 못한다. 하지만 나쁘지 않다고 생각한다. 계속 연기하다 보면 부캐가 본캐가 되는 날이 올지도 몰랐다. 면회를 갔다가 병원 입구에서 돌아서서 집으로 오는 과정까지 찍은 영상을 강선동은 유튜브 채널에 올렸다. 3개월 만이었다. 돌봄 기간에 자신이 심리적으로 불안하고 혼란했던 것을 고백하며 그것이 돌봄노동을 하는 다수의 치매 가족들이 겪을 수 있는 우울증 증세임을 강조했다. 그 결과 지금 일종의 조기 치매 증세를 겪고 있다고도 덧붙였다. 납작 엎드려야 한다. 잘못을 인정하고 착한 어른들의 다정과 배려가 필요한 소외된 약자임을 드러내야 한다. 다시 유튜버가 되어 좋아요를 받고 구독자 수를 늘리기 위해서는 그 방법뿐이었다. 사람들은 포도알을 받을 기회를 놓치지 않을 것이다. 강선동은 그렇게 다시 착한 아이가 되어 마지막 메시지를 남겼다.

"그로부터 석 달이 지났습니다. 회복 중이지만 이미 저는 많은 것을 잃었습니다. 아버지, 그리고 구독자 여러분의 신뢰를 잃었습니다. 그러나 저는 완전히 망가진 후에도 재생될 수 있는 우리 삶의 가능성에 대한 희망만은 잃지 않았습니다. 저는 조기 치매 진단을 받았습니다. 그로 인한 판단력 상실이 제가 그릇된 행동을 한 이유였습니다. 이제 제 꿈은 착한 치매 노인이 되는 겁니다. 그래서 지금부터 모든 상실의 기록을 이 유튜브 채널에 남겨 두려 합니다. 저와 예쁜 치매 프로젝트를 하실 분들을 찾습니다. 이것은 제가 다정한 당신들께 조심스레 건네는 첫 번째 포도알입니다."

강선동은 착한 아이였다. 착한 아이 강선동은 자신을 연민하고 사랑하려고 애쓰는 마음을, 더 많은 포도알을 수확하고 타인에게 인정받고 싶은 마음을 멈출 수 없었다. 나쁜 어른의 기억은 지우고 착한 아이의 기억만 남겨 두는 것. 강선동의 치매는 그런 식으로 진행되었다. 그러니까 조기 치매라는 말이 완전히 거짓은 아니었다. 염병, 너무 애쓰지 마라. 강만석의 칭찬은 유효했다. 강만석 외에는 누구도 강선동에게 그렇게 말할 수 없었다.

경주는 왜냐하면

1 별것과 별것 아닌 것 사이의

경주가 미연에게 처음 선물한 건 향이 좋은 오가닉 핸드크림과 말린 장미꽃잎차였다. 두 번째는 손수 만든 것처럼 보이는 바닐라 빈이 촘촘히 박힌 구움 과자와 수제 립밤이었다. 선생님이 직접 만드신 거예요? 왜 자꾸 저한테 이런 걸 주세요 하기에 별것도 아닌데요 담백하게 말하며 벗어 놓은 양말을 신고 고개를 들자 미연이 피식 웃더니 경주의 눈을 보며 말했다.

"왜 그런 식으로 말해요? 저한테 별거면 별거죠."

그래, 경주가 세심하게 고른 물건들은 별거 아닌 것

처럼 보이지만 알고 보면 별것에 속하는 것들이었다. 별것이거나 너무 별것도 아닌 것을 주는 일은 피해야 했다. 의도를 의심받거나 아무런 동요도 일으킬 수 없을 터였다. 알고 보면 별것인 게 중요했는데 다행히 미연은 그것을 알아볼 정도는 되었다. 그것을 구분하는 눈은 중요하다. 이제 미연은 제가 가질 수 있게 된 아주 작은 별것들 사이에서 별것 아닌 것을 더욱 하찮게 여기게 될 것이다. 그러다 점점 더 많은 별것을 원하게 될 것이고, 그것이 내게서 왔다는 것을 기억하고 내가 제게 줄 수 있는 별것의 세계를 탐하게 될 것이다. 그리고 마침내 내가 줄 수 없는 별것까지 탐내다가 나를 짓밟고 부수고 망가뜨리기를 꿈꾸게 될 것이다. 그게 경주가 미연에게 진짜 나누고자 하는 알고 보면 별것의 진실이었다.

경주가 데스크 앞에 서서 결제를 하는 동안 미연이 립밤 뚜껑을 열고 향을 맡아 보더니 조금 전까지 경주의 발을 주무르던 손가락으로 립밤을 듬뿍 찍어 옆에 있는 매니저 재인의 입술에 발라 주고는 남은 것을 제 입술에 문질렀다. 그리고 말했다.

"어쨌든, 감사합니다. 다음 주에도 목요일 같은 시간으로 예약해 드릴까요?"

집에 돌아오는 동안 미연이 번들거리는 입술로 내뱉은 말, 감사합니다, 앞에 붙은 '어쨌든'에 대해서 경주는 생각을 거듭했다. 처음에는 들켰다는 수치감과 노여움에 가까운 감정이 들었는데 그 말을 반복하며 곱씹을수록 뭐랄까, 기분 좋은 화한 통증이 느껴졌다. 상처 난 혀끝에 아주 신 레몬 조각을 올려놓은 것처럼 아릿한 만족감이었다. 통증은 때로 희열과 구분되지 않았다. 레몬처럼 그 말을 잇새에서 짓뭉개는 동안 침이 고이고 입맛마저 돌기 시작했다. 어쩐지 웃음도 났다. 그래, 내가 너에게 베푸는 건 '어쨌든' 감사한 일이구나. 너야말로 별것도 아닌 양 별것인 말을 참 잘도 하는구나. 우리는 이상한 방식으로 서로 닮지 않았니. 그 생각을 하자 미연이 전보다 더 친밀하게 느껴졌다. 미연을 흉내 내어 피식 웃어도 보았다. 이렇게 미연이 어쨌든 감사한 날들을 늘려 가면서 조금 더 경주의 시혜적 태도에 역겨움을 느끼거나 뒤에서 씹고 비웃으며 경멸해 주기를 바랐다. 그러다 마침내는 당연한 돌봄으로부터 결핍된 아이들이 그렇듯 경주가 베푸는 자비로운 모멸감에 한껏 저항하면서도 어쨌든 감사한 어른에게 인정받고자 안간힘을 다하다 실패하고 결국엔 증오하고 집착하게 되기를 바

랐다. 무릇 모녀 관계란 그런 게 아니던가. 그것이 효
연 씨와 지내 온 60여 년 세월이 경주에게 알려 준 것
이었다. 그러나 경주가 미연에게 원하는 게 딸의 역할
은 아니었다. 다만 이런 침해적 관계에 붙일 다른 이
름을 알지 못할 뿐이었다. 왜냐하면 경주는.

2 나만 빼고

효연 씨가 죽은 그해 봄에는 딸기를 많이 먹었다.
기후 위기 때문에 몇 년 후에는 '우리 같은 보통 사람
들'은 딸기를 구경도 못 하게 될지 모른다고 아침 방
송 패널들이 호들갑을 떨어 댄 후였다. 늦여름에는
푸른 사과도 잔뜩 먹었다. 아오리 품종도 곧 사라질
지 모른다고 해서였다. 둘 다 그다지 좋아하던 과일
도 아니었는데 그랬다. 생존을 확신하는 사람들, 어
떤 위기가 닥쳐 딸기가 사라진다 해도 본인은 살아남
으리라 확신하는 사람들의 욕망이 시고 달았다. 경
주의 욕망은 다른 사람들이 욕망하는 것에만 달라붙
었다. 사라지는 것을 욕망하기란 쉽고 안전했다. 잇새
에 낀 딸기 씨를 치실로 빼내다가 두어 개 남겨 놓고
잠들었는데 입 안에 딸기가 주렁주렁 열리는 꿈 같은

건 꾸지 않았고 자고 일어나니 딸기 씨도 사라져 있었다. 사과 씨도 남겼다가 효연방 뒤뜰에 던져 두었는데 당연히 싹은 자라지 않았다.

그해 가을에는 장기와 시신 기증 신청도 했다. 처음에는 온라인의 기증 사이트에 접속해 알아보기만 하려 했는데 9월 말까지 신청하면 커피 쿠폰을 준다고 해서 이왕이면, 하는 마음으로 급하게 기증을 결정했다. 2주일 후 받은 커피 쿠폰으로 아메리카노를 마셨는데 나이 들면서 카페인에 민감해진 터라 늦도록 잠을 이루지 못했다. 잠들지 못하는 밤에 기증된 시신의 처리 과정에 대해 알아보다가 죽은 후라도 제 몸이 모르는 사람들에게 노출된다 생각하니 관리를 좀 해야겠다 싶어졌다. 시체가 된 후에도 남들에게 어떻게 보일까를 고민하는 마음이란. 귀여움과 징그러움 사이에서 역시 브라질리언 왁싱은 해 두는 편이 낫겠다 싶었다. 돌봄에 편리한 몸을 만들려면 어떤 털은 없애고 어떤 털은 남겨 두는 편이 좋다는 걸 경험으로 알게 된 후였다. 눈썹 문신은 하는 편이 좋았다. 나이 들어 흐릿해진 얼굴에 문신한 눈썹이라도 남아 있으면 고만고만하게 주름지고 희미한 인상의 노인들 사이에서 구분하기가 훨씬 쉬워진다. 같은 말이라도 눈썹이 있으면 표정이 더해지고 힘이 실린다. 그러나 음모는 확실하게, 없는 편이 대소변을 받거나 닦아 주거나 기저귀를 채울 때 위생적이고 편리했다. 그러나 왁싱 숍에 가서 한 번도 정리 안 한 털을 보일 생각을 하니 민망함이 앞섰다. 가더라도 대충 다듬기라도 하고 가야겠다 싶어 인터넷으로 음모 다듬는 가위를 찾아 주문했다. 이런 게 있을까 했는데 다양한 제품들이 많이 나와 있었다. 많이 있다는 건 사용하는 사람이 많다는 이야기였다. 하트 모양이나 마름모꼴, 심지어 별이나 활주로 형태로 다듬을 수 있는 패치까지 있었다.

나만 빼고.

나만 빼고 다들 머리카락을 관리하듯 음모를 관리하고 저도 보고 남들도 보여 주며 살고 있었구나, 생각하니 혼자만 너무 모르고 살아온 세상이 아직도 문밖에 많이 남아 있는 것 같아 괜히 조바심이 났다. 잘 다듬어진 음모처럼 어떤 세상 밖의 은밀하고 상스러운 것들은 늘 경주를 비켜 자기들끼리 소란스럽고 재미나게 풍성해졌다가 꺼지곤 하는 것 같았다. 이제라도. 이제라도 한껏 상스러워질 결심을 하고는 어떤 모양으로 음모를 다듬을까 고민하며 유심히 살펴보는데 어느새 흰 털이 듬성듬성했다. 아무래도 염색을 먼저 해야 할 듯싶었다. 명주실을 염색할 때 쓰던 노란 치자나 붉은 꼭두서니 같은 천연염료를 사용해 보면 어떨까. 효연방 뒤뜰에 놓인 아홉 개의 독에 아직 남아 있는 천연염료를 떠올리며 경주는 곱게 착색되어 제 몸의 중심부에서 존재감을 드러낼 바나나나 딸기 모양의 음모를 떠올렸다. 효연 씨가 알면 또 중얼거릴 터였다. 상스럽기는.

효연 씨가 버릇처럼 상스럽다고 중얼거린 것 치고는. 사실 경주가 한 상스러운 행동이란 기껏해야 이런 거였다. 효연방의 툇마루에 앉아 은영 언니와 둘이 담배를 나눠 피우며 코로 연기를 뿜어 내는 것. 용트림도 아니고 고작 미니 도넛 같은 거나 만들며 효연 씨의 말투를 흉내 내어 어머, 상스럽기는, 서로를 가리키며 키득거리는 것. 그래, 그렇게 상스럽고 따뜻한 날들도 있었다. 그날은 겨울이거나 여름일 때도 있었지만 기억 속에서는 언제나 봄날이었다. 생각해 보면 효연 씨는 봄날 흐드러지게 피는 개나리나 진달래를 보면서도 그렇게 중얼거릴 사람이었다. 세상에, 상스럽기는. 그러니 효연 씨가 말하는 상스러움이란 눈부시게 환한 것, 천연히 어여쁜 활기찬 생동감, 언젠가 저물 줄도 모르고 한껏 피어난 아름다운 것에 대한 동경과 시샘의 마음이었는지도 몰랐다. 그런 것을 상스럽다 말하는 마음을 이제야 경주는 조금 이해할 수 있을 것 같았다. 효연 씨가 죽은 지 1년이 지난 지금에서야.

은영 언니와 마지막으로 안부 인사를 나눈 건 효연 씨의 장례를 치르고 한 달쯤 지난 후였다. 팬데믹이 한참 기승을 부릴 때라 아무도 부르지 않았는데 은영 언니가 어떻게 알고 연락을 해 왔다. 은영 언니는 매듭장 김효연 씨의 다섯 번째 제자로 들어와 전통매듭 공방인 효연방의 살림을 맡아 오다가 4년 전, 매듭 기능 전승자로 지정된 후 경주로 내려가 편물점을 운영하며 전통매듭을 가르치고 있었다. 경주가 공방은 잘되는지 물었더니 실질적으로는 실을 팔기 위해 매듭 기술도 같이 파는 거라며 웃었다. 그러고 너는 어떠니, 라고 묻는데 경주는 무어라 말해야 할지 몰라 그냥 소쿠리에 담긴 딸기를 보며 대답했다. 요즘엔 딸기가 맛있더라. 은영 언니가 가만가만 웃는 소리가 들렸다. 그 한숨 같은 웃음소리가 좋아서 경주도 같이 웃었다. 은영 언니가 웃으며 말했다. 이 근처에도 딸기 농장이 있어. 한번 놀러 와. 그러고 전화를 끊었는데, 이상하게 그 후로는 더 이상 딸기가 먹히지 않았다. 어차피 끝물이었다.

언젠가 은영 언니와 천연염료를 숙성시킬 항아리를 구하러 여주 도예 마을에 간 적이 있었다. 매듭은 명주실을 염색하는 것에서 시작되는데 효연방의 경우는 독을 구하는 것부터가 시작이었다. 노란 치자와 푸른 쪽, 붉은 꼭두서니와 자초, 오배자, 숯, 감과 홍화 등으로 만들어진 천연색소를 다룰 때는 피에이치 11의 잿물을 써야 하는데 1년 동안 피에이치 11을 견뎌 낼 수 있는 건 흙으로 만든 독밖에 없기 때문이었다. 맘에 드는 독을 골라 주문을 넣고 올라오는 길에 딸기 농장을 지나게 되었다. 둘 다 양껏 딸기를 먹어 본 적 없다는 걸 알게 되었고, 딸기 따는 체험을 신청했다. 직접 딴 건 얼마든지 먹어도 좋다고 해서 욕심껏 소쿠리 하나 가득 따서는 어디 한번 배가 터지게 먹어 보자, 하고 먹었는데 진짜 배탈이 났다. 결국 민박집에서 하룻밤을 묵으며 밤새 화장실을 들락거렸는데 그게 한심하면서도 우습고 신나고 흥분되었다. 그 마음이 무언지 몰라도 들뜨고 즐거운 마음이 가라앉지 않았다. 그런 게 쉰 살이 넘어서야 처음으로 '양껏 먹은' 딸기가 하는 일인지도 몰랐다. 손과 옷에 딸기 물이 들어 지워지지 않았다.

다음 날 아침 상기된 얼굴로 효연방으로 돌아온 두 사람을 보며 효연 씨가 물었다.

"둘이, 잤니?"

그 말을 듣고 어리둥절하다 웃음을 터뜨린 건 경주였고, 은영 언니는 어리둥절해지도, 웃지도 않은 채 얼굴만 아주 천천히 붉혔다. 나중에는 귀와 목까지 빨개져서 처참해 보일 정도였다. 아주 부끄러운 일을 하다가 들킨 사람처럼 굴어서 화가 나기까지 했는데 그건, 경주가 알고 있기 때문이었다. 들키지 않았으면 하는 은영 언니의 어떤 상스러운 마음을. 경주는 소리치고 싶었다. 들키지 마. 내게 들키지 마. 내가 알게 되어도 아무것도 줄 수 없고 몰라서 마냥 받기만 하는 마음을 더 받을 수 없게 만들지 말라고. 그러나 소리치지 못했고, 은영 언니도 알고 있었다는 사실만 깨닫게 되었다. 모른 척 남이 주는 상스럽고 간지러운 애정으로 제 결핍을 채우는 밑 빠진 독 같은 경주의 마음을.

효연 씨는 자신의 질문이 어떤 함의를 담고 있는지 알고 물었던 걸까. 알고 있었으리라 생각한다. 효연 씨는 경주에 대해서라면 모르는 게 없었으니까. 다만 효연 씨가 그런 질문을 던지기 전까지 경주는 은영 언니와 같이 잘 수도 있는 가능성에 대해서는 생각도 하지 못했었다. 그것까지는 몰랐던 모양이지만. 경주는 효연 씨가 아는 것만큼도 제 안의 욕망에 대해 알지 못했다. 그때 거짓으로라도 잤다고 대답하지 못한 게 두고두고 아쉬웠다. 만약 그런 질문을 던질 걸 알았다면, 그 질문을 던지는 효연 씨의 갈라진 목소리를, 답을 기다리는 효연 씨의 그 굳은 표정을 상상이라도 할 수 있었다면 하룻밤이 아니라 여러 밤을 같이 잘 수도 있었을 것이다. 단지 효연 씨를 위해. 그러니까 효연 씨의 멸시와 분노와 경주가 제 곁을 떠나 사랑하고 미워하며 오로지 제 것의 삶을 살아갈 것을 두려워하는 허약한 공포를 위해서. 그것이 은영 언니와 '같이 자는 것'에 대한 욕망을 앞선다는 게, 경주 안에 있는 무언가를 차갑게 얼어붙게 만들었다. 효연 씨의 표현에 따르면 어떤 상스러움 같은 것을.

그날 경주는 알게 되었다. 자신은 효연 씨가 치를 떠는 나쁜 남자들과 연애하며 효연 씨가 느끼는 패배감에 제 상처쯤은 아무것도 아니었던 '지 팔자 지가 꼬는' 20대에서, 효연 씨의 반대에 저항하느라 애써 붙들고 놓지 못한 채 효연 씨의 말을 증명하는 방

식으로 엎어질 영화판만 전전하며 '지 인생 지가 말
아먹는' 30대에서, 조금도 벗어나지 못한 채 나이만
먹은 거였다. 효연 씨의 말들이 실현되는 것을 피하는
동안 경주는 제가 진짜 원하는 것이 무언지 들여다
보는 것을 잊게 되었고 들여다보는 것을 잊자 궁금해
할 무엇도 남지 않았다. 그 삭아 버린 마음을 깨닫고
나니 더 이상 은영 언니와 키득대며 상스러움을 나눌
수 없었다. 딸기를, 배가 터지게 딸기를 먹으며 설레
고 들뜨고 충만했던 추억 같은 것도 더 이상 나눌 수
없었다. 얼마 후 은영 언니가 효연방을 떠나며 제 몸
에서 상스러움은 그렇게 지나갔다고 믿었다. 미연을
만나기 전까지는 그랬다.

3 꼴랑

경주가 미연이 근무하는 풋 케어 숍에 세 번째 방
문했을 때, 미연은 자리에 없었다. 미연이 언니라고
다정하게 부르던 재인이 대신 경주의 발을 마사지해
주었다.

"무슨 큰일이라도?"

경주의 질문에는 아주 큰일이어야 자신과의 선약

을 무시하고 외출한 미연을 용납해 주겠다는 의미가 담겨 있었다. 아주 큰일. 이왕이면 나쁜 일. 나쁜 환경의 아이들에게 빈번하게 일어나는 나쁜 일들. 그러나 재인은 대수롭지 않게 대답했다. "아뇨, 큰일은 아니고 남자 친구가 급하게 찾아서요."

남자 친구 때문에 고객의, 그것도 나 같은 고객의 예약도 무시한 채 근무시간에 외출이라니. 사고 치고 다니는 남자애라도 만나는가 싶으니 이건 너무 뻔하지 않나 한심스러웠다. 미연처럼 불행한 가정에서 자란 아이들은 불행에서 벗어나 행복으로 건너가는 법을 모른다. 불행에서 벗어나기 위해 빠른 속도로 스스로 선택한 새로운 불행한 관계 속에 자신을 내던질 뿐이다. 그것이 자유의지가 아니라 불행의 관성, 가속도가 붙은 지난 불행의 추진력인 줄도 모르고.

나쁜 선택이 아니라는 걸 증명하기 위해 나쁜 선택에 몸과 마음을 헌신하고 결국에는 헌신짝이 되는 자가당착의 결말이라면 경주는 지긋지긋하게 보아 왔다. 많은 드라마와 이야기들이 그것을 재현하고 있었다. 끝이 뻔히 보이는 연애들과 지 팔자 지가 꼬는 거지, 라는 말, 폭력 가정에서 자란 아이들이 폭력을 행하고 불행은 대물림된다는 말, 그런 끔찍한 말들, 진창에서 벗어나려 발버둥치는 사람에게 그 더러운 것을 묻히고 이 정화된 세계로 넘어오지 말라고 떠밀고 짓밟는 말들, 그런 편견에 가득 찬 가진 쪽의 말들을 경주는 앞뒤 없이 떠올린다. 상상할 수 있는 가장 나쁜 상황에 미연을 밀어 넣는다. 그래야만 미연에게 자신이 최선의 선택이 될 수 있기 때문이다.

경주는 미연이 할 수 있는 얼마 안 되는 선택지 중에는 자신이 가장 나은 쪽에 있다고 믿는다. 그것이 행복이 아니라 다만 덜 불행한 쪽일지라도. 만약 미연이 어리고 어리석어 자기에게 무엇이 최선인지 모른다면 경주는 그것을 친절히 가르쳐 주고 참을성 있게 기다릴 준비도 되어 있었다. 아무렴 근무시간에 외출해서 미연보다 조건이나 사정이 나을 바 없을 게 분명한 남자 친구가 친 사고를 뒷수습하거나 더럽고 좁은 방에서 뒹구는 것보다는 환하고 깨끗한 숍에서 더 이상의 관리가 필요 없는 이미 잘 관리된 매끈한 발을 만지고 정당한 대가를 받고, 그리고 또 자신이 정성껏 고른 복숭아 향 입욕제나 숙면을 돕는 라벤더 오일 같은 걸 받는 쪽이 '명백히' 나은 선택이라고 경주는 생각한다. 누구라도 그렇지 않나? 그것이 경주가 효연방으로 돌아온 후 지 팔자 지가 꼬지 않고, 지

인생 지가 말아먹지 않고 살아온 삶의 방식이었다.

마사지를 받고 주차장으로 향하는데 건물과 건물 사이 좁은 틈새에 쭈그려 앉아 있는 미연이 보였다. 흰 연기가 뿜어져 나오는 걸 보니 담배라도 피우는가 싶었다. 못 본 척해 줘야 하나 망설이는데 경주를 발견한 미연은 들켰다는 반응 대신 반갑게 웃으며 다가왔다. 인사를 건네는 미연의 입술 사이로 담배 연기가 새어 나왔다. 경주가 반사적으로 얼굴을 찌푸리자 미연은 피식 웃더니 피우던 전자 담배를 경주 앞에 내밀었다.

"피워 보실래요?"

"나요? 난 이런 거,"

"피워 본 적 없죠?"

전자 담배는 처음이었다. 은영 언니가 효연방을 떠나며 경주는 더 이상 담배도 피우지 않게 되었다. 담배가 좋은 게 아니라 은영 언니와 나누는 상스러움이 좋았던 거였다. 미연의 나이였을 때, 선배들에게 처음 담배를 배우고 효연방 뒤뜰에서 몰래 피우는 걸 효연 씨에게 들킨 적 있었다. 상스러운 여자가 되고 싶은 거냐? 경멸을 담은 그 말에 경주는 중독되었다. 그 말을 듣기 전까지 경주는 자신이 되고 싶은 게 무언지 알지 못했는데 드디어 알게 된 거였다. 경주가 되고 싶은 건 바로 그것이었다. 상스러운 여자. 그 후 경주는 상스러운 여자가 되고 싶을 때마다 담배를 피웠다. 담배와 상스러움의 연관성은 효연 씨밖에 모를 테지만 담배 한 대로 상스러운 여자가 될 수 있다면 얼마든지 피울 거였다. 효연방에 머문 지 얼마 안 된 은영 언니에게 그 이야기를 들려주었더니 은영 언니도 '상스러운 여자들' 클럽에 동참하고 싶다고 했다. 그래서 몸과 마음이 많이 다친 날이면 두 사람은 담배 한 대를 나눠 피며 서로를 가리켜 상스럽기는, 희롱하며 키득키득 웃었던 거였다. 은영 언니와 나눌수록 상스러움은 살갑고 사랑스럽고 친밀한 것이 되었다. 가끔은 발을 동동 구르고 싶게 만드는 두근거림이었고 때로는 벽에 바짝 붙어 있는 등 뒤에 손을 넣어 아주 조금 더 환한 쪽으로 나가도록 밀어 주는 응원이었다. 은영 언니와 함께 사라진 상스러움을 지금 미연이 건네주는 거였다.

미연에게 전자 담배를 받아 들고 경주는 잠시 망설이다가 한 모금 빨고 내뱉어 보았다. 익숙한 껌 향기가 났다. 미연에게 맡아지던 아카시아 향이 어디서 온 건지 비로소 알 수 있었다. 미연이 다시 전자 담배를 받으며 물었다.

"괜찮죠?"

"네. 그런데, 고객들이 알면 싫어하지 않을까요?"

경주가 주저하며 덧붙였다. 괜히 시비를 한번 걸어 보고 싶었다. 꼰대 같겠지. 뭐 어때. 내가 만만한 사람이 아니라는 걸, 싫은 소리도 할 수 있는 어른이라는 걸 보여 줘야 했다. 조금 불쾌하고 신경 쓰이다가 그 앞에서 행동거지를 조심하게 되고 잘 보이고 싶은 어른이 되어야 한다. 집착은 그렇게 시작된다. 집착당하기 위해서는 좋은 것만을 주어서는 안 된다. 왜,가 들어가야 한다. 좋은 것 안에 껄끄러운 것을 숨겨 두고 때로 불편하게 만들고 곱씹게 만들고 왜,라고 질문하게 만들어야 한다. 내게 좋은 사람, 좋은 어른인 줄 알았는데 갑자기 왜. 혹은 그런데 왜.

"왜요?"

"아무래도 냄새라도 배면."

"뭐 어때요. 싫으면 다시 안 오겠죠. 선생님은요?"

"나요?"

"또 오실 거죠? 예약 잡으셨어요?"

"그렇긴 한데."

"그럼 됐어요."

"뭐가요?"

"선생님만 좋으면 됐지. 남들이 무슨 생각을 하건 알게 뭐예요."

선생님만. 어쨌든은 그렇게 상쇄되었다. 예약이 취소되고 서운함에 굳었던 마음 역시 웨이퍼처럼 바삭하게 부서졌다. 잊고 있던 선물이 생각났다.

"이건 별건 아니지만."

경주는 가방에서 준비해 왔던 선물을 꺼내며 말했다. 도래매듭과 연봉매듭으로 엮은 팔찌와 국화매듭을 활용한 머리핀으로, 이번엔 진짜로 직접 만든 물건이었다.

"그렇게 말씀하시면서 또 별거 맞잖아요."

미연이 중얼거리며 경주가 내민 선물을 가만히 들여다보며 만지작거리다 말했다.

"저 실은 선생님 누군지 알아요."

"알겠죠, 당연히."

"아니, 고객으로 말고요."

미연이 경주의 눈을 똑바로 쳐다보며 말했다. 궁금했었다. 저 아이는 아는가, 모르는가. 안다고 해도 모른다고 해도 달라지거나 할 건 없을 테지만. 아니, 달라지는 건 분명히 있을 거였다. 최소한 감사함 앞에 붙은 어쨌든은 떼어 낼 수 있지 않을까. 예약을 무시하고 남자 친구에게 달려가는 일도 없겠지. 그러나 마음의 빚 때문에 경주를 피하게 될 수도 있었다. 실은 그래서 좀 더 오래 그 사실을 몰랐으면 싶기도 하고 빨리 들키고 싶기도 했다.

"근데 제가 궁금한 건요,"

미연이 매듭 팔찌를 팔에 끼워 보고는 이리저리 살펴보며 예쁘네요, 하더니 별것도 아닌 양 별것인 말을 아무렇지 않게 툭 내뱉었다.

"설마 한 달에 3만 원씩 꼴랑 몇 년 디딤씨앗통장에 넣어 줬다고 해서요, 제 인생에 끼어들 자격이 있다고 생각하시는 건 아니죠? 그런 건 좀, 구리잖아요. 선생님은 그렇게 후지지 않죠?"

4 그것

경주가 처음 미연을 알게 된 건 7년 전 크리스마스 무렵이었다. 효연방에서 연말을 맞아 기부할 곳을 찾고 있었는데 은영 언니가 여자아이들을 위한 아동복지시설인 테레사의 집을 소개해 주었다. 은영 언니와 경주가 매듭 강좌 수강생들 서너 명과 함께 방문해 기부 물품과 후원금 봉투를 전달하고 아이들이 밥 먹고 씻는 것을 도우며 사진도 여러 장 찍었다. 효연방의 공식 계정에 올릴 사진이었다. 설거지 봉사까지 마치고 다들 연말정산을 끝낸 후의 홀가분한 마음으로 테레사의 집을 나와 주차장으로 향하는데 어둠 속에서 교복을 입은 어린 학생이 쓱 다가오더니 잠시 경주와 일행들을 둘러보고 머뭇거리다가 은영 언니에게 쪽지 하나를 건네주었다. 이게 뭐니? 은영 언니가 물어보니 아이는 나중에 혼자 계실 때 펴 보세요, 하고는 서둘러 돌아섰다. 꽤 오래 차가운 벽에 기대어 기다렸는지 돌아선 아이의 교복 치마 엉덩이에 하얗게 시멘트 가루 같은 게 묻어 있었다. 아이가 테레사의 집 쪽으로 사라진 후에도 은영 언니는 쪽지를 펴 보지 않았다. 보육원 아이인가 봐, 감사 편지라도 적었나 보지, 빨리 펴 봐, 하면서 주위에서 부추겨도 혼자 있을 때 펴 보라고 했으니까, 하며 쪽지를 주머니에 넣었다.

유난하기는. 별거 아니라 생각하면서도 그 쪽지의 내용이 점점 궁금해졌다. 사실 테레사의 집 아이에게 대표로 감사 편지를 받는다면 그건 경주여야 했다.

그런데 왜 그 아이는 은영 언니에게 쪽지를 건넸을까. 별것도 아닌데 괜스레 기분이 상했다. 효연방에 돌아와 집으로 들어서는데 은영 언니가 따라오지 않기에 나가 보니 가로등 아래서 쪽지를 펴 보고 있었다. 정말이지 유난이네 싶어 쳐다보는데 은영 언니가 쪽지를 보고는 어머, 애 좀 봐, 하고 영문 모를 감탄사를 내뱉고는 혼자 웃기 시작했다. 도대체 무슨 내용이기에 저러는지 다가가 은영 언니 손에서 쪽지를 빼앗아 읽어 보았다. 아이가 건넨 건 자신의 이름과 계좌번호, 그리고 후원자를 지정할 수 있는 방식의 디딤씨앗통장에 대한 안내였다. 그 아이가 미연이었다.

미연은 테레사의 집에 거주하는 아이도 아니었다. 은영 언니가 지자체의 복지 담당자에게 알아본 결과 근처 위탁가정에 사는 보호아동이었고 디딤씨앗통장으로 후원자와 한 번 매칭된 적이 있으나 반년 만에 일방적으로 후원이 중단되면서 무지정 방식에서 후순위로 밀린 모양이었다. 그래서 테레사의 집에 기부자들이 방문하는 것을 보고는 후원자를 스스로 선택하기로 결심한 후, 그걸 실행에 옮긴 거였다. 미연에게는 배짱이라는 게 있었다. 배짱을 가진 여자아이를 만나기란 쉽지 않다. 본인을 후원해 줄 사람을 스스로 찾아내어 자선을 베풀 기회를 줄 줄 아는 미연에게 경주는 그날 완전히 매혹당했다. 누군들 그러지 않겠는가.

그날 미연에게 선택된 게 경주가 아니라 은영 언니라는 사실은 중요하지 않았다. 그렇기 때문에, 오히려 그래서 경주는 미연이 더 좋았는지도 몰랐다. 효연방의 이름으로 테레사의 집 아이들 세 명과 미연을 지정해 매달 정기 후원을 시작했다. 지정된 아동에게 후원자의 정보가 공개되는지 아닌지는 알지 못했다. 그 후 별도로 감사 인사를 받거나 연락이 온 적도 없었다. 미연이 쪽지를 건네어 후원 지정을 부탁한 게 은영 언니만이 아닐 수도 있었다. 그러니 그중 누구와 매칭되었는지 미연조차 특정하지 못할 수도 있었다. 미연에게 개인적인 감사를 받고자 시작한 것도 아니었으니 상관없었다. 모르는 게 당연했고 모르는 게 마음이 편했다.

후원은 미연이 성년이 되면서 종료되었다. 그것으로 인연은 끝나야 했고 끝나는 게 맞았다. 그런데 경주는 그러지 못했다. 후원이 끝난 후에도 열아홉 살의 미연이, 스무 살의 미연이 궁금했다. 미연이 적어 준 쪽지에는 휴대폰 번호와 메일 주소도 있어서 연락을 하는 건 어려운 일이 아니었다. 그러나 하지 않았다. 대신 그 정보를 통해 온라인에 남겨진 미연의 흔적을 쫓았다. 그것으로 충분했다. 미연이 여전히 배짱 두둑하게 자신이 가질 수 있는 것을 스스로 쟁취하며 살고 있는지 궁금했을 뿐 후원자의 존재를 알아주기를 바라지는 않았다. 아주 느슨하게 엮인, 그저 망하지 말라고 중얼거리며 지켜보게 되는 하나의 생이 어딘가에서 살아 있음을 아는 걸로 되었다고 생각했다. 그 생각이 바뀌게 된 건 효연 씨가 죽으며 남긴 '그것' 때문이었다.

효연 씨는 3년 전, 뒤늦게 운전 연수를 받은 후 처음으로 혼자 차를 끌고 나갔다가 돌아오던 경주의 차에 치였다. 골반에 금이 가고 다리뼈가 부러졌다. 여든둘의 효연 씨는 쉽게 뼈가 붙지 않는 나이었다.

한동안은 휠체어를 타고 다닐 정도는 되었는데 휠체어를 탄 채 계단에서 구르는 사고까지 당했다. 경주가 아주 잠깐 방심한 사이에 벌어진 사건이었다. 아주 잠깐의 방심, 사고는 그런 식으로 일어난다. 게다가 경주도 그때 쉰아홉 살이었다. 깜빡깜빡하고 자잘한 실수를 하고 행동이 굼떠지거나 사고에 빠르게 대

처하지 못하는 게 조금도 이상하지 않은 나이라는 이
야기였다. 효연 씨는 경주가 건강검진을 받을 때 치매
검사도 해 보자고 하면 그딴 건 너나 하라고 했고, 경
주가 건망증으로 물건을 분실하거나 해야 할 일을 잊
을 때마다 나보다 젊은 애가 저렇게 정신머리가 없어
서야, 하면서 혀를 끌끌 차곤 했다. 그러니 챙겨야 할
것을 깜빡 잊어 생기는 잠깐의 방심에 의한 사고란 얼
마든지 일어날 수 있는, 어쩌면 예견된 안타까운 사
고일 뿐이었다.

　부러진 대퇴골에 인공관절을 넣고 나사못으로 고
정하는 수술을 했지만 재활치료는 의미가 없었다. 효
연 씨는 자리보전을 하고 누워 경주의 돌봄에 모든
것을 의지하게 되었다. 그때 경주는 처음으로 자신이
가진 힘을 깨달았다. 균형. 두 사람의 관계에서 한 번
도 변한 적 없던 힘의 구도가 전복된 거였다.

　경주는 효연 씨를 위해 치매 가족 간병 교육을 받
으며 치매에 걸린 부모를 돌보는 유튜브와 책도 찾아
보기 시작했다. 몸 건강이 무너진 노인의 정신 건강
이 허물어지는 일은 흔하다고 했다. 치매 걸린 아버지
를 돌보는 강선동의 채널을 구독하며 앞으로 제게 닥
칠 고난을 순교자의 마음으로 견딜 각오마저 되어 있

었다. 치매에 걸려 간병하기에 더 고약한 환자가 되거나 모든 기억을 잃고 경주의 이름조차 잃어버린다 해도 괜찮았다. 오히려 좋았다. 그것은 효연 씨를 용서하는 의식이 아니었다. 효연 씨 인생의 부속물처럼 살아온 경주 자신의 인생에 대한 일종의 보상이자 명분을 쌓는 과정이었다. 헌신. 완전한 헌신. 사랑하지 않고 사랑받지 못했던 평생 억압의 대상이자 끊고 싶은 인연이었던 존재를 위한 백 퍼센트의 헌신. 감사로 돌아오지 않을 가치 없는 헌신이기에 순수함이라는 훼손되지 않는 가치가 생겼다. 그렇게 끝내고 나면 효연 씨와 더럽게 엮인 매듭도 다 풀어낼 수 있을 거라고 생각했다. 그러나 효연 씨는 그것조차 허용하지 않았다.

자가호흡이 곤란해져 병원에 입원한 효연 씨는 죽기 사흘 전, 마지막으로 경주가 면회를 할 때까지도 의식이 분명했다. 그날 휴식 중인 간병인을 대신해 경주가 효연 씨를 돌보며 소변 통을 비우고 욕창이 생기지 않게 자세를 바꿔 주는데 효연 씨가 아주 작은 소리로 무어라 중얼거렸다. 그 불분명한 중얼거림이 유언이 될지도 모른다는 생각에 이리저리 짜 맞춰 보다가 경주가 완성한 대사는 이런 것이었다. 너를, 용서

하마.

용서해 달라는 말 대신 용서한다는 말로 용서를 제 것으로 탈취하고 마지막까지 유리한 입장을 놓지 않고 죽는 것. 그것이 경주가 아는 효연 씨다운 죽음이었기에 그 대사는 경주가 붙였으나 효연 씨의 것임이 분명했다. 그것으로 경주는 효연 씨를 죽음으로 용서하는 대신 영원히 용서하지 않을 구실을 얻게 되었다. 그리하여 한 시간 반이 넘도록 태워 재가 된 효연 씨의 몸에서 유일하게 남은 게 경주로 인해 삽입된 인공관절이라는 걸 알았을 때, 경주는 죽은 효연 씨가 남긴 그 상스러운 기쁨을 기꺼이 즐기기로 했다.

진즉 맘껏 상스러워야 했다. 효연 씨가 어린 경주를 통제하기 위해 내뱉던 상스러운 종자 같으니라고, 그 말에 처음부터 걸맞게 행동했다면, 차라리 그런 식으로 제 욕망에 충실했다면 어쩌면 끝내는 효연 씨에게 인정받는 딸이 되었을지도 몰랐다. 최소한 존중은 받았을 것이다. 아니, 그런데 나는 아직도 인정받는 딸이고 싶은 열망을 버리지 못했나. 경주는 제 남은 집착에 경악했고, 울지 않기 위해 웃기 시작했다. 죽은 효연 씨에게 인정받는다는 게 제게는 아직도 그토록 중요한 노릇이었다. 어쩌면 이런 게 효연 씨가 말하는 상스러운 종자의 본성인지도 몰랐다. 제 생의 가치를 스스로가 아닌 타인의 인정에 기대는 것. 효연 씨가 가장 경멸하는 대상은 제 것을 갖지 못하고 지키지 못한 채 남에게 휘둘리는 나약한 사람이라는 것을 알게 된 후에는 이미 늦었다. 사실 그것이 효연 씨가 경주에게 한 것이었다. 모든 것을 알게 된 후에는 너무 늦도록 만드는 것.

그러니 효연 씨가 죽고 1년이 지난 후에야 경주는 알게 된 것이다. 효연방 뒤뜰의 가장 큰 독에 쪽이나 오배자 염료 대신 남아 있는 그것, 귀도래매듭으로 묶인 '그것'이 의미하는 것. 그것은 경주의 상스러운 기쁨이 아니었다. 부러뜨린 뼈로 남아 끝내 더럽게 얽힌 관계의 매듭을 끊어 내지 못하도록 하는 효연 씨의 욕망이었다. 늘 그렇듯 경주의 욕망은 남이 욕망하는 것에만 달라붙었다. 문명의 연속성. 그렇게 경주도 '부러뜨린 뼈'로 남는 자신에 대한 상스러움을 욕망하기 시작했고, 마침내 미연을 떠올렸다. 그 아이라면 할 수 있을 거였다. 자신에게 부러뜨린 뼈를 선사할 수 있을 것이다. 그 아이는 배짱이 있다. 배짱에 꼴랑으로 존재하는 마음의 빚이 더해지면, 더한 용맹도 가능하다.

5 유인

"인류학자 마거릿 미드는 문명의 시작이라 여기는 것에 대한 질문을 받았습니다. 사람들은 토기나 간석기라는 대답을 예상했죠. 그러나 마거릿 미드는 이렇게 정의합니다. 문명의 시작은 부러졌다 붙은 흔적이 있는 다리뼈라고. 그 시대, 다리가 부러진 인간은 결코 사냥하는 동물들의 위험으로부터 달아날 수 없었습니다. 생존을 위한 물과 먹을 것을 구하러 나갈 수도 없었죠. 꼼짝 없이 굶어 죽거나 죽임을 당할 운명이었던 겁니다. 그러나 후대의 사람들은 부러졌다 붙은 흔적이 있는 다리뼈를 발견했습니다. 그것은 누군가 곁에서 치유될 때까지 도와주었다는 것을, 곤경에 처한 사람을 돌봐 주었다는 걸 의미한다고 마거릿 미드는 얘기합니다. 진정한 의미의 문명이란, 그렇게 보살핌에서 시작되었다고 말입니다."

팬데믹으로 중단되었던 효연방의 전통매듭 강좌를 다시 진행하며 경주는 마거릿 미드의 이야기로 시작했다. 온라인으로 일일 무료 강좌 신청을 받았는데, 얼마 전 방영한 드라마에서 매듭 공예품이 중요한 소품으로 쓰인 직후라서인지 반응이 괜찮았다. 신청한 사람은 아홉 명, 참석자는 일곱 명이었다. 거리를 둔 채 띄엄띄엄 앉아 있는 수강생들이 다소 의아한 표정으로 경주의 말을 경청하고 있었다. 당연했다. 매듭 공예품 하나 만들어 볼까 하고 신청했는데 부러진 다리뼈와 문명의 기원을 언급하다니. 그러나 경주는 매듭과 이 이야기를 연결시키는 게 언제나 좋았다. 은영 언니는 너무 좀 거창하지 않니, 하며 웃었지만 경주는 그렇게 생각하지 않았다. 그럴듯해 보이는 게 중요했다. 일부러 시간을 내어 체험을 하러 온 이들은 작은 기술이나 매듭 소품 하나를 들고 가는 것보다는 그 시간이 소중한 것을 위해 쓰였다고 믿고 싶어 할 터였다. 가치 있거나 혹은 가치 있어 보이는 것에.

"조금 멀리 갔지만 다시 매듭 이야기로 돌아와 볼까요? 부러진 것을 잇기 위해서는 무엇이 필요했을까요. 네, 바로 매듭입니다. 매듭은 우리가 망가진 후에도 회복될 수 있다는 것을 알려 주는 기술이고 믿음입니다. 우리가 정성과 시간을 들여 자연을 본뜬 국화매듭이나 나비매듭, 날개매듭을 짓는 마음도 어쩌면 우리 안의 부러진 상처를 다시 붙이는 일이 아닌가 저는 생각합니다."

경주가 상처,라고 말하자 제일 뒤쪽 구석에 고개를

숙인 채 표정 없는 얼굴로 앉아 있던 수강생 한 명이 고개를 들어 경주를 보았다. 언젠가 은영 언니는 수 강생들이 매듭을 짓는 모습을 보면 내향인들의 수다 를 듣는 기분이라고 한 적이 있었다. 확실히 침묵 속 에 홀로 앉아 저마다 둥글게 수그린 자세, 제 은밀한 곳을 응시하듯 웅크린 몸으로 매듭을 만드는 모습을 보면 고요한 소란스러움이 느껴졌다. 손으로 하는 명 상이나 기도 같기도 했다. 그 생각을 좀 더 발전시켜 봐도 좋을 성싶었다. 힐링이나 치유, 명상은 매우 손 쉽게 수익을 거둘 수 있는 아이템이었다. 뻔한 다정과 뻔한 위무를 별것인 양 포장해서 팔아 치우는 뻔한 유행에 경주는 기꺼이 뻔뻔하게 편승할 준비가 되어 있었다. 그런 의미에서 상처나 보살핌이란 단어 역시 주효할 터였다.

반응을 보이는 사람이 한 명이라도 있으면 조금 더 나아가도 좋았다. 경주는 오늘 사용할 끈목을 나누 어 주며 이야기를 이어 나갔다.

"합사한 이 끈목들은 매듭을 짓지 않으면 그저 낱 낱의 끈에 불과합니다. 이것을 매듭으로 엮어 아름다 운 자연이나 예쁜 무늬를 만들어 내 곁에 두는 것, 삶 을 아름답게 장식하려는 의지, 그것은 너와 내가 우리로 엮어 풀리지 않는 아름다운 무늬 하나를 세상에 남겨 놓겠다는 열망이고 약속입니다. 그러므로 우리가 여기서 매듭을 짓는 건 곁을 돌아보는 마음, 서로가 서로를, 내가 나를 돌보는 마음에서 시작된다고 저는 생각합니다. 결국 매듭을 엮는다는 건 부러진 마음의 결을 모아 곱게 엮어 회복시키는 일인지도 모릅니다."

매듭을 엮는 게 마음을 엮는 일이라니. 사람과 자연과 아름다움과 연결되는 일이라니. 그런 게 가능하다니. 스스로 믿지 않는 이야기일수록 경주는 확신을 실어 말했다. 누군가 웃음을 터뜨리거나 개소리라고 중얼거리지 않을까 기대했으나 그런 일은 일어나지 않았다. 만약 미연이 이 자리에 있었다면 선생님은 왜 그리 있어 보이려고 해요? 그런 건 너무 구리지 않나요? 하면서 발랄하게 따져 물었을지도 몰랐다. 그 생각을 하며 도래매듭 엮는 법을 시연하는데 미닫이문이 열리더니 두 명의 수강생이 뒤늦게 들어와 구석 자리에 앉았다. 온라인으로 접수된 명단을 보니 정태훈 외 1명이었다. 그 외 1명이 맨 뒷자리에서 경주를 향해 손을 번쩍 들고는 매우 반갑게 반짝반짝 흔들며 인사했다.

반

　　짝

반

　　짝

　그냥 손을 흔드는데 반짝반짝,이라는 표현이 어울리는 아이. 그게 미연이었다. 그런데 외 1명이라니. 경주는 미연에게 외 1명이라는 표현은 결코 어울리지 않는다고 생각했고 그런 식으로 신청한 태훈의 무성의함에 일종의 적의를 느꼈다. 별것도 아닌 게. 지도 남자라고. 여자를 무시하는 남자들, 여자를 자신에게 딸린 외 1명 정도로 생각하는 남자들, 헌신하는 여자를 선택해 헌신짝으로 만드는 남자들. 너도 그런 남자니. 그래서 가여운 아이로 자란 티가 나는 미연을 사귀니. 미연이 '가여운 아이'인 채 그런 남자를 사귀어야 하기 때문에, 그래야 경주 자신이 미연을 더 환한 쪽, 별것 아닌 것 같지만 별거인 세계로 초대하는 유리한 위치를 차지할 수 있기 때문에, 경주는 태훈을 그렇게 단정 짓기 위해 애쓰며 매듭을 엮는 시연을 하는 틈틈이 태훈을 관찰했다. 오로지 미연을 위해서, 미연의 예정된, 순리여야 하는 불행한 연애를 위해서.

매듭을 엮는 일이 마음을 엮는 일이라면 지금 내가
엮는 매듭은 어떤 마음인가. 경주는 제 손끝에서 단
단하게 엮이는 매듭의 이름이 궁금했으나 알고 싶지
않았다. 망하지 마, 망가지지 마,라는 걱정과 염려, 기
도라고 생각하고 싶지만 그것은 실은 저주였다. 망한
끝에 내가 서 있겠다. 그러니 너는 더 망해서 내게로
와라. 그리하여 내가 망하고 망가져 부러진 뼈 하나
로 남을 때까지 나를, 나만을 탐해라. 너는 내게 꼴랑
의 진심으로 선택받은 아이, 내게 부러뜨린 뼈를 선
물해 줄 아이니까,라는 식으로.

　　툭툭 건드리고 쓰다듬고 속살거리고 키득대고 조
용히 해, 너나 조용히 해, 어린 말들과 어린 살들을
서로 끝없이 부딪치고 비비적대면서, 태훈과 미연은
쪽과 오배자로 물들인 끈목으로 도래매듭과 가락지
매듭을 엮어 팔찌를 만들기 시작했다.
　　미연은 주의가 산만한 편이었다. 매듭을 만드는 것
보다는 다른 것에 더 관심이 많은 듯 보였다. 바람이
불면 바람이 지나가는 길이라도 살피는 양 열린 미닫
이문 바깥의 마당을 멍하니 바라보았고, 풍경이 울리
면 그 소리에 오래 귀를 기울였다. 가르쳐 주는 대로

차분하게 잘 따라 하는 쪽은 오히려 태훈이었다.

경주의 기대와 달리 태훈은 '잘 배운 태'가 나는 아이었다. 사용하는 말이나 몸가짐도 예의 바르고 반듯해서 어른들이 좋아할 법했다. 그렇다고 해서 그게 나쁜 남자가 아니라는 증거는 아니었다. 엄마 손을 많이 탄 아이라는 이야기도 될 수 있었고, 여자 친구에게 엄마를 요구하는, 엄마 같은 사람이 이상형이라는 소리나 지껄이는 남자아이일 가능성도 있었다. 이름 대신 아들이라 더 많이 불리는, 여자를 헌신짝으로 만드는 가부장적인 아들.

제가 만들어 낸 그 이미지에서 경주는 벗어나지 못한다. 나쁜 쪽으로 생각하기. 어떤 조건에서도 불행을 끄집어내기. 효연 씨처럼 매듭 장인은 되지 못했지만 어떻게든 '보통'이나 '평범'을 나쁘게 엮는 기술이라면 자신도 무형문화재가 될 수 있을 거라고 경주는 생각하며 조금 웃었다. 그런 것이 상스러운 종자가 하는 일.

매듭 강좌가 끝나고 수강생들이 모두 돌아간 후에도 미연과 태훈은 바로 돌아가지 않고 서성였다. 미연은 선생님, 집 좀 둘러봐도 되죠? 하더니 실례라며 말리는 태훈을 끌고 다니며 고모의 시골집에 놀러 온 조카딸처럼 굴었다. 여긴 손 좀 봐야겠다, 웃풍이 세진 않아요? 한옥에서 살아 본 적 없는데 이런 데서 자면 잠이 잘 올 거 같아요. 여름에 여기 누워서 선풍기 틀어 놓고 수박 먹으면 천국 같겠다, 그치? 선생님, 저 여름에 또 놀러 와도 돼요? 있죠, 그거 아세요? 요즘엔 이런 한옥 그대로 살려서 카페도 많이 하거든요. 전통찻집도 하고 옆에서 매듭공예도 가르치고 전시도 하면 근사할 것 같은데. 만약 차리시게 되면 저 매니저 시켜 주시면 안 돼요? 저 바리스타 자격증도 있거든요. 여기 사진 좀 찍어도 되죠?

미연은 진짜 효연방을 카페로 개조할 궁리라도 하는 양 구석구석을 둘러보며 사진을 찍었다. 두 사람이 한참 속닥거린 후에는 태훈 역시 카메라를 꺼내어 곳곳을 영상으로 담았다. 두 사람의 눈에 비친 효연방의 모습이 궁금해졌다. 낡고 오래되어 새롭게 개조해야만 그 가치가 겨우 유지될 허물어져 가는 한옥으로만 보이려나. 그리고 어쩌면 나 역시?

마지막으로 장독대에서 천연염료가 담긴 독들의 뚜껑을 열어 독 안에 얼굴을 들이밀고 그 안에 무엇이 있는지에 대한 궁금증까지 해소한 후에야, 미연이 툇마루에 걸터앉더니 말했다.

"이런 집은 얼마나 해요? 전 이런 집 하나 있으면
요, 가만히 여기 이런 걸 뭐라고 해요, 툇마루? 툇마
루에 앉아서 마당만 내다보고 있어도요, 되게 착해
질 것 같아요. 그런 거 있잖아요. 어떤 소유는 마음
을 편협하게 만들지만 어떤 건 마음을 너그럽게 만들
잖아요. 그래서 가끔은 제가 충분히 친절하지 못하고
충분히 착하지 못해서 자괴감이 들 때면 그런 생각
하거든요. 내가 충분히 갖지 못해서 그래. 조금만, 딱
착한 마음으로 살 수 있을 만큼만 가지면 좋겠다고
요. 근데 그게 참 어렵더라고요. 딱 고만큼만이라는
게 사실은 자신이 꿈꿀 수 있는 최고치잖아요. 그걸
모르고 자꾸 고만큼만, 그때까지만, 하다 보면 꿈꾸
는 것도 잊게 되고 그러다 보면 착한 마음 같은 건 개
뿔, 사는 데 급급해지고요. 그런데 이런 집 한 채 있
으면 되게 많은 좋은 꿈을 꿀 수 있을 것 같아요. 그
치, 태훈아."

경주는 가늠해 보았다. 미연이 던지는 말들, 그것
은 효연방이 아니라 경주의 견적을 내고 가늠해 보는
거였다. 제게 쥐꼬리만 한 자선을 베푼 것으로 보잘
것 없는 생을 긍정해 보려는 외롭고 늙은 경주에게 어
디까지 얻어 낼 수 있을까를 타진해 보는 걸 터였다.

착하게 살기에 적합한 만큼 가지는 것에 대해 이야기하며 꿈이란 낡았지만 효과적인 단어를 이용함으로써, 미연은 탐욕을 드러냄에 있어서도 단지 물질적인 것이 아니라 좀 더 고결한 것을 추구한다는 인상을 심어 주려는 거였다.

원하는 것을 들키는 미연의 방식이 꽤 영리하다고 경주는 감탄했다. 어디까지 원하고 어디까지 얻어 낼 수 있나. 무엇을 원할 때 확실한 보상이 돌아올 것인가. 미연은 그런 식으로 욕망을 발산하고 가능성을 수렴해 보는 것을 손쉽게 들켰지만, 들켜도 상관없다는 그 천연덕스러운 태도가 바로 미연을 다음 단계로 손쉽게 진입하게 만들어 주는 힘일 터였다. 애초에 그것이 경주가 미연을 효연방으로 불러들인 이유기도 했다.

꼴랑이라는 표현에 노여워하거나 상처 입을 만큼 후지지 않음을 증명하기 위해, 경주는 지난 주 예약된 시간에 맞춰 다시 풋 케어 숍을 찾았다. 그날 경주의 발에 보습 크림을 발라 주는 미연의 왼쪽 손목에는 경주가 선물한 매듭 팔찌가 채워져 있었다.

"이거요, 다들 부러워해요. 너무 예쁘다고요."

미연은 경주를 보지 않고도 경주가 무엇을 보고 있는지 아는 듯했다. 그리고 어떤 말을 해야 상대방의 마음 안쪽까지 닿을 수 있는지도. 고객을 상대로 감정노동을 하며 익힌 세심함이라 생각하니 기특하기도 하고 안됐기도 했다. 내가 뭐라고 남을 함부로 안됐다고 연민하나, 대견까지만 하자, 했다가도 경주는 미연이 그 섬세함으로 제 욕망을 샅샅이 발골해 주기를 바라게 되었다. 호구 잡히는 일, 등골을 빼먹히는 일, 골수까지 빨리는 일, 그리하여 마침내 부러뜨린 뼈 하나로 남는 일. 경주가 미연에게 원하는 건 그런 거였다. 누군가를 등골까지 빼먹으려면 집요하게 그 사람을 관찰하고 친밀감을 쌓아야 할 터였다. 그 사람이 가진 것과 가지지 않은 것, 줄 수 있는 것과 없는 것을 파악하고 무엇을 욕망하고 무엇에 간절해지는지, 어떤 결핍에 가장 예민하게 반응하는지 따위를 면밀히 살피고 그 욕망을 우선 채워 줘야 할 거였다. 미연에게는 그런 자질이 있었다. 예를 들면 이런 식으로.

미연은 쉽게 한 걸음 더 나아갈 줄 알았다. 두 사람의 관계를 돈독히 해 줄 제삼자, 재인을 끌어들인 거였다.

"언니, 이거요, 여기 선생님이 직접 만들어 주셨어요."

재인은 미연이 원하는 반응을 보여 주었다.

"어머, 진짜 예쁘다. 이런 건 어떻게 만들어요? 저도 하나 만들어 주시면 안 돼요?"

재인의 말에 경주 대신 미연이 냉큼 대답했다.

"안 돼요. 이건 선생님이 저만 주신 거예요. 그죠, 선생님?"

저만. 미연은 '만'이라는 한 글자로 쉽게 다른 사람들을 떨구어 내고 두 사람만의 세계에 경주를 가두었다. 경주의 나눔이 자기에게만이라고 한정 짓는 것으로 경주의 무의식 안에 저만 존재할 수 있는 방을 만들어 놓고 경주에게도 자신에게만 베풀 수 있다는 폐쇄적인 고유성을 부여해 주었다. 단호한 배척 속에 유일한 자격을 주고받는 일. 한번 거부된 적 있기에, ─ 구리고 후지다더니! ─ 다른 누구도 아닌 미연에게 직접 승인받은 자격이기에 그 가치는 더욱 절대적으로 고귀하게 느껴졌다. 타인이 침범할 수 없는 둘만의 사이는 미연에 의해 그렇게 손쉽게 만들어졌고 그 사이 안에서 경주는 기꺼이 미연에게만 열리는 환대, 뼈와 골수와 등골의 환대를 예감했다. 이쯤에서 좀 더 더럽게 엮여 봐도 좋을 성싶었다.

"만들기 어렵지 않아요. 한번 놀러 오세요. 둘이 같이."

경주가 재인에게 효연방의 명함을 건네주자 미연이 가로채며 말했다.

"그렇지 않아도 궁금했는데. 꼭 놀러 갈게요. 남자 친구랑 같이 가도 되죠?"

미연이 궁금한 것은 경주가 아니라 경주가 가진 것, 경주가 줄 수 있는 별것의 구체적 실체일 터였다. 그렇다면 미연은 경주가 유인한 이유를 정확히 파악하고 있는 거였다. 와서 보아라. 네가 무엇을 탐할 수 있는지를. 그리고 내게 빼먹을 것을 재고 따지며 내 곁에서 나를 좀, 완전히 탐해 주렴.

태훈과 미연이 견적을 내듯 효연방의 구석구석을 돌아보고 카메라에 담는 것을 보며 경주는 사악한 기쁨을 느꼈다. 만약 이 집이 경주의 것이 아니라 호주에 사는 조카의 소유라는 걸 안다면, 얼마 전 오랜만에 한국에 들어온 조카가 아주 조심스럽게 했던 말, 할머니도 돌아가셨는데 고모도 이제 하고 싶은 거 하면서 편히 쉬셔야죠. 언제까지 효연방에만 매여

계실 순 없잖아요, 어차피 전승자도 아니신데. 지금도 사겠다는 사람은 많으니까 집이야 팔면 되고요,라고 말하며 슬쩍 경주의 눈치를 살피던 것을 만약 말해 준다면, 지금 일종의 기대감으로 상기된 두 사람의 얼굴은 어떤 식으로 구겨질까. 어차피 밝힐 생각도 없으면서 그 생각을 하자 경주는 괜히 웃음이 났다. 저 아이들은 경주를 웃게 만들었다. 어쨌든, 감사한 노릇이다.

  툇마루에 앉아 해가 지는 풍경까지 보고 나서, 두 사람은 무언가를 논의하더니 손을 꼭 붙잡고 경주에게 다가왔다. 이제 셈이 다 끝난 걸까. 그들이 내미는 패가 무어든 경주는 받을 준비가 되어 있었다. 서툰 운전으로 후진을 해서 효연 씨의 다리뼈를 부러뜨렸던 날 느꼈던 솟구치는 아드레날린의 힘을 경주는 다시 느꼈다. 경주가 인류학자는 아니지만, 경주에게 누군가 묻는다면 경주는 부러진 뼈가 아니라 부러뜨린 뼈, 곁에 붙잡아 두고 돌보기 위해 의도적으로 부러뜨린 뼈로부터 어떤 인류의 문명은 시작되었다고 이야기할 거였다. 그러니까, 상스러운 종자의 시작은 그런 것.

  마침내 미연이 경주가 기대했던 말을 꺼냈다.

"선생님, 부탁이 있는데요."

6 꿈에

경주가 처음 만든 영화는 러닝타임 17분의 단편영화였다. 제목은 '보건실.' 한밤의 고등학교 보건실에서 세 명의 여학생들 사이에 일어난 은밀한 공모와 서툰 구원에 관한 이야기였다. 소규모 단편영화제에 출품했는데 경주의 영화는 세 번째 날 두 번째 상영작이었다. 영화가 시작되고 경주는 맨 뒤에 앉아 긴장된 마음으로 스크린이 아닌 관객들의 뒤통수만 보았다. 지루해. 괜찮은데. 뭐라는 거야. 고개를 흔들거나 어깨를 터는 움직임 하나하나가 영화에 대한 반응으로 읽혀서 심장이 부풀었다 가라앉곤 했다. 영화가 중반을 넘어서자 작은 수런거림이 일었다. 주인공 중 한 명의 전라 장면 때문인 것 같았다. 관객들이 영화를 보다 말고 자꾸 힐끔힐끔 뒤를 돌아보았다. 상영 전, 주연배우 셋이 관객석에서 일어나 인사를 했다. 그것을 기억하고는 지금 스크린에서 벗고 있는 Y의 얼굴을 굳이 확인해 보려는 것일 터였다. 이런 영화제에 오는 관객들이란 대개는 스스로 창작자이기 마련이었고, 그래서 결국엔 이리저리 다 아는 얼굴들이었기에 더. 그들은 지금 스크린을 통해 그 얼굴이 그 얼굴인 판의 사람들에게 벗은 몸을 보이게 된 아는 얼굴 Y에게 호기심과 함께 안타까운 시선을 보내는 거였다. 그것은 결국 조롱을 애써 포장한 것에 다름 아니었다. 뒤에서 세 번째 줄, 경주와 대각선 자리에 앉은 Y가 매우 꼿꼿한 자세로 그 시선들을 받아 내고 있었다. Y의 목과 허리는 지나치게 꼿꼿했는데 지나치다는 것, 그것은 꼿꼿함을 과장하지 않으면 그 천박한 호기심을 견디지 못할 것을 안다는 이야기였다. 경주의 앞에 앉아 있던 관객 한 명이 옆자리의 동행에게 속삭이는 소리가 들렸다. 이런 영화 때문에 굳이? 대체 왜?

그제야 경주는 제가 무슨 일을 했는지 알았다. 결국 영화가 끝나기도 전에 화장실로 도망친 후 담배를 아주 오래 피웠다. 아무리 담배를 피워 대도 경주는 결코 상스러운 여자가 될 수 없었다. 영화는 경주가 도달할 수 있는 가장 상스러운 세계였으나 상스러움은 그런 식으로 이루어지는 게 아니었다. 영화랍시고. 꼴에 예술 한답시고. 그 필패의 문법을 답습하며 자신은 제대로 미끄러진 거였다.

영화가 끝나고도 한참 시간이 흐른 후에야 화장실을 나왔다. 다음 작품이 상영되고 있을 터였다. 다시 들어가야 하나 망설이는데 얼굴을 아는 누군가가 문을 열고 나오며 전화기에 대고 작게 속삭였다. 웃기지도 않더라. 별것도 아닌 게.

그 말을 뒤로한 채 그대로 계단을 올라 극장을 벗어났고, 두 시간을 걸어 집으로 돌아왔다. 그것이 제 영화에 대한 평이 아닐 수도 있다는 건 나중에 떠올렸는데, 중요한 건 그게 아니었다. 그 정도의 평에도 영화에 대한 마음이 접히는 걸 보면 자신의 간절함은 그 정도인가 보다 싶었고 그대로 영화에 대한 순정을 지울 수 있었다. 그 후로도 크고 작은 영화의 스태프로 몇 차례 일하기는 했지만 더 이상 별것으로서의 내 영화를 꿈꾸지 않았고 별것을 잃자 별것도 아닌 것조차 희구하지 않게 되었다.

경주가 효연방으로 돌아와 효연 씨의 딸이자 비서 노릇을 담당하게 되면서 효연 씨는 경주에게 이런 질문을 던지곤 했다. 예술을 한답시고 집을 떠났다가 좌절을 겪은 후 집으로 돌아와 부모가 일궈 놓은 삶에 의존해 사는 자유로운 영혼에 대한 영화는 그래서, 언제쯤 볼 수 있는 거냐. 그것은 효연방으로 돌아온 경주의 자조적인 농담이었으나 시간이 흐르면서 효연 씨가 경주에게 건네는 유일한 농담이 되었다. 내가 가둔 품 안의 딸에서 벗어나는 것으로 나를 실망시켜 나를 감탄에 이르게 해 달라는 숨은 응원이자 열망이었을지도 몰랐으나, 경주는 모른 척하는 것으로 영영 모르게 되었다.

영화는 경주의 밑바닥까지 다 들키게 만드는 장르였다. 아무리 용서나 구원, 화해를 말한다 해도 상스러운 종자의 본성은 감추어지지 않았다. 영화적 상스러움은 창작자 내부의 상스러움을 전복시키거나 극복한 채 이루어져야 했겠으나 경주는 그 경계를 결코 뛰어넘을 수 없었다. 그것의 차이도 명확히 구분할 수 없었다. 그저 제가 가진 상스러움만을 들킬 뿐이었고, 그 모멸을 견디며 영화적 상스러움으로, 소위 '예술'로 재현하기 위해 거듭 미끄러진다 해도 나아갈 배짱이 경주에게는 없었다. 그렇게 영화는 경주와는 무관한 별것의 세계로 떠나갔다.

그런데 이 아이들이 이제 와서, 마지막으로 극장에서 영화를 본 지도 햇수로 10년은 넘은 경주에게 영화를 찍자고 하는 거였다. 경주는 그 순간 왜인지 부러뜨린 뼈에 대해 떠올렸다. 인류 문명의 시작, 어떤 상스러운 인류들의 문명의 시작에 대해서.

'씨, 발아.'

그것이 미연과 태훈이 찍으려는 영화의 제목이라고 했다. 두 사람은 청소년 연합 영화 동아리에서 만난 사이였고 이미 한 편의 다큐멘터리를 같이 제작한 경험이 있었다. 이것은 두 사람의 두 번째 영화로 디딤씨앗통장에 관한 다큐멘터리가 될 예정이었다.

미연은 후원받은 돈으로 무엇을 할지 오래 생각했다. 그것으로 하고 싶은 것도, 필요한 용도도 많았지만 어쩐지 아주 가치 있는 일에 써야 할 것만 같았고 그러자니 가치 있는 건 무언가 하는 생각을 하게 되었고 그 가치란 누가 정하는 걸까 궁금해졌다. 그리고 자신에게 그것을 준 사람을 떠올리며 그 사람은 이 돈이 어떻게 쓰이길 바랄까, 내게 원하는 게 무얼까도 궁금해졌다. 다른 친구들은 그것을 어떻게 사용하는지, 그것으로 삶이 나아지긴 했는지도 — 이 표현을 쓰며 미연은 어쩐지 오래 웃었는데 그 웃음은 약간 과장된 연기처럼 보였다 — 알고 싶어졌다. 그러다 이왕이면 허투루 쓰이는 과정을 영화로 찍어 보면 재미있겠다는 생각을 하게 되었다고 했다. 돈이건 마음이건 필요한 쓰임 말고 원하는 불필요함을 위해 허투루 써도 된다는 걸, 스스로 그래도 되는 존재라는 걸 경험하는 것이 진짜 별거란 걸 미연은 안다. 허투루 쓰겠다고 '결심'까지 하는 마음 앞에서 경주는 그만 무너지고 말았다. 허투루 쓰이는 마음이 영화가 된다니.

"그런데 나는 왜?"

"그게요 보통은 후원받는 쪽에서 어떻게 사용하는지만 생각하잖아요. 그런데 저는요 주는 쪽도 분명히 그것을 사용한다고 생각하거든요. 그러니까 그렇게 사용되는 마음에 대해서도 좀 더 들여다보고 싶다는 생각이 들었고요."

"그게 뭐 별거라고. 나는 그저 기분만 냈는데."

미연이 경주의 말에 피식 웃음을 터뜨리더니 말했다.

"별거 아닌 거, 기분만 내는 거, 전 그런 게 좋은 거 같아요. 내가 기분만 낸 게 나와 전혀 상관없는 누군가에게 전해져서 그게 영화가 되기도 하고 음악이 되기도 하고, 가방이나 떡볶이가 되기도 하는 거잖아요. 그런 거 저는 너무, 너무 좋은 거 같아요. 그렇게 별거 아닌데 좋은 거, 그런 게 제 영화였으면 좋겠고 그래서 후원해 주신 선생님의 별거 아닌 일상을 찍고 싶은 거예요. 그러니까 꼴랑 3만 원의 진심 같은 거요."

이 아이는 어째서 이토록 뻔뻔한가. 제 인생에 내가 끼어들 자격이 있다 믿는 것은 후지다고 했으면서, 내 인생에는 함부로 카메라를 들이대겠다고 하다니. 경주는 애써 노여움을 키워 보려 했다. 왜 전자는 후지고 후자는 후지지 않나. 그러나 경주도 안다. 미연의 제안은 후지지 않다. 사실 이것은 경주가 바라던 그 호구 잡히는 일을 완성시켜 줄 가장 그럴듯한 명분이기도 했다.

"찍는 거 허락만 해 주시면 마사지 받으러 오실 때 무료로 한 코스씩 더 넣어 드릴게요. 아니면 음, 선생님께서도 제게 원하는 거 하나 말씀해 주시면 다 들어드릴게요."

"다?"

"네. 전부 다."

꼴랑의 빚을 전부로 되받는 것. 미연은 배포가 있었다. 경주는 미연의 간교함에 감탄했다. 이 아이는 내가 가진 가장 상스러운 욕망이 무언지 안다. 그래서 영화와 선하고 속된 욕망을 결합한 미끼를 내 앞에 흔들며 내가 덥석 물기를 바라는 것이다. 밑 빠진 독. 영화를 찍다 보면 예산을 초과하는 일은 수시로 발생할 터였다. 등골까지 빼먹히는 일에 영화보다 적합한 장르도 없었다. 이쯤 되면 욕망을 들키고 유인당한 건 경주인지도 몰랐다. 경주의 욕망과 결핍에 제대로 빨대를 꽂을 줄 아는 미연을 보자 경주는 어쩐지 웃음이 터질 것 같아 질끈 혀를 깨물어야 했다. 고통과 쾌락이 동시에 경주를 덮쳤다. 미연은 늘 그런 식으로 경주에게 왔다. 그러니까 경주를 덮치고 휘몰아치고 황폐하게 만들었다. 맙소사, 더럽게 엮이고 싶다. 경주는 그 감정에 완전히 사로잡혔다. 결코 풀리지 않는 엉킨 매듭이 몸 안의 뼈를 다 부러뜨릴 때까지, 더 더럽게 얽히고만 싶다.

하지만 영화라니. 그냥 내 일상을 찍겠다니. 경주는 미연에게 제 단조로운 일상을 관찰당하고 싶지는 않았다. 자신은 한 번도 흥미로운 사람인 적 없었다. 영화가 될 만큼 그럴듯한 장면을 건질 리가 없었다. 그래서 혼잣말처럼 중얼거렸다.

"그런 게 영화가 될까."

그러자 미연이 깜짝 놀란 듯 말했다.

"어? 저는 그런 게 영화가 되는 거라고 생각하는데요."

7 메소드 복싱

일상을 있는 그대로. 미연은 그런 게 영화가 되는 거라고 했지만 경주는 도저히 그렇게 생각되지 않았다. 아무리 다큐멘터리라고 해도 별것 없는 일상을 그대로 보여 줄 수는 없었다. 그렇다고 해서 연기를 하겠다는 건 아니었으나 영화에 조금 더 흥미로운 장면들을 삽입할 수는 있을 거였다. 미연의 카메라에 자신이 실제보다는 흥미로운 사람으로 담기기를 바랐다. 그러나 흥미로운 것은 언제나 경주의 삶 반대편에 있었다. 그래서 자신이 해 본 적 없으며 앞으로도 결코 하지 않을 것 같은 일들의 목록을 작성해 그중 하나를 서둘러 실행해 보기로 했다. 그렇게 해서 경주가 시작한 것이 복싱 체육관에 등록하는 일이었다. 휴학 중인 태훈이 아르바이트를 하는 곳이기도 했다.

촬영은 미연이 일을 쉬는 월요일에만 가능했고 경주의 촬영은 영화 제작을 사용 목적으로 통장의 돈을 지급받는 과정 이후에 시작하기로 했기 때문에 최소한 한 달 이상의 여유가 있었다. 그동안 경주는 매일 복싱 체육관에 나가 훈련을 시작했다. 물론 처음부터 본격적으로 복싱을 배울 수는 없었다. 기본 스텝과 펀치 연습을 반복하며 체력을 올리는 게 우선이었다. 무리하지 마세요. 태훈은 자꾸 그런 말만 했다. 무리하지 말라니, 평생 무리하지 않고 살아왔다, 그 결과가 지금의 나라면 조금 무리해 보는 것도 좋지 않나, 생각하며 경주는 샌드백을 향해 주먹을 뻗었다. 무리하지 않고는 미연에게 닿을 수 없었다. 미연의 영화에도. 무리해서 닿고 싶은 것이 생긴 것만으로도 경주는 너무 좋아서 집에서 혼자 매듭을 짓다가도 주먹을 뻗어 보고는 했다.

은영 언니는 주먹을 뻗어 보는 것, 자신이 주먹을 뻗을 줄 아는 사람이라는 것을 아는 것이 중요하다고 말했다. 경주로 내려간 후 반년쯤 지난 후에야 처음으로 연락을 해 온 은영 언니는 매듭 공방을 준비하며 복싱을 배운다고 했다. 갑자기 왜, 물었더니 맷집을 키우려고,라는 답이 돌아왔다. 맷집은 키워서 뭐 하게? 경주의 질문에 은영 언니는 매듭 꼬아야지, 하며 웃었다. 매듭 꼬는 데 무슨 맷집까지 필요한가, 했는데 전화기 너머 조근조근 안부를 전해 오는 은영 언니의 목소리를 듣다 보니 그래, 필요하지, 매듭을 꼬려면 맷집도 필요하고 체력도 필요하고 찐한 연애도 하고 찐한 이별도 하고, 하면서 어쩐지 은영 언니의 말에 긍정하게 되었다. 다 늙어서 뼈라도 부러지면 어쩌려고, 싶다가도 글러브를 끼고 링 위에서 스텝을 밟으며 주먹을 휘두르는 예순 중반의 은영 언니를 떠올리면 마냥 웃음이 났다. 배운 지 세 달 정도 되었다기에 그럼 진짜 치고받는 것도 해? 스파링 같은 것도? 했더니 메소드 복싱은 해 보았다고 했다. 경주가 그게 뭔데? 물으니 약속 대련이라고 했다. 합을 맞추고 하는 복싱이라나.

찾아보니 은영 언니의 말대로 메소드 복싱은 서로 합의하에 공방을 주고받는 대련이었다. 실제로 상대에게 타격을 가하지는 않지만 주먹을 뻗어 보고 상대의 공격을 받아 봄으로써 자신의 유효 타격 거리와 상대에 따른 최적 공방 거리를 파악할 수 있다고 했다. 약속된 상대와 부상에 대한 두려움 없이 공격하고 공격을 받아 보는 일. 그게 무슨 의미가 있나 싶다가도 서로 상처 입히지 않겠다고 약속하고 주먹을 섞어 보는 일이 가능하다는 게 흥미로웠다. 그것이 경주가 한 번도 해 보지 않았고 앞으로도 하지 않을 것 같은 수많은 목록 중에 복싱을 선택한 이유이기도 했다. 복싱을 배우며 경주는 자주 메소드 복싱을 하는 자신을 상상했다. 경주의 상상 속에서 대련의 상대는 은영 언니가 되기도 하고 미연이 되기도 했다.

상상을 거듭하는 동안 한 가지 바람이 생겼다. 영화의 마지막 장면을 링 위에서 미연과 메소드 복싱을 하는 것으로 끝내고 싶다는 것이었다. 그러나 이건 미연의 영화였다. 경주가 마음대로 할 수 있는 것이 아니었다. 하지만 미연이 원하는 있는 그대로의 경주란 결국 영화 속에서 있는 그대로의 모습이기 싫어 스스로를 흥미로운 사람으로 위장하는, 그것이 있는 그대로의 경주였다. 그러니 조금 더 가장해 본들 무엇이 잘못일까. 나라면, 나라면 그렇게 찍을 텐데. 이것이 미연의 영화가 아니라 나의 영화라면, 하고 경주는 생각해 보기 시작했다. 제목은 무엇이 좋을까. '뼈와 매듭' 혹은 '부러뜨린 뼈' 같은 것. 첫 장면은 독 안에 든 '그것'으로부터 시작해야지. 그러고 나서 더럽게 엮인 모녀 관계와 혈연으로 이어지지 않은 모녀 관계를 드러내고, 부러진 뼈에서 문명의 시작을 떠올린 마거릿 미드의 이야기와 매듭을 유기적으로 엮고 또.

세상에. 자신은 어쩔 수 없이 올드하다고 경주는 자신의 구상에 실소를 터뜨렸다. 미연은 그냥 찍으면 된다고 했는데 정작 경주는 자꾸만 작위적으로 짜 맞추고 싶은 마음을 어쩌지 못해서 그냥 있을 수가 없었다. 심지어 다큐인데도 그랬다. 아무것도 일어나지 않는데 괜히 좋은 영화들이 있었다. 그 괜함이 결코 괜한 것이 아니라는 걸 알기만 하는 게 문제였다. 자신은 결코 괜히 좋은 영화 같은 사람이 될 수 없었다. 얼개를 느슨하게 두고 그 안에서 발생하는 탄성으로 자유롭게 노닐듯 기발한 이야기들이 많이 튀어 오르는 영화들 역시 경주는 알고 있었다. 그러나 자신은 결코 그렇게 놓아지지도, 놀아지지도 않았다. 자꾸 매듭을 지으려 했고 그것을 들켰다. 서로 흩어진 것을 모으고 꼬아 익숙한 문양들, 이미 이름이 붙어있는 전통적인 매듭 모양 하나로 만들어 내려는 학습된 성향은 결코 쉽게 풀어지지 않았다. 그럼에도 경주는 맙소사, 너무 즐거웠다. 프레임 안에서 흥미로운 사람처럼 보이고 싶어 복싱을 시작한 것도, 미연이 찍을 영화를 상상하는 것도, 미연이 찍지 않을 영화를 상상하고 이 아이들이 언제쯤 내게 돈 이야기를 꺼내어 내 등골을 빼먹을까 궁금해하는 일까지 너무 즐거워서 스스로에게 자꾸만 효연 씨의 말투를 빌어 물어야 했다. 상스러운 여자가 되고 싶은 거냐? 그러니까 끝내, 상스러운 여자가 되려는 거냐? 질문을 반복할수록 자꾸 웃음이 났다. 그러니까 이런 것은 양껏 먹은 딸기가 하는 일. 영화는 경주에게 은영 언니와 함께 양껏 먹은 딸기 같은 것이었다. 그러나 양껏 먹은 딸기는 늘 배앓이를 동반하는 법이었다.

복싱 체육관에서 두 번째 촬영이 있던 날, 경주는 샤워를 하고 나오다가 태훈과 미연이 무슨 대화인가의 끝에 이렇게 말하는 것을 들었다.

"생각해 봐. 너무 징그럽잖아."

태훈의 말에 미연이 태훈을 툭 치며 말했다.

"말조심해. 듣겠다."

경주를 발견한 두 사람이 서둘러 하던 대화를 멈추고는 촬영 장비를 챙기며 일어섰다. 그것으로 그날의 촬영은 끝이었다. 그러나 경주는 우연히 목격한 그 장면에서 벗어날 수 없었다. 그 대화의 주어는 경주가 아닐 수도 있었다. 그러나 경주는 효연방으로 돌아온 후에도, 꿈 없는 잠을 자고 일어난 다음 날에도, 촬영이 없는 한 주 내내 그 말의 앞과 뒤에 자신과 관계된 상황을 집어넣고 상상하는 것을 멈출 수가 없었다. 그런 식으로 경주는 태훈과 미연이 끊임없이 대사를 주고받는 자신만의 영화를 만들기 시작했다.

태훈: 생각해 봐. 너무 징그럽잖아.

미연: 말조심해. 듣겠다.

태훈: 들으라고 해. 아니 너한테 집착하는 거 말이
야. 성별이 바뀌었다고 생각해 봐. 60 넘은
노인이 꼴랑 3만 원씩 후원해 줬다고 몰래
널 보러 오고, 너한테 발 마사지를 받고, 내
주변을 얼쩡거리며 작은 선물로 환심이나 사
려 하고, 너무 징그럽잖아. 할머니니까 그냥
딸 같고 손녀 같아서 그러나 보다 좋게 생각
해 주는 거지 성별만 바꿔서 생각하면 이거
심각한 범죄라고. 그러니까 너, 그냥 같은 여
자라고 에이 설마, 그러고 가볍게 넘어가면
안 돼. 좀 이상하다 싶으면 바로 선 그어.

미연: …….

어떤 날은 이렇게 말하기도 했다.

태훈: 생각해 봐. 너무 징그럽잖아.

미연: 말조심해. 듣겠다.

태훈: 들으면 어때. 가성비 입양도 아니고. 한 달
에 꼴랑 3만 원 후원한 걸로 딸 가진 기분 내

보겠다는 거 아냐. 딸 같기는. 힘든 양육이나 책임은 하나도 안 져 놓고 딸 같다는 말로 널 옭아매다가 다 늙어 외롭다 아프다 우는소리 해 가며 네게 보살핌 받으려는 수작이겠지.

미연: ……

자신을 비난하며 나쁜 인상을 심어 주려는 태훈의 대사는 상상이 되는데 그에 대응하는 미연의 대사는 쉽게 떠오르지 않았다. 태훈의 대사는 제 밑바닥의 상스러움을 드러내는 일, 경주가 스스로에게 내뱉곤 하는 경멸과 조롱이기에 제 안에 품고 있던 나쁜 말들을 그대로 옮기면 되었다. 그러나 미연은 알 수 없었다. 미연은 경주가 감히 짐작할 수 없는 매혹이기 때문이었다. 다만 경주가 상상 속에서 태훈의 비난에 동조하는 미연을 떠올리면 미연은 그런 식으로 미연을 상상하는 경주를 비난했다.

미연: 왜 그렇게 말해요? 선생님은 왜 저를 나쁜 쪽으로 생각하려고 애써요? 그렇지 않으면 제가 너무 좋아질까 봐, 그 마음을 감추지 못하게 될까 봐, 그래서 상스럽고 상스러운

종자가 되어서 저한테 징그러운 욕망을 품은
것을 들키거나 어떤 나쁜 것을 주게 될까 봐
서요?

경주는 제가 지나치게 생각한다는 걸 알고 있었다.
마음이 혼자 앞서다 제 마음에 제가 걸려 넘어지지
않기 위해서, 자꾸만 나쁜 쪽으로 제 마음을 붙들어
매어 두고 있다는 것도 알았다. 그러나 좋은 것을 좋
다고 못 하고 그 마음을 상스럽다 말하는 뒤틀린 뼈,
효연 씨에게서 물려받아 경주에게 이식된 그것은 쉽
게 부러지지도 않았다.
　생각해 보면 효연 씨의 사고도 말 그대로 사고였을
뿐이었다. 그런데 왜 경주는 자꾸 그것이 단순한 실
수가 아닌 제 나쁜 의지의 결과라고 생각하고 싶었을
까. 자신을 용서할 수 없는 상태로 머물게 하기 위해
서, 끝까지 효연 씨를 정성껏 보살피면서도 그것이 마
치 비틀린 복수이거나 한 듯이 스스로를 속이기 위
해서. 도대체 이 꼬인 마음을 어떻게 풀어야 할지
몰라 경주는 그저 울고만 싶어졌다. 좋은 것 앞에서
왜 나는 맘껏 상스러워지지도 못하나. 왜 상상 속에
서도 두 사람의 대화는 나를 상처 입히는 쪽으로만

기우나.

진실은 이런 것이다. 사실 두 사람은 경주에게 그
정도까지 — 그러니까 둘만 있을 때 강도 높은 비난
을 퍼부을 정도로 — 관심을 기울이지 않을 터였다.
둘만 있을 때 도대체 왜 경주에 대해 이야기한단 말
인가. 그것이 진실에 가깝다는 걸 알면서도, 그것이
더 두려워 경주는 자꾸 나쁜 이야기를, 저에 관해 나
쁜 이야기를 나누는 두 사람을 상상했다. 자신에 대
한 이야기를 나눈다는 것만으로 그것은 실은 아주 즐
거운 상상이 되었다.

사는 동안 경주는 언제나 자신의 행동에 대해 왜
냐하면,이라고 대답할 준비가 되어 있었다. 다만 누
구도 경주에게 왜를 궁금해하지 않았고 묻지 않았을
따름이었다. 왜냐하면으로 시작하는 수많은 말들은
경주 안에 고스란히 남아 이제 태훈의 대사가 되고
미연의 대사가 되었다.

그 상상 안에서 가장 상스러운 욕망을 담아 경주
가 생각하는 미연의 대사는 이런 것이었다. 이것은 경
주가 아주 오래전부터, 미연을 처음 만나 말린 꽃잎
차와 핸드크림을 선물한 날부터 마음에 품고 있던 말
이었다. 왜 자꾸 이런 걸 주세요, 해서 별것도 아닌데요, 하면 미연은 부르튼 입술로 경주의 얼굴을 똑바로 쳐다보며 중얼거리는 것이다.

미연: 선생님, 왜 자꾸 저 꼬셔요.

내게 누군가를 꼬실 힘이 남아 있다니. 제가 만든 대사인데도 미연의 입에서 나왔다고 생각하면 경주는 자려고 누웠다가도 등이 뜨거워 여러 번 뒤척이며 바스락거리는 메밀 베개를 다리 사이에 끼고 두 번 감아 꾹꾹 누르고서야 잠들 수 있었다. 효연방에서 매듭을 짓다가도 그 말을 떠올리면 괜히 웃음이 났고 큰 파도에 몸을 맡긴 듯 수평선 너머까지 멀리 밀려갔다가 다시 인적 없는 해변으로 밀려 나오곤 했다. 더 상스러운 대사를 많이 쓰자 생각하고 밤늦게까지 노트북을 켜고 앉아 있을 때면 종종 올림픽 컬링 경기 영상을 보았다. 영미! 영미! 안경 선배가 외치는 그 응원의 목소리를 들으면 어쩐지 제가 가진 스톤을 가야 할 곳까지 아주 잘 보낼 수 있을 것 같았다. 미연이 좋아하는 영화라고 해서 「피의 연대기」와 「반짝이는 박수 소리」 같은 다큐멘터리도 찾아보았다. 영화를 본 후에는 필요하지도 않은 생리컵을 주문하거나 간단한 수어를 유튜브 영상을 보며 배우기도 했다. 세상에는 경주를 꼬시는 것들이 너무 많았다. 그 모든 것들에 더럽게 엮이고 싶어졌고, 경주 역시 누군가를 꼬시는 힘을 놓치고 싶지 않아졌다. 그 대사가 제게서 나왔더라도, 그것은 미연에게서 나온 것과 같은 힘을 발휘했다. 마주치는 모든 것들을 열심히 꼬시면서, 또 꼬임당하면서, 지 팔자 지가 꼬고 지 인생 지가 말아먹는, 그렇게 아주 상스럽게 남은 생을 보내고 싶어졌다. 어쩌자고 경주는.

8 펀치 라인

"선생님, 저 왜 자꾸 꼬셔요."

그 대사를 미연의 음성으로 직접 듣게 되리라고는 생각하지 않았다. 그러나 그런 일은 일어났다. 그것이 경주의 영화가 한 일이었다.

미연이 그 대사를 두 번 반복해서 읽고는 피식 웃었다. 이제는 안다. 미연이 좋은 것을 대할 때, 좋아서 괜히 부끄럽고 그 마음이 고통스러울 때, 덜 좋아하고 덜 애쓰며 때로는 꽉 쥔 주먹의 힘을 풀기 위해 웃는 방식이 그런 거란 걸. 그리고 덧붙였다.

"이 부분이 펀치 라인인가 봐요. 저는 이 대사가 제일 마음에 들어요. 꼭 제가 할 법한 말이잖아요."

미연의 영화를 마지막으로 찍는 날, 경주는 미연에게 자신이 쓰고 있는 영화의 트리트먼트를 보여 주었다. 그건 경주가 주먹을 뻗어 보는 일이었고 유효 타격 거리를 재 보는 일이기도 했다. 그러니까 영화는 경주의 메소드 복싱이었다. 영화 안에서라면 경주는 상처 입을지 모른다는 두려움과 상처 입힐지 모른다는 두려움에서 벗어나 공격을 주고받을 수 있었다. 진짜 대결이 아니라고 해서 의미가 없는 건 아니었다. 약속된 대련, 그것은 언제든 깨질 수 있는 약속이 전제된 대결이라는 점에서, 상호 합의하에 공격을 주고받는다는 점에서, 경주에게는 어쩌면 문명의 시작과도 같았다.

"좀 올드하죠?"

경주가 머쓱함을 숨긴 채 묻자 미연이 솔직히 대답했다.

"네."

그럴 줄 알았다. 꼴랑으로 건넨 마음이 다시 꼴랑으로 접혀졌다. 그래, 나는 어쩔 수 없이 구닥다리밖에 못 만들지. 경주는 또 마음이 꼬이고 말았다. 영화도 꼬시고 미연도 꼬시고 그저 꼬시고 싶은 상스러움만 가득해서 영화 속에서 혼자 위악도 떨었다가 위선도 떨어 보면서, 그렇게 저 혼자 열심히 꼬아 보면 뭐라도 될 줄 알고. 그런 건 들키지. 다 들키고 말지. 나는 왜 이토록 후진가. 경주가 민망해하며 서둘러 대본을 다시 가져가는 것을 보고 미연이 덧붙였다.

"아, 혹시 그거 나쁜 의미로 하신 거였어요? 올드한 거, 전 그래서 좋다는 의미였는데요. 낡고 후진 마음이라도 뭐랄까 되게 열심히, 후려치지 않으려고 이리저리 꼬아서 예쁘게 보여 주려 애쓰는 거, 전 그런게 올드한 거면 올드한 거 재밌다, 좋다, 그러고 봤거든요. 다만 너무 뭐랄까, 과하게 짜 맞추고 뻔한 쪽으로 간달까요, 그런 게 걱정되시면요, 한번 꺾어서 절어도 좋을 것 같아요. 좀 삐끗하는 거 있잖아요."

"부러뜨린 뼈 같은?"

"부러뜨린 뼈요? 네, 뭐 그런."

미연의 대답에 경주가 웃기 시작했다. 어느 날 죽어 다 타고 재가 되더라도 미연에 의해 삽입된 '그것'은 남을 거라 생각하니 약해진 괄약근으로 가스가 새듯 웃음이 새어 나와 멈추지 않았다. 웃는 동안 어느새 물러진 뼈의 구멍 사이로 바람이 들고나며 조금씩 뼈가 부러지는 소리도 들렸다. 그런 게 들릴 리가 없는데 들린다고 믿는 제가 우스워서 경주가 또 실없이 웃자 왜 웃는지도 모른 채 미연이 따라 웃기 시작했다. 그게 웃기고 마음이 뻐근해져 경주는 웃느라 달아오른 얼굴로 미연에게 물었다.

"감독님은 왜 웃어요."

"선생님이 웃으니까 웃죠."

"난 웃기니까 웃지만."

"저도요."

"뭐가요."

"선생님이 웃는 게 웃기고, 좋고."

부러뜨린 뼈는 그렇게 허파에 든 바람처럼, 뼈 사이에 숭숭 뚫린 구멍처럼, 미연에게서 경주에게로 왔다. 그러니 경주의 영화 제목은 필연적으로 '부러뜨린 뼈'가 될 수밖에 없었다.

영화 「부러뜨린 뼈」는 경자와 미숙이 메소드 복싱을 하는 장면으로 끝이 난다. 두 사람은 불 꺼진 체육관의 링 위에서 각자의 글러브를 낀 채 메소드 복싱을 한다. 이것은 상처 입지도 않고 입히지도 않고 다만 공격과 방어를 주고받아 본다는 약속 대련이지만,

약속이란 깨지기 쉬운 것이고 초심자의 실수란 얼마 든지 일어나는 법이었다. 때문에 두 사람은 서로를 상처 입히게 되고, 분을 못 이겨 가격하다가 서로 뒤엉키기도 한다. 그리고 마침내 기진맥진해진 두 사람은 눈 주위와 광대와 입술까지 터진 채 링 위에 드러눕는다. 두 사람의 헐떡이는 숨소리만이 고요하게 가라앉은 체육관을 채운다. 그리고 숨소리가 잦아들 무렵, 반쯤 잠든 상태에서 미숙이 중얼거린다.

— 선생님, 저 왜 자꾸 꼬셔요.

그러면 경자도 대답한다.

— 너는, 너는 왜 자꾸 꼬시니.

— 제가 선생님 꼬셨어요?

— 그럼 아니니.

미숙이 발작처럼 웃기 시작한다.

— 왜 웃니.

— 웃기잖아요.

— 뭐가.

— 우리 꼭, 영화에 나오는 사람처럼 말하고 있는 거 아세요?

— 어떤?

— 글쎄요. 홍상수 영화나 뭐 그런.

—홍상수 영화에 이런 대사가 나오니?

—아뇨, 그건 모르겠는데요, 그냥 그럴 것 같아요.

—넌 참 꿈도 크구나.

경자의 말에 대화가 끊긴다. 잠시 후 미숙이 피식 웃더니 말한다.

—근데요 생각해 보니까요,

—응?

—그냥 망한 독립영화 같은 것도 좋겠어요.

—뭐가.

—우리가 닮은 게요. 그냥 그런.

—별거 아닌?

—네, 별거 아닌.

9 별것 아닌 것을 굳이

미연이 경주에게 가장 최근에 받은 건 딸기 씨를 발아시킨 토분이었다. 미연의 영화 첫 촬영 날 경주가 심은 거였는데 3주 차에 처음 싹이 올라와서 이제 4주 차였다. 딸기 하나에서 씨앗 스무 개 남짓을 채종해 심으면서도 진짜 싹이 나려나 반신반의했는데 다들 잊고 있을 무렵 싹이 올라와서 그날은 첫걸음마를 땐 아기를 본 듯 경주도 신나고 미연도 신나 했다. 그리고 마지막 촬영이 끝나고 효연방을 나오는데, 경주가 손가락 한 마디만큼 자란 딸기 화분을 굳이 미연에게 선물해 주는 거였다.

한 번도 무언가를 키워 본 적 없었다. 제 손에서 무언가 잘 자랄 리 없다고 미연은 생각했다.

"분명히 죽일 텐데요, 선생님이 키우세요."

미연이 극구 사양해도 경주는 굳이 건네주며 말했다.

"기후 위기 때문에."

"네?"

"우리 같은 보통 사람들은 딸기를 구경도 못 하는 시대가 온다니까, 그때 이 딸기 화분이 도움이 될 거예요."

"말도 안 돼요."

미연이 웃음을 터뜨렸다.

"그때까지 이게 살아 있을 리 없잖아요."

그러자 경주도 웃으며 말했다.

"딸기를 키운 기억은 남지 않을까요."

"그러면 좋겠지만. 딸기를 죽인 기억만 남을 텐데요."

미연이 여전히 난감해하며 받기를 주저하자 경주

가 말했다.

"그것도 좋고요."

"그것도 좋아요?"

미연의 질문에 경주는 자꾸 웃으며 그것도 좋잖아요, 했다.

그것도 좋다니. 뭐가 좋은지 모르면서, 그저 한때는 살아 있던 딸기 싹의 기억만 화분과 함께 남아 그때 이런 걸 주고받았었지, 죽일 게 분명한 걸 굳이, 하는 기억만 남는 거 아닐까 생각하면서도, 미연은 할 수 없이 딸기 화분을 받아 들고 이렇게 인사했다.

"어쨌든, 감사합니다."

사실 그동안 경주가 미연에게 건넨 건 별것인 것 같지만 별것 아닌 것들이었다. 숍에서 일하다 보면 고객들은 왜인지 직접 만든 마들렌이나 쿠키, 돈이 있어도 구하기 힘들다는 약과나 미니어처 향수와 카드지갑 같은 것, 물론 미연에게는 과분한 것이지만 그들에게는 여분인 것들을 종종 건네주곤 했다. 그래서 경주가 선물해 준 것들은 실은 미연에게는 별것 아닌 것이 되고 말았는데, 미연은 그래서 좋았다. 별것 아닌 것을 별것인 줄 알고 건네주는 경주의 마음이, 별것 아닌 것조차 굳이 건네주는 그 마음이 좋았다. 별 것은 물건이 아니라 그 주고받음 사이에 있다는 것도 알게 되었다. 경주가 알려 준 것이었다.

미연이 경주에게 건넨 것도 있었다. 직접 만든 매듭 팔찌였는데 경주가 받더니 웃음을 터뜨렸다. 그리고 미연이 만든 매듭을 만지며 감독님, 이게 뭐예요, 했다. 이건 내가 가르쳐 준 도래매듭도 아니고 가락지매듭도 아니고, 도대체 무슨 매듭을 꼰 건가요, 하기에 미연은 조금 부끄럽고 조금 민망해서 맞혀 보세요, 했다. 꼭 기존에 있는 매듭을 만들 필요는 없잖아요. 예전에는 매듭 문자라고 있었대요, 그러니까 이건 제가 선생님께 보내는 비밀 문자예요. 어떤 문자인지 직접 해독해 보세요. 미연의 말에 경주는 아주 천천히 그것을 들여다보고 점자를 읽듯 손가락으로 망친 매듭을 여러 번 매만졌다. 그리고 경주가 해독한 매듭 문자는 이런 거였다.

한 번 꼰 건 두근, 두 번 꼰 건 두근두근.

그 해석이 좋아서 다시 똑같은 매듭을 만들어 태훈에게도 선물하려 했는데 되지 않았다. 그것은 경주와 미연만이 주고받을 수 있는 유일한 매듭 문자가 되었다.

그런 건 좋지. 참 좋다. 생각하며 미연은 버스에서 햇빛이 드는 창가 쪽으로 조금 더 붙어 앉았다. 그리고 더 환한 쪽에 딸기 화분을 놓고 사진을 찍어 은영 이모에게 보내 주었다. 그러고는 참, 경주에게 그 이야기를 하는 것을 잊었다는 걸 떠올렸다. 경주의 영화를 본 이야기.

은영 이모와는 오래전 쪽지를 건넨 이후로 꾸준히 연락을 주고받았다. 그러던 어느 날, 은영 이모가 매우 자랑스럽게 경주의 영화에 대한 이야기를 꺼냈고, 미연은 경주의 영화가 꼭 보고 싶어졌다. 그러나 쉽게 찾을 수 없었다. 여기저기 알아본 끝에 한국영상자료원의 영상도서관이란 곳을 알게 되어 희망 자료 신청을 했는데 두 달을 기다려야 했다. 경주의 영화를 기다리는 동안 그곳에서 다른 영화들도 찾아보았는데 그때 미연은 알게 되었다. 영화는 좋다. 참 좋다.

그리고 마침내 경주의 영화를 보았다. 다른 건 지금은 다 잊어버렸지만, 기억에 남는 장면이 있었다. 영화에는 주인공인 세 명의 여학생 외에 한 명이 더 나온다. 그 외 1명은 세 명의 여학생들 뒤에서 그저 보건실 침대 위에 걸터앉아 배경처럼 존재한다. 미연도 처음에는 그 외 1명의 존재를 눈치채지 못했다. 밤이 지나고 새벽이 오면서 보건실 창가에 햇빛이 들기 시작한다. 꼼짝도 없이 가만히 배경처럼 앉아 있던 외 1명은 햇빛이 비치는 쪽으로 드러나지 않게 아주 조금씩 엉덩이를 밀어 자리를 옮긴다. 아주 조금 환한 쪽으로 들키지 않게 아주 조금씩 움직일 뿐이지만 결국 들키고 만다. 그런 건 결국 들키게 된다.

그 신이 좋아서 미연은 제 영화에서 그 장면을 오마주했다. 미연이 만든 영화의 마지막 장면에서 경주는 툇마루에 앉아 풍경 소리에 가만히 귀 기울인다. 시간이 흘러 해가 지기 시작하고 햇빛의 방향이 바뀌자 경주는 아주 조금씩 환한 쪽으로 옮겨 앉는다. 그것은 미연이 연출한 게 아니었다. 경주가 한 일이었다.

그 이야기를 하지 못했네, 생각하며 미연은 덜컹이는 버스 안에서 흔들리는 딸기 화분을 꼭 끌어안았다. 딸기 화분에 담긴 경주의 애정이 못내 부담스럽지만 그렇다고 싫지도 않았다. 언젠가 태훈이 물은 적 있었다. 경주의 집착과 애정이 징그럽지 않으냐고. 그때 미연은 대답했다. 조금 징그럽긴 해. 근데, 가엾잖아. 미연은 그래서 경주가 좋았다. 가여워서. 자기랑 그 점이 꼭 닮았다고 생각했다. 혼자 가엾지 않고 둘이 가엾고 서로 가여워할 수 있어서 조금 좋기도 했다. 딸기 화분을 안은 채 햇빛이 비치는 버스 차창에 기대어 미연은 졸기 시작했다. 꿈에서 딸기를 양껏 먹는 꿈을 꾸었는데, 이것은 실은 경주가 아직 만들지 않은 경주의 영화가 아닌가. 왜냐하면 경주는.

이 달 의 이 웃 비

1

형이 죽고 동석은 공무원을 그만두었다. 면직 신청하려고. 선애 씨에게 메시지를 보냈는데 확인만 하고 답이 없었다. 엄마도 맘이 복잡하겠지. 어떻게 만류할지 고민하고 있을까, 추측하는데 밤늦게 짧은 영상 하나가 올라왔다. 볼을 잔뜩 부풀린 채 코로 풍선을 부는 선애 씨의 모습이 담겨 있었다. 뭔데? 영상통화를 걸자 한 손에 반쯤 부푼 풍선을 든 선애 씨가 받았다. 해녀 삼촌한테 잠수할 때 도움이 되는 호흡법을 배우는 중이라고 했다.

선애 씨는 장례가 끝나자마자 이모네 귤 농장 일을

돕는다고 제주도에 내려가 올라오지 않았다. 반년 가까이 눌러앉았더니 해녀가 되려는 건가. 그러나 동석이 엄마 해녀 되게? 물으니 고개를 저었다. 해녀 학교에 입학할 자격이 안 된다는 거였다. 그럼? 선애 씨가 대답했다. 그냥 숨 참는 훈련. (숨은 참아서 뭐 하게.) 동석이 가만히 있자 선애 씨가 먼저 물었다. 왜냐고 안 물어? 어. 알아서 하고 싶은 거 하고 살면 됐지, 뭐. 선애 씨가 코로 풍선을 부풀리다 말고 푸흡 하고 웃었다. 풍선이 선애 씨의 손에서 빠져나가 공중에 푸 푸 바람을 내뱉으며 떠다녔다. 이런 이런. 선애 씨가 풍선을 붙잡으려고 허공에 손을 휘저으며 중얼거렸다. 나도 마찬가지야. 뭐가? 그냥 그렇다고.

다음 날 면직 신청서를 제출했다. 사유는 무한도전. 도전이라, 좋네, 좋아. 그래 아직 젊으니까 뭐라도 도전해 보는 것도 괜찮지. 지난 석 달간 하루 두 번씩 민원을 제기하는 활동가 양 씨를 상대하는 동석의 조용한 분투랄지 소란한 참선이랄지 그런 걸 본 후라서인지 팀장은 그저 좋은 이야기만 했다. 혹시 로또 된 건 아니지? 하면서 허허 웃는데 농담인 척하면서도 혹시나 하는 일말의 부러운 감정이 느껴져 좀 우스웠다. 그만두려고 하니 모든 게 우습고 모든 게 좋게

만 느껴졌다. 좋네 좋아. 이럴 때 형은 뭐라고 했더라. 「무한도전」에 나오는 유행어라고 했는데. 히트다 히트. 혹은 무야호.

2

동석이 형과 나누는 얼마 안 되는 대화의 절반은 「무한도전」, 절반은 가 본 적 없고 어디에 위치한지도 잘 모르는 브루클린에 관한 이야기였다. 형에게 브루클린은 멀고 실체를 알 수 없으며 아마도 영원히 가 볼 일 없는 장소라는 점에서 우주와 동급이었다. 「무한도전」도 마찬가지였다. 형은 「무한도전」 유니버스 안에서(만) 존재하는 사람이었다. 「무한도전」은 형이 아는 유일한 바깥세상이었으며 형이 세상을 즐겁고 친근하고 가끔은 하찮은 채 얼렁뚱땅 살아가도 괜찮은 곳으로 긍정할 수 있게 해 주는 단 하나의 우주였다. 「무한도전」 멤버들 역시 가족인 선애 씨와 동석을 제외하고 형과 가장 가까운 사람들이었다. 어쩌면 동석보다 더 가까웠는지도 몰랐다.

형은 왜 그렇게 「무한도전」을 좋아했을까.

새벽에 자다 깨어 화장실을 가거나 물을 마시러 주방으로 갈 때면 어두운 거실에서 실내 자전거 바퀴를 돌리며 소리를 줄인 텔레비전 화면을 응시하는 형과 마주치곤 했다. 화면에는 이미 몇 번이나 보았을 「무한도전」이 나오고 있었고. 그럴 때 모니터에서 나오는 푸른빛에 비친 형의 표정은 뭐랄까, 지금 생각하면 어리둥절한 채 스푸트니크호에 태워져 광막한 우주를 떠도는 떠돌이 개 라이카처럼 보였다.

"너는 나를 개만도 못하다고 생각하지?"

마지막 퇴원 후 잘 맞는 약을 꾸준히 복용하면서 최근 몇 년간 형은 대체로 안정된 상태를 유지했지만 가끔 알 수 없는 순간에 버럭 화를 내거나 울분을 토하곤 했는데, 형의 질문에 동석이 제대로 된 대답을 하지 못할 때 특히 그랬다. 한번은 쉬는 날 방에서 영화를 보던 동석이 나오자 형이 텔레비전을 보다가 동석을 흘끔거리며 큰 소리로 웃기 시작했다. 아, 진짜 웃긴다, 웃겨 죽겠네. 몇 번이나 보았을 「무한도전」 재방송이었으나 반응이 다른 때보다 요란한 것은 동석의 관심을 끌려는 의도일 터였다. 냉장고에서 맥주를 꺼내며 같이 한번 웃(어 주)고는 동석이 다시 방으로 들어가려는데 형이 물었다.

"너는 저중에 누가 제일 좋아?"

"글쎄. 별로 생각해 본 적 없는데."

그렇게 말하고 동석은 방에 들어가 문을 닫고 보던 영화를 이어 보기 시작했다. 맥주를 반쯤 마셨을 때, 방문이 벌컥 열렸다. 그리고 벌겋게 충혈된 눈을 번들거리며 형이 소리쳤다.

"내가 개냐?"

동석이 마시던 맥주를 천천히 내려놓고 물었다.

"갑자기 무슨 소리야."

"내가 개냐고. 그렇잖아? 지금 네가 날 대하는 게 사람을 개만도 못하다고 생각하는 거잖아? 나랑은 말도 하기 싫다는 거잖아?"

무엇이 형을 분노케 한 건지 동석은 차분히 더듬어 보았다. 아, 누구를 좋아하느냐는 질문에 대한 대답이 잘못된 거였다. 유재석이나 박명수, 누구라도 한 명의 이름을 말해야 했다. 그리고 형은 누구를 가장 좋아하느냐고 질문을 되돌려야 했다. 형은 대답을 준비했을 것이다. 그러고 보니 그토록 오래 형이「무한도전」을 여러 번 반복 시청하는 걸 보면서도 누구를 가장 좋아하는지 물어본 적 없었다. 그리고 지금까지도 동석은 형이 가장 좋아하는 멤버가 누구인지 알지 못했다. 형은 죽었고, 가장 좋아하는 멤버가 누구인지는 영영 알지 못할 터였다.

형이 무엇을 좋아하고 무엇을 싫어하는지 동석은 궁금한 적 없었다. 평생 같이 살며 형을 돌보고 책임질 거였지만, 그건 형이 자신의 혈육이기 때문이었다. 그거면 된 거 아닌가. 형에게 더 궁금한 것도 알고 싶은 것도 없었다. 궁금한 것이 있다면 그저 이런 이유에서였다. 형이 좋아하는 것을 같이 좋아하거나 싫어하는 것을 같이 싫어하지 않기 위해서. 취향을 공유하는 것을 피하기 위해서만. 동석이 살면서 은밀하게 꿈꿔 온 유일하고도 원대한 목표는 결코 형과 닮지 않는 거였다. 최대한 형과 교집합이 없는 먼 개체로 성장하고 살아가는 거였다. 그래야만 경계성 지적장애와 조현병을 앓으며 사회에 적응하지 못한 형을 돌보며 살아갈 수 있다고, 그러니까 이건 형을 배척하는 마음이 아니라 돌보기 위한 현실적이고 이성적인 태도라고 믿고자 했다. 국립정신건강서비스포털의 의학 정보에 따르면 형제가 조현병을 앓을 경우의 유병률은 9.6퍼센트였다.

그러나 누가 누구를 돌보았단 말인가. 지금 생각하면 부끄럽고 우습지만 그때는 그랬다. 그 모든 안전한 결정과 이른 포기가 형과 살아가기 위한 어쩔 수 없는 선택이라 믿었다. 형과 멀어지려 애쓰면서도 누구보다 형을 제 안일한 인생의 핑계로 삼은 건 동석이었다. 헤어진 W가 언젠가 말했던 것, 너는 그저 형을 네 회피의 변명으로 삼는 데 너무 익숙해졌을 뿐이야, 불리할 때마다 형 핑계를 대는 건, 네가 생각하기에도 너무 치사하지 않니?라고 반쯤은 경멸하고 반쯤은 동정하며 했던 말이 지독히 아팠던 건 그것이 진실이라는 걸 누구보다 잘 알았기 때문이었다. 덧붙이자면, 동정보다는 경멸이 나았고. 아니 두 개는 어차피 같은 뜻인가. 어쨌거나 W의 말대로 모든 것은 동석의 비겁한 선택이었고 형은 단지 편협하게 닫힌 동석의 세계를 유지해 주는 구실에 불과했다. 그래서 오히려 형과 안전거리를 유지하고자 안간힘을 썼다.

언젠가 병원의 대기시간이 길어지는 바람에 (어쩔 수 없이) 지하에 있는 식당에 형과 둘이 갔을 때였다. 맞은편에 앉은 형에게 휴대폰으로 「무한도전」을 보여 주며 조용히 웃으라고 부탁한 후 동석도 멍하니 식당에 틀어 놓은 텔레비전을 보았다. 마침 재미있는 장면이어서 저도 모르게 소리 내어 웃는데 식당 사장님이 테이블에 음식을 내려놓다가 말했다. 둘이 형제 맞죠? 워낙 데면데면해서 아닌가 했는데, 웃음소리가 아주 똑같네.

웃음소리가 닮았다는 건 어떤 의미일까. 웃음소리까지는 신경 쓰지 못했다는 걸 동석은 깨달았다. 웃음소리가 닮았으면 울음소리도 닮았을까. 울고 싶어졌으나 동석은 참았다. 울음소리도 닮았다는 소리는 결코 듣고 싶지 않았다. 그때부터였다. 동석이 소리 내어 웃거나 울지 않게 된 건.

형도 다 느끼고 있었을 것이다. 말하지 않아도 모를 수 없었을 것이다. 화장실이나 주방을 들락거리며 거실에 앉아 있는 형을 보면서도 지나치기만 하는 동석을, 소파나 테이블처럼 그저 무탈하게 조용히 그 자리에서 낡아지기만 기다리는 무정함을, 말하지 않아도 형과 필요 이상의 시간과 공간을 공유하기를 거부하고 있다는 걸, 그 거부감을 들키지 않으려는 조심스러움은 형에 대한 배려가 아니라 다만, "내가 전염병이냐? 사람을 무슨 전염병처럼 피하고, 벌레처럼, 응? 여기서 누가 개새끼냐? 어? 누가 개새끼냐고?" 같은 말들에 대한 긍정이었음을 모를 수 없었을 것이다. 그럼에도 형은 포기하지 않았던 거였다. 동석과 매일 소소한 대화를 나누며 조금이라도 주고받고 싶었던 것이다. 무엇을? 무언가를. 어쩌면 작은 (살피는 마음 같은) 것을. 그런데 나는. 그때 동석은 어떻게 대답했던가.

"어, 미안해. 내가 선택을 했어야 했는데 그걸 안 했구나. 나는 안 보니까 잘 몰라서 그랬어. 굳이 택하자면 글쎄, 박명수?"

동석은 최대한 차분히 말한다고 했지만 자신의 음성이 진상을 부리는 민원인을 달랠 때나 나오는 지친 공무원의 체념한 말투라는 걸 자각하고 있었다. 형은 다시금 충혈된 눈을 부릅뜬 채 거친 숨을 내뱉으며 소리쳤다.

"이것 봐, 또 날 미친놈 취급하는 거지. 그래, 넌 내가 뭘 해도 미친놈 같지? 미친놈이 꼴값한다고 생각하는 거지? 넌 뭐가 그렇게 잘났는데? 아주 사람을 개똥만도 못하다고 생각하고. 그래, 그렇게 잘나서 너는 지금 고작."

현관문이 열리는 소리가 들렸다. 마트에 갔던 선애 씨가 돌아온 모양이었다. 형의 이름을 부르는 엄마의 목소리에 형이 분에 못 이긴 채 방문을 소리 나게 닫고 물러났다. 형 대신 뒷말을 이은 것은 동석이었다. 너는 지금 고작, 고작 지금의 네가 되었구나. 그리고 남은 맥주를 마시며 동석은 생각했다. 겨우나 고작, 불과한,이라는 말이 어울리는 고작의 나를, 그래도

형 앞에서 잘난 척할 정도의 잘난 구석 하나는 가지고 있다고 오해해 주는 건 형뿐이네. 그런 식으로 형은 동석의 자존감을 지켜 주는 유일한 사람이었다.

형은

(이제 없다.)

동석은 오래도록 형이 자신의 겁이라고 믿었다. 그러나 실은, 형은 동석의 용기였다. 연금 생활자를 꿈꾸며 공무원시험을 준비하고, 공무원이 된 후에는 적은 연봉을 쪼개어 암보험과 치매 안심 보험을 들었다. 정기적으로 치과에 가고 비타민과 오메가3를 빼놓지 않고 챙겨 먹고 일주일에 두 번 이상 퇴근 후에 천변을 따라 40분간 런닝을 하며 체력 관리를 하는 건 용기가 필요한 일이었다. 그 모든 일상이 형과 함께하는 노후를 위한 대비책이었다. 이제 동석에게 남은 건 겁도 용기도 없는, 한 번도 생각해 보지 않은 미래뿐이었다. (미래라니.)

3

일을 그만둔 후 동석은 한 계절을 「무한도전」을 보며 지냈다. 「무한도전」은 2006년 5월 6일부터 2018년 3월 31일까지 13년간 총 563회 방영되었다.

2005년 4월 23일부터 시작한 「무한도전」의 전작이라 할 수 있는 「무모한 도전」과 「무리한 도전」 52회, 그리고 종영 후 방영된 특집회 세 편까지 더하면 횟수는 더 늘어나서 618회가 된다. 영상당 재생 시간은 회차마다 달라서 초반은 60분이 조금 못 되었고 후반에는 평균 90분가량 되었다. 하루에 열 편 정도씩만 보면 두 달 안에 정주행이 가능한 분량이었다. 그러나 며칠 해 보니 수험생도 아닌데 일정을 너무 촉박하게 잡은 탓인지 생각보다 쉽지 않았다. 사실 시간은 얼마든지 있었다. 석 달간 1회 완주로 목표를 수정했다. 하루에 여섯 편에서 일곱 편 정도만 보면 되니까 먹고 자고 씻고 멍도 때리고 게임도 하면서 여유 있게 매일의 목표량을 달성할 수 있었다. 계획대로 하루 분량을 시청하고 투두리스트에 완료라고 체크하고 나면 일종의 성취감도 느껴졌다. 여름이 끝나기 전에 동석은 마지막 회와 특별판 세 편까지 포함해 618회분의 영상을 모두 시청했다. 회차마다 길이가 조금씩 달라 정확한 산출은 어려웠지만 평균 80분이라고 계산할 때 618×80분은 4만 9440분이니까 대략 5만 분 정도의 시간이 소요되었다고 볼 수 있었다.

동석이 방구석에서 「무한도전」을 정주행하는 동

안에도 현실 세계는 바쁘게 돌아갔다. 기후 위기와 자연재해와 전쟁과 평화, 예방 가능한 인재와 예측 불가능한 사건 사고와 뜻밖의 즐거움과 기쁨까지, 때로는 절망적이고 때로는 희망적인 일들이 끊임없이 일어났는데, 그 모든 크고 작은 화제들 뒤에는 모든 것을 의미심장한 '짤' 한 장으로 설명하는 「무한도전」이 존재했다. 어떤 참상과 어떤 폭력과 어떤 축제도 「무한도전」에 등장했던 대사나 자막으로 설명 안 되는 일은 없는 것 같았다. 짤은 매우 적절하고 빠른 속도로 각종 커뮤니티에 동시다발적으로 올라왔다. 마치 이런 일이 일어날 것을 예견하고 미리 준비해 두었다는 듯이. 어떻게 이런 일이 가능할까. 좁고 어두운 방 구석 곳곳에서 실내 자전거를 돌리며 「무한도전」 유니버스를 지속하고 확장시키려는 비밀 요원들이라도 포진해 있는 게 아닐까. 세계는 「무한도전」 유니버스 안에 있다는 형의 이론이 어쩌면 형만의 병적인 관계 망상이 아닐 수도 있겠다는 생각을 동석은 뒤늦게 하게 되었다.

누군가는 2년이나 공부해서 힘겹게 합격한 공무원을 때려치우고 방구석에 처박혀 이미 몇 년 전 종영한 예능만 보다니, 사람이 형편없이 망가졌다고 평가할지도 몰랐다. 어쩌면 그게 사실에 더 가까울지도 몰랐다. 그러나 동석의 생각은 달랐다. 시간을 허비한다는 기분은 조금도 들지 않았고 또 다른 수험 생활을 시작한 듯 긴장과 열의마저 느껴졌다. 언제나 동석의 곁에 매우 가까이 존재했지만 한 번도 관심 있게 지켜보지 않았던 「무한도전」이라는 유니버스를 진지하게 탐색하는 탐험가가 된 기분이었고, 그것은 30년 넘게 함께 살아왔으나 그 내면의 어둠과 혼돈에 대해서는 한 번도 이해하려고 노력하지 않았던, 이해할 생각을 하는 순간 그 깊이를 알 수 없는 블랙홀 속으로 같이 떨어질까 봐 두려워 줄곧 멀리서만 지켜봐온, 형의 우주로 들어가는 가장 밝고 환한 일종의 웜홀을 통과하는 일이기도 했다. 그리고 웜홀을 통과하는 동안 동석은 그곳에 몇 개의 분실물을 두고 왔다는 것을 알게 되었다.

4

시작은 브로콜리였다.

형의 첫 기일 날 용인의 봉안당에 가서 잘 있구나, 잘 있어, 인사를 하고 돌아와 저녁을 먹으려는데 영 입맛이 없었다. 뭔가 맛있는 걸 먹자 싶어서 고민하다 동석이 떠올린 게 형의 장례식장에서 먹은 샐러드였다. 참깨 소스에 아삭한 샐러리와 사과와 감자, 아몬드와. 그것이 들어간 샐러드인데 유독 입에 맞아서 선애 씨와 마주 앉아 이거 맛있다, 왜 전에는 이걸 샐러드에 넣어 먹을 생각을 못했을까, 중얼거리며 여러 번 가져다가 먹었다. 이게 그렇게 건강에 좋다더라, 오래 살자면 이런 걸 먹어야 돼, 둘이 신나게 떠들며 나중에 같이 만들어 먹자 했는데 선애 씨가 제주도에 눌러앉는 바람에 약속은 지켜지지 않았다.

만들기 어려운 것도 아니어서 오늘 만들어 보자, 하고 재료를 사러 집을 나서는데 그것의 이름이 영 생각나지 않았다. ㅂ으로 시작하는 네 글자 채소인데 이름이 뭐였지. 초록색의 복슬복슬한, 남들에겐 다 어려운 그림을 혼자만 쉽게 그리며 참 쉽죠,라고 사기 치던 밥 아저씨의 아프로 머리를 닮은 채소인데. 아프로라는 단어도 생각나는데 그것의 이름만 생각나지 않았다. ㅂ로 시작해서 ㅋ이나 ㅍ같은 파열음이 들어갔던 것 같은데 뭐였더라. 아예 생각나지 않으면 모를까 포함되는 자음이 뭔지 몇 음절인지는 기억나는데 뒤섞인 자음과 모음이 만나 완성된 단어의 형태가 떠오르지 않으니 더 답답했다. 마트에 도착하기 전에 알아내고 싶었는데 마트는 집에서 고작 5분 거리였고. 채소 코너에 있는 그것의 이름은 한 송이에 2800원 하는 브로콜리였다. 수입은 1900원, 유기농은 3980원.

잊지 말자 브로콜리, 파프리카 아니고 보리꼬리도 아니고 브로콜리, 브로콜리, 중얼거리면서 한 송이를 사 들고 오는데 집 앞에 제주도에서 온 택배 상자가 있었다. 열어 보지 않고도 알 수 있었다. 브로콜리겠지. 네 송이를 먹기 좋은 크기로 잘게 쪼개어 데친 후에 사과와 감자, 아몬드를 넣어 샐러드를 만들었는데 아무리 먹어도 도통 줄지가 않았다. 사진을 찍어 메신저로 선애 씨에게 보냈다.

— 브로콜리 샐러드 만들었어.

— 맛있니?

— 별로.

— 그래 보여.

— 먹으러 와.

— 별로라며.

— 그러니까. 맛있으면 혼자 다 먹었겠지.

— 못됐네.

— 이제 알았어?

—그럼 됐어.

—뭐가 돼.

—여전히 못된 거 보니까 잘 살고 있네.

— 엄마 닮아 그렇지. 그래서, 엄마는 언제 올 건데?

—때가 되면.

—그놈의 때는. 그럼 이 많은 걸 혼자 다 어떻게 해.

—나눠 먹어.

—누구랑?

—이웃이랑.

참 나. 동석은 어이가 없었다. 엄마와 형이랑 살 때도 이웃과 교류가 없었는데 이웃이라니. 직장도 관두고 혼자 사는 서른 넘은 남자가 이웃과 친밀하게 지낸다면 그게 더 수상하고 위험해 보일 수 있다는 걸 엄마는 모르는 걸까. 제주도에 가서 이모들과 같이 지내다 보니 이곳 생활이 어땠는지 다 잊어버린 모양이었다. 그러니까 아무렇지 않게 이웃이라는 말을 입에 올리는 거겠지. 엄마라도 다 잊었다니 되었지만. 동석은 왠지 진 기분이 들었다. 엄마는 제주에서, 동석은 이곳에 남아 형이 없는 1년간 누가 더 재미있고 신나게 사나 경쟁을 한 것도 아닌데. 아니, 경쟁을 하고 있었나. 아무래도 엄마가 이긴 거 같았다. 이웃과 나눠 먹으라니 허참. 그것도 파프리카를. 아니, 파프리카가 아니라 뭐더라, 브로 시작하는 네 글자, 그러니까, 브루클린 아니라 블루클럽도 아니고 그래, 브브브 브로콜리.

5

명칭 실어증이라고 했다. 이름들이 자꾸 지워졌는데 건망증과는 증상이 달랐다. 브로콜리는 시작에 불과했고 존 쿠삭이나 갈까마귀, 콜로라도나 비트겐슈타인 같은 이름을 떠올리려면 짧게는 반나절, 길게는 이틀이 넘게 걸렸다. 의미 착어 증세와 잘못된 문장구조로 말하는 현상도 이어 나타났다. 면직 후 혼자 지낸 시간이 길었다. 다시 규칙적으로 사람을 만나고 대화를 하면 사라질 증상이라고 동석은 대수롭지 않게 생각했다. 사실 지워진 이름들은 영영 떠올리지 못해도 사는 데 전혀 지장 없을 이름들이었다. 예를 들어 브로콜리, 그래 브로콜리 같은 건 평생 먹지 않으면 그만. 그게 없다고 인생이 뭐 얼마나 달라지랴 싶었다. 오히려 필요 없는 것들을 너무 많이 붙잡고 있는 게 문제였다. 잊어도 무관한 이름들을 기억하느라 진짜 기억해야 할 것들까지 잊어버릴 수도 있었다. 그리고 그 일이 곧 일어났다. 은행이나 마트에서 통장이나 보이스 피싱, 종량제 봉투 같은 이름이 바로 떠오르지 않아 몇 번 난처한 경험을 한 후 동석은 순서를 정하기로 했다. 어차피 하나씩 지워질 거라면 최소한 무엇을 먼저 지울지는 스스로 선택하겠다는 자기기만적인 결정이었다.

사실 잊어버린 이름들은 동석이 기억해야 존재하는 것이므로 기억에서만 지우면 될 것 같았지만. 레드 선을 외치며 엄지손가락을 튕긴다고 해서 마음대로 완전히 없앨 수 있는 건 아니었다. 언제든 다시 불러오고 싶어질 수 있었다. 다시 내 것으로 소환하고 싶은데 기억나지 않아 난감해질 상황을 모면하기 위해서는 돌이킬 수 없는 '없음'의 상태로 바꾸는 작업이 필요했다. 한번 지워진 건 분명한 이유가 있을 거라 믿었다. 소유를 이전하는 거래 절차를 통해 없음을 완료하기로 했다. 일정한 보상을 받고 이미 가진 기억에 대한 소유를 넘겨야 되돌리고 싶어도 되돌릴 수 없는 불가역이 만들어질 터였다.

거래의 규칙은 단순했다. 가장 중요한 건 당연하지만 누구라도 합리적인 보상을 지불하고 갖고자 하는 '있음'이 존재해야 한다는 거였다. 누구도 원하지 않는 것을 강제로 떠넘길 수는 없었다. 그것은 버리는 행위였고 버리는 것은 있던 것을 없애는 것과는 분명히 달랐다. 쓰레기로 용도가 변경되었을 뿐 영원한 '있음'의 상태로 남는 거였다. 그런 의미에서 무료 나눔도 불가했다. 나눈다는 행위는 언제든 어떤 식으로건 보답으로 돌아올 것을 알았다. 그러니 반드시 유상 거래를 할 것. 물물교환은 가능했지만 먹거나 사용함으로써 완전 소멸이 가능한 보존 불가능한 것이어야 했다. 하나를 없애는 방법으로 다른 하나를 소유하는 것은 있음에서 다른 있음으로의 전환일 뿐 없음이 되는 것이 아니었다. 예를 들어 브로콜리를 토끼 인형과 바꾼다고 해 보자. 그것은 브로콜리가 토끼 인형으로 이름과 형태가 바뀐 것일 뿐 본질적으로는 브로콜리였다. 중요한 건 한 번은 유의미했던 그 이름의 본질을 없애는 거였다.

거래 가격은 거래 시점의 소비자 가격이나 시가를 기준으로 하되 가격을 매기기 힘든 개념이나 소유되지 않는 것들은 다른 대체물로 갈음하기로 했다. 이를테면 에피파니나 사필귀정, 고탄력과 갈까마귀와 뉘엿뉘엿 같은 것들은 그 이름과 관련된 개인적인 '사념'을 담은 구상화된 대상물로 대신하면 될 터였다.
그렇게 기본 규칙을 정한 후 제일 처음 당근마켓에 올
린 게 브로콜리였다.

브로콜리 팝니다.
제주에서 왔어요. 한라산 백록담의 기운을 담은 싱싱한 브
로콜리가 스무 송이 한 상자에 1만 2,800원.

시가보다 저렴하게 올려서인지 올린 지 10분도 안
되어 구매 문의 알림이 떴다. 구매자 닉네임은 배순경.

6

배순경의 본명은 배병식, 그의 당근마켓 아이디인
배순경은 그의 돌아가신 아버지 배철영 씨가 지어 준
것으로 배병식이 배순경이 되는 것은 배철영 씨의 원
대한 소망이자 병식의 꿈이기도 했다. 병식은 배철영
씨가 돌아가신 후에도 매일 도서관에 가서 몇 년 전
배철영 씨가 사 준 낡은 경찰공무원 수험서를 펴 놓
고 시간을 보냈는데, 동석이 관찰해 본 결과 병식은
공부를 한다기보다 자기가 수험생이라고 믿기 위해
여타 다른 수험생의 자세를 모방한 멍 때리기로 그 불

가능한 믿음을 구현할 뿐이었다. 사실 수험 공부라는 게 대개 이루어지지 않는 간절한 기도라는 점에서 유사하다고도 할 수 있겠으나, 병식의 경우는 하늘을 보지 않고 별을 따기를 바라며 삼신 할머니에게 무염시태의 축복을 내려 달라고 은총이 가득하신 마리아여 나무아비타불 하고 정체불명의 주문을 외우는 식이었다.

실은 그것이 배철영 씨가 바란 모든 것인지도 몰랐다. 매일 아침 9시에 도서관에 가서 수험서를 펴 놓고 사람도 구경하고 창밖 풍경도 구경하다가 점심때가 되면 도서관 매점에서 김밥이나 컵라면으로 점심을 먹고, 꾸벅꾸벅 졸다가 도서관 벤치에 앉아 햇볕도 좀 쬐다가 다시 수험서를 펴 놓고 기억에 남지 않을 한 줄 한 줄을 더듬더듬 읽어 보다가 저녁 6시가 되면 집에 돌아오는 일과를 반복하는 것. 그 반복되는 일상을 지키기 위해 실현 가능한 목표와는 무관하게 경찰공무원 수험생이라는 하나의 명분이 필요했을 뿐인 것이다. 언제나 가장 강력한 믿음은 믿음이 우리를 구원하리라는 믿음이 아니던가.

동석은 당근 거래를 통해 병식을 처음 만났지만 따지고 보면 진짜 처음은 아니었다. 4년 전 공무원시험

준비를 하며 편의점에서 야간 아르바이트를 할 때였
다. 새벽 6시경이면 어김없이 기다란 집게와 배낭을
메고 거리를 어슬렁거리며 쓰레기를 줍는 늙은 아버
지와 형 또래의 덩치 큰 아들을 목격하곤 했는데 그
부자가 배철영 씨와 배병식이었다.

점장의 말에 의하면 배철영 씨는 퇴직한 환경미화
원으로, 최근 들어서는 거의 매일 새벽 거리에 나와
아들과 함께 청소를 한다고 했다. 한번은 동석이 편
의점 앞 테이블에서 술을 마시던 취객들이 바닥에 토
해 놓은 오물을 치우려 하자 같이 근무하던 야간 아
르바이트생이 귀찮다는 듯 동석을 말렸다.

"놔둬요. 이따가 어차피 치워 줄 텐데."

"누가요?"

"그, 있잖아요. 왜 좀 모자르지만 착한 친구."

그것이 병식에 대한 첫 기억이었다. 동석이 아르바
이트를 그만둘 때까지도 배철영 씨는 다 큰 아들의
손을 잡고 일정한 경로를 오가며 눈이 쌓이면 눈을
쓸고 비가 오면 배수구를 막는 담배꽁초나 낙엽을 제
거했다. 때로는 이른 아침 가게 문을 여는 노포 주인
들에게 친근하게 인사를 건네며 함께 셔터를 올려 주
거나 무거운 과일 박스를 같이 내놓아 주기도 했다.

그 이유를 알고 싶지 않은데 이제는 너무 알 것 같아서. 동석은 (마음이 쓰였다.)

배철영 씨는 두려웠던 것이다. 자신이 죽은 후 혼자 남게 될 병식이 이웃에게 배척당하고 낯선 곳으로 유배되는 것이. 그래서 병식에게 좋은 이웃으로 살아남는 법을 훈련시킴과 동시에 그 모습을 매일 반복적으로 이웃들에게 노출함으로써 병식이 좋은 이웃이라는 것을 증명하고 그에게 좋은 이웃을 만들어 주고 싶었던 것이다. 그러니까 배철영 씨는 (평생 누군가의 보살핌을 필요로 하는 약자로서의) 병식에 대한 이웃의 선의를 불신하는 만큼 믿고자 했고, 믿고자 하는 마음이 큰 만큼 불신했다. 그것이 매일 병식의 손을 붙잡고 거리를 청소한 이유였다.

지금 생각해 보면 그것은 배철영 씨가 폐암 말기 판정을 받고 죽기 전, 병식을 위해 장기임대주택에 입주하고 성당 봉사자 모임에서 활발히 활동하고 장애 자녀에게 돌아갈 유족연금과 관련된 절차를 담당 공무원과 복지사에게 미리 부탁해 놓은 것과 마찬가지로, 동네 사람들에게 선금으로 지불한 두 사람 몫의 이웃비 같은 것이었다. 병식이 아무리 무해하다(고 거듭 증명한다) 한들 그 무해한 무지로 인한 작은 혼동마저 누군가에게는 불편이나 기피를 넘어 일상의 안온함을 파괴하는 위협으로 느껴질 것을 알았던 까닭이었다.

당근 거래 역시 병식이 지불하는 이웃비의 연장선이 아닐까 생각하게 된 건 동석이 그와 두 번째 거래를 끝냈을 무렵이었다.

7

브로콜리 판매를 끝낸 후 동석은 이웃과 거래할 목록을 정하기로 했다. 브로콜리처럼 한 번씩 지워져 희미해진, 남은 인생에서 완전히 삭제해도 좋을 이름들이었다. 그렇게 해서 두 번째는 존 쿠삭, 세 번째는 갈까마귀로 정해졌다.

그렇다면 존 쿠삭은 어떻게 없애야 할까. 존 쿠삭을 없애기 위해 동석은 그를 잊었던 순간을 떠올렸다. 잊은 것은 기억하려 애쓴 그 찰나에 발생했다. 그날 형과 같이 「무한도전」을 보는 대신 방문을 닫고 혼자 본 영화에 나온 배우의 이름이 영 생각나지 않았는데 그가 존 쿠삭이었다. 그렇다면 존 쿠삭을 없애려면 영화 「존 말코비치 되기」부터 없애야 했다. 그리고 동석이 본 존 쿠삭의 출연작들, 「사랑도 리콜이 되나요」

와 「브로드웨이를 쏴라」, 「세렌디피티」도 함께. 없애야 할 영화가 점점 많아졌다.

원본 필름이나 OTT 플랫폼에 올라온 영상을 모두 삭제하는 건 불가능했고 필요도 없었다. 동석이 가진 영화의 기억들만 판매 가능한 형태로 바꾸면 될 터였다. 막상 더는 볼 수 없다고 생각하자 아쉬움이 남아 오래전에 봐서 기억이 희미해진 영화들을 다시 찾아보기도 했다. 마지막이라 생각하니 웃기는 장면은 더 웃기고 슬픈 장면은 더 슬프게 느껴졌다. 새로운 기억이 새겨졌으나 곧 지워질 기억들이었다. 영화를 본 감상을 짧은 시로 적어 당근마켓에 올렸다.

존 쿠삭을 기억함.

존 말코비치도 되지 못하고

사랑은 리콜되지 않는다.

세렌디피티여 안녕.

브로드웨이도 쏘지 못한 채

바이바이 존 쿠삭.

지나간 것은 지나간 대로 그런 의미가 있죠.

존 쿠삭 추모 세트 9900원.

왠지 모르게 노래 가사가 따라 붙었고, 하지만 시만 판매할 수는 없었다. 존 쿠삭의 영화를 보며 먹었던 기린 맥주와 나초도 함께 제공하기로 했다. 맥주 브랜드는 많으니까 하나쯤은 남은 생에서 얼마든지 없애도 상관없었다. 올리고 나서 이틀 동안 존 쿠삭이 죽었느냐는 문의가 두 건, 존 쿠삭 피규어를 파느냐는 문의가 한 건 있었다. 누군가는 존 쿠삭 주연의 영화 DVD 세트나 존 쿠삭 굿즈를 판매하는 거냐고 물었는데 동석이 가진 존 쿠삭에 대한 소유권 전부를 이전하는 거라 하자 재밌네욤ㅋㅋ 하고는 그만이었다. 아무것도 묻지 않고 바로 구매하겠다고 나선 사람은 배순경뿐이었다.

맥주와 나초도 포함이니까 9900원이 터무니없는 가격은 아니었지만, 사실 그건 원한다면 마트에서 손쉽게 구매할 수 있는 것들이었다. 굳이 번거롭게 웃돈을 주며 당근마켓의 직거래를 이용할 이유가 없었다. 자신이 사려는 게 뭔지는 아는 걸까 궁금해져 동석은 병식의 거래 내역을 살펴보기 시작했다.

배순경의 당근마켓 활동은 매우 규칙적이었다. 일주일에 하나씩, 2만 원이 넘지 않는 물건만을 동네에서 직거래로 구매했는데 품목은 다양했다. 슬리퍼나

호두까기 인형부터 고양이를 위한 배변 훈련용 모래나 유아용 헝겊 모빌도 있었다. 슬리퍼는 덩치 큰 그에게는 너무 작은 사이즈 같았고 고양이도 아이도 없다는 걸 알고 있었다. 그런데 도대체 이런 건 왜 사는 걸까. 어쩌면, 어쩌면 말이다. 이웃들에게 더 이상 필요 없어진 '쓸모없음'을 그들이 원하는 작은 보상을 지불하고 가져감으로써 쓸모 있는 이웃이 되고 싶은 게 아닐까. 저를 이웃으로 받아 주세요. 여기 이번 주의 이웃비를 드립니다.

그날 동석이 존 쿠삭을 없애고 병식에게 받은 이웃비는 반값 할인된 4900원이었다. 병식에게는 제 값을 다 받기가 좀, 그랬다. 그것이 병식에 대한 동석의 기울어진 관계 인식의 기본 정서였다. 아무래도 좀, 그렇잖아.

8

세 번째 판매 품목으로 당근마켓에 갈까마귀를 올린 건 처음부터 배순경을 만나기 위한 목적이었다. 다행히 갈까마귀를 없애는 건 존 쿠삭을 없애는 것보다 간단했다. 동석에게 갈까마귀는 애초에 에드거 앨런 포의 시로만 존재했기 때문이었다. 시를 종이에 옮겨

적으며 다시 한번 찬찬히 읽기 시작했다. 이렇게 시작
하는 시였다.

어느 쓸쓸한 한밤중, 고단하고 고달픈 내가
무수히 잊힌 기이하고 신비한 민담을 골똘히 읽다가
꾸벅꾸벅 거의 졸던 중에 불현듯 들리는 똑똑 소리,
누군가 부드럽게 내 방문을 두드리는 듯한 소리.
나는 중얼거렸네. "누가 와서 내 방문을 두드리나,
뭐 그뿐, 더는 없어."*

갈까마귀의 판매 가격은 1만 900원. 다소 비싼 가
격을 붙인 것은 혹시라도 다른 구매자가 나타나지 않
기를 바라서였다. 사실 배순경이 아니면 누가 당근마
켓에서 갈까마귀 같은 걸 사겠다고 하겠냐만은. 그래
도 그 가격에 시만 팔자니 괜히 모자라지만 착한 친
구를 속이는 기분이 들어 동석은 형이 아끼던 책을
한 권 들고 나가기로 했다. 동석이 읽어 본 적 없고 앞
으로도 읽을 일 없을 아주 두꺼운 안내서였는데 형은
주로 벌레를 잡을 때 그 책을 이용했다. 두껍고 무게

---

* 에드거 앨런 포, 손나리 옮김, 『까마귀』(시공사, 2018), 11쪽.

가 나가서 벌레가 도망가지 않도록 눌러 놓는 데 좋다고 했다.

형은 겁도 없이 벌레를 잘 잡았다. 선애 씨는 늘 형이 벌레를 참 잘 잡는다고 칭찬했다. 형을 칭찬하기 위해 일부러 벌레가 나오는 집만 골라 이사를 다니나 싶을 정도였다. 덕분에 동석도 집에서는 제 손으로 벌레를 잡아 본 적 없었다. 벌레가 보이면 형의 이름을 불렀다. 그러면 형은 두꺼운 책을 들고 나타나 용감한 영웅처럼 벌레를 눌러 압사시켰다. 그리고 시간이 흐른 후 천천히 책을 들추고 죽은 벌레를 휴지로 집어 버렸다. 그런데 왜 형은 벌레를 바로 잡지 않았지? 뒤늦게 동석은 그런 의문이 들었다. 물론 살아 움직이는 벌레보다 죽은 벌레를 집는 게 더 수월했을 테지만, 그렇다면 사실 형도 벌레를 잡는 게 무섭고 싫었다는 거 아닌가. 하긴 누가 벌레 잡는 걸 좋아서 하겠는가. 어쩔 수 없으니까, 해야 되니까 할 뿐. 그렇다면 형도 실은 벌레가 무서웠던 건 아닌가. 형이 벌레 잡는 용기를 애써 낸 건, 실은 너무너무 겁이 났기 때문이 아닐까. 어느 날 가족들조차 롤케이크에 미안하지만,으로 시작하는 배척의 말을 남기고 자기 곁을 떠날까 봐, 그런 식으로 자신의 쓸모를 증명했던 건 아닌가. 형 나름의 이웃비를 그런 식으로 지불하면서.

　다세대주택에 살 때 동석의 가족은 이웃에게 롤케이크를 선물받곤 했다. 이웃이 건네는 롤케이크는 좋은 이웃에게 주는 선물이 아니라 나쁜 이웃에게 주는 작별의 선물이었다. 미안하지만 이사를 가 주면 좋겠다는 포스트잇과 함께였다. 그들은 매정한 사람들이 아니었다. 다만 형과 공간을 공유하는 것에 두려움을 느꼈을 뿐이었다. 무지에서 비롯된 형의 의도치 않은 격의 없음을 위협이나 폭력으로 느끼는 게 그들의 잘못만은 아니었다. 이웃에게는 이웃 나름의 사정이 있었다. 302호에 사는 초등학생 딸이 계단에서 마주친 덩치 큰 아이 같은 형의 지나치게 친근한 인사에 울음을 터뜨렸다는 걸, 형이 남들보다 조금 큰 소리로 웃고 큰 소리로 울고 큰 소리로 혼잣말을 하는 것이 얇은 벽을 투과해 이웃들의 휴식을 방해한다는 걸 동석도 알고 있었다. 그들이 몰래 두고 간 롤케이크는 달콤했다. 그것을 먹으며 선애 씨와 새로 이사 갈 집을 찾아보는 게 그리 슬프거나 가슴 아프진 않았다. 이웃을 원망하지도 않았다. 왜냐하면, 동석도 그 이웃들과 같은 마음이었으니까. 가족이 아니었다면 형과 이웃이 되고 싶지 않았으니까.

그 후로는 일부러 소음이 많은 상가주택으로만 이사를 다녔다. 동석이 고등학생 때부터 공무원시험에 합격할 때까지 살았던 4층 건물은 지하부터 2층까지는 음식점과 술집이, 3층에는 노래방이 있는 건물로 밤늦게까지 시끄러운 소음과 진동이 끊이지 않는 곳이었다. 그 건물을 집이라 생각하고 머무는 사람들은 동석의 가족뿐이었다. 그래서 부러 선택한 집이었다. 이런 소음 속이라면 형이 큰 소리로 웃고 울고 노래하고 외치는 소리들도 묻히고 이웃들의 원성을 듣지 않아도 될 거라고 생각했고, 그 생각은 옳았다. 더 이상 동석의 집만 빼놓고 반상회를 열어 집 앞에 롤케이크를 두고 가는 일 같은 건 생기지 않았다.

이웃이라 부를 만한 그 누구도 없었지만 그래서 안전한 나날이었다. 형에게도 가족 이외의 사람들과 교류하거나 접촉하는 일이 없도록 늘 주의를 주었다. 한번은 외래진료를 받으러 갔다가 병원에 입원했을 때 친하게 지냈다는 여자 환자와 마주친 적이 있었다. 입원 시 면회를 갔을 때도 간호사들이 둘이 친하게 지내는 것에 주의를 주었던 기억이 났다. 둘이 작은 감정을 나누는 것은 연애가 아니라 사건이 되었다. 형과 둘이 반가워하며 연락처를 주고받는 것을 보고 여자

환자와 같이 온 보호자가 동석을 불러 부탁했다. 혹시라도 연락하는 일 없도록 해 주세요. 작은 외부 충격에도 쉽게 부서지고 말 건조하고 지친 얼굴은 선애 씨와 닮아 있었다. 조심시키겠다는 말 이외에 할 말이 없었다. 둘의 교류에서 여자 환자의 가족이 느끼는 불안은 또 다른 문제라는 걸 모르지 않았다.

형을 보호한다는 명목으로 형에게 이웃이 될 기회를 빼앗고, 형에게 이웃이 되려고 다가온 사람들을 차단했다. 때때로 형과 같은 병을 앓는 이들이 저지른 사건 기사를 접할 때마다 형에게는 그런 폭력적인 성향이 없음에도 형을 잠재적 가해자로 상상하는 걸 멈출 수 없었다. 동석의 몸은 형과 같은 집에 머물렀으나 마음은 등 떠미는 이웃들의 편에 있었다.

형의 동생으로 태어난 건 동석의 선택이 아니었다. 형의 동생인 것을 부정하거나 책임을 회피할 생각은 없었다. 그러나 남들에게 차동석이 아닌 형의 동생으로 기억되고 싶지는 않았다. 동석이 평범한 이웃으로 살아가는 데에 형의 존재가 방해가 되는 것도 원치 않았다. 그래서 형을 '없는 이웃'으로 만들었다. 누구보다 형을 나쁜 이웃으로 대한 건 사실 동석이었다.

그런 동석이 지금 병식의 이웃이 되(어 주)려고 애

쓰는 이유는 무엇인가. 그건 반성도 후회도 아닌, 병식이 동석의 사연이기 때문이었다.

얼마 전 오랜만에 만난 선배가 뭘 하고 사느냐 묻기에 동석은 당근마켓을 한다고 했다. 아 거기 취직했어? 잘됐다. 해서 그건 아니고 그냥 당근 거래를 한다고, 소소한 걸 팔아서 생활비로 쓴다고 했다. 그러면서 거래하다 만난 배순경의 이야기를 했더니 선배가 꽤 재미있어하며 말했다. 돈이 필요한 거면 그걸 소재로 응모해 보면 어때? 그리고 선배가 알려 준 게 이음 캠페인 정보였다. '차별 없는 사회를 위한 연대와 화합의 축제를 위한 이웃 나눔 수기 공모전'이라고 했다. 그날 이후로 병식은 동석이 최우수상 100만 원, 우수상 30만 원의 이웃 나눔 후기를 작성하는 데에 재미와 감동을 다 잡아 주는 '쓸모 있는 이웃'으로 유용하게 기능하기 시작했다.

물론 누군가를, 그것도 사회적 약자임이 분명한 병식을 글쓰기의 소재로 이용하는 것에 불편한 마음이 없는 건 아니었다. 그러나 본인이 아니면 주변인은 관련된 이야기를 할 자격이 없는 걸까? 최대한 무해하고 선량한 이웃으로 묘사해서 더 많은 사람들이 그를 이웃으로 받아들여 주는 데에 도움이 될지도 모르는 글을 쓴다면, 그래도 안 되는 걸까? 굳이 따지자면 동석 역시 무관한 사람이 아니었다. 자기 적합성을 따진다면 최소한 50퍼센트는 된다고 생각했다. 그래야 마땅했다.

평생을 경계성 지적장애와 조현병을 앓으며 단 한 번도 사회생활을 해 본 적 없는 형에 대한 책임감에 짓눌리며 살아왔다. 청소년기에는 선애 씨가 늦은 나이에 자기를 낳은 이유가 형을 같이 돌봐 줄 사람이 필요해서라고 생각하기도 했다. 형에게 또 한 명의 돌봄 가족을 만들어 주기 위해, 선애 씨가 죽은 후에도 형을 돌봐 줄 사람이 필요하니까 일부러 최대한 늦게, 아홉 살이나 차이 나는 늦둥이로 자신을 낳은 거라고. 그리고 그 믿음은 형이 죽기 전까지, 아니 죽은 지 금까지도 동석의 마음 한구석에 남아 있었다. 그러니 자신은 형의 이야기를, 아니 병식의 이야기를 할 자격이 있다고 동석은 누군가에게 끊임없이 변명을 늘어놓았다. 누가 뭐라고 한 것도 아닌데 거듭해서. 그리고 이음커뮤니티에 병식의 이야기를 연재했다. 시작은 브로콜리였다.

9

갈까마귀 시를 적은 종이를 형의 책에 끼워 넣고 동석은 병식을 만나러 갔다. 언제나처럼 도서관 앞 벤치에서 만나기로 했는데 어쩐 일인지 병식이 일찌 감치 문 앞에 나와 있었다. 다른 때와는 달리 배낭까지 맨 폼이 다시 도서관으로 들어갈 생각은 없는 것 같았다. 어디 급하게 갈 데라도 생긴 건가. 멀리서 봐도 두리번거리며 몸을 앞뒤로 흔드는 폼이 꽤나 초조해 보였다. 아니나 다를까 병식은 동석이 내미는 책을 받지도 않고 서둘러 준비한 현금을 내밀었다. 급히 갈 데가 있다고 했다. 어딜 가느냐 물으니 병식은 대답 대신 휴대폰을 내밀어 문자메시지를 보여 주었다. 오는 길에 동석도 받은, 실종자를 찾는 안내 문자였다.

"이게 왜요?"

"찾으러 가요."

"누굴?"

"이 사람."

문자에 따르면 실종자는 화성에 거주하는 70대 치매 노인이었다. 키는 170 정도에 보통 체격. 검정 조끼와 검정 바지, 파란 운동화.

이달의 이웃비 173

"아는 사람이에요?"

"아니요."

"그런데요?"

"실종됐어요. 그래서."

"그래서 찾아야 한다고요?"

"네. 빨리요."

초조해하는 병식을 붙들고 링크를 타고 들어가니 좀 더 자세한 내용을 확인할 수 있었다. 손에는 음식물 쓰레기가 담긴 검정 봉투. 마지막 목격 장소는 장안면 행정복지센터에서 100미터 정도 떨어진 어린이 놀이터라고 했다. 같은 경기도라도 너무 멀었다. 차로 가도 한 시간은 족히 걸릴 듯 보였다. 물론 실종자가 마지막으로 목격된 장소에서 꽤 멀리 이동했을 수는 있지만, 이 근처까지 왔을 가능성은 희박했다. 그런데 병식은 도대체 어디서 실종된 노인을 찾는다는 걸까.

"여길 가려고요?"

실종 발생 장소를 가리키며 동석이 물어보니 병식은 지도 앱을 제대로 보지도 않고 고개를 끄덕였다.

"어떻게요?"

"걸어서."

"여기가 어딘 줄은 알아요?"

"몰라요."

"그런데 어떻게 찾으려고요?"

"알아요. 어디서 찾을지."

그렇게 말하며 병식은 더 이상 기다릴 수 없다는 듯 급하게 걸음을 옮겼다. 그러나 그가 서둘러 걸어가는 방향은 버스 정류장이나 지하철역 쪽이 아니었다. 도서관 뒤편의 야산으로 올라가는 등산로였다. 도대체 화성에서 실종된 사람을 왜 수원의 야산에서 찾으려는 걸까. 동석은 알 수 없는 채로 병식을 쫓아가기 시작했다. 한참을 성큼성큼 앞서가던 병식이 야산 중턱에 이르자 등산로가 아닌 잡목이 우거진 오른쪽으로 방향을 틀었다. 길을 잃은 건가 했는데 그건 아니었고 애초에 그곳이 목적지인 모양이었다. 쓰러진 노목에 이르자 병식은 걸음을 멈추더니 주변을 샅샅이 뒤지기 시작했다. 그곳에 무언가를 두고 온 사람처럼.

"여기가 어딘데요?"

병식을 쫓아오느라 거칠어진 호흡을 내쉬며 동석이 묻자 병식이 대답했다.

"여기서 찾았어요."

"뭘요?"

"나요."

"누구요?"

"배병식."

그러니까 병식은 과거에 실종된 적이 있었고, 아마도 그건 한 번이 아닐 터였다. 형도 그랬다. 이런 일은 결코 한 번으로 끝나지 않는다. 그 경험을 통해 병식은 자신이 실종되었다가 발견된 곳에 가면 실종자를 찾을 수 있을 거라고 믿은 거였다.

형이 처음 실종된 건 동석이 열두 살 때였다. 어느 날 학교에서 돌아와 보니 형이 보이지 않았다. 그리고 다음 날, 그다음 날도. 그동안 선애 씨는 단순 가출로 처리한 경찰들과 싸우며 전단지를 붙이러 다녔고 열두 살의 동석은 무얼 했나. 그냥 평소와 똑같이 학교에 가서 친구들과 장난치며 놀고 집에 돌아와 우는 선애 씨를 보며 라면을 끓여 먹고 숙제를 하고 텔레비전을 보고 잠을 잤다. 그리고 자다가 깨면 어둠 속에서 바람에 흔들리는 커튼 뒤나 옷장 문을 열고 중얼거렸다. 형 그만 숨고 나와.

형이 돌아온 것은 세 계절이 훌쩍 지난 후였다. 봄에 반바지에 슬리퍼를 신고 나갔던 형은 겨울이 되어 같은 옷차림으로 돌아왔다. 돌아온 형은 몸을 아주 작게 구부린 채 사흘 동안 잠만 잤다. 불편해 보여서 다리를 펴 주려고 하면 무릎에서 뚝뚝 뼈가 부러지는 소리가 났다. 아주 좁고 어두운 방에서 오래 웅크려 있었다는 말만 들었다.

그 후에도 형은 섬망 증세가 심해져 세 번 더 실종되었지만 그때는 장애 등급을 받은 후라서 실종 신고를 한 지 10분 만에 경찰이 출동했고 서른 명의 인원이 투입되어 마지막 목격 장소를 헤맨 끝에 하루 만에 형을 찾아 주었다. 한번은 어릴 때 살던 집 근처 어린이대공원의 탈출한 코끼리 우리 앞에서였고 한번은 몇 년 전 살았던 상가주택의 폐업한 노래방에서였다. 그때 실종된 형을 찾아다니며 동석이 가장 두려워한 것은 형을 영영 잃거나 저 바깥의 어둠 속에서 형이 누군가에게 해를 입을지도 모른다는 것이 아니었다. 정신이 온전치 못한 상태로 누군가를 다치게 할까 봐, 해를 입힐까 봐 두려웠다. 그 마음을 숨기기 위해 새벽의 거리를 걷고 또 걸으며 형을 찾아 헤매었다.

형이 죽은 후, 동석은 형이 실종되어 머물렀던 폐업한 노래방에 찾아가 본 적 있었다. 노래방이 빠져나간 사무실은 여전히 텅 빈 채 잠겨 있었다. 더 이상 노래방이 아닌 노래방 앞에 쭈그려 앉아 어릴 때 형이 가르쳐 준 노래를 작게 불러 보았다. 형이 동석에게 가르쳐 준 유일한 노래였다.

바람 불어도 괜찮아요. 괜찮아요. 괜찮아요.

쌩쌩 불어도 괜찮아요. 난난난 나는 괜찮아요.*

그때 형도 이렇게 주저앉아 노래를 부르고 있었을까. 형은 노래 부르는 걸 좋아했지만 동석은 형이 노래 부르는 걸 끔찍이 싫어했다. (미친놈 같잖아. 그만 좀해.) 속으로만 생각했지만 형은 어느 순간 동석의 눈치를 보며 집에서 더 이상 노래하지 않게 되었다. 대신 언젠가 노래방에 가서 신나게 노래하고 싶다는 이야기를 혼잣말처럼 종종 했다. 그래, 언젠가 한번 같이 가자. 지키지 못할 약속을 했다. 그저 지금의 노래를 멈추게 하기 위한 다음에, 언젠가. 지키지 못한 약속이 노래가 되어 자꾸 맴돌았다. 괜찮아요. 괜찮아요.

어둠이 내리자 건너편 건물 외벽에 붙어 있는 글자에 불이 들어왔다. 당신은 거듭나셨습니까. 도대체 무얼 하는 곳이기에 저런 간판이 걸려 있는 걸까. 교회나 마음 수련 단체, 혹은 피부 관리실이라도 있는 건

---

* 동요 「괜찮아요」에서.

가. 집으로 돌아가는 길에 들어가 보니 빈 사무실에 급하게 빠져나간 투자 사기 업체의 흔적만 유리문에 적힌 쪽지들과 찾아가지 않은 우편물로 남아 있었다.

마지막 실종에서 돌아온 후 형은 외부 출입을 최소한으로 줄인 채 스스로를 집에 가두었다. 자신의 큰 덩치가 계단에서 마주치는 이웃들에게 위협적으로 보인다는 걸 깨달은 후에는 집에 머물면서 실내 자전거 페달을 돌리며 「무한도전」만 보고 또 보았다. 세상에 차지하는 자신의 체적을 최대한 줄이는 것, 그것이 형의 「무한도전」이 되었다. 그렇게 형이 점점 자신의 존재감을 희박하게 줄여 간 덕분인지 새로 이사간 빌라에서는 아무도 롤케이크를 선물하지 않았다. 형은 집에 있으면서도 실종된 자, 보이지 않는 이웃으로 존재함으로써 배척당하지 않고, 떠밀리지 않고 이웃의 자리에 안온하게 머물 수 있게 된 거였다. 형이 죽었을 때 그의 몸무게는 50킬로그램이 넘지 않았다.

그리고 어떤 보이지 않는 이웃들은, 실종된 후에만 그 존재를 우리 앞에 드러낸다. 처음 실종 안내 문자를 받았을 때 동석은 우리 곁에 형과 닮은 보이지 않는 이웃들이 얼마나 많은지 잊고 있었다는 걸 깨달았다. 동석은 형이 실종되었을 때도 이런 제도가 있었으면 어땠을까 생각하며 실종 안내 문자를 꼼꼼히 살펴보곤 했다. 2021년 6월 9일부터 시행된 실종 경보 문자 제도 덕분에 실종된 아동과 지적 장애인, 치매 노인들을 조기 발견하는 경우가 종종 있다고 했다. 시민들의 제보가 많은 도움이 된다는 거였다. 그러나 병식처럼 적극적으로 실종자를 찾아 나설 생각은 미처 하지 못했었다.

"내가 도와줄게요."

그렇게 말하며 동석은 실종자가 마지막으로 목격된 장소를 지도 앱으로 찾아 병식에게 보여 주었다. 정말 찾고 싶다면 그곳으로 데려다줄 수 있다고도 했다. 그러나 병식은 고개를 저었다.

"내가, 내가 찾아야 해요."

"왜요?"

"나한테 왔어요."

"뭐가요?"

"찾아 달라고."

병식이 다시 한번 문자를 보여 주며 말했다. 그제야 동석은 이해했다. 병식은 자신만 실종 안내 문자를 받은 줄 아는 거였다. 그러니까 누군가 배순경에게 실종자를 찾아 달라고 출동 명령이라도 내린 걸로 오인한 거였다. 나중에 알게 된 거지만 그건 배병식이 배순경이 되고자 하는 이유와도 관련이 있었다. 실종된 병식을 아버지 배철영 씨의 품으로 돌려주었던 경찰들에 대한 따뜻한 기억 때문에 병식은 스스로 순경이 되는 꿈을 꾸기 시작한 거였다.

동석은 잠시 망설이다가 오는 길에 받은 같은 문자를 보여 주었다. 그리고 말했다.

"실은, 저도 병식 씨처럼 출동 명령을 받았어요. 그러니까 힘을 합해 우리가 같이 찾으면 돼요."

병식은 혼란한 표정이었다. 자기에게만 주어진 특별한 사명이라 생각했는데 그게 아니라서 실망한 걸까. 동석은 생각과 현실이 어긋날 때 형이 겪던 혼란과 분노와 좌절의 반응을 떠올렸다. 자신이 선을 넘은 건지도 몰랐다. 형과 동석 사이에 선은 어디에나 있었다. 밟거나 넘기 전에는 그곳에 선이 있다는 것조차 몰랐다가 뒤늦게 당황했던 순간들이 기억났다. 종종 생각지도 못한 부분에서 급작스레 분노하는 형을 보며 동석은 많은 날을 보이지 않는 선들에 대해 생각했다. 어디에서 또 어떻게 밟을지 몰라 슬프고 위축되고 두려웠던 감정들이 떠올랐다. 어쩌면, 나는 또 선을 넘어 버린 걸까. 동석은 불안한 마음으로 병식의 대답을 기다렸다. 잠시 후, 병식이 마치 아주 낯선 말을 처음 발음해 보는 사람처럼 아주 천천히 물었다.

"우리가 같이요?"

"네. 우리가 같이."

병식이 잠시 생각하더니 아주 작게 그 말을 반복했다. 달고 귀한 것을 입에 넣고 혀로 소중히 아껴 핥듯이.

"우리가. 같이. 우리가. 같이. 우리가. 같이."

"네. 우리가 같이."

'우리'는 같이 동석의 차를 타고 실종자가 마지막으로 목격된 장소로 출발했다. 다행히 가는 길에 실종자를 무사히 발견했다는 문자를 받았고, '우리'는 휴게소에 들러 우동과 통감자를 나눠 먹고 집으로 돌아왔다. 이날은 동석이 처음으로 병식에게 이웃비를 지불한 날이었다. 우동 6000원. 통감자 4500원.

10

동석이 이음커뮤니티에 올린 배순경의 일화 속 대화는 어디까지 사실이고 어디서부터 허구일까. 그러나 사람과 사람이 나누는 대화가 모두 진실이라는 것 역시 믿음의 영역 아닌가. 일상적 대화의 많은 부분이 언제 한번 밥이나 먹자 같은 기약 없는 약속들로 이루어진다. 진실도 아니지만 거짓도 아닌 말들 ── 고객님 잘 어울려요, 괜찮아요, 밥 먹었어요 같은 진술들 ── 은 또 어떤가. 그러니 병식을 이야기함에 있어 절대적으로 무해하고 우리가 보듬어야 할 선량한 이웃으로 표현하는 것이 무엇이 잘못된 것일까. 솔직함과 진실의 가치는 지나치게 고평가되어 왔다. 사실 우리는 좀 더 위선적일 필요가 있지 않나. 좀 더 다정한 거짓들을 이야기할 필요가 있지 않나. 이미 기울어진 세계에 조금이라도 공평함을 돌려주기 위해서는 더 기울어진 이야기로 채워도 좋지 않은가. 동석은 거듭 그런 식으로 자기 자신을 위한 변명을 만들어 냈다. 형이 진짜 무덤으로 들어간 후, 이제 동석의 핑계 있는 무덤은 병식이 된 것이었다.

동석도 알고 있었다. 동석은 글을 쓸 때만 좋은 이웃이 된다. 그러나 글을 쓸 때라도 좋은 이웃이기 위해, 그런 척이라도 하기 위해서, 그 후로도 실종 경보 문자를 받을 때마다 병식과 함께 실종자를 찾아 나선 것이 기만은 아니었다. 보여 주기 위한 의도된 선행일지라도 진실한 수고가 뒤따른다면 그것이 나쁘다고 할 수 있나. 그것이 비도덕적이라 할 수 있나. 문제는 선이었다. 동석은 병식을 만나는 동안 거듭해서 선에 대해 생각했다. 선(善)이 아닌 선(線) 말이다. 형과 동석 사이에 존재했던 선은 이제 보니 형이 그은 게 아니었다. 동석이 그은 거였다. 형을 선 밖에 두듯, 지금도 병식과의 사이에 무수한 선을 긋고 있는 건 동석 자신이었다.

11

처음으로 함께 실종자를 찾아 나선 이후, 동석은 병식과 한 가지 약속을 했다. 절대 혼자 실종자를 찾으러 가지 말 것. 실종자를 찾아 나설 때 꼭 지켜야 할 규칙에 대해서도 여러 번 주의를 주었다. 그것은 우리가 같이 움직여야 한다는 것이었다. 그렇게 해서 실종 경보 문자를 받으면 동석은 병식에게 연락했고, 대개는 도서관 앞 벤치에서 만나 같이 실종자가 배회 중이라는 장소로 이동했다. 그렇게 어떤 날은 용인의 천변으로, 어떤 날은 수원 행궁동으로 이동해 실종자를 찾아 다녔다. 한번은 찾는 중간에 시민들의 제보로 안전히 가족의 품으로 돌아갔다는 문자를 받았고 한번은 다음 날 아침에 무사히 발견되었다는 소식을 들었다. 두 번 다 시민들의 제보 덕분에,로 시작하는 문자였다.

"시민들?"

병식이 물었다.

"네. 시민들. 우리 같은."

"우리 같은?"

"네. 우리 같은."

이제 병식에게는 많은 우리와 많은 다정한 이웃이 생겼다. 시민들이란 병식에게 잃어버린 것을 함께 찾아 제자리로 돌려주는 사람들의 이름이었다. 다정한 이웃들. 그럴수록 동석은 걱정이 되기도 했다. 그가 지나치게 사람들의 선의를 믿지 않기를 바랐다. 언제나 큰 위험은 믿는 자에게서 비롯되니까. 예를 들면 동석 같은.

얼마 전에 휴게소에서 화장실에 들렀던 병식이 차를 찾지 못해 두리번거리다가 엉뚱한 차로 다가가 문을 두드린 적이 있었다. 동석은 병식을 자기 차로 데려와 옆자리에 태우며 여러 번 당부했다.

"함부로 모르는 사람 차를 타면 안 돼요. 혹시 히치하이킹 같은 것도 절대 하면 안 되고요."

"히치, 하이킹이요?"

병식은 히치하이킹이 무엇인지 이해하지 못했지만 동석은 다만 그를 겁줄 목적으로 언젠가 사람들의 선의를 믿고 히치하이킹만으로 여행하는 실험을 하던 한 여성이 끔찍하게 살해당한 이야기를 해 주었다.

"그러니까, 아무 차나 타면 절대 안 돼요. 알았죠?"

"이 차는요?"

"나는 아무나가 아니잖아요."

"그럼요?"

"나는,"

나는 아무나가 아니면 무엇일까. 동석은 병식의 질문에 대답하지 못했다.

12

아무나가 아닌 친구나 이웃, 심지어 아는 사람이라고도 답하지 못하면서, 병식을 옆자리에 앉힐 어떤 이름도 스스로에게 부여할 용기가 없으면서, 나는 병식을 태우고 어디로 가고 있나. 그날 이후 동석은 자신에게 여러 번 되물었으나 답은 찾을 수 없었다.

13

병식과 네 번째로 실종자를 찾기 위해 만난 날, 동석은 병식에게 고백했다.

"병식 씨 이야기를 써요."

"나, 왜요?"

"병식 씨가 좋은 이웃이니까. 사람들이 병식 씨 이야기를 많이 알았으면 해서."

병식은 아무 말도 하지 않았다. 당사자에게 물어보지도 않고 마음대로 써 놓고 이제야 자백하는 건, 뒤늦게라도 마음의 짐을 덜기 위한 수작에 불과했다. 그걸 알면서도 동석은 자신이 솔직하다고 믿고자 하는 진실을 '솔직하게' 이야기했다.

"사람들이 좋아해요. 병식 씨 이야기를. 배순경을."

"배순경이요?"

"네. 배순경 이야기를."

병식이 아무 말도 하지 않아서 동석은 조금 불안해졌다. 동석이 아무리 좋은 이웃의 이야기를 나누고 싶은 마음에서 시작했단 한들, 어쩌면 실종된 후에야 비로소 우리 눈에 보이는 어떤 이웃들과, 그들이 우리의 이웃으로 살아가기 위해 애써 살아 내는 이야기를 전함으로써 그들과 함께 이웃해 지내는 마음과 방법에 대해 생각해 보고자 병식의 이야기를 시작했다 한들, 그것은 비겁한 자기변명에 지나지 않았다. 처음엔 그것이 공동체에 아무것도 보탠 것 없이 손쉽게 이웃으로 받아들여진 자기 나름의 이웃비를 지불하는 방법이라 동석은 생각했다. 그러나, 그러나 말이다, 실은 형에게 한 번도 지불하지 못한 이웃비를 후불로 처리하기 위해 손쉽게 병식을 이용하는 것은 아닌가. 잃어버린 돌보는 자의 지위를 병식을 통해 다시 획득하려는 건 아닌가. 나는 다만 선 밖에 사람을 두고 선한 이웃의 자리를 차지하고자 병식을 선 밖의 이웃으로 붙잡아 두는 것 아닌가.

앞선 진술에서 '우리'는 명백하게 병식을 제외한 우리라는 것, 그것이 결국 동석이 병식에게 행하는 모든 태도의 본질이었다. 그러나 이런 진실은 결코 병식에게 말할 수도 없고 말해서도 안 되는 것이었다. 대신 동석은 이렇게 말했다.

"만약 병식 씨가 싫다고 하면 지금이라도 그만둘게요. 올린 글도 다 내리고."

"나는,"

병식이 머리를 좌우로 흔들며 물었다.

"나는, 우스워요?"

병식의 질문은 동석에게 이런 의미로 들렸다. 내가 우습나요. 내가 만만한가요. 그래서 그렇게 함부로 허락도 없이 글의 소재로 삼아도 된다고 생각했나요. 나를 바보같이 묘사하면서 웃겼나요. 관객석에서 병신춤을 보듯 웃고 손가락질하며 저 병신 또 병신 짓하네, 하면서 나를 보고 웃었나요. 병식의 말은 어느새 형의 음성으로 동석의 귀에 내리꽂혔다.

동석은 부끄러움과 함께 두려움을 느꼈다. 형에게 그랬듯 동석이 병식에게 느끼는 가장 강력한 감정은 두려움이었다. 그것은 병식의 무해함에 대한 것일 수도 있고, 무지에서 비롯될지 모를 악의 없는 잠재적 가해에 대한 불안일 수도 있었지만, 가장 큰 이유는 그 무해함을 이용하고야 말 자신의 속물성을 일깨우는 대상화된 실체에 대한 두려움이었다. 그는 관념의 이웃이 아니라 살아 있는 이웃이었다.

"아니, 그런 거 아니고요, 나는 그저,"

동석이 서둘러 변명의 말을 꺼내려는데 병식이 덧붙였다.

"나는."

병식이 말했다.

"우스우면 좋겠어요."

"네?"

"웃긴 거 좋아요. 무도처럼."

그제야 동석은 병식의 말을 이해했다. 병식은 동석을 비난하는 게 아니었다. 순수하게 궁금한 거였다. 나는 이야기 속에서 이웃들을 즐겁게 하나요? 웃게 하나요? 병식은 다만 알고 싶은 것이었다. 나는 좋은 이야기인가요. 이웃들이 잃어버린 웃음을 돌려주나요. 쉽게 지워지는 따뜻한 마음을 지켜 주나요. 그랬으면 좋겠어요. 나는 잃어버린 것을 찾아주는 배순경이니까.

"병식 씨 이야기가 웃겼으면 좋겠어요?"

"네. 무도처럼."

"무도처럼요?"

"네. 무도 친구들처럼."

그 말을 듣자 병식과 처음 만나 나눴던 대화가 기억났다. 그날 동석은 도서관 앞 벤치에서 구매자를 만나기로 하고 약속 시간보다 일찍 도착했다. 뭘 할까 하다가 휴대폰으로 「무한도전」을 보며 기다릴 때였다. 누군가 뒤에서 어깨를 툭툭 쳤다. 돌아보니 어딘가 낯익은 얼굴이 반가운 표정으로 쳐다보고 있었다. 아는 사람인가, 동석이 갸우뚱하며 기억을 더듬는데 남자가 말했다.

"무한도전 512회. 2016년 12월 24일 방영. 산타 아카데미."

그가 가리키는 건 동석의 휴대폰에서 재생되고 있는 「무한도전」이었다. 뭐지 싶어 영상을 정지시키는데 남자가 황급히 제지하며 옆에 앉았다.

"봐요."

"네?"

"계속 봐요."

어리둥절한 채 동석은 영상을 다시 재생시켰다. 남자가 옆에 앉아 고개를 들이밀고 같이 보기 시작했다. 웃긴 장면에서는 손으로 입을 가린 채 몸을 앞뒤로 흔들어 가며 웃었다. 혹시 동석이 웃긴 장면을 놓칠까 봐 걱정되는 듯 팔꿈치로 옆구리를 툭툭 치기도 했다. 그러다 동석은 이상한 점을 발견했는데, 그가 웃는 타이밍이 영상에 입혀진 웃음소리보다 매번 조금씩 앞선다는 것이었다. 그러니까 그는 어느 장면에서 웃어야 할지 미리 예습해 온 성실한 웃음 방청객처럼 웃고 있었다. 멤버들이 내뱉는 대사를 그대로 따라 하기도 했다. 여러 번 반복해 봐서 모든 장면을 다 기억하고 있다는 이야기였다. 형도 그랬다. 그래서 동석은 눈치챘다. 남자도 「무한도전」 유니버스의 비밀 요원 중 한 명이라는 걸. 그가 배순경이었다.

14

동석도 알고 있다. 병식을 무해하게 그리는 것, 조금 모자라지만 착한 친구라는 고정된 캐릭터 안에 가두는 것은 결코 병식을 위한 진술이 아니다. 그것은 병식을 '우리' 밖으로 내몬 채 선 밖의 그들이 우리의 이웃으로 남기 위해서는 절대적으로 더 높은 수준의 무해함을 획득해야 한다는 개똥 같은 이데올로기를 확산시키려는 음모에 지나지 않는다. 이웃의 지위를 팔 권리가 '우리'에게 있다는 듯이. 그리고 동석 자신은 절대 그 '우리'에서 벗어난 적 없으며 벗어날 일 없다는 듯이. 선 밖의 이웃 이야기를 강조할수록 동석이 증명하고 싶은 건 이런 것이다. 나는 '우리' 안의 인간입니다. 나는 애써 이웃비를 지불하지 않아도 '우리'에 속하는, '우리'라는 걸 부정당하지 않는, 결코 실종당하지 않고 기억에서 지워지지 않는 절대적 '이웃'의 지위를 가진 당신들의 이웃입니다.

사실 동석이 병식을 표현하는 방식은 공동체 안 약자 집단에 베풀어지는 찬양과 찬송의 메아리와 동일했다. 은총이 가득하신 마리아여, 기뻐하소서. 지워지고 실종된 집단에게 한정된 지위를 부여하고 편견을 공고히 하려는 시도는 결코 비난의 형태를 취하지 않는다. 찬양하고 우러른다. 모성 신화가 그랬고, 완전무결할 것을 요구받는 피해자와 고발자들이 그랬다. 병식 또한 같은 방식으로 주어진 '용인된' 이웃의 자리에 머무르게 되는 것이다. 감지덕지. 그러니까 동석이 병식에게 강제로 나누고자 한 것은 브로콜리나 존 쿠삭, 너그럽게 포용(해 주)는 '우리'라는 이름이나 다정한 이웃이 아니라 이런 끈적하고 지저분한 부사어다. 감지덕지. 고작,인 내가 감히,인 당신과 불구하고 이웃이 되었으니 이 얼마나 감지덕지인지!라는 문장을 강제로 병식에게 무료 나눔하려 한 것이다. 이를 위해 동석은 병식에게 더 무해할 것을 요구하며 두 사람의 이야기는 유해한 언어로 재가공된다. 기억은 그렇게 기록되며 삭제된다. 더 많은 다정한 이야기를 위해서 어떤 이야기는 없어져야 한다. 실종 경보 문자에 이런 삭제의 기억은 뜨지 않는다.

15

동석이 말하지 않은 것은 이런 것이다.

어느 날 병식을 만나러 도서관에 갔는데 늘 같은 자리에 앉아 있던 병식이 보이지 않았다. 연락해 보니 그는 지하 휴게실 한구석에서 책을 펴 놓고 있었다. 그저 자리를 옮겼나 보다 심상하게 생각했는데 휴게실에 들어오던 직원 두 명이 병식을 보고 무어라 수근대더니 돌아서 나갔다. 병식이 작게 중얼거렸다. 씨발년. 무슨 일이 있었구나 짐작할 뿐 병식에게 물어볼 생각은 하지 못했다. 동석은 두려웠다. 자신이 감당할 수 없는 이야기일까 봐. 병식을 이웃으로 더 이상 둘 수 없는 매우 불온한 어떤 진실과 마주치게 될까 봐.

이런 이야기는 하지 않는다. 그것이 솔직하지 못한 건가? 의도한 선한 목적의 주제를 구현하기 위해 입체적인 한 사람을 납작 눌러 평면적으로만 그리는 왜곡과 오류가, 그것이 더 많은 다정함을 위한 거라면, 그래도 꼭 나쁜 것인가?

동석은 병식의 말을 못 들은 척했다. 실제로 잘못 들은 걸 수도 있으나 동석은 사실을 확인할 생각도 하지 않고 그저 못들은 척했다,라고 믿어 버린다. 설령 나쁜 말을 했으면 어떤가. 병식이 욕설을 내뱉는 걸 들은 건 그때가 처음이었다. 그러니 한 번은 괜찮다고 생각한다. 아니, 한 번은 괜찮다니. 그러면 두 번은, 세 번은? 동석은 병식을 이웃으로 받아(들여) 줌에 있어 매우 엄중한 아웃 제도가 자기 안에 있었음을 알게 된다. 사실 동석도 욕을 한다. 입 밖으로 내뱉는 건 드물지만 마음속으로는 매우 자주. 그러나 병식에게는 한 번은 괜찮다고, 대단한 선심이라도 쓰듯이 한 번의 잘못만을 허락해 준다. 나는 그럼에도 불구하고 고작인 너를 감히 내 이웃으로 계속 남도록 수락해 준다,라는 듯이. 그리고 이런 이야기는 결코 하지 않는다. 이런 이야기는 굳이 할 필요가 없다.

그 욕설을 목격한 이후에도 동석은 계속 다정한 이웃 병식의 이야기를 커뮤니티에 올렸다. 세상에는 더 많은 다정한 이야기가 필요하다고 동석은 생각했다. 나쁜 이야기, 그런 건 얼마든지 있다. 수많은 사건 사고 속에 인류애를 충전시키는 미담들의 존재는 소중하다. 미담의 주인공들이 완전무결하기만 할까. 그들이 늘 무해하기만 할까. 어느 순간 그들도 욕을 할 수 있고 누군가에게는 한 번쯤, 혹은 더 많은 무례를 범할 수도 있었다. 그러나 영웅의 영웅답지 않은 어두운 면을 굳이 드러내지 않는 것이 우리가 더 많은 영웅과 함께 살아남는 방법 아닌가. 그러니 좋은 이웃에게서 굳이 나쁜 일화를 캐내지 않는 것이 우리가 더 많은 좋은 이웃들과 살아가는 법이라고 동석은 믿기로 했다. 그렇게 더 많은 거짓말을, 더 많은 무해함을, 더 많은 모자라지만 착한 면들만을 부각시키고 순백의 언어로 이야기하면서 그렇게 더.

그 무렵 동석은 누군가 도서관 열람실 자리에서 음란한 행위를 했다는 소문을 들었다. 한 직원이 그 광경을 보았고 도서관에 출입 금지를 요구했으나 그와 관련된 규정이 없어서 아무런 대책 없이 해프닝으로 끝났다는 이야기였다. 그 남자가 병식이라고 동석에게 알려 준 사람은 없었다. 병식이라고 의심할 만한 어떤 이야기도 들은 바 없었다. 그럼에도 동석은 의심을 거둘 수 없었다. 배병식, 혹시 당신인가. 당신이 그 소문의 주인공인가. 길에서 함부로 흘레붙는 떠돌이 개처럼, 수치라고는 모르는 짐승처럼, 그렇게 공공장소에서 음란한 행위를 한 게 병식 당신인가. 동석은 병식이 순진하고 어리숙한 표정을 지을 때마다 그 입에서 나온, 혹은 나왔다고 믿는 씨발년이라는 단어를 떠올렸고, 그때마다 그 무지의 얼굴, 무언가 실종된 상태로 처음부터 없음이 완료된 자의 깊고 투명한 어둠을 보며 역거움을 느꼈다. 그럴수록 더 동석은 평소와 다름없이 병식을 대했고 결코 그에게 자기의 의심을 묻거나 진실을 듣고자 하지 않았다. 진실이 어느쪽이건 감당할 수 없으리라는 걸 동석은 알았다. 진실은 하나였다. 자기가 아무 근거 없이 병식을 나쁜 소문의 주체로 의심한다는 것. 사건의 진실이 궁금하지 않고 해명을 듣고 싶은 것도 아니며 단지, 계속 병식을 의심하며 그 의심을 품고도 병식을 이웃으로 두는 것으로 자기만의 어떤 부채감을 메꾸길 원한다는 것. 그런 식으로 그동안 지불하지 못한 이웃비를 몰아서 병식에게 지불하며 어떤 상실감으로부터 벗어나려 한다는 것.

그럼에도 동석은 자기가 이런 일로 병식을 내치지 않고, '불구하고' 여전히 병식을 이웃으로 받아들여 줌으로서 비로소 자신이 병식과 (같은) 이들의 (진정한) 이웃이 되어 (주었)다고 느꼈다. 병식을 위해 참고 견디면서 다시 참고 견디고 돌보는 자의 지위를 되찾게 되었다고 말이다. 동석은 자기가 그 일련의 사건들을 통해 더 단단해졌다고 느꼈다. 이웃은 어떻게 단련되는가. 그럼에도 불구하고의 인류애와 절제된 선한 욕망에 의해. 자신은 병식을 통해 더 높은 차원의 '고매한' 이웃으로 거듭난 것이다.

가끔은 병식의 뒤통수를 치고 이 미친 새끼가, 이
모자란 새끼가 어디 남들 다 보는 데서 짐승처럼, 응?
흘레붙는 개처럼, 하고 소리치고 싶을 때도 있었다.
그러나 그런 마음은 결코 드러내지 않았다. 그 감춤
이 동석이 병식에게 지불하는 가장 비싼 이웃비였다.
그것으로 병식이 동석에게 지불한 이웃비는 충분히
갚음되었다고 느꼈다.

그리고 그 일이 일어났다.

16

경찰은 수원시에서 실종된 이수복 씨(여, 83세)를 찾고 있
습니다. 155cm에 45kg, 노란 꽃무늬 치마에 남색 니트. 검은
색 슬리퍼. 연락은 182.

링크를 타고 들어가 보니 예상대로 실종된 노인은
치매 환자로 야간 배회 증세가 있으며 마지막 목격
장소는 P아파트 놀이터라고 했다. P아파트면 동석과
병식이 자주 만나는 도서관 쪽 아파트 단지였다. 진짜
로 실종자를 찾을 기회가 온 거였다. 동석은 안타까
움과 함께 일종의 흥분을 느끼며 병식에게 연락을 했
고, 두 사람은 마지막 목격 장소부터 치매 노인이 배

회할 만한 주변을 샅샅이 수색하기 시작했다. 찾는 동안 날이 어두워졌고 동석과 병식은 헤어지기 전에 포장마차에서 어묵 두 개를 먹고 붕어빵 2000원어치를 사서 두 개씩 나눠 먹기로 했다. 붕어빵은 2000원에 다섯 개여서 하나 남은 걸 서로 양보하고 있는데 포장마차 뒤쪽 어둠 속에 누군가 쭈그려 앉아 있는 게 보였다. 혹시나 하는 마음으로 다가가는데 얼핏 노란 치마가 불빛에 비쳐 보였다. 실종된 노인이구나. 반가운 마음에 서둘러 걸음을 옮기니 노인이 놀랐는지 벌떡 일어나 달아나려 했다. 어둠 속에서 모르는 남자 둘이 다가오면 충분히 놀랄 수 있겠다 싶었다. 노인의 걸음이야 충분히 따라잡고 당장 붙잡을 수도 있었지만 동석은 성급히 접근하지 않고 조심스레 뒤에서 따라 걷기 시작했다. 그리고 조용히 실종 안내 문자의 연락처로 노인을 발견했다고 알렸다. 곧 현장에서 가까운 경찰들이 출동하겠다고 해서 지금 노인이 있는 장소를 상세히 안내해 주었는데 노인은 결코 한 자리에 머물지 않았다. 노인이 인적 없는 공원을 지나 점점 더 어둠 속으로 들어가는데 혹시라도 무리하게 붙잡으면 반항하거나 놓치게 될까 봐 경찰과 연락을 취하며 조심스레 거리를 두고 따라갈 수밖에 없었다.

한참을 허청허청 걷던 노인이 지쳤는지 어둠 속 벤치에 주저앉았고, 노인이 더 이상 경계하지 않는 걸 보고 동석도 거리를 둔 채 옆에 놓인 벤치에 앉았다. 동석의 조심스러움과 달리 병식은 아무렇지 않게 노인의 곁에 앉더니 말없이 붕어빵을 내밀었다. 노인은 조금 놀란 것 같았지만 배가 고팠는지 순순히 그것을 받아 들어 먹기 시작했다. 무해한 노인이 무해한 병식을 알아보는구나. '그들'끼리 통하는 게 있는 모양이라고 동석은 안심했다. 그러자 아까부터 참고 있던 요의가 참을 수 없이 밀려왔다. 경찰들이 곧 올 테니 그때까지만 기다려 봐야지, 했지만 어묵 국물을 너무 많이 먹은 게 문제였다. 찔끔, 오줌을 지리기까지 하자 동석은 주의를 두리번거렸다. 공중화장실은 보이지 않았지만 조금만 걸어가면 남들 눈에 띄지 않고 방뇨를 하기에 적당한 장소는 꽤 많이 있었다. 노인은 이제 완전히 지쳐 더 이상 움직일 생각이 없어 보였고, 병식과 벤치에 나란히 앉은 모습이 가족처럼 편안해 보이기도 했다. 동석은 잠깐 망설였으나 병식에게 잠시만 노인을 잘 보호해 달라 당부하고는 서둘러 어두운 곳으로 달려가 오줌을 누기 시작했다. 오래 참았던 터라 오줌발이 세고 길었다. 그리고 지퍼를 올리고 돌아서서 다시 노인과 병식이 있던 벤치로 돌아가는데, 두 사람이 보이지 않았다. 이건 또 무슨 일인가. 놀라서 달려가 보니 조금 떨어진 곳에서 당황한 병식의 음성과 교태 섞인 노인의 비명인지 신음 소리 같은 것이 들렸다. 그리고 동석은 보았다. 어두운 풀숲 사이에 치마가 반쯤 벗겨진 노인과 그 앞에 주저앉아 반쯤 벗겨진 치마를 붙잡고 있는 병식을.

반쯤 벗겨진.

반쯤 입혀진.

뒤늦게 동석은 생각한다. 그때 동석은 반쯤 입혀진 치마라고 생각할 수도 있었다. 그러나 고민 없이, 동석은 생각했다. 반쯤 벗겨진 치마를 병식이 내리고 있다고. 노인이 벗으려 한 치마를 반쯤 입히고 있는 병식이 아니라 치마를 반쯤 벗기고 있는 병식을 목격했다고.

아니 아니 그게 아니라.

병식이 당황한 듯 동석과 노인을 번갈아 보면서 무언가 설명하려 했으나 동석은 병식에게 들을 말이 아무것도 없었다. 묻고 싶은 것도 없었다. 동석은 다만 병식의 당황한 얼굴과 어쩔 줄 모르고 내젓는 손만을 분명히 기억했다. 그리고 동석은 말없이 노인의 반쯤 '벗겨진' 치마를 붙잡고 있는 병식의 손을 떼어 내고 옆으로 밀친 후 노인의 치마를 다시 입혀 주었다. 그리고 노인을 풀숲에서 데리고 나와 벤치에 앉혔다. 곧 경찰들이 와 노인을 인계해 주었고 실종된 이수복 씨가 맞다는 확인을 받았다. 경찰차에 타고 같이 이동하는 동안 병식이 무슨 말을 하려고 해서 동석은 주머니에서 이어폰을 꺼내어 귀에 꽂았다. 그때 들었던 음악이 뭐였더라. 기억나지 않는 음악을 아주 크게 들었다. 경찰서에 도착해 발견한 경위와 장소를 설명하고 가족들을 만나 감사 인사를 받고 연락처를 남기는 그 모든 과정들을 병식과 함께 차분하게 끝낸 후, 동석은 경찰서 앞에서 병식과 헤어졌다. 그리고 다시는 병식에게 연락하지 않았다.

17

반쯤 벗겨진.
반쯤 입혀진.

항상 나쁜 쪽이 더 진실처럼 보이는 건 왜일까. 그러나 이런 이야기는 하지 않기로 한다. 늘 그렇듯 중요한 건 진실이 아니다. 무엇이 더 진실처럼 보이는

지, 내가 무엇을 진실로 믿고자 하는지 믿음의 방향이 중요하다. 동석은 더 이상 이음커뮤니티에 글을 올리지 않았다.

18

형이 처음 실종되기 전에 동석은 형과 같은 침대에서 잤다. 그 어린 날의 어느 밤에, 동석은 자다가 불시에 잠에서 깬 적이 있었다. 낯선 감촉 때문이었다. 형의 손에 잡힌 작은 손이 어딘가에 놓여 있었다. 말랑하고 따뜻한 것이 동석의 손 아래서 움직였다. 무슨 일이 일어나고 있는지 알아챘다. 그때에 바로 잠이 깬 것을 알렸어야 했다. 형이 멈출 기회를 줘야 했다. 그러나 동석은 계속 잠든 척하는 것으로 형이 하는 행위에 동참했다. 동석이 깨어 있는 것을 알면 형이 놀라거나 부끄러워할까 봐 모른 척해 준 것이 아니었다. 형이 무섭거나 그 행위가 의미하는 게 무언지 몰라서 가만히 있었던 것도 아니었다. 형은 좀, 그런 사람이니까, 좀 부족한 사람이니까, 자기가 뭘 하는지도 모르고 잘못을 저질러도 어쩔 수 없는 사람이니까 이 순간만 넘기면, 나만 모른 척해 주면, 그런 생각이 어린 동석에게 있었던 거였다. 그것이 잘못이었다. 그런

식의 용인이 문제였다. 잘못된 행위는 잘못된 행위였
다. 그날의 행위에 대해 형과 선애 씨에게 제대로 말
하고 솔직하게 동석의 감정을 이야기했어야 했다. 형
이 자신의 행위에 대해 제대로 인식하고 반성하고 교
육받을 수 있도록 했어야 했다. 그러나 동석은 그렇게
하지 않았다. 형은 원래 그런 사람,이라고 생각하며
형을 잘못이 잘못으로 존재하는 보통의 세계에서 추
방시킨 채 무해함으로 거짓 포장된 무지의 암흑물질
로 이루어진 우주 안에 머물도록 했다.

선 넘지 마. 넘어오지 마. 형은 그냥 그곳에 있어.
무지의 보호를 받으며 나쁜 짓을 해 놓고 스스로 실
종되는 것으로 어린 동생에게 나 때문인가, 그날 밤
의 일 때문인가, 죄책감 속에서 수많은 두려운 밤을
보내게 했던 그 죄를 끌어안고 그냥 그렇게 살아. 누
구의 이웃도 되지 못한 채 언제까지나 세상의 질서를
낯설게 느끼면서. 그것이 동석이 한 번도 꺼내지 못한
어떤 진심이었다.

그랬기에 형이 한밤중에 깨어나 「무한도전」을 틀
어 놓고 땀이 뻘뻘 나도록 실내 자전거를 타는 것을
보면서도 형이 성욕을 어떻게 해소하는지 궁금해하
지 않았고 무엇을 욕망하고 무엇을 포기하고 사는지

묻고 함께 고민하지 않았다.

그때 말하지 못했던 수치심이, 형에게 제때에 받지 못한 사과가, 지금 병식을 향한 질 나쁜 상상의 근원이라는 걸 동석은 알고 있었다. 병식은 형이 아니었다. 어쩌면 그렇기 때문에, 동석은 더 병식을 오해하고 싶었다. 병식을 오해하며 어린 날의 수치심 안에 갇힌 채 어떤 이웃과도 교류하지 않으며 누구의 이웃도 되고 싶지 않고 누구의 이웃도 되어 주고 싶지 않던 그때로 돌아가고 싶었다.

19

이야기하지 않은 것에는 이런 대화도 있다.

그날, 처음으로 실종자를 찾으러 갔다가 돌아오는 차 안에서 병식은 원래 당근마켓에 올린 갈까마귀를 적은 종이만 네모반듯하게 접어 주머니에 넣었다. 책도 가져가요, 했더니 무릎 위에 놓인 책을 가만히 들여다보다가 동석에게 물었다.

"이거, 나 읽어요?"

"아니, 안 읽어도 돼요."

"근데 왜 줘요?"

"그냥 주고 싶어서요."

"왜요?"

"왜냐하면."

벌레 잡는 데 쓰라고요. 장난처럼 대답하려다가
동석은 솔직히 말했다.

"그냥 그러고 싶으니까요."

병식은 잠시 고민하더니 그 책을 내려놓았다.

"그냥은 안 돼요."

"왜요?"

"아빠가 그냥은 없다고."

배철영 씨는 현명했다. 그래, 그냥은 없지. 동석이
말하는 그냥이란 사실 그냥이 아니라는 걸 동석도 알
고 있었다. 동석은 그것을 병식에게 그냥 주는 게 아니
었다. 형과 관련된 그 책의 없음을 완료하고 싶어 병식
을 죄책감 없는 쓰레기통으로 이용하는 것뿐이었다.

동석은 잠시 망설이다가 말했다.

"그러면 제가 문제를 낼게요. 그럴듯한 답을 말하
면 병식 씨에게 상으로 그 책을 줄게요."

"상이요?"

"네. 상."

병식이 환하게 웃으며 말했다.

"상은, 좋아요."

그래서 동석은 책의 접힌 부분을 펼치고 이 문장을 손가락으로 가리켰다.

"삶, 우주, 그리고 모든 것에 대한 해답은……" 깊은 생각이 말했다.
　"해답은……!"
　"그 해답은……." 깊은 생각이 말을 멈췄다.
　"해답은……!!!"
　"42입니다." 무지무지하게 엄숙하고 침착하게 깊은 생각이 말했다.*

"이 해답에 대해서 여러 가지 말들이 많아요. 병식 씨는 왜 삶과 우주 모든 것에 대한 해답이 이거라고 생각해요?"
　동석이 책에 적힌 42를 가리키며 물었다. 대단한 대답을 기대한 건 아니었고, 어떤 대답을 하더라도 다정한 말을 건네며 상으로 책을 줄 계획이었다. 한참 몸을 좌우로 움직이며 생각하던 병식이 되물었다.
　"답이, 사이예요?"

---

*더글러스 애덤스, 김선형·권진아 옮김, 『은하수를 여행하는 히치하이커를 위한 안내서 1』(책세상, 2004), 249쪽.

"네, 그러니까, 궁극의 답이 왜 사이인지,"

동석이 다시 덧붙이려다가 멈칫했다. 병식은 이미 그 해답의 이유를 동석에게 찾아 준 거였다. 사십이가 아닌 사이, 삶, 우주, 그리고 모든 것에 대한 병식의 해답은 '사이'였다.

안다. 이 책을 쓴 더글러스 애덤스는 미국의 작가다. 그가 이 책을 쓸 당시에 숫자 42가 한국어로 '사이'로 발음될 수 있으며 그것이 사람과 사람의 관계, 하나의 무엇과 다른 무엇을 잇는 거리나 공간, 그 연결됨을 의미하는 사이와 동음이의어라는 것을 알 수 있었을까. 몰랐을 것이다. 그러니까 이런 해석이 나올 거라고는 짐작할 수 없었을 것이다. 하지만 깊은 생각이라면, 깊은 생각이라면 알 수 있지 않았을까? 귀에 바벨 피시를 넣으면 어떤 언어로 이야기한 것도 즉시 이해할 수 있게 되듯이 깊은 생각은 깊은 생각이니까.

병식이 그런 의미로 이야기한 건지는 중요치 않았다. 동석은 병식에게 그가 원하는 해답을 들었고, 그 대화는 이음커뮤니티에 올리던 '브루클린으로 가는 마지막 ㅂㅅㄱ'을 위한 마지막 에피소드로 아껴 둔 것이었다. 이것은 진짜 있었던 일인가? 분명한 것은 병식이 없었다면 동석은 결코 그런 해답을 듣지 못했을 거라는 거였다. 모든 것의 해답이 되는 '사이'에 대해서 모른 채 살아갔으리라는 것이다.

20

이 책 5장의 제목은 이렇다. '대체로 무해함.'

그것이 다른 행성에서 온 포드가 지구를 15년간 관찰하며 얻은 결론이었다.

21

사실 병식에게 들어야 할 것은 삶과 우주와 모든 것에 대한 궁극적인 해답이 왜 42인지 같은 게 아니었다. 병식에게 진짜 들어야 할 답은 이런 것이었다.

"병식 씨는 「무한도전」 멤버들 중에서 누가 제일 좋아요?"

비슷한 질문을 전에 한 번 한 적 있었는데 병식은 매우 복잡한 표정으로 한참을 고민하다가 말했다.

"너무, 너무 어려워요. 나중에, 나중에 대답해도 되나요?"

"그럼요. 다음에요."

"다음에요? 우리 또 만나요?"

"네. 다음에 또. 언제든지."

"언제든지요?"

"네. 언제든지."

22

— 다정한 이웃이 되기란 쉽지 않다. 피터 파커는 다정한 이웃이 되기 위해 스파이더맨이 되었다. 손에서 거미줄이 나오고 뉴욕의 고층 빌딩 사이를 곡예하듯 넘나들며 악당과 싸우는 초능력을 가진 히어로의 꿈은 단지 다정한 이웃이 되는 것. 그렇게 다정한 이웃이 되기란 얼마나 어려운 일인지. 그러나 둘러보면 우리 곁에는 언제나 영웅처럼 위대한 다정한 이웃이 있다. 우리는 이제 한 다정한 이웃의 이름을 안다. 그의 이름은 배순경이다.

동석이 이음커뮤니티에 올린 글을 지우러 들어가보니 실종자를 찾는 에피소드 아래 이런 댓글이 달려 있었다. 동석은 병식의 이야기를 지우지 못한 채 커뮤니티를 빠져나왔다.

23

한 계절이 지나고 그사이에 세 번의 실종 안내 문자를 받았다. 병식이 혼자라도 실종자를 찾아 나설지 아니면 여전히 동석의 연락을 기다릴지 동석은 궁금하지 않았다. 병식이 혼자 실종자를 찾아 헤맬 곳이 어디인지 아니까 걱정하지도 않기로 했다. 실종 안내 문자를 확인할 때마다 아는 이름이 뜰까 봐 두려웠지만 두렵지 않기로 했다.

가끔 당근마켓에 들어가 병식의 거래 내역을 살펴보았다. 병식은 여전히 일주일에 한 번씩 직거래로 이웃들의 물건을 구매하고 있었다. 그가 최근에 산 것은 크리스마스트리용 전구와 해피하우스라고 적힌 현관 매트, 작가의 안부 인사가 적힌 서명본 시집과 낡아서 소음이 크지만 페달을 돌리는 데는 문제가 없다는 오래된 실내 자전거였다.

좁고 어두운 방에서 실내 자전거 페달을 돌리며 「무한도전」을 보고 또 보는 병식을 상상하지 않았다.

그동안 동석은 「무한도전」의 세 번째 정주행을 끝냈다. 여전히 어떤 사건이 터질 때마다 그 모든 일을 예견한 듯 오늘의_무한도전.jpg가 올라왔고, 그때마다 동석은 이미 방송은 종영되었으나 「무한도전」 유니버스가 끝나지 않도록 좁고 어두운 방에서 성실하고 부지런하게 활동하는 비밀 요원들의 작은 키득거림과 살피는 마음의 온기를 느꼈다. 그중에는 병식도 있을지 몰랐다. 혼란하고 예측 불가능한 세계를 예측 가능한 친밀하고 우스운 세계의 해석 안에 머무르게 하는 것으로 한밤의 불안과 공포로부터 우리를 보호해 주는 안전 요원들, 그들의 작은 움직임이 멈추지 않도록 페달을 돌리고 또 돌리면서.

그랬다. 병식은 지워지지 않았다. 어떤 것도, 한번 머물렀던 것은 완전히 지워지지 않는다는 걸 동석은 알게 되었다. 한번은 버스의 라디오에서 흘러나오는 노래를 멍하니 듣다가 그 노래를 부른 가수가 브로콜리 너마저라는 걸 기억해 냈다. 브로콜리조차, 브로콜리 너마저, 동석에게서 완전히 사라지지 않았다. 병식에게 1만 2800원에 판매한 브로콜리는 여전히 동석에게 어떤 형태로건 남아 있었다. 그렇다는 건 병식에게 갚아야 할 이웃비가 있다는 이야기였다. 병식에게 돌려주어야 할 것으로 『은하수를 여행하는 히치하이커를 위한 안내서』에 '브로콜리 너마저'가 추가되었다.

시간을 보내기 위해 가끔 도서관에 갔는데 병식이

있을지 모르는 가까운 도서관이 아니라 버스를 타고 몇 정거장 가야 하는 먼 곳으로 갔다. 병식을 닮고 형을 닮은 사람들과 그곳에서 종종 마주쳤다. 이야기 속에 머물 때 안전함을 느끼는 사람들에 대해 생각했다. 그중에 동석도 있었다. 그곳에서 『은하수를 여행하는 히치하이커를 위한 안내서』를 아주 천천히 읽었고, 그 책의 작가가 미국인이 아니라 영국인이라는 걸 알게 되었다. 동석이 안다고 생각했던 건 대체로 모른다는 말과 같았다.

도서관에서 나오면 집까지 여섯 정거장을 천천히 걸어서 돌아왔다. 어느 날 밤엔 산책로 벤치에 가지런히 놓인 운동화 한 켤레를 보았다. 낡지 않았지만 새것도 아닌, 동석과 비슷한 발 사이즈를 가진 어른이 신었을 법한 신발이었다. 괜히 주변을 두리번거리다 물소리가 들리는 어두운 천변을 한참 쳐다보게 되었다. 어떤 사연이 있을지 몰라도 그 사연은 슬프고 무서울 것만 같았다. 다른 상상은 떠오르지 않았다. 병식을 닮고 형을 닮고, 불안한 눈동자와 축 처진 어깨를 한 나를 닮은 사람이 신발이 벗겨진 줄도 모른 채 비틀비틀 맨발로 걸어가고 있겠구나. 그것이 동석이 할 수 있는 가장 좋은 상상이었다. 동석은 밤의 거리에 떨어진 위험하고 날카로운 것들을 하나씩 집어 주머니에 넣으며 집으로 돌아왔다.

그 후로 밤에 산책을 할 때면 휴대폰의 손전등을 켜고 날카로운 것이 떨어져 있지는 않은지 거리를 둘러보게 되었다. 혹시라도 병식과 마주칠까 봐 일부러 병식이 자주 다니던 길은 멀리 돌아갔다. 그러나 골목 모퉁이에서 험하게 신은 낡은 신발 한 켤레가 마치 어려운 집에 방문한 사람의 신발처럼 가지런히 놓여 있는 것을 보기도 했다. 나쁜 상상을 하지 않기 위해 머리를 자주 비워야 했다. 언젠가는, 거리에 놓인 한 켤레의 신발을 보고 좋은 상상을 하는 날이 올까. 세상이 좋아져야만 좋은 상상이 가능하게 될까, 아니면 좋은 상상이 조금이라도 세상을 좋아지게 할 수도 있는 걸까. 자꾸만 머리에서 브로콜리 너마저의 노래가 떠다녔다. 보편적인 노래가 되어.

한참을 걷다 보니 언젠가 형이 실종되어 머물렀던 노래방 건물에 다다랐다. 건너편 건물에 여전히 그 글자들이 걸려 있는지 궁금해 쳐다보았다. 당신은 거듭나셨습니까. 한참을 들여다보니 그 질문은 인간이 아닌 신을 향한 것 같았다. 왜 당신은 거듭나지 않습니까. 신만 거듭나면 세상의 작고 나약하고 어리석은 우리가 굳이 애써 노력하지 않아도 세상은 좀 더 평화롭고 나은 방향으로 갈 텐데. 왜 당신은. 그러니까, 동석에게 믿음은 신을 원망하기 위해 붙들고 있는 것에 불과했다. 그런데 그때 그 신발들은 왜 거리에 놓여 있었을까. 그 신발의 주인들은 지금쯤 어니를 걷고 있을까. 그들의 맨발에는 새 신이, 쉽게 벗겨지지 않고 발뒤꿈치도 상처 내지 않는, 험한 길과 반듯한 길 모두를 오래 걸어도 편안한 신이 지금은 신겨 있을까.

어두운 거리를 걸으며 동석은 아주 어릴 때 경험한 등화관제 훈련을 떠올렸다. 형은 등화관제 훈련이 있는 날이면 그 누구보다 신나했다. 옥상에 올라가 골목길 아래의 집들을 내려다보며 불이 켜진 창문을 향해 소리치곤 했다. 불 꺼요! 불!

등화관제 훈련은 적의 침공에 대비해 우리의 위치를 알리지 않기 위한 것이었다. 마을에서 한 집이라도 불을 끄지 않으면 적에게 위치가 노출되어 공습을 받을 위험이 높아진다고 했다. 동석은 그때 큰 목소리로 외치는 형이 부끄럽다가도 형의 외침과 함께 꺼지는 불빛을 보면 괜히 뿌듯했다. 그때는 형이 목청껏 소리치고 큰 소리를 내어도 괜찮은 유일한 밤이었다. 이웃의 불빛이 모두 꺼지면 우리는 안전했다. 어둠 속에서만 함께 안전한 밤이었다. 불을 켜 지키는 마음만이 아니라 불을 꺼 지키는 마음도 있었다.

　"(불 꺼요, 불.)"

　동석은 병식을 피하기 위해 선택한 어둡고 좁은 골목을 지나며 작은 목소리로 형의 목소리를 따라 해 보았다. 소리는 아주 가냘프고 떨림의 진폭이 컸다. 겁쟁이의 목소리였다. 그러나 겁쟁이의 목소리라는 걸 알게 된 것은, 용기를 내어 그 목소리를 입 밖으로 낸 덕분이었다. 불 꺼요, 불. 그 어둠 속에서, 동석은 어쩐지 알게 되었다. 동석은 병식을 두려워한 것이 아니었다. 부러워하고 시샘한 것이었다. 형이 한 번도 갖지 못한 이웃의 자리를 스스로 넓혀 가는 병식을 보면서, 동석이 형에게서 빼앗았고 자신 역시 한 번도 갖지 못한 이웃이라는 이름을 '감히' 병식이 가지는 것은 언감생심이라 여기는 비열한 마음이 자기 안에 있었던 거였다. 형과 내가 가지지 못한 것은 병식도 가질 자격이 없다는 듯이. 그래, 그건 다시 생각하면 두려움이 맞았다. 병식(같은)이라고 분리해 낸 이웃이 속한 자리가 실은 테두리의 중심이고 테두리 밖에 있는 건 나인지도 모른다는 두려움, 그런 식으로 또 다시 선을 긋는 자기를 인지하게 되는 두려움, 그리고 병식과 이웃이 되는 일이 형을 배신하고 완전히 잊는 일이 될지도 모른다는 두려움.

산책할 때 신고 나온 형의 신발은 동석에게 너무 컸다. 헐거워 들썩이던 신발이 자꾸만 벗겨지려 해 동석은 집 앞 골목 계단 아래 그것을 가지런히 벗어 두었다. 누군가는 나쁜 상상을 하겠지만 누군가는 좋은 상상을 할지도 몰랐다. 또 맨발로 거리를 걷는 누군가에게는 발에 딱 맞는 신발이 될 수도 있었다. 동석은 아무것도 알 수 없었다. 다만 알 수 없기에, 누군가의 좋은 상상을 믿는 용기를 내 볼 수도 있었다.

한때 동석은 한 번 잃은 것을 완전히 지우는 게 용기라고 생각했다. 그것만이 거듭해서 잃지 않는 유일한 방법이고 상실에 대처하는 용기 있는 결단이라 믿었다. 그러나 그것은 용기가 아니라 너무 이른 완전한 겁이었다. 두 번 세 번 잃는 것이, 그렇게 해서 완전히 상실에 이르는 것이 겁났기 때문에 겨우 생각해 낸 비책이었으나 없애는 용기는 겁의 다른 말일 뿐이었다. 사실 용기는 한 번 지워진 것을 애써 다시 기억해 내는 것, 생각하고 또 생각하는 것에 있었다.

자꾸 겁이 나. 며칠 전 동석이 그런 말을 하자 선애 씨가 해 준 말이 있었다. 왜? 넌 엄마의 용기인데.

형을 키우면서 한 아이를 더 낳는 건 분명히 매우 겁나는 일이었을 것이다. 엄마에게 나는 얼마나 큰 겁이었을까. 그러나 세상에 낳기 전의 동석은 겁이었으나 세상에 태어난 동석은 용기였다. 그러니 내게는 지워진 것들을 용기 있게 좀 더 여러 번 잃어 가며 자주 되살릴 의무가 있는지도 모른다. 동석은 코로 풍선을 부는 선애 씨의 영상을 다시 재생해 보았다. 어쩌면 선애 씨는 해녀 삼촌에게 이웃이 되는 법을 배우고 있었던 게 아닐까. 이웃이 되기 위해 숨을 참고 코로 풍선 부는 훈련을 하는 선애 씨를 생각하니 조금 안쓰럽고 많이 귀여웠다. 선애 씨의 풍선이 부풀어 오르는 동안 어쩐지 동석 역시 깊은 숨을 들이마시며 꾹꾹 숨을 참게 되었다. 마침내 완전히 부푼 풍선이 선애 씨의 손을 빠져나가 허공에서 푸푸 바람 빠지는 소리를 내며 힘없이 날아오르자 동석 역시 참던 숨을 내뱉었다. 그것은 웃음소리처럼 들리기도 했다. 오랜만에 듣는, 형과 닮은 '그' 웃음소리였다.

당신은 거듭나셨습니까. 왜인지 바람 빠진 풍선처럼 그 말이 자꾸 맴돌았다. 동석은 거듭나지 않았다. 그냥 아무것도 지우지 않은 채, 지워진 것을 다시 기억하고 또 다시 잊고, 그렇게 다만 지우고 기억하기를 반복하면서 살아 나갈 뿐이었다. 어떤 것도 완전히 지워지지 않고. 어떤 것도 없음은 완료되지 않고.

형을 다시 만나게 되면 궁금한 것이 많다. 형은 왜 브루클린을 좋아했을까. 「무한도전」 멤버 중 가장 좋아하는 멤버는 누구였을까. 형이 누굴 가장 좋아했을까 생각하며 보는 동안 어느 날은 유재석이 좋았고 어느 날은 박명수가 좋아졌다. 다 저마다의 이유로 형이 가장 좋아하는 멤버가 될 법했다. 각자는 각자의 이유로 누군가의 가장 좋아하는 멤버일 수 있었다. 그래서 형은 누구를 제일 좋아했을까. 그 생각을 하는 동안 「무한도전」 유니버스의 모든 비밀 요원들을 돌아가며 더 많이 더 여러 번 거듭해서 '가장' 좋아할 수도 있을 것 같았다. 어떤 궁금증은 궁금한 채로 남아도 좋았다.

그사이에 두 번의 실종 안내 문자를 더 받았고 병식에게 연락하지 않았다.

24

'마음이 쓰이다' 팝니다.

두세 번 사용감 있음. 조금 닦아 쓰면 새거나 다름없는 중고. 500원.

며칠 후 동석은 당근마켓의 판매 목록에 '마음이 쓰이다'라고 적은 종이를 올렸다. 충분히 사용하지 못한 말들, 가지고 있어도 유용하게 쓰이지 못한 채 낡고 헐어 버린 말들이 다른 누군가에게는 쓸모 있게 사용되길 바랐다. 마음이 쓰이다 다음에는 기웃기웃이나 살피다, 보듬다, 그런 표현들을 하나씩 판매할 생각이었다. 누구라도 이 반쯤 지워진 마음을 가져가 이것들의 쓸모가 더 이상 내 것이 아니기를 원했으나 진짜 구매자가 있을 거라고는 기대하지 않았다. 그런데 이틀 후, 구매 제안이 왔다. 구매자 닉네임은 어슬렁. 어지간히 심심하거나 외로운 사람인가 보다 생각하며 집 근처 사거리 포장마차 앞에서 거래하기로 했는데 만나 보니 어린 남학생이었다. 남학생은 동석이 건넨 '마음이 쓰이다'가 쓰인 종이를 받고는 한참 들여다보더니 마음이 바뀌었다고 했다. 어린 학생에게는 500원도 너무 비싼 건지 몰랐다. 하긴 포장마차에서 파는 붕어빵 하나에 500원이었다. 그런데 종이에 연필로 쓴 고작 여섯 글자에 500원을 받겠다고 하다니. 구매를 포기하고 돌아서려는 학생을 붙들고 동석은 급히 새 종이를 꺼내어 몇 개의 글자를 더 적기 시작했다.

(자꾸) 마음이 쓰이다.

(하루 종일) 마음이 쓰이다.

(때때로) 마음이 쓰이다.

(그 녀석이) 마음이 쓰이다.

500원에 네 장의 마음을 강매나 떨이라도 하듯 우격다짐으로 내밀자 남학생은 조금은 난감한 표정으로 찬찬히 들여다보았다. 그러고는 한숨을 쉬더니 어쩔 수 없다는 듯이 한 장을 고르고 500원을 내밀었다. (마음이 쓰인 거겠지.) 거래를 마치고 돌아서는 남학생에게 다급하게 붕어빵 한 봉지를 사서 안겨 주자 남학생이 잠시 머뭇거리다가 꾸벅 인사를 하고는 돌아섰다. 남학생이 건네 준 500원으로는 어묵 꼬치를 하나 사 먹었는데 국물을 두 번이나 마셔서인지 발바닥까지 뜨끈해졌다.

집에 돌아와 하나를 팔았는데 어쩐지 세 개로 늘어나 버린 '마음이 쓰이다'라는 짧은 문장을 한참 들여다보았다. 이게 뭐라고. 헤픈 마음에 대해 생각했고 더 헤픈 마음을 위한 용기에 대해 생각했다. 스케치 노트 한 권에 가득 마음이 쓰이다,라고 썼다. 그 사람이, 그 아르바이트생이, 그 노인과 그 어린이와 그

개와 그 고양이가. 나무와 돌과 구름과 부러지고 깨진 것들이, 그 눈길이, 그 손길이, 그 몸짓과 피로한 미소와 툭 튀어나온 무릎이, 염색할 때가 지난 거친 머릿결과 안쪽만 닳은 신발 밑창과 길게 끌리는 발걸음이 마음이 쓰인다고 적었다. 같은 문장을 거듭 적다 보니 마음이 쓰이다를 쓰다, 쓰리나로 잘못 쓰기도 했는데 곰곰이 생각해 보면 잘못 쓰인 마음은 없었다. 그리고 그 옆에 기웃기웃,이라고 적어 보았다. 어쩐지 문을 두드리는 이웃의 모습을 닮은 것도 같았고, 두리번거리는 사람의 형상을 본뜬 글자 같기도 했고, 어색하게 기댄 사람과 기대어 주느라 긴장한 어깨를 한 사람을 닮은 것도 같았다. 같은 글자를 거듭해서 쓰고 들여다볼수록 원래의 의미는 희미해지고 그 안에 사람이 보였다. 자꾸 누군가가, 무엇인가가 보였다. 키득키득 웃는 소리도 들렸고 구깃구깃하게 구겨졌다 펴지는 마음의 소리도 들렸다. 그중 요리조리 살피는 사람을 닮은 기웃기웃과 (어쩌자고) 마음이 쓰이다를 한 세트로 판매 목록에 올려놓았다. 한 장에는 500원, 두 장 같이 구매하면 700원. 하루가 지나고 이틀이 지나도 구매 문의 알람은 울리지 않았다. 그사이에 한 번의 실종 안내 문자를 받았고 한 개의 실종 안내 문자를 작성했으나 발송하지 못했다. 그리고 사흘째, 구매 문의 알람이 떴다. 배순경이었다.

42

동석은 이렇게 한 번 지워진 자리에서 다시 시작하는 이야기를 쓰고 싶었다.

청소기로 지구를 구하는 법

청소기는 많은 일을 할 수 있다. 예를 들면 꿀벌을 사라지게 하는 일. 북미를 시작으로 남미, 유럽, 아시아 전역에 걸쳐 꿀벌들이 사체도 없이 사라졌다. CCD, 군집 붕괴 증후군의 원인은 전자파, 바이러스, 온난화 등으로 추정하고 있지만 정확한 증거는 밝혀지지 않았다고 한다. 하지만 남자는 알 것 같았다. 글쎄. 청소기가 아닐까? 할 수만 있다면 남자도 청소기로 많은 것들을 사라지게 하고 싶었다. 산 지 세 달밖에 안 됐는데 고장이 나잖아요, 제품 불량 아니에요? 툴툴대는 저런 여자들. 아인슈타인은 꿀벌이 사라지면 4년 안에 인류에 재앙이 닥칠 거라고 했다는데, 꿀벌이 사라지고 야생 표범이 사라지고 북극의 빙하가 사라지고······. 사라짐이 가속화되는 걸 보면 4년까지 기다릴 것도 없을 것 같았다. 청소기 하나도 제대로 사용할 줄 모르는 인간들이라면 그런 꼴을 당해도 싸다.

고장의 원인은 게으름이었다. 청소기를 분해하자 귀퀴한 먼지 냄새가 훅 끼쳐 왔다. 오랫동안 제거하지 않은 먼지가 단단히 뭉쳐 있었다. 핀셋으로 주입부를 막고 있는 먼지 덩어리를 집어 여자의 눈앞에 들이밀었다. 증거를 수집하는 형사처럼 조심스러운 손놀림이었다. 남자는 「CSI 과학수사대」의 팬이었다. 덕분에 남자는 세상의 모든 일이 범죄라는 것을 깨달았다.

더럽게! 얼굴을 찌푸리며 여자가 고개를 돌렸다. 인간들이란. 확실한 증거를 들이밀어도 자신은 범죄와 무관하다는 듯 시치미 떼는 염치없는 종족들. 먼지를 봉투에 담아 가방에 넣었지만 정말 봉투에 담아 격리하고 싶은 건 자신의 잘못은 깨닫지 못하고 청소기 탓만 하는 저 여자였다. 대신 남자는 온화한 서비스용 미소를 지으며 멀쩡한 부품을 가리켰다. 이게 고장의 원인입니다. 새것으로 교체해 드릴까요?

교체용 부품은 오전에 다른 고객의 집에서 고장이

라고 빼내 온 물건이었다. 고객들은 교체할 필요 없는 멀쩡한 부품을 다른 집의 청소기에서 빼 온 중고 부품으로 교체하는 데 8만 원의 요금을 지불했다. 그건 청소기 시용법을 지키지 못한 규칙 위반에 대한 정당한 벌금이었다. 사람들은 너무 쉽게 범죄를 저질렀다. 사용법만 제대로 읽고 매뉴얼대로만 하면 되는데 왜 그걸 못 할까. 청소기를 팔 때 자격시험을 볼 수는 없는 걸까. 세상에는 두 종류의 사람이 있다. 청소기를 사용해도 좋은 사람과 청소기로 쓸어 버려야 하는 사람.

여자는 물론 후자였다. 뭐가 이렇게 복잡해요? 남자가 친절히 청소기의 다양한 기능을 설명해도 건성으로 들으며 지겨워했다. 똑바로 앉아서 해야지! 거실 바닥에 누워 학습지를 하는 아이에게 여자가 엄한 목소리로 일렀다. 저런 어른들이 아이를 키운다. 세상엔 겁 없는 인간들이 너무 많았다. 청소기도 다루지 못할 정도로 무식하면서 어떻게 아이를 낳고 교육시키는지 남자는 부모 된 인간들의 뻔뻔함을 감히 짐작도 할 수 없었다.

남자는 정해진 규칙에 따라 사는 사람이었다. 면도기 하나를 사도 사용법을 꼼꼼히 읽고 정해진 매뉴얼대로 사용했고 컵라면을 먹을 땐 정확히 안에 그어진 선에 맞춰 물을 붓고 정확히 3분을 기다렸다. 교통법규를 어긴 일도 없었고 고객과의 약속에 늦거나 결근한 적도 없었다. 남자는 누구보다 성실했다. 고객의 집을 방문하기 전에는 가글을 했고 코털을 확인했고 언제나 청결하게 손톱을 바짝 깎았다. 수리가 끝나면 청소기를 올바로 사용할 수 있도록 A부터 Z까지 친절하고 알기 쉽게 설명해 주었고, 직접 시범을 보여 주며 부탁하지 않아도 거실과 방, 침대 매트리스까지 꼼꼼히 청소해 주었다. 하지만 남자의 서비스 평점은 같은 지역의 기사들 중 가장 낮았다. 남자에 대한 고객의 불만은 지나치다는 거였다. 그게 좀, 지나쳐요. 남자는 규정대로 할 뿐이었다. 순서대로 하나도 빠짐없이 꼼꼼히 제대로. 그런데 지나치다니. 그 때문에 남자의 평점은 C-였다. C-를 받아야 할 것은 제대로 된 서비스를 받고도 지나치다고 생각하는 고객들이었다. 남자는 큰 걸 바란 게 아니었다. 평균 B 정도의 사람들과 어울려 살고 싶었을 뿐인데. 이 지구는 확실히, 잘못되어 가고 있다. 지구는 곧 F학점을 받게 될 것 같았다. 재수강이, 가능할까?

침대 안쪽에는 돌돌 말린 스타킹 하나가 떨어져 있었다. 여자는 거실에서 큰 소리로 통화 중이었다. 침대 매트리스의 진드기를 보여 주자 여자는 남자가 진드기라도 되는 양 몸을 피하며 방을 나갔었다. 남자는 작업복 주머니에 스타킹을 집어넣었나. 주머니에는 오전에 들렀던 집에서 가져온 립스틱이 들어 있었다. 남자는 립스틱을 꺼내어 침대 아래쪽에 살짝 내려 두었다. 이 물건 때문에 여자는 남편을 의심하고 싸울지도 모른다. 하지만 아무 일도 일어나지 않을 수도 있다. 물건은 아무 말도 하지 않는다. 이야기를 만드는 건 사람들이다.

청소를 하다 보면 먼지 외에도 작고 하찮은 물건들이 청소기에 끌려왔다. 침대 밑에서 소파 뒤에서 옷장 안쪽에서 동전, 단추, 머리핀, 작은 장난감 조각 같은, 잃어버렸다는 사실조차 잊어버린 물건들이 발견되곤 했다. 처음 일을 시작했을 때 화장대 아래에서 작은 머리핀을 발견한 적이 있었다. 반짝반짝 빛나는 유리알들이 붙어 있었다. 남자는 아무 생각 없이 물건을 주머니에 넣었다. 아마도 청소가 끝나고 돌려줄 생각이었던 것 같지만, 기억이 난 건 그 집을 나와 지하철을 타려던 때였다. 남자는 10분 거리의 집까지 되돌아갔다. 특별한 감사를 기대했던 건 아니었다. 하지만 주인 여자는 피식, 정말 피식, 웃었다. 문도 열지 않고 여자는 인터폰으로 말했다. 이거 하나 때문에 돌아오신 거예요? 귀찮아,했다. 말은 안 해도 얼굴에 귀찮아,가 묻어 나왔다. 이 남자는 왜 이따위 걸로 다시 되돌아온 거지? 의심 같은 게 묻어났다. 어쨌거나, 고마워요. 문 앞에 두고 가세요. 되돌아와서 되돌아가기까지, 20분이었다. 다음 고객과의 약속 시간을 지키자면 남자는 오늘 점심을 굶거나, 길에 서서 토스트 하나로 때워야 할 터였다. 느긋한 점심시간과 어쨌거나 고마움의 사이. 남자는 머리핀을 다시 주머니에 넣었다. 반짝, 반짝이는 유리알들. 이 유리알이 진짜 보석이었다면 여자는 어쨌거나,가 아니라 진심으로, 고마워했을까? 혹시라도 머리핀을 찾는 전화가 올지도 모른다고 생각했다. 서비스를 끝내고 건넨 명함에는 남자의 휴대폰 번호가 적혀 있었다. 전화는 오지 않았다.

그 후로 남자는 고객의 집을 방문할 때마다 청소기에 걸리는 물건들을 하나씩 들고 나왔다. 누군가의 전화번호가 적힌 노란 포스트잇, 클립, 오래된 아카시아 향 껌, 할인쿠폰, 증명사진, 단추와 엽서 같은 것들. 물건이 없어졌다고 고객이 항의 전화를 걸어온 적은 한 번도 없었다. 어차피 잊힌 물건들이었다.

남자의 작은 방에는 지난 4년간 수집해 온 물건들이 가득했다. 잃어버린 물건들 사이에 있다 보면 자신도 누군가 잃어버린 물건 같았다. 이 버려진 물건들을 왜 모으는지 남자도 알지 못했다. 그저 언젠가는 가장 쓸모없는 것들로 가장 쓸모 있는 것을 만들고 싶었다. 무엇이 좋을까. 예를 들면, 청소기는 어떨까. 모든 더러운 것들을 빨아들이는 청소기.

해 봐도 돼요? 어느새 아이가 곁에 와서 청소기로 빨려 들어가는 먼지를 보며 신기한 듯 말을 걸었다. 해 볼래? 뭐든 다 빨아들인단다. 햄스터도요? 아이는 우리 안의 햄스터 한 쌍을 가리키며 물었다. 그러면 햄스터가 죽을 텐데. 재밌잖아요, 죽여 보고 싶다. 해 봐도 돼요?

아이의 까만 눈동자가 호기심에 반짝거렸다. 여자는 알고 있을까. 자신이 연쇄살인범의 씨를 키운다는 걸. CSI에 나오는 연쇄살인범들은 어릴 때 고양이를 죽이는 것부터 시작했다. 남자는 아이의 얼굴을 찬찬히 봐 두었다. 언젠가 세간을 떠들썩하게 할 살인 사건의 증인이 될지도 모르는 일이었다.

삶을 리셋할 수 있다면. 남자는 꿈꾸곤 했다. CSI에 나오는 증인들처럼 과거를 지우고 신분을 바꾸고 새로운 삶을 살고 싶었다. 지금 이 시간과 공간, 지금의 나만 아니라면 아무리 하찮고 보잘것없는 삶이라도 좋았다. 가끔은 이미 자신이 증인 보호 프로그램에 속해 있는 게 아닐까 생각하기도 했다. 기억조차 지워진 채 가장 낮게, 가장 작게 들키지 않는 것만을 목표로 살아가도록 프로그램된 인간. 그렇지 않고서야 고작 이런 삶이 이 지구에서 내 몫의 전부라니. 이것은 허상, 내 진짜 삶은 저 밖의 어딘가에서 환하고 아름답게 쓰이고 있는 건 아닐까.

이 아이가 내게 증인이 될 기회를 제공해 줄지도. 아이는 지극히 평범했다. 쌍꺼풀이 없는 눈과 낮은 코, 교정이 필요한 고르지 못한 치아까지 몽타주를 그리기 힘든 얼굴이었다. 세상의 범죄는 이렇게 평범함만을 버무려 평범함만을 추출한 듯 보이는 어린아이에게서도 자라고 있구나. 이 지구는 정말, 더 이상 가망이 없는 걸까?

더럽다니까! 여자가 청소기를 잡고 장난치는 아이를 보고는 서둘러 전화를 끊고 달려왔다. 너는 왜 쓸

데없는 짓을 하고 그러니. 더럽게. 여자가 아이를 끌고 욕실로 들어가 손을 씻겼다. 싹싹 씻어, 싹싹. 학습지도 하다 말고! 너도 나중에 아저씨처럼 될래? 남자는 자신이 여자의 집을 더럽히는 거대한 먼지 덩어리가 된 기분이었다. 남자는 성실한 아이였다. 숙제를 잊거나 보충수업을 빼먹은 적도 없었고 공부도 했다. 잘, 하지는 못했지만 어쨌거나 책상에 앉아서 공부란 걸 했다. 학생은 공부를 해야 하는 거니까. 그리고 햄스터를 죽여 볼까, 재미삼아,라는 생각 따위는 한 번도 해 본 적 없었다. 확실히 누가 더 착한 어린이인가 줄을 세운다면 어린 시절의 남자가 저 아이보다 훨씬 앞쪽에 설 것 같았다. 하지만.

남자는 진공청소기의 스위치를 강으로 올렸다. 세상의 소리를 다 빨아들일 것처럼 시끄러운 소음을 내며 청소기가 다시 작동을 시작했다. 여자의 목소리도 더 이상 들리지 않았다. 우주가 폭발할 것처럼 요란한 소음 속에 덜덜덜 손끝에 느껴지는 진동도 강해졌다. 이대로 엉망진창인 지구가 흔들려 새롭고 질서정연한 세계로 재탄생할 수도 있을 것 같았다. 공기 중에 부옇게 뜬 먼지가 혼란스레 떠돌다 다시 포근히 가라앉았다. 지구는, 따뜻한 먼지가 모여 만든 별이었다. 먼지가 다 사라진다면 이 지구도 어쩌면. 조금의 먼지도 용납하지 않겠다는 듯 남자는 꼼꼼히 청소를 계속했다.

*

Q 우주에는 지구와 비슷한 별이 존재할까요?
A 최근에는 우리의 태양보다 약간 큰 질량을 가진 별 주변에서 지구형 행성을 잉태할 소용돌이 치는 거대 먼지 벨트가 발견되었습니다.

남자는 질문자가 채택한 답변을 읽기 시작했다.

A HD 113766으로 불리는 이 별은 지구에서 424 광년 떨어져 있습니다. 이 따뜻한 먼지 벨트는 항성계의 서식 가능대에 위치하고 있으며 현재 덩어리로 뭉쳐지면서 행성 형성이 진행되고 있는 것으로 추정됩니다. 1000만 년 정도의 나이를 가진 이 별은 암석형 행성을 형성하기에 알맞은 상태에 있습니다. 존스홉킨스 응용물리학 연구소의 캐리 리스 박사는 지구 같은 행성이 형성

되기 위해서는 적절한 위치와 시간뿐만 아니라 알맞은 비율의 먼지 혼합물이 존재해야 한다고 했습니다.

지구와 닮은 별이 만들어지기에 알맞은 형태, 알맞은 비율의 먼지 혼합물만 있으면 되는 것이다. 가슴이 두근거리는 질문은 오랜만이었다. 레벨 9 정도. 남자는 질문을 블로그에 스크랩했다.

매일 퇴근 후 남자는 지식인에 접속해서 희귀한 나비나 곤충을 채집하듯 질문들을 채집했다. 하루 중 유일하게 의미 있는 대화가 이루어지는 시간이었다. 세상에는 질문을 할 줄 모르는 사람이 너무 많았다. 청소기도, 올바른 사용법에 대해 질문만 했다면 고장 없이 사용할 수 있었을 것이다. 답은 어디서든 구할 수 있다. 지식인에는 정말 많은 지식인들이 살고 있었다. 문제는 질문이었다. 무엇을 질문할 것인가를 아는 게 중요했다.

남자는 언젠가 영화에서 본 것처럼 궁극의 질문을 찾고 있었다. 언젠가 이 생이 남자에게 원하는 답이 무언지, 궁극의 질문을 찾을 수 있을 거라 믿었다. 사실 남자는 자기 삶에 대한 궁극의 변명을 찾고 있었던 건지도 몰랐다. 남자는 다만, 그것이 무어건 찾아야 했을 뿐이다. 무언가를 찾느라 열심히 자기 생을 낭비해야 했다.

다행히 최근의 지구는 사용 설명서도 제대로 읽지 않고 함부로 사용한 인간들 때문에 너무 빨리 낡아버린 청소기 같았다. 이미 진 바둑을 복기하듯 지루한 이 지구에서의 삶도 얼마 남지 않은 건지도 모른다. 청소기가 이 정도 되면 고쳐 쓰기보다는 새걸 구입하라고 남자는 권유하는 편이었다. 마침 지구와 닮은 별이 형성되기에 알맞은 상태라니 얼마나 좋은 타이밍인가. 에이에스맨이 있을 거야. 지구에게도. 남자는 그 사람에게 묻고 싶었다. 새 지구로, 교체할까요?

오늘의 살인 사건은 라스베이거스 식당에서 일어났다. 범인은 남편이나 동생인 것 같았다. 언제나 가족이 첫 번째 용의자. 작은 증거도 놓치지 않는 게 중요했다. 드라마를 보며 남자도 작업복 주머니에 넣어 온 오늘의 범죄 증거물들을 서랍에 담았다. 열 장을 모으면 치킨 한 마리가 무료인 쿠폰 한 장과 그물 스타킹과 공룡의 꼬리. 별것 아닌 것 같아도 무료 쿠폰 아홉 장을 모으고 나면 마지막 한 장이 아쉽겠지. 아이는 잃어버린 퍼즐 한 조각 때문에 영영 공룡을 완성하지 못할 거야. 모든 잃어버린 것들은 아무리 작고 하찮은 거라도 이렇게 거대한 퍼즐의 일부분인데 사람들은 그걸 쉽게 간과했다. 아이는, 울음을 터뜨릴까? 비어 있는 퍼즐 한 조각을 찾기 위해 침내 밑을 확인하고 책상 서랍을 뒤지다가 뒤늦게 결코 채워지지 않는 상실감에 엉엉 울어 버릴지도 몰랐다. 그렇게 소중한 거라면 소중히 간직했어야지. 남자라면 엄하게 타이를 것이다. 자신이라면 좋은 부모가 될 수 있을 것 같았다. 가장 좋은 부모 자식 관계란 혈연으로 이어지지 않은 사이인지도 모른다. 아이의 태생과 유전적 특질을 책임지지 않은 부모가, 어쩔 수 없이 물보다 진한 피로 끌리는 부모보다 아이를 훨씬 제대로 된 인간으로 키울 수 있을 것 같았다. 그런 가족이라면, 가족이란 것도 나쁘지는 않을 거야.

범인은 남편이었다. 남자라면 완전범죄도 가능할 것 같았다. 잠이 오지 않아 남자는 보이저 1호의 발사 영상을 틀었다. 마스터베이션이라도 하면 잠이 올 것 같았지만 요즘은 보이저 1호의 영상을 봐도 쉽게 흥분되지 않았다. 남자는 발기시켜 보려고 죽어 있는 페니스를 손으로 만지작거리다가 서랍에 넣어 둔 스타킹을 떠올렸다. 돌돌 말린 검은색 스타킹에는 무늬가 새겨져 있었다. 꽃인가? 남자는 천천히 스타킹을 신어 보았다. 촘촘한 그물 스타킹에 감싸인 다리가 손바닥 아래서 매끄럽게 미끄러졌다. 종아리에서 검은 장미꽃이 피어오르고 있었다. 마치, 여왕 같구나. 남자의 페니스가 우뚝 섰다.

페니스는 이내 수그러들었다. 성욕도 환경에 의해 자연도태되는 모양이지. 사라진 공룡들처럼. 어린아이의 것처럼 작고 말랑말랑한 페니스를 만지작거리며 남자는 멍하니 벽에 붙여 놓은 갈라파고스 군도의 사진을 보았다.

에콰도르 서쪽 해안으로부터 약 1000킬로미터 떨어진 외딴섬은 1835년 비글호를 타고 온 찰스 다윈이 진화론의 단서를 발견한 섬이었다. 몇 달 전, 붕어빵을 싸고 있던 잡지에서 갈라파고스 군도의 기사를 읽었을 때 남자는 찰스 다윈처럼 진화의 비밀을 깨달았다. 단지 찰스 다윈보다 170년 정도 늦었을 뿐이었다. 이 섬에는 하늘을 찌르는 원시림 데이지트리가 빽빽하게 산타크루즈섬의 분화구를 덮고 있다고 했다. 해바라기과 식물의 일종인 데이지트리는 보통은 키가 작지만 갈라파고스에서는 다른 나무나 천적과의 경쟁이 없었던 까닭에 15미터까지 자라났다고 한다. 상상을 초월한 거대 식물이 어디에나 존재하는 곳. 갈라파고스.

갈라파고스에 가면 나도, 키가 10미터쯤 더 자랄 수 있을까. 페니스도, 남자는 자신의 페니스를 보았다. 내 페니스도 거대해지겠지. 거대한 페니스로 지구에 구멍을 뚫고 싶었다. 깊이 더 깊이. 세게 더 세게. 쑥. 거대한 성기를 빼 보면 거대한 구멍만 남겠지. 그리고 그 구멍 너머로 거대한 우주가 보일지도 몰라. 그러면 거대한 페니스를 로켓 삼아 우주로 날아가야지. 머나먼 우주에서 바라보면 지구는 보이저 1호가 찍은 사진처럼 아직 연약하고 아름다울지도 몰랐다.

무인 우주선 보이저 1호는 1977년 태양계 행성을 탐사할 목적으로 발사되었다. 1977년은 남자가 태어난 해였다. 13년이 흐른 뒤인 1990년, 배터리는 다 닳고 관성으로만 움직이던 보이저호는 지구의 사진을 찍어 전송하라는 명령을 받았다. 몇 달 후, 실현 가능성이 없을 것 같던 이 명령에 따라 보이저호는 지구를 찍은 여러 장의 사진을 보내 왔다. 창백한 푸른 점 같은 지구. 지금은 임무를 끝내고 관성에 따라 홀로 떠도는 중이라고 했다. 남자는 때로 자신이 보이저 1호가 꾸는 꿈이 아닐까 생각했다. 200만 년 동안 광대한 우주를 여행해야 하는 보이저 1호의 꿈.

보이저 1호가 찍은 사진 속의 지구는 왜 그토록 아름다워 보였을까.

*

이 악당! 죽어라!

붉은 가면을 쓴 사내아이가 칼을 휘두르며 식당을 휘저었다. 아이의 부모는 고기를 구우며 테이블 사이를 날뛰는 무법자를 보며 웃고 있었다. 남자가 먼저 왔지만 남자가 주문한 음식은 아직 나오지 않았다. 아이가 남자에게 칼을 들이밀었다. 이 악당! 난 정의의 용사 레스큐맨이다!

아이들은 어쩌면 이렇게 어리석을까. 아이에게 진실을 알려 주고 싶었다. 넌 정의의 용사가 아니란다. 너 같은 아이가 바로 물리쳐야 할 악당이야. 버릇없는 너와 무책임한 너의 부모 같은 인간들.

악당은 바로 너란다.

남자는 아이의 칼을 뺏어 찌르는 시늉을 하며 말했다. 장난인 줄 아는지 아이는 키득키득 웃었다. 거

242

짓말! 너의 정체를 밝혀라. 소리치는 아이에게 남자는 속삭였다. 아저씨는 사실, 지구를 구하러 온 클린맨이란다. 정의의 칼을 받아라.

클린맨이라고 적을까? 남자는 설렁탕이 나오길 기다리며 앨리스의 편지를 다시 읽었다. 앨리스는 남자가 후원하는 몽골의 고아 소녀였다. 몽골의 아이들은 1달러면 한 달간 점심을 먹을 수 있습니다. 이 아이의 가족이 되어 주세요. 덧니가 난 몽골의 여자아이가 까만 눈동자로 남자를 쳐다보고 있었다. 인터넷에 뜬 배너 광고를 통해 남자는 몽골의 일곱 살짜리 여자아이와 가족이 되었다. 피가 섞이지 않은 가족. 거기다 같이 살지도 않고 언어도 통하지 않는 가족이라면 가장 이상적일지도 모른다. 앨리스는 남자가 소녀에게 붙여 준 영어 이름이었다. 자신의 이름은 존이라고 소개했다. 존 도. 아무개나 무명씨와 같은 익명의 이름.
앨리스는 공주가 되고 싶다고 했다. 아저씨는요? 앨리스가 물었다. 내가 뭐가 되고 싶냐고? 남자는 학교를 졸업한 후 뭐가 되고 싶냐는 질문 따위는 받아 본 적이 없었다. 이런 건 지식인에 물어도 알 수 없겠지. 나는, 무엇이 되고 싶은 걸까. 남자는 생각했다.

클린맨?

깨어나요, 클린맨.

그러니까, 그것은 반토막 난 깍두기였다. 남자는
설렁탕에 깍두기 국물을 부으려다가 그것을 보았다.
누군가 먹다 남긴, 반쯤 베어 문 잇자국이 선명한 깍
두기. 서둘리 믹고 자리를 비켜 줘야 할 정도로 성황
인 식당이었다. 벽에는 대박집으로 소개됐을 때의 방
송 사진과 기사가 붙어 있었다. 남이 먹다 남긴 반찬
을 재활용하는 식당 주제에. 이렇게 불합리한 세상이
다 있다니. 남자는 감탄할 지경이었다. 남자는 착한
사람이었다. 길에 쓰레기를 버린 적도 없고 노상방뇨
를 한 적도 없었다. 그래도 이 별은 남자에게 너무나
적대적이었다. 먼저 와도 남보다 늦게, 남이 먹다 남
긴 깍두기나 대접받는 것이다. 일어나요, 용사여. 남
자는 우주의 외침을 들은 것 같았다. 지구는 더 이상
가망이 없었다. 남자가 청소기 서비스 기사가 된 건
결코 우연이 아니었다. 지구는 따뜻한 먼지로 만든
별. 남자는 지구를 없애기 위한 소명을 타고 난 클린
맨이었다.

아저씨는 클린맨이란다. 남자는 편지에 적었다. 클

린맨의 캐릭터도 그렸다. 남자는 어릴 때부터 상상력이 풍부했다. 만화도 곧잘 그렸다. 반에서 50명의 아이들 중 100분의 1, 150분 1의 존재감밖에 없는 아이였지만 만화를 그릴 때는 확실히 50분의 1의 존재감이 있었고 때로는 25분의 1까지도 가능했다. 선생님께 보여 드리고 싶어 일부러 수업 시간에 만화를 그려 주의를 끈 적도 있었다. 혼내러 왔던 선생님은 남자의 솜씨에 감탄했다. 너도 잘하는 게 있구나! 이름이 뭐더라?

너도! 잘하는 게! 있구나! 그때 남자는 자신이 만화를 그리는 것 외에는 잘하는 게 아무것도 없다는 걸 알았다. 그래서 남자는 더 이상 만화를 그리지 않았다. 우주선도, 별의 여왕도 그리지 않았다. 그냥 모든 걸 고르게 못하는 이름 없는 아이로 남았다.

어릴 땐 나도 여왕이 되고 싶었지. 머나먼 별에서 권력의 암투에 희생당해 지구로 보내진 여왕이 아닐까 생각하기도 했었지. 언젠가 모선을 보내올 거라고, 돌아오라고, 돌아와서 우리의 여왕이 되어 달라고. 남자는 클린맨의 가슴에 검은 장미를 그려 넣었다. 커다란 청소기를 들고 버려진 박스와 구겨진 종이, 플라스틱 조각으로 만들어진 옷을 입고 있어도 클린맨은 여왕처럼 위엄이 있었다. 거대한 진공청소기로 지구의 모든 더러움을 제거하는 클린맨. 남자는 60억분의 1의 사나이가 되었다.

*

   남자는 더욱 열심히 일했다. 청소기가 먼지를 빨아들일 때마다 지구가 한 뼘씩 줄어든다고 생각하면 절로 신이 났다. 먼지가 다 모이면 이 먼지들로 새로운 지구를 만들어야지. 이 별은 남자를 언제나 돌연변이처럼 대했다. 적응하기 위해 사용법을 꼼꼼히 읽고 규칙을 준수해도 늘 배타적이었다. 맞지 않는 60억 피스의 퍼즐에 끼어든 잘못된 조각 같았다. 조금만 더 부지런히 먼지를 모으면 남자가 몸을 구기거나 접지 않고도 편안히 들어앉을 수 있는 새로운 별이 만들어질 것 같았다. 남자가 열심히 지구를 사라지게 할수록 고객들의 평가는 올라갔다. 남자는 이달의 우수 직원으로 뽑혔다. 남자는 오래전에 잃어버렸던 콧노래도 찾았다. 하나도 남김없이 싹싹. 클린 클린 클린맨.

   남자 이전에 많은 이들이 클린맨으로 활동하고 있

었다. 남자도 클린맨의 세계에 들어오고 나서야 그 사실을 알았다. 클린맨의 세계는 이미 포화 상태였다. 이 지구를 폐기하고 새로운 지구를 건설하기 위해 청소기나 그물, 집게나 먼지떨이를 들고 뛰어다니는 클린맨들은 어디에나 있었다. 그들은 이미 많은 것들을 사라지게 했지만 그들의 활약상은 어디에도 보고되지 않았다. 뉴스에도 신문에도 떠도는 소문으로도 클린맨의 이야기는 전해지지 않았다. 서랍에서 사라진 양말 한 짝, 책상 위에서 사라진 펜들, 잃어버린 우산들과 대답을 듣지 못한 질문들, 반도 돌아오지 않은 애정의 크기……, 매일 무언가 사라졌지만 사람들은 쉽게 눈치채지 못했다. 은행 잔고가 사라지고 북극의 빙하가 녹고 여름이 계속되어 가을이 오지 않고 겨울이 오면서 사람들은 조금 두려움을 느꼈지만 그 모든 사라짐 뒤에 새로운 지구를 준비하는 클린맨들이 있다는 것은 알지 못했다. 짝 잃은 장갑과 사라진 꿀벌과 불리지 못한 노래와 출간되지 못한 책과 알려지지 않은 진실과 돌아오지 않는 답장. 지구에서 사라진 것들이 저 우주에서 새로운 별로 옮겨 가기 위해 머물고 있다는 것도 알지 못했다. 알았다면 무언가 달라졌을까?

남자는 지하철에서, 버스에서, 공중화장실에서도 자신을 스쳐 간 사람들을 유심히 살펴보기 시작했다. 길을 걷다 보면 자신과 닮은 사람들이 거리에 넘쳐 났다. 패스트푸드점에서 런치 세트를 먹다가, 오뎅 하나를 먹고 국물을 세 번씩 리필해 먹다가, 남자는 자신을 복사한 듯한 고만고만한 인물들을 만났다. 혹시 저 남자도? 3만 9900원 잭필드 3종 세트 바지를 입고 싸구려 넥타이를 휘날리며 걷는 사람들. 지구를 없애고 새로운 별을 건설하는 소명을 띤 영웅들은 하찮은 모습으로 진짜 자신의 모습을 숨기고 있는 법이었다. 가장 하찮아 보일수록, 아주 작고 작아서 먼지처럼 쉽게 쓸어 내고 닦아 낼 수 있는 존재일수록 클린맨일 가능성이 컸다. 사람들이 클린맨을 눈치채지 못한 건 그들이 드물어서가 아니라 어디에나 있기 때문이었다. 어디에나 있지만 너무나 많아서 눈에 띄지 않는 존재, 그게 클린맨이었다. 영웅이 지구를 지키고 한 나라를 지키던 시대는 갔다. 슈퍼맨은 미국의 영웅이었지만 스파이더맨은 뉴욕의 영웅일 뿐이었다. 이제는 직업의 분화 시대, 영웅에게도 지역구가 필요해진 건지도 모른다. 한국의 영웅도 서울의 영웅도 아니고 개봉동의 영웅, 상계동의 영웅, 구로 2동의 영웅,

을지로 3가와 4가 사이 가로수 길의 영웅. 그래도, 그게, 영웅인가? 그건 그냥 통장이나 반장, 아파트 부녀회장 같은 거 아닌가. 보조금도 받지 못하는.

싼값에 대량 생산되는 영웅, 클린맨. 시장에 가면 폭탄 세일, 창고 개방, 폐업 처리 따위의 문구를 달고 떨이로 팔 것 같은 꿈의 히어로. 클린맨의 세계에서조차 남자는 뒤처졌다. 남자는 꿀벌이나 빙하를 사라지게 하는 대담한 발상은 절대로 하지 못할 터였다. 단지 먼지를 조금 사라지게 할 뿐이었다. 80퍼센트 세일하는 철 지난 옷만 입으면 꿈도 남들이 꾸고 버린 꿈만 꾸게 되는 걸까? 유일한 꿈을 꾸는 시대, 영웅이 영웅다운 시대 또한 사라져 버렸다. 60억분의 1의 사나이가 아니라 단지 60억 인구 중의 한 명이 되기 위해 클린맨으로 살아가는 사람들. 그 클린맨의 세계에서도 가장 낮은 자. 남자는 다시 하나의 점이 되었다.

*

버스는 오지 않았다. 갑자기 추워진 날씨에 사람들은 발을 동동 구르며 구조선을 기다리듯 버스를 기다렸다. 그중에는 작은 보따리를 든 중년의 딸과 노모도 있었다. 노모는 중년의 딸에게 자꾸 1만 원짜리 지폐를 쥐여 주었다. 딸이 기어코 사양하고 버스에 타자 밖에서 쳐다보던 노모가 딸이 앉은 창을 향해 1만 원을 던지고는 굽은 등으로 내처 돌아갔다. 1만 원권 한 장이 허공을 맴돌았다. 딸이 창밖으로 손을 뻗었지만 닿지 않았다. 어어어…… 사람들이 바람에 날리는 1만 원을 쳐다보며 당황하는 사이 버스는 천천히 출발했다. 남자는 달렸다. 1만 원짜리 지폐를 쥐고 버스를 따라잡았다. 세워요. 버스의 승객들이 소리쳤다. 운전기사는 버스를 세웠다. 남자는 버스에 올라 중년의 딸에게 1만 원을 건넸다. 딸의 눈이 붉게 충혈되어 있었다. 정말, 고마워요. 여자는 진심으로 고마워했다. 어쨌거나,가 아니라 진심으로. 버스 안의 승객들이 모두 웃으며 지켜봐 주었다. 처음으로 진짜 영웅의 일을 한 것 같았다. 버스를 세워 준 운전기사도, 세워 달라고 소리 친, 지친 하루를 끝내고 빨리 집에 돌아가고 싶었을 승객들도 모두가 영웅이었다. 그들은 모두 어떤 하루를 견뎌 왔건 잠들기 전 생각하겠지. 참 좋은 하루였어,라고. 그러니까. 이 지구는 참.

잘못 올라탄 버스는 남대문시장을 지나는 노선이었다. 잘못, 올라탄 게 아닌지도. 남자는 오래전 떠났던 곳으로 돌아왔다. 늦은 시간이었지만 식당은 영업 중이었다. 주문을 하지 않아도 남자의 앞에 이내 따뜻한 해장국 한 그릇과 반찬 그릇 몇 개가 놓였다. 모두가 네모반듯한 깍두기와 멸치볶음, 그리고 따뜻하고 두툼하며 포근포근한 계란찜. 어릴 때부터 남사는 따뜻한 계란찜을 먹으면 기분이 좋아졌다. 멀리 우주를 떠돌던 영혼이 비어 있던 육신 안에 들어와 노란 계란이 부풀어 오르듯 포근히 차오르는 것 같았다.

굶고 다녔냐. 많이들 처먹어라.

모숙 씨는 언제나처럼 배고픈 손님들에게 공깃밥을 하나씩 더 내주며 말했다. 어떤 것들은 사라졌지만 어떤 것들은, 소중한 것들은 여전히 남아 있다. 식당 벽에는 남자가 중학생 때 《과학동아》에서 오려 붙여 놓은 보이저 1호가 찍은 지구의 사진이 있었다. 창백한 푸른 별. 지구는 기억보다 더 작고 보잘것없었다. 해 볼 만한 거 아닌가? 애초에 내게 맞는 퍼즐이 아니라 해도, 나의 규칙과는 다르게 돌아간다 해도, 우주에서 이렇게 보잘것없는 지구라면 보잘것없는 나로도 충분한 것 아닐까. 먼지를 제거하고, 깨끗이 청소만 해 주면 새걸로 교체하지 않고도 재활용이 가능하지 않을까. 이 지구.

남자라고 꼭 지구를 사라지게 하고 싶었던 건 아니었다. 어디든 자신이 올바른 사용법에 따라 쓰이는 별에서 살고 싶었을 뿐이었다. 만약 지구가 이 남자의 사용법을 지금이라도 제대로 숙지해서 올바른 곳에서 올바르게 쓰려 한다면, 그렇다면. 남자는 버스를 세울 수밖에 없었던 운전기사처럼 브레이크를 밟고 멈춰 서고 싶었다.

꿀벌들은 정말 어디로 갔을까. 빙하는, 야생 표범들은. 그들은 지구를 조금 더 참아 줄 순 없었을까. 클린맨들이 가져간 많은 것들을 남자는 떠올렸다. 오래전 공룡부터 이력서를 보낸 회사의 돌아오지 않은 회신들까지, 지구에서 사라진 많은 것들이 우주에 둥둥 떠 있는 모습을 상상했다. 너무 많은 것들이 사라졌어. 이제 너무 늦은 걸까. 그들은 모두 지구가 아닌 새 별이 생기기만을 기다리는 걸까. 그곳에서 다시 빙하가 되고 표범이 되고 꿀벌이 되고……. 그러니까 이건, 지구잖아. 남자는 깨달았다. 다른 별을 만들기 위해 지구에서 가져간 이토록 많은 것들, 이건 마치 지구를 복사해서 우주에 컨트롤+V로 붙여넣기 하려는 것 같잖아.

남자는 웃었다. 클린맨들, 보잘것없는 그들은 지구

를 너무 사랑했던 거다. 똑같은 별을 만들고 싶을 만큼. 지구도 또한 우주에서 보면 보잘것없는 하나의 창백한 푸른 점에 지나지 않았으므로. 이 사람들. 말하자면 이건 짝사랑하는 여자의 물건을 훔쳐 가 모아 두는 일종의 변태들일 뿐이잖아. 남자는 이 변태들의 세계가 마음에 들었다. 남자는 항상 여왕이 되고 싶었다. 자신만이 이 별의 변종이라고 생각했다. 하지만 지구를 재활용해 보겠다고 애쓰는 이 사람들 모두 변태가 아닌가. 아무리 지구가 자신에게 사랑을 되돌려 주지 않아도, 여전히 이 별에 대한 사랑을 멈출 수 없는 변태들. 그들은 모두 보잘것없는 하나의 점에 불과하지만 하나의 점이기 때문에 모이면 지구에 아름다운 무늬를 새길 수도 있었다. 먼 우주에서 보면 전 세계에 먼지처럼 퍼져 있는 클린맨들은 거대한 은하수가 되어 아름답게 반짝이며 흐를지도 몰랐다. 반딧불처럼, 별똥별처럼, 어쩌면 거대한 청소기의 파워 버튼처럼 깜박일지도.

아직 식사되나요? 문을 닫으려는데 청년 한 명이 문을 열었다. 영업시간은 이미 지나 있었다. 너무 늦었죠, 사장님. 미안한 얼굴로 청년이 물었다. 모숙 씨는 그릇에 계란 세 개를 깨 풀기 시작했다. 늦기는. 손님 있는데 가게가 문 닫아? 얼른 들어와 처먹기나 해.

손님들이 다 집에 돌아가고 난 뒤에야 모숙 씨는 가게 문을 닫았다. 배고픈 손님들이 있는 한 문을 닫을 수 없는 것이다. 구석에는 남자의 회사에서 만든 청소기가 놓여 있었다. 나의 별을 청소해야지. 클린 클린 클린맨. 전원을 누르자 위잉 작동을 시작하는 소리가 났다. 멈춰 있던 지구가 돌아가는 것 같았다. 따뜻한 먼지가 춤추듯 떠올랐다가 가라앉았다. 청소를 끝내고 남자는 청소기를 청소하기 위해 제품을 분해했다. 쿨럭, 청소기는 흡입구에 뭉친 작은 먼지덩어리를 뱉어 냈다. 하마터면 남자가 사라지게 할 뻔한 작은, 지구였다.

*

아저씨는 나에 영웅 이예요.

남자는 앨리스가 한글로 삐뚤삐뚤하게 쓴 글씨를 오래오래 처다보았다. 앨리스의 편지는 신용카드 청구서와 마트 세일 전단지 사이에 끼어 있었다. 남자가 보낸 공주 옷을 입은 앨리스가 환하게 웃고 있는 사진 아래 알아보기 힘든 글씨가 있었다. 우주에서 보내

온 신호를 해독하듯 남자는 한 글자 한 글자 눈으로 밑줄을 그으며 읽었다. *아저씨는 나의 영웅 이예요.*

1달러로 영웅이 될 수 있는 시대. 남자는 이 싸구려 영웅들의 시대가 마음에 들었다.

*

앨리스야. 너는 이미 공주란다.

남자는 영어 사전을 펼쳐 놓고 앨리스에게 편지를 썼다. 모국어가 아닌 언어로 소통할 때 말 뒤의 진짜 이야기를 전할 수 있을 것 같았다.

너는 태어날 때부터 공주였단다. 네가 아직 우주의 씨앗이었을 때 너는 동쪽에서 누구보다 반짝이는 별이었다. 내가 여왕이었을 때, 나는 가장 빛나는 우주의 별을 따다 내 배 속에 넣었다. 그렇게 네가 태어났지. 나는 가장 빛나는 별을 딴 죄로 너와 헤어지게 되었어. 지금 우리는 멀리 떨어져 있지만 나는 너의 반짝임을 보고 너를 찾아낼 수 있었단다. 네가 남들과 다르다는 생각에 힘들거나, 누군가 너를 괴롭히거나, 이 생이 널 배신하거나 무언가 잘못되었다고 느껴질 때면, 언제나 생각해라. 너는 별에서 온 공주님이

란다. 공주의 생각을 하고 공주의 언어로 말하고 공
주의 꿈을 가지렴.

남자는 진심으로 앨리스가 공주임을 믿었다. 자신
이 여왕임을 믿듯이. 매일 아침 6시면 눈을 떠서 매일
저녁 7시까지 일을 했다. 매일 더 용감한 사자가 되었
고 똑똑한 양철 로봇이 되었고 가슴이 따뜻한 허수
아비가 되었다. 이것이 여왕의 삶이 아닌가, 남자는
생각했다. 매일 아침 하찮은 나 자신으로 살기 위해
깨어나는 데에 얼마나 큰 용기가 필요한지 남자는 안
다. 60억분의 1. 수십억 인구 중 한 명으로 살기 위해
잠을 자면서도 허공에 발길질을 하며 지구를 돌리는
사람들. 그 모든 용감한 사람들에게 기사의 칭호를
내려 주고 싶었다. 이곳은 내가 사랑하는 나의 영토,
나의 백성들.

새 부품 대신 중고 부품을 교체하고 남은 돈으로
남자는 후원 계좌를 만들었다. 그동안 벌금을 부과
했던 고객들에게 긴 사과의 편지를 쓰고, 고객의 이
름으로 후원한 몽골 어린이들의 연락처를 동봉했다.
56명의 고객 중에 23명이, 본사에 항의하는 대신 꾸
준히 몽골의 아이들을 후원했다. 23명이었다. 이 지

구는 아직도 이렇게 놀라운 일을 벌이곤 했다. 아직은 23명이지만 곧 230명, 2300명까지 늘어날지도 몰랐다. 몽골에서 배부르게 점심을 먹는 아이들만큼 지구도 건강해질 것 같았다. 씨앗을, 심는 거다. 내일 지구가 멸망해도 나는 한 그루의 사과나무를 심겠다. 남자도 스피노자와 똑같은 생각을 했다. 남자가 스피노자처럼 역사에 기록될 수 없는 건 단지 스피노자보다 너무 늦게 태어났기 때문이었다. 시간의 문제였지만 남자는 더 이상 자신이 잘못된 시간에 놓여 있다고 생각하지 않았다. 어쨌거나, 몽골의 일곱 살 여자아이와 서울의 서른세 살 남자가 가족이 될 수 있는 2009년이란 시간이 마음에 들었다.

남자는 올해의 우수 사원으로 뽑혔다. 재활용품을 이용한, 지구를 구하는 청소기는 사내 아이디어 공모에서 우수상을 받았다. 제품 폐기 시에도 청소기의 80퍼센트를 재활용할 수 있는 친환경 진공청소기였다. 남자는 원한다면 특별 휴가를 신청할 수도 있었다. 몽골에, 갈까? 갈라파고스 군도 사진 옆에 남자는 몽골 사진을 붙여 놓았다.

청량리, 서울역, 신촌 같은 익숙한 정류장 이름이 적힌 204번 버스가 서울 시내를 달리듯 울란바토르

시내를 가로지르고 있었다. 저 버스는, 실은 우주선이 아닐까. 청량리를 출발해서 울란바토르를 지나 신촌에 도착하려면 멀리 우주정거장을 경유하지 않고서는 불가능할 테니까. 몽골이 남자의 두 번째 고향처럼 가깝게 생각되었다. 남자는 언젠가 서울역에서 그 버스를 타고 몽골에 갈 생각이었다. 언젠가는.

*

Q 먼지가 안 생기게 할 수는 없나요?

남자는 여전히 궁극의 질문을 찾는다. 남자는 답변을 입력했다.

A 물론 먼지가 없으면 세상은 좀 더 살기 편안해지겠죠. 매일 청소를 하지 않아도 되고, 매일 와이셔츠를 빨지 않아도 깨끗할 테니까요. 하지만 먼지들은 세상을 한층 아름답게 하는 데 중요한 역할을 합니다. 하늘의 노을은 대기층을 덮은 먼지 입자 덕분에 생깁니다. 또한 구름이나 안개를 형성하는 데에도 중요한 역할을 하기 때문에 먼

지가 없다면 눈이나 비가 내릴 확률이 줄어들어 날씨와 기후가 크게 변할 것입니다.

지구가 따뜻한 먼지로 이루어진 행성이라는 걸 아시나요? 어쩌면, 먼지가 다 사라진다면 우리가 살고 있는 별, 지구도 사라질지 모릅니다.

아직 궁극의 질문은 찾지 못했지만 남자는 이 세계가 좋았다. 질문을 하면 누군가 답을 한다. 아무리 시시한 질문일지라도, 아무리 헛된 답일지라도, 모두가 어두운 우주에 떠 있는 별들처럼 반짝였다. 먼지처럼 보잘것없는 익명의 너와 내가 만나 지식을 나눈다. 우리는 모두 이 생을 잘 살아 내고 싶은 것이다. 지겹고 덧없는 질문과 답변이 끝나지 않을 때까지 지구는 문을 닫을 수 없는 것이다. 남자는 궁극의 질문을 찾은 것도 같았다.

앨리스에게 보낼 편지를 빨간 우체통에 넣고 돌아오며 남자는 하늘을 올려다보았다. 별은 보이지 않지만 남자는 그곳에 수많은 별들과 사라진 꿀벌과 잊힌 것들이 잊히지 않고 있다는 것을 안다. 남자는 히치하이킹을 하는 것처럼 엄지손가락을 치켜올렸다. 청량리를 출발해 은하수를 건너 울란바토르로 가는

204번 버스가 먼 우주를 돌아 남자를 태우기 위해 끼익, 브레이크를 밟고 정지할 것 같았다. 우주에 가는 건 어렵지 않았다. 하늘을 향해 엄지손가락만 치켜들면 되었다.

내 글에서 냄새나?

냄새가 난다.

해피 버스 데이 투 유, 해피 버스 데이 투 유. 노래가 끝나기도 전에 어린 조카가 촛불을 껐다. 삼촌 생일인데 네가 끄면 어떡하니? 누나가 연정이를 혼내는 시늉을 한다. 상관없어요. 생일이라니까 생일인 줄 알지, 알 게 뭐야. 나는 고개를 숙이고 고기를 집어 먹는다. 한우라니까, 한우인 줄 알고 먹긴 하지만. 냄새가, 난다.

포항의 한 야산에서 목 없는 변사체가 발견되었습니다. 뉴스가 흘러나오자 가족들이 모두 목을 빼고 텔레비전을 쳐다보았다. 나는 목을 만져 본다. 나는 아니구나. 시체 주변에는 노년의 남성 것으로 보이는 옷과 신발, 중절모, 지팡이가 널려 있었다고 경찰은 전했다. 셜록 홈스도 아니고, 너무 설정이다. 형이 웃었다. 살인자들도 공부 좀 해야 돼. 창의력이 없어. 우리나라 교육이 문제야. 가족 아니랄까 봐 다들 한마디씩 거든다. 살인의 가장 큰 죄는 상상력의 부재라는 듯이.

네 만화에서, 뚱뚱한 아내한테 압사당한 남편 이야기 말야. 사고사로 위장하기 위해서 30년간 살을 찌워 온 비만한 아내의 이야기는 그래도 페이소스가 있었어. 언니가 고기를 입 안에 가득 넣으며 웅얼거렸다. 작작 먹어라. 매형이 누나의 미어터지는 볼을 의심스럽게 쳐다보며 말했다. 그건 타살 이전에 자살 아닐까? 30년간 하나의 목표를 위해 자신의 몸을 변형시키다니. 살아도 산 게 아니잖아. 결국 살인이란, 자신의 죽음을 담보해야 가능하다는 거겠지. 아빠의 말에 죽은 자가 지나가듯 공기가 서늘해진다.

그래 작가들은 자전적인 이야길 많이 쓴다며. 자연스러움을 가장하며 엄마가 말했다. 일곱의 닮은 얼굴들은 어색하게 서로의 눈치를 본다. 가족 이야긴 재미없잖아. 넌 그런 거 안 그릴 거지? 언니가 불안을 웃음 뒤에 감추며 묻는다. 겁쟁이들. 어느 가족이나 시체를 숨긴 땅 위에 집을 짓고 사는 거 아닌가. 비밀이 가족을 단단하게 한다. 나는 만화를 그리는 거지 개가 된 건 아니었다. 앞발로 우리 집 마당을 파헤치고 시체를 끄집어낼 리 없잖아.

허허. 건배나 하자. 일곱 개의 잔이 허공에서 부딪쳤다. 왜 건배를 하는 거야? 연정이가 물었다. 옛날 사람들은 술을 통해 악마가 몸에 들어온다고 믿었대. 종소리가 그걸 막을 수 있을 거라 생각해서 나쁜 기운을 없애기 위해 서로 잔을 부딪쳐 종소리 비슷한 소리를 내는 거야. 형부가 알려 주었다. 글쎄. 과연 그럴까. 고대 그리스에서는 잔에 독이 들어 있지 않다는 걸 보여 주기 위해 건배를 했다. 건배란 불신에서 비롯된 음주 문화였다. 가족이라고, 식탁에 둘러앉은 일곱 개의 닮은 얼굴. 저렇게 닮은 DNA를 얼굴에 달고 있어도, 너는 내가 아니니 나는 너를 불신한다,라는 거겠지. 냄새가, 난다.

포털에 만화가 연재되는 걸 본 후 가족들은 수시로 내 방문을 열었다. 내 팬티 여기 벗어 둔 거 같은데, 라며 옷장을 뒤지는 형이 있질 않나, 내 마스카라 못

봤니? 하면서 책상을 더듬는 언니가 있질 않나, 엄마는 살 찌워 잡아 먹으려는 속셈인지 달걀 삶아 줄까? 아님, 부침개 지져 줄까? 수시로 물어왔다. 시선은 모두 내 컴퓨터 모니터에 꽂혀 있었다. 아빠는, 아빠는 두려움의 핀트를 잘못 맞췄다. 여기, 망치나 몽둥이 없지? 픽션과 논픽션을 구분하지 못하는 60대의 가장이란. 가족이란 이름 아래 사람들은 쉽게 바보가 된다.

「창조적 살인을 위한 99가지 제안」은 개인 홈페이지에 올리던 만화였다. 세상엔 사람이 너무 많았다. 저 잉여들, 나는 쓸모없는 사람들을 없애기로 했다. 테러범이나 소아성애자, 그런 인간들의 죽음은 패스. 그 사람들을 죽이는 방법은 내가 아니라도 많이들 고민하고 있었으니까. 나는 살아 있는지 몰라서 죽이지도 않는, 잉여들을 한 명씩 죽여 나갔다.

사람에겐 각자의 삶에 적합한 죽음의 방식이 있었다. 지하철 7호선에서 내 엉덩이를 만지던 남자에게는 손에서 엉덩이가 떨어지지 않는 벌을 주었다. 엉덩이가 손에 붙은 남자는 치질 걸린 엉덩이 때문에 괴로워하다가 결국 치질이 온몸에 퍼져 죽고 말았다. 공공장소에서 큰 소리로 떠들며 사람들을 내쫓던 성악가에게는 고구마를 한 상자 선물해 주었다. 성악가는 무대에서 노래를 부르다가 방귀를 뀌었다. 다행히 소리는 커다란 노랫소리에 묻혔다. 잘 넘겼어, 스스로 만족하는 순간, 소리는 감췄다 해도 냄새는 어쩌지? 지독한 냄새가, 함부로 냄새를 뿌리고 다니던 오만한 그녀의 삶처럼 지독한 냄새가 공연장에 가득 퍼졌다. 성악가는 자신의 방귀 냄새에 질식해서 죽음에 이르렀다.

마흔두 번째 살인이 있던 날, 포털 연재 담당자에게 연락이 왔다. 재밌네요. 이게 재밌어요? 아 네, 뭐, 그러시다면. 선생님, 얼마나 쓸 수 있을 것 같아요? 글쎄요. 세상에 죽어 마땅한 사람들은 끝이 없으니까요. 얼마든지. 아흔아홉 가지 살인법 연재가 끝나면 100번째 이야기를 추가해 책도 내기로 했다. 책을 만들고 돈을 준다니까, 가만히 있긴 했지만, 이 사람들 정말 정신 나간 사람들이 아닐까 싶었다. 폐지 100킬로그램을 모아 가면 6000원을 준다는데, 이런 잉여 중의 잉여의 글을 책으로 엮고 200만 원의 계약금 따위를 주다니. 도대체 이 사람들은 뭐가 잘못된 걸까. 냄새가 난다.

사라진 얼굴은 어디로 갔을까? 누나가 문득 생각

난 듯 물었다. 목 없는 시체라도 DNA 검사를 하면 금세 신분이 드러날 텐데 왜 목을 잘랐을까? 자신이 죽인 얼굴들을 방에 전시해 놓는 미치광이 연쇄살인범 같은 건 아닐까. 오빠가 대꾸했다.

아, 저기, 사라진 얼굴이 누나 등 뒤에.

언니가 화들짝 놀라 고개 돌려 자신의 어깨 너머를 보았다. 언니의 등 뒤 창문에 비치는 건 맞은편 내 얼굴뿐이다. 장난치지 마. 누나가 화를 낸다. 놀라기는. 사람이라면 누구나 얼굴 없는 시체 서넛쯤은 등에 지고 사는 건데. 책상에 앉아 있으면 누군가 밟고 지나가듯 어깨가 뻐근한 이유, 어두운 골목길을 걸어갈 때 누군가 쫓아오는 시선. 그게 다 내가 죽인 얼굴 없는 시체들이 지나가며 툭, 나야, 알은척하는 순간인 것을 알면서 모른 척하긴. 나 역시 안녕, 잘 지내고 있는 거니, 한 번도 인사를 되돌려준 적은 없지만.

범인은 누굴까. 내가 아닐까. 나는 중얼거리며 고기를 씹었다. 사람은 얼마든지 자신에게 유리하게 기억을 조작할 수 있으니까, 내가 아니란 확신도 없다. 멀쩡한 몸으로 노약자석에 앉고, 공중화장실에서 똥을 누고 물도 내리지 않은 익명의 내가, 어딘가 누군가의 분노 게이지를 하나둘씩 높여서 이놈의 세상,

멀쩡히 아침 9시에 출근해서 점심으로 8000원짜리 가정식 백반을 먹고, 다른 상에만 서비스로 올라온 계란프라이를 힐끗 보다가 저녁 7시에 퇴근해서 경차를 끌고 시청 앞 광장에서 무고한 시민들에게 돌진! 사망자 네 명에 부상자 세 명. 그런 소시민의 광기 어린 무차별 살인의 배후가 되는 거겠지. 특정한 개인을 향한 게 아니라 누구이거나 아무이거나 상관없는 것이 살인의 본질인지도 모른다.

식사 시키자. 하나, 둘, 셋, 넷, 다섯, 여섯. 나는 가족의 수를 센다. 어, 한 명이 빠진 거 같은데? 분명 일곱 명이었는데. 너까지 포함해서 일곱 맞잖아. 돼지가 소풍 온 것도 아니고. 형이 웃었다. 나보다 셈도 못해. 연정이도 비웃었다. 아빠와 엄마와 형과 누나와 오빠와 언니와 매형과 형부와 나와 연정이와…… 그러니까, 모두 몇 명인 거지? 사람 수를 세는 건 너무 어려워. 더구나, 모두가 닮은 얼굴인 가족이라면 더욱. 마지막으로 건배하자. 일곱 개의 잔이 허공에서 부딪쳤다. 냄새가, 난다.

개가 된 걸까?

무슨 냄새가 난다고 그래. 가족들은 하나같이 냄

새를 부정했다. 베드로가 예수를 부인하듯이 말이
지. 킁킁. 나는 하루 종일 킁킁거리며 방 안을 걸어
다녔다. 아무도 맡지 못하는 냄새를 나 혼자 맡다니.
내가 드디어 개로 전락했나 보다. 아니 이게 전락이라
는 건 인간의 오만이지. 개만도 못한 인간에서 개 같
은 인간으로 업그레이드된 걸 수도.

100번째의 만화만 넘기면 한 달 안에 책이 나올 예
정이었다. 그런데 마지막 하나의 죽음이 그려지지 않
았다. 이게 다 냄새 때문이었다. 누굴 죽여야 할지, 어
떻게 죽여야 할지 아이디어가 떠오르지 않았다. 냄새
는 갈수록 심해졌다. 빨지 않은 속옷도, 침대 밑에 떨
어뜨린 오징어도 없었다. 냄새가 날 만한 것은 모두
없애고 소독하고 탈취제도 뿌려 보았지만 냄새는 사
라지지 않았다. 잠을 자면서도 냄새에서 벗어날 수
없었다. 꿈속에서 나는 똥파리가 되어 똥 무더기 위
를 맴돌거나, 바다오리 1000마리가 떼죽음당한 해변
의 갈매기가 되거나, 죽은 후 3개월이 넘도록 방 안에
방치된 할머니의 시신 곁에서 우는 아이가 되어 있었
다. 꿈에서 깨면 비릿한 냄새가 이것이 현실의 냄새라
는 듯이 무겁게 나를 압박해 왔다.

이비인후과에서는 아무 이상도 발견하지 못했다.

냄새 과학의 창시자 에이버리 길버트는 엄밀히 말해 냄새는 머릿속에서만 존재한다고 말했다. 호주 멜버른 병원 신경정신과 연구 팀은 정신신경 질환이 나타나기 전에 냄새를 맡는 뇌 부위가 손상된다는 사실을 입증했다. MRI라도 찍어 봐야 하나, 아니면 정신과를 가 봐야 하나, 나는 고민했다. 단지 냄새 하나 때문에 뇌질환을 의심해야 하다니.『냄새, 그 은밀한 유혹』의 저자 피트 브론은 후각기관은 다른 감각에 비해 환상을 더 잘 느끼지만, 냄새를 상상하는 기능은 제한되어 있다고 했다. 그러니까. 이 냄새는 상상이 아니었다. 실재였다.

냄새의 기원을 찾던 중에 냄새가 기억과 밀접한 관련이 있다는 것을 알게 되었다. 시각 정보나 청각 정보는 단기기억이지만 후각 정보는 장기적인 기억을 담당한다고 했다. 냄새와 기억의 연관성은 오랜 연구 과제였다. 추억은 향기로 뇌에 저장되며, 마르셀 프루스트가『잃어버린 시간을 찾아서』에서 마들렌 냄새로 유년의 기억을 일깨운 이후, 향기가 기억을 이끌어 내는 것은 '프루스트 현상'이라고 불렸다는 것이다.

그렇다면 이 냄새도 내 기억에서 온 걸지 모른다. 하지만 나는 기억 속에서 냄새를 찾아낼 수 없었다.

기억할 만한 삶이 아니어서 지나간 삶은 하나도 기억 속에 남겨 두지 않았기 때문이었다. 할 수 없이 나는 벽장 속에 넣어 둔 커다란 상자를 꺼냈다. 오래 닫아 놓은 뚜껑을 열었더니 비리고 역한 냄새가 풍겨 왔다. 이 냄새가 맞을까. 상자에는 내가 잘라 버린, 아흔아홉 개의 초라한 과거의 얼굴들이 들어 있었다.

내가 고미숙이었을 때.

너 아니어도 다른 사람 많다. 사장이 말했다. 고미숙이 2년간 다니던 회사에 사직서를 낼 때였다. 회식 자리에서 어깨를 안고 허벅지를 쓰다듬으며 아빠 같은 사람인데 뭐 어때, 우리 회사는 직원을 가족같이 생각합니다,라고 하던 인간. 미숙은 이를 악물고 일주일 동안 이력서 스무 통을 부쳤다. 면접에서 좋은 인상을 남기는 스타일,이라는 기사를 참고해 단발머리를 하고 반듯한 투피스를 입고 면접을 보러 갔다. 기다리는 사람 일곱 명 중 여섯 명이 같은 스타일이었고 그중 한 명은 색만 다른 같은 투피스를 입고 있었다. 너 아니어도 다른 사람은 많다. 그 말의 위엄을 미숙은 새삼 깨달았다. 굳이 나여야 할 이유를 스스로도 알 수 없었다.

모르는 사람들이 고미숙의 얼굴을 알아보기 시작한 건 이력서를 마흔세 통쯤 부쳤을 때였다. 처음엔 시청역 3번 출구 앞에서였다. 혹시 저 아세요? 모르는데요. 그런 일은 대학로 마로니에공원과 강남역 지하상가에서도 반복되었다. 언젠가 교보문고 회전문을 밀고 나오는데 들어서던 남자가 미숙을 보며 키득, 웃고 지나쳤다. 마치 넌 내가 비웃어도 되는 존재잖아,라는 듯이 키득키득. 미숙은 화장실에 가서 자신의 얼굴을 살펴보았다. 얼굴에 밥풀이 묻었거나 이 사이에 고춧가루가 낀 것도 아니었다. 미세먼지처럼 흔한 얼굴이긴 하지만, 왜 날 보며 웃은 거지? 저들이 본 얼굴은 나일까, 내가 아닐까.

한번은 길에서 낯익은 얼굴을 보았다. 누군지 생각은 안 났지만 인사를 해야 할 것 같아서 꾸벅 고개를 숙였다. 한참 지난 후에야 얼마 전 면접을 봤던 회사의 인사부장이라는 게 기억났다. 그랬구나. 미숙은 눈치챘다. 길에서 자신을 알아본 낯선 얼굴들, 그들은 이력서의 얼굴을 기억하고 있었던 건지도 몰랐다. 낯선 기억에 달라붙어 있는 선택받지 못한 고미숙의 얼굴과 이름과 주민번호와 가족관계와 주소. 버려진 얼굴은 좀비처럼 회사 부근을 떠돌며 스스로 자신을 복제하고 증식하고 있었던 거였다. 한심한 것. 미숙은 자신의 얼굴을 더듬어 보았다. 마흔다섯 겹의 얼굴이 떨어져 나가고 나니 그만큼 두께가 엷어진 것 같았다. 요즘 무표정하단 말을 종종 듣곤 했다. 중력도 약해진 것 같았다. 땅에 발이 닿지 않는 일이 잦아졌다.

서울 시내 지하철노선도를 펼쳐 놓고 그동안 이력서를 보낸 회사가 있는 지역에 노란 스마일 스티커를 붙여 보았다. 노란 스마일 스티커는 누렇게 뜬 얼굴로 웃고 있는 고미숙의 증명사진과 꽤 닮아 있었다. 시청역과 대학로와 강남역 부근에 각각 다섯 개가 넘는 웃는 얼굴이 붙었다. 역시. 이쪽은 가지 말아야지. 타인이 알아보는 것보다 자신이 고미숙의 얼굴과 마주칠 것이 두려웠다. 쓰레기통에 버려진, 냄새를 풍기며 떠도는 나와 똑같은 얼굴이라니.

미숙은 같은 역이 겹치지 않도록 마흔여덟 개의 회사를 선정했다. 네 개의 증명사진을 찍고, 포토샵으로 효과를 주어 모두 마흔여덟 개의 다른 증명사진을 만들었다. 그리고 마흔여덟 개의 자기소개서를 새로 썼다. 저는 어려서부터 빵을 좋아했습니다. 하루 세 끼 빵만 먹고 사는 세상을 만들겠습니다. 어릴 때부터 텔레비전을 좋아했습니다. 어려서부터 달리기를 좋아했습니다. 펜싱을, 피아노를, 펭귄을, 통신을, 비데를, 바퀴벌레를, 소독약을…… . 이력서에 쓰인 대로라면 이것은 하나의 인간이 아니라 하나의 종족 같았다.

감동적인 영화를 만드는 꿈을 키워 왔습니다,로 시작되는 자기소개서는 통조림 회사에 보내졌다. 무역 회사에 최고의 커플 매니저가 되고 싶습니다,라고 쓴 이력서를 보내기도 했다. 그나마 연락이 오는 곳은 그런 곳이었다. 이력서를 잘못 보내셨네요. 다시 보내시겠습니까? 생각해 보면 딱히 잘못 보낸 것도 아닌 것 같아서 미숙은 아닌데요, 하고 전화를 끊었다.

원래 그렇게 웃음이 없어요? 면접을 보던 제과 회사의 부장이 못마땅한 듯 물었다. 웃고 있었다고 생각했는데 안 웃었던 걸까? 미숙은 회사를 나오며 유리창에 비친 자신의 얼굴을 보았다. 씨익 웃어 보려 했다. 무슨 표정인지는 몰라도 어쨌거나 웃는 표정은 아니었다. 이상해. 왜 웃는 얼굴이 안 될까. 집에 와서 서울 시내 지하철노선도에 붙은 아흔네 개의 노란 스마일 스티커를 보고서야 미숙은 깨달았다. 웃는 얼굴을 다 써 버렸구나.

웃는 얼굴을 찾고 싶었다. 유머 게시판에서 재미있는 글들을 찾아 보았다. 어떤 글을 봐도 웃음이 나오지 않았다. 웃음을 잃어버렸습니다. 고미숙은 글을 올렸다. 저도 마찬가지예요. 웃음을 잃어버린 사람들은 생각보다 많았다. 댓글이 주르륵 달렸다. 웃음도 연습하면 돼요. 웃으면복이와요가 리플을 달았다. 각자 아는 가장 웃긴 이야기를 해 봐요. 20분간 새로운 리플이 달리지 않았다. 아무도 안 계세요? 미숙이 물었다. 안 되겠어요. 웃음 전문가라는 사람이 제안했다. 사람의 뇌엔 미러 뉴런이 있어서 상대의 웃는 얼굴을 보면 자연히 따라 웃게 되거든요. 그러니까 만나서 함께 웃어요. 일요일 아침에 산에 올라가서 실컷 웃어 봅시다.

도봉산 아래 일곱 명이 모였다. 모두 웃음을 잃어버린 얼굴이라 쉽게 알아볼 수 있었다. 각자 아는 가장 웃긴 방식으로 걸어 올라가기로 했다. 학생 한 명은 팔을 앞뒤로 흔들고 박수를 치며 올라갔다. 50대의 사내는 뒤로 걷다가 자꾸만 넘어졌다. 젊은 여자는 약수터 아저씨처럼 나무에 대고 팡팡팡 등을 치며 올라갔다. 깽깽이로 올라가는 사람도 있었다. 사람들이 서로의 모습을 보며 웃기 시작했다. 웃음이 터지자 신이 났다. 비틀거리고, 부딪치고, 넘어지는 횟수들이 점점 더 늘어났다. 다들 상처가 하나씩 생겼다. 그래도 웃음을 멈추지 않았다. 다쳐도 웃는 서로를 보며 한참을 웃다가 한 명의 눈에 눈물이 고였다. 너무 웃어서 눈물이 나네요. 저도 그래요. 다들 웃으며 눈물을 흘렸다. 오랜만에 실컷 웃었어요. 우리 다음 주에도 꼭 다시 만나요.

다음 주 도봉산 아래엔 웃음 전문가라는 사람만 나와 있었다. 다른 사람들이 오길 기다리다 보니 점심때가 되었다. 미숙과 전문가는 산에 오르는 대신 산 아래 식당에 가서 막걸리에 두부김치를 먹었다. 웃음 전략 연구소 회원이 되시면 두 달 안에 웃음 전문가가 되실 수 있습니다. 가입비는 20만 원이라고 했다. 그 말을 하는 동안 웃음 전문가는 한 번도 웃지 않았다. 그다음 주에는 미숙도 나가지 않았다.

대신 미숙은 아침부터 밤까지 오락 프로그램을 보았다. 어떤 프로그램은 한 시간 동안 방청석에서 웃음소리가 모두 마흔일곱 번 났는데, 큰 웃음이 일곱 번, 평범한 웃음이 스물두 번, 깨알 같은 웃음이 열여섯 번 울렸다. 대단한걸. 방청석을 유심히 살펴보았다. 저기 앉아 있으면 자신도 다시 웃을 수 있을 것 같았다.

저는 어려서부터 방청객이었습니다. 방청 회사에 등록을 하고 자기소개서를 썼다. 방청객이 되기 위한 소개서는 쉽게 써졌다. 저는 언제나 무대 밖의 사람이었습니다. 세상은 저의 액션을 필요로 하지 않았습니다. 리액션이면 충분했습니다. 저는 타고난 방청객입니다. 미숙은 그렇게 방청객이 되었다.

웃는 연습을 시작합니다. 등을 뒤로 젖혔다가 박수를 치면서 앞으로 숙여 보세요. 그리고 웃음을 뱉어 내는 겁니다. 와하하하하. 목젖이 튀어나오도록. 앞 이빨이 쑥 빠지도록. 방청 팀장의 지시에 따라 웃는 동작을 흉내 냈다. 몇 번 따라 하다 보니까 그다지 어렵지 않은 것 같았다. 웃음이 나지 않으면 상대방 얼굴을 보세요. 웃기게 생겼죠? 이제 저절로 웃음이 나죠? 방청객들이 서로의 얼굴을 쳐다보며 큭큭 웃었다. 미숙의 옆자리에 앉은 여자도 미숙을 보며 웃었다. 미숙은 그 웃음을 자신의 얼굴에 복사했다. 흉내는 가능할 것 같았다. 흉내는 침팬지도 내는 거니까. 자동 웃음 감지 센서 같은 것이 생겨서 웃어야 할 때

자동으로 웃을 수 있게 되면 얼마나 좋을까. 여섯 시간 녹화에 일당 1만 2000원을 받았다.

고미숙은 몰랐다. 자기가 침팬지보다도 못할 줄은. 예를 들면, 이런 이야기 때문이었다. 항상 웃는 얼굴의 개그맨 K가 말했다. 나는 어릴 때 왕따였어요. 내가 지나가면 아이들이 벽에 밀쳐 놓고 체육복 등에 고릴라,라고 써 놓곤 했어요. 하하하. 사람들이 웃었다. 개그맨 K의 얼굴은 정말 고릴라와 닮아 있었다. 체육 시간마다 아이들이 고릴라, 철봉에 매달려 봐, 하면서 저를 철봉에 달아 놓았어요. 한 시간 넘게 텅 빈 운동장에서 혼자 대롱대롱 매달려 있던 적도 있다니까요. 개그맨 K가 원숭이처럼 팔을 늘어뜨리고 대롱대롱 매달린 흉내를 냈다. 하하하 웃음소리가 더 커졌다.

어. 이건 웃을 이야기가 아니지 않나? 미숙은 웃는 사람들의 얼굴을 살펴보았다. 그리고 웃고 있는 개그맨 K의 얼굴을 보았다. 개그맨 K의 입가엔 웃는 주름이 깊게 패어 있어서 가만있어도 웃는 것처럼 보였다. 고미숙은 웃어야 할지 비명을 질러야 할지 알 수 없었다. 웃음이란 게, 흉내조차 어려워졌다. 방청 팀장이 쉬는 시간에 고미숙을 불렀다. 웃지도 않고 자리만 차지하고 있잖아요. 오늘 일당은 반만 드릴게요. 내일부터 나오지 마세요.

일당 1만 2000원도 안 되는 얼굴이란 어떤 걸까? 이런 얼굴은 차라리 없는 게 낫지 않을까. 그래서 나는 고미숙을 죽였다. 일당 1만 2000원도 안 되는 웃지도 못하는 계집아이는 죽어도 싸다고 생각했다. 그런데 죽어도 싼 계집아이는 살아도 싼 거 아니었을까? 미숙의 얼굴을 벗으며 나는 뒤늦게 그런 생각을 아주 잠깐, 했다.

미숙의 얼굴을 내려놓고, 나는 상자 속에서 다른 얼굴을 꺼내어 장착해 보았다. 내가 그 얼굴로 살았던 짧은 시간들이, 다시 써 보니 조금씩 떠올랐다. 얼굴을 바꾸는 건 고통이 따르는 일이었다. 하지만 하나의 얼굴로 살아남는 것보다는 덜 고통스러웠다. 얼굴을 바꾸면서 가장 고민한 것은 버린 얼굴을 어떻게 처리하느냐의 문제였다. 플라스틱이나 폐지 종류는 아니고, 비닐이나 스티로폼도 아니고, 음식물 쓰레기로 버려야 하나? 한참을 고민한 끝에 나는 그냥 차곡차곡 방 안에 쌓아 두기로 했다.

고재영과 고승철과 고순이를 거치도록 웃는 얼굴

은 쉽게 만들어지지 않았다. 홈쇼핑에서 9900원에 스마일 트레이너라는 기구를 구매했다. 찡그린 얼굴을 웃는 얼굴로 만들어 주는 마우스피스였다. 거울을 보고 스마일 트레이너를 입 가운데에 위치하도록 앞니로 뭅니다. 입 끝을 위로 올렸다 내리기를 반복하세요. 아침저녁 하루에 두 번, 1회에 3~5분 정도 연습해 주세요. 마우스피스를 문 거울 속의 나는 체급이 다른 시합에 잘못 나온 링 위의 복서처럼 어리둥절해 보였다.

페이스페인팅도 배우기 시작했다. 기존의 얼굴을 지우고 새로운 얼굴을 그려 내는 건 내게 딱 맞는 일이었다. 원장이 일자리를 추천해 주었다. 페이스페인팅을 한 채 일해도 좋은 곳이라고 했다. 아침에 출근할 때 웃는 얼굴을 그리고 나가면 되겠구나, 생각했다. 웃는 얼굴에 침 뱉을 사람은 없으니까. 그래서 나는 웃는 얼굴 고영달이 되었다.

내가 고영달이었을 때.

고영달의 웃는 얼굴은 면접에서 좋은 점수를 받았다. 항상 그렇게 웃는 얼굴이야? 키즈 카페 '성'의 사장이 물었다. 웃는 얼굴 말고는 없는걸요. 영달은 입

꼬리를 귀까지 끌어 올리며 말했다. 날카로운 단도로 얼굴에 길게 칼자국을 낸 것 같다고 사장은 생각했다. 아이들이 좋아하겠군. 그렇게 고영달은 '성'의 놀이 교사가 되었다.

키즈 카페는 선택된 아이들만 입성할 수 있는 왕국이었다. 색색의 풍선이 천장을 메우고 초콜릿 분수는 끊임없이 샘솟았다. 어린이용 샴페인과 달콤한 캐러멜 팝콘과 톡톡 터지는 구슬아이스크림을 마음껏 먹을 수 있었다. 과자로 만든 성과 볼풀과 미끄럼틀과 작은 미로가 있는 놀이터, 인형의 집, 하루 종일 만화가 상영되는 만화방과 게임방, 총과 탱크와 전투복과 피 흘리는 인형까지 마련해 둔 전쟁의 방 그리고 분홍색 토끼와 아무에게나 '사랑해'를 외치는 앵무새와 작은 조랑말까지 아이들이 원하는 모든 것이 그곳에 있었다. 아이들은 성안에서 왕자와 공주가 될 수 있었다. 입장료만 충분하면 되었다.

영달은 3월의 토끼였다. 흰 토끼 옷을 입고 회중시계를 찼다. 오후 3시가 되면 모자 장수와 앨리스와 함께 어린이용 테이블에 앉아 작은 컵에 코코아를 따라 미니 머핀과 함께 먹었다. 아이들의 크기에 맞춘 티세트로 간식을 먹고 아이용 변기에서 똥을 누다 보니 성에 초대된 힘세고 착한 거인이 된 것 같았다. 영달이 아이들을 안아 주고 놀아 줄 동안 모자 장수는 뒤에서 엄마들을 안아 주고 놀아 주었다. 성안에서는 아이도 엄마도 누구나 행복해질 권리가 있었다.

성에 들어온 아이들에게 영달은 페이스페인팅을 해 주었다. 영달은 어떤 얼굴이든지 만들어 낼 수 있었다. 영달의 손끝에서 아이들은 고양이가 되고 사자가 되고 천사가 되고 해적이 되었다. 영달은 아이들의 얼굴을 그리며 생각하곤 했다. 저 우주에 신이란 존재가 있어서 이렇게 하나씩 하나씩 사람의 얼굴을 만들었으리라. 영달은 사람의 얼굴을 만들 때 신의 얼굴은 어땠을까 궁금해졌다. 그때 신은 울고 있었을까, 웃고 있었을까.

생일 파티가 열렸다. 스무 명의 아이들이 초대받은 날, 영달은 연정이를 데리고 출근했다. 한 번도 키즈 카페에 가 보지 못한 연정이는 팔딱팔딱 뛰며 좋아했다. 초대받은 친구처럼 행동하렴. 연정이는 아이들 속에 잘 섞여 들었다. 아이들은 어차피 제각기 놀았다. 혼자서 컴퓨터게임을 하거나, 미끄럼틀을 타거나. 혼자서 노는 게 더 익숙한 아이들이었다.

함께 어울려 놀 수 있도록 영달이 의자 게임을 진행했다. 얼굴 찌푸리지 말아요. 모두가 힘들잖아요. 노래를 틀어 놓고 영달과 아이들이 의자를 두고 빙글빙글 돌았다. 영달은 그날 꼬리가 긴 당나귀 복장을 하고 있었다. 영달이 의자에 앉으려는 시늉을 하자 한 사내아이가 영달의 꼬리를 잡아챘다. 영달은 뒤로 발라당 자빠졌다. 머리를 모서리에 부딪쳐 쿵, 하는 소리가 크게 울렸다. 아이는 당황했다. 내 잘못이 아니야! 내 의자에 앉으려고 했잖아! 미안하니까 아이는 괜히 큰 소리로 외쳤다. 영달은 웃었다. 괜찮아, 걱정하지 마. 영달은 진짜 괜찮았다. 이런 건 아픈 게 아니야. 아픈 축에도 못 껴. 활짝 웃었다. 다른 아이가 그 모습을 보았다. 어, 저 말은 다쳐도 웃어. 이상하다. 정말? 아이들이 영달의 주위에 몰려들었다.

아저씨는 늘 그렇게 웃어요? 그렇단다. 이래두요? 사내아이가 뒤로 와서 목을 졸랐다. 컥컥. 진짜 이래도 웃네. 아픈 걸 못 느끼는 거 아닐까? 다른 방에서 놀던 큰 아이들이 몰려왔다. 때려 봐. 그래 힘껏 때려 봐. 덩치가 큰 사내아이 둘이 주먹을 불끈 쥐고 배를 가격했다. 영달은 배를 움켜쥐고 쓰러졌지만 얼굴은 웃고 있었다. 고영달은 웃는 얼굴 하나밖에 없는 사람이었다. 이상해. 가면이 아닐까? 여자아이 몇이 다가와 머리를 쥐어뜯었다. 가면은 아닌 거 같은데. 아이들이 소리쳤다. 꼬집어 봐. 때려 봐. 올라타 봐. 공을 던져 봐. 아이들이 영달을 빙 둘러싼 채 볼풀에 담겨 있던 색색의 공과 농구공, 배구공, 야구공, 축구공을 힘껏 던졌다. 그중에는 조카 연정이도 있었다. 연정이는 아이들 틈에 섞여 열심히 영달에게 공을 던졌다. 즐거워 보였다. 그래서 영달도 즐거워졌다. 그래도 웃어. 사람이 아닌 거 같아. 외계인이 아닐까? 아이들이 이번엔 뺨을 때렸다. 영달의 볼이 빨갛게 달아올랐다. 마지막에 생일 파티의 주인공인 남자아이가 영달의 등에 올라탔다. 말처럼 웃어 봐. 아이를 등에 태우고 당나귀 꼬리를 흔들며 영달은 열심히 웃었다. 모두 여덟 개의 윗니가 드러났다. 웃을 때는 윗니가 여덟 개 보이는 게 가장 이상적인 웃는 얼굴이라고 영달은 배웠었다.

호빵맨이다. 한 아이가 외쳤다. 정말, 호빵맨이다, 호빵맨. 아이들이 웃으며 손가락질했다. 영달은 화장실에 가서 거울을 보았다. 맞아서 동그랗게 부풀어오른 얼굴에 빨간 볼, 그리고 웃는 얼굴. 호빵맨이 거기 있었다. 배고픈 사람에게는 어디라도 날아가서 얼굴을 떼어 준다는 만화 속의 호빵맨.

키즈 카페에서 고영달은 호빵맨이 되었다. 자신이 생각하기에도 잘 어울리는 별명이었다. 영달은 기도하듯 호빵맨의 노래를 흥얼거리며 출근하곤 했다. 가자 모두의 꿈을 지키러 무서워하지 말고 사랑과 용기만이 친구야 아아 호빵맨 상냥한 너는.

항상 웃는 얼굴이 기분 나빠요. 남자인지 여자인지 모르겠어요. 진짜 얼굴이 뭐죠? 웃는 표정 뒤로 무슨 생각을 하는지 알 게 뭐예요. 항상 웃기만 했는데도, 사람들이 영달의 얼굴에 침을 뱉기 시작했다. 엄마들의 항의가 잇따랐다. 사장이 영달을 불렀다. 웃는 얼굴 말고 다른 얼굴은 없어? 있을 리가요. 저는 호빵맨인데요. 안 되겠군. 혹시 야간 근무를 할 생각은 없나? 야간 근무라면 그 얼굴로도 괜찮을 거야. 사장이 말했다. 밤에는 아이들이 다 집에 있지 않나요? 영달이 고개를 갸웃했다. 밤에 키즈 카페에 오는 아이들도 있지. 그래서 영달은 야간 근무를 하기로 했다.

밤이 되었다. 영달은 탈의실에서 레이스가 달린 앞치마와 머릿수건을 썼다. 1960년대 드라마에 나오는 엄마의 모습 같았다. 문이 열리고, 손님이 들어오는 기적이 났다. 사장은 손님이 방에 들어간 후 종이 울리면 그때 들어가라고 당부했다. 종소리가 들렸다. 영달은 방으로 들어갔다. 커다란 요람이 흔들리고 있었다. 다가가서 요람 안을 보았다. 요람 안에는 중년을 넘긴 늙은 사내의 육체가 피카츄 가면을 쓴 채 기저귀를 차고 누워 있었다. 어려운 건 없었다. 자장자장, 자장가를 부르며 재워 주면 되었다. 자장자장 잘 자라 우리 아가. 자장가에 잠든 사내의 흘러내리는 육체를 보니 영달은 애틋한 마음마저 들었다.

남자가 잠에서 깨어나 울기 시작했다. 영달은 젖병을 물려 주기 위해 가면을 조금 들어 올렸다. 너무 웃어서 깊게 파인 입가의 주름. 울어도 웃고 있는 얼굴. 그는 개그맨 K였다. 젖병을 물려 줘도 도리질을 치고 개그맨 K는 웃는 입매로 응애응애 울기만 했다. 영달은 개그맨 K를 끌어안았다. 영달의 앞치마가 젖어 들었다. 울어라 아가야. 어른이 되면 울지 못한다. 실컷 울어라. 울다 보면 울음도 언젠가는 마르지 않겠니. 개그맨 K는 웃는 얼굴로 다시 잠들었다. 하지만 고영달의 얼굴은 그의 눈물에 흠뻑 젖고 말았다. 호빵맨은 수분에 약했다. 너덜너덜해진 얼굴은 힘없이 떨어져 나갔다. 아침이 오기 전에 고영달은 '성'을 떠났다.

얼굴이 모두 사라졌다. 더 이상 바꿔 낄 얼굴이 없었다. 얼굴이 사라지고 나니 목 위가 너무 허전했다. 뭐가 좋을까 고민하다가 컴퓨터 모니터를 목 위에 올려 보았다. 이 네모난 얼굴은 편했다. 남자도 되고 여자도 되었다. 대학생도 되고 주부도 되었다. 손쉽게 새로운 얼굴이 될 수 있었다. 웃는 얼굴도 고민할 필요가 없었다. 간단한 자음과 모음만 있으면 되었다. 할 수 없는 말도 ㅋㅋ만 붙이면 얼마든지 할 수 있을 것 같았다.

여동생이 죽었어. 그건 나 때문이었지ㅋㅋㅋ. 여동생에게 냄새가 났거든. 그때 똥을 쌌을 거야ㅋㅋ. 여동생은 두 살밖에 안 됐으면서 내가 먹는 만큼 먹으려고 했지. 그래서 똥을, 똥을 너무 많이 쌌어. 기저귀에 가득ㅋㅋㅋ. 저런 게 나와 같은 사람이라니. 가족이라니. 나는 인정할 수 없었어ㅋㅋ. 그래서, 눌렀어. 사람은 참 쉽게 죽는 존재더라ㅋㅋ. 어린애일 뿐이잖아요. 아무도 내게 책임을 묻지 않았어. 여동생은 잊혔어. 아무도 그 애를 기억하지 못해ㅋㅋ. 내가 그 이야길 하면 가족들은 웃어. 여동생이 어디 있었다고 그러니. 넌 정말 타고난 거짓말쟁이구나. 꿈을 꾼 거야. 그들은 말했어. 내 동생은 너뿐이야, 형이 말해. 그럼 너뿐이지, 누나도 말해. 오빠와 언니의 동생이 나뿐이라고? 바보들. 거짓말을 하려면 똑바로 해야지ㅋㅋㅋ. 나는 밤마다 다음엔 네 차례다,라고 속삭이는 소리를 들어. 그때 죽은 건 여동생이 아니라 나였는지도 몰라ㅋㅋㅋ.

ㅋㅋㅋ 웃으며 말하다 보면 세상이 커다란 농담일 뿐이란 생각이 들었다. 얼굴들을 컴퓨터에 그리기 시작했다. 나와 닮은 얼굴들이 그려졌다가 하나씩 죽어 갔다. 잉여는 죽어도 싼 존재니까. 기억이 돌아왔다.

얼굴을 벗었다.

내가 버린 얼굴과, 만화 속에서 내가 죽인 얼굴들은 모두 닮은꼴이었다. 이 지독한 피비린내라니. 끈질긴 잉여의 냄새. 그들은 죽은 줄도 모르고 계속 냄새를 풍긴다. 끈질긴 잉여의 냄새. 나는 아흔아홉 개의 얼굴을 다시 상자 속에 넣었다. 뚜껑을 꼭 닫고 냄새가 새어 나오지 않도록 테이프로 단단히 봉했다. 그래도 냄새는 사라지지 않았다. 냄새는, 밖에 있었다. 바보 같으니라고. 알고 있었다. 잘라 버린 얼굴들을 모두 불태워 버린다 해도 사라질 리 없는 이 냄새, 이건 내게서 나는 냄새였다. 얼굴을 자르고 잘라도 남아 있는 100번째 잉여의 냄새. 냄새를 없애려면 나도 상자 속에 갇혀야 했다. 함께 태워져야 했다. 만화 속 100번째 죽음, 그것은 나여야 했다.

잉여의 냄새는 결국 살아남으려는 버둥거림의 냄새였나 보다. 아흔아홉 개의 얼굴은 쉽게 죽여 놓고, 정작 나는 잉여로라도 살고 싶다고 끊임없이 냄새를 풍기며 죽음을 방해하고 있었다. 나의 삶엔 어떤 방식의 죽음이 적합할까. 이 잉여의 삶에는. 아무런 아이디어도 떠오르지 않았다.

저는 잉여입니다. 어떤 죽음이 적당할까요. 내 글에서 냄새가 나는 걸까, 아무도 리플을 달지 않았다. 한참 후, 글 옆의 댓글 수가 0에서 1로 바뀌었다. 우는 철학자라고 불린 헤라클레이토스는 수종에 걸리자 외양간으로 가서 소똥에 뒹굴었대요. 결국 소똥 속에서 생을 마쳤다죠. 진정, 잉여다운 죽음 아닌가요? 원조잉여라는 사람의 댓글이었다. 철학자가 잉여라고요? 내가 물었다. 사실 고대의 철학자들을 현대에 데려다 놓으면 다 제대로 잉여일 거예요. 그가 말했다. 탈레스 같은 철학자를 보세요, 만물의 근원은 무엇일까, 따위의 질문을 던지며 하늘을 보고 별을 탐구하다가 우물에 빠졌다죠. 잉여가 할 법한 행동이 잖아요. 사실 카프카도 잉여였다는 거 아세요? 그가 말했다. 『변신』을 쓴 작가 말인가요? 내가 물었다. 하루아침에 벌레가 된 세일즈맨 그레고리의 이야기라 니. 잉여가 아니고선 나올 수 없는 글이에요. 냄새가 나잖아요? 잉여의 냄새.

저도 사실은 잉여예요. 어디선가 지켜보고 있던 숨어 있던 잉여들이 하나둘씩 리플을 달기 시작했다. 문득, 너 아니어도 다른 사람 많다, 이건 사실 굉장한 덕담인지도 모르겠단 생각이 들었다. 유명한 잉여가 또 있었나요? 잉여12가 물었다. 자코메티는 잉여들을 형상화한 것으로 유명하죠. 원조잉여가 말했다. 절박하게 공간으로 발산되는 그 앙상한 인체들. 인간의 정수만 남겨 놓은 그 모습은 인간은 다 무한한 하나, 한 핏줄의 잉여들이라고 말하고 있잖아요. 모리스 블랑쇼나 장 주네도 같은 이야길 했어요. 그 사람들도 잉여인가요? 잉여22가 물었다. 아마도. 원조잉여가 대답했다. 세상엔 정말 많은 잉여들이 있군요. 잉여18이 감탄했다. 달리, 잉여겠어요?

잉여의 냄새란 어떤 건가요. 잉여4가 물었다. 글쎄

요. 구운 오징어 냄새 같은 거 아닐까요. 불판 위에서 뜨겁게 구워지며 손발이 오그라드는 오징어. 역시 잉여의 냄새라면 그런 이미지가 어울려요. 다들 동의했다. 저는 오징어 냄새가 좋아요. 잉여6이 말했다. 저두요. 바다 냄새가 나잖아요? 잉여14도 말했다. 또다들 공감했다. 이렇게 마음이 맞는 분들을 만나다니 너무 좋네요. 우리 한번 만날까요?

일요일 날 시청 앞에 모여 세계평화를 외치는 플래시몹이라도 해요. 잉여3이 말했다. 너무 거창하지 않나요? 아니에요. 잉여5가 반박했다. 세계평화 같은 거, 우리 같은 잉여들이나 외치지 누가 하겠어요. 그러네요. 다들 동의했다. 서른일곱 명의 잉여들이 참여하기로 했다. 잉여들도 모여서 무언가 할 수 있다는데 다들 흥분했다. 내일 제가 김밥을 싸 갈게요. 저는 달걀을 삶아 갈게요. 그럼 저는 사이다를. 모두 신이 났다. 하지만 얼굴을 드러내기가 좀 창피한데요. 잉여28이 말했다. 제가 얼굴을 가져갈게요. 내가 말했다. 얼굴이요? 네. 얼굴.

잘라 버린 아흔아홉 개의 얼굴, 그건 깊숙이 숨어 있던 하나의 얼굴을 드러내기 위한 어쩔 수 없는 선택이었는지도 모르겠단 생각이 들었다. 자코메티의 두 상처럼, 깎아 내고 깎아 내어 더 이상 축소될 수 없을 때까지 작아진 얼굴. 그러나 누구도 목을 자를 수 없는, 존재의 완강한 100번째 얼굴을 드러내기 위해.

나는 상자 속의 얼굴들을 꺼내어 하나씩 깨끗하게 닦아 창가에 널어 놓았다. 열린 창으로 몇 개의 얼굴이 날아갔다. 나는 알 수 있었다. 배고픈 사람에게 얼굴을 떼어 주러 가는 거구나. 같이 울어 줄 얼굴이 필요한 사람에겐 우는 얼굴이, 같이 웃어 줄 얼굴이 필요한 사람에겐 웃는 얼굴이, 배고픈 사람에겐 살찐 얼굴이, 알아서 자기 자리를 찾아가고 있었다. 잘 가라. 어디선가 다시 만나면 그때는 꼭 안녕, 하고 다정하게 인사를 나누자. 날아간 얼굴의 수만큼 내 안에 새로운 얼굴이 얇게 움트며 강철처럼 단단해지는 것을 느꼈다. 나는 떠나는 얼굴들에게 손을 흔들며 마지막으로 노래를 불러 주었다. 가자 모두의 꿈을 지키러 그렇게 나는 거야 아아 호빵맨 너는.

해피 버스 데이 투 유.

방에 들어온 연정이가 갑자기 박수를 치며 노래했다. 초를 켜니까 생일 같아, 하면서 즐거워했다. 왜 초를 켰어? 냄새가 나니까. 양초를 켜 두는 건 잉여8이 알려 준 냄새 제거 방법이었다. 냄새에서 벗어날 순 없지만, 조화롭게 살아갈 수 있도록 냄새를 억제할 필요는 있으니까. 촛불에 흔들리는 연정이의 얼굴이 달처럼 빛났다. 냄새란 좋은 거구나. 연정이가 말했다. 무슨 얘기야? 냄새가 나지 않으면 초 같은 거 안 켰을 거잖아. 예쁘다. 생일 같아. 해피 버스 데이 투 유.

예쁜 내 새끼. 나는 연정이를 끌어안았다. 내가 왜 삼촌 새끼야, 우리 엄마 새끼지? 연정이가 내 품을 빠져나갔다. 냄새가 나는 방 안에 나 혼자 남았다. 가느다란 촛대에서 퍼지는 촛불이 방 안 가득 고요히 물결쳤다. 어둠 속에 불 밝힌 거리의 방들이 보였다. 냄새가 나니까 초를 켜는 사람들이 저 어둠 속에, 저 냄새 나는 삶 속에 수없이 많이 있겠지. 냄새가 나니까, 냄새를 없애려고 초를 켜는 얼굴들이 저 밖에 저렇게 많이.

달걀 먹어라. 엄마가 소리쳤다. 거실에 나가 보니 닮은 얼굴들이 모여 삶은 달걀을 먹고 있었다. 냄새가, 난다. 달걀 비린내야. 누나가 말했다. 달걀에 그림 그려 줄까? 나는 물감을 가져와 달걀에 얼굴을 그려 넣기 시작했다. 부활절도 아닌데 왜 달걀에 그림을? 뭐, 부활절에만 부활해야 하는 건 아니니까요. 달걀에 그린 얼굴들은 제각기 달랐지만 모두 달걀형이라서 닮아 보였다.

신도 그렇게 상상력이 풍부한 존재는 아니었을 거야. 나는 생각했다. 성의가 있었던 것도 아니었다. 신이니까 할 일이 많기도 했겠지. 그래서 사람의 얼굴을 만들 때 사람 얼굴이 거기서 거기지, 하고 대충 비슷하게 만들어 버린 것 같았다. 다행이다. 덕분에 나를 닮은 얼굴들이 사는 세상에서 나도 하나의 얼굴을 달고 사람이 다 거기서 거기지,에 기대어 살 수 있게 되었으니. 나는 가족들의 얼굴을 보았다. 네가 아무리 네가 아니고자 해도 너는 너 혼자가 아니라 우리 중의 하나일 뿐이라고, 닮은 얼굴들은 말하고 있었다.

100번째 죽음은 그렸어? 누나가 물었다. 아니. 아흔아홉 번째 죽은 자부터 거꾸로 다시 살아나는 만화를 그릴 거야. 왜? 가장 창조적인 죽음이란, 그런 걸 테니까. 제목을 그럼 '죽은 자를 되살리는 99가지 방법'으로 바꿔야겠네. 형이 말했다. 책을 낸다면 앞표지와 뒤표지의 제목을 달리 붙인 후 앞부터 읽을 땐 죽음이, 뒤부터 읽을 땐 부활이 진행되는 책이면 어떨까, 나는 생각했다. 그리고 어느 쪽부터 읽건 책장을 덮으면서 뭐야, 끝난 줄 알았는데 또 시작이네, 하고 투덜거리게 된다면 좋겠다. 우리 건배하자. 연정이가 달걀을 들고 말했다. 일곱 개의 달걀이 서로 부딪쳤다. 쩽. 종소리가 들린다. 껍질이 깨어졌다.

　나는 마지막으로 일곱 번째 달걀에 그림을 그렸다. 뼈대만 남은 앙상한 몸으로 네모난 모니터를 목 위에 올려놓은 존재. 머리의 무게가 힘겨워 갸우뚱, 45도로 기울인 얼굴이 불안해 보이지만 기울어져 있기에 언제나 목을 똑바로 일으켜 세우려고 노력할 터였다. 의문부호처럼 생긴 오른손을 낚싯바늘 삼아 세상의 물고기들을 건져 올리고, 느낌표처럼 생긴 왼손을 다듬이 삼아 탁탁탁 두드리고 회를 치면서. 달걀귀신처럼 비어 있는 얼굴로 세상 누구의 얼굴도 될 수 있는 존재. 이상해, 그건 사람이야, 외계인이야? 연정이가 물었다. 나는 대답했다. 이건 그냥, 존재야. 하나이고 다수인 존재.

　그림을 그린 일곱 개의 달걀을 창가에 나란히 늘어놓았다. 저마다 다른 얼굴이 그려져 있었지만 다 같은 달걀형 얼굴. 벗어날 수 없는 저 둥그런 원은 우주를 품고 있는 것 같았다. 창밖으로 노란 달이 보였다. 달이다. 연정이가 말했다. 얼굴이야. 얼굴? 응. 누군가 떠나보낸, 아직도 빛나는 얼굴 하나.

팀파니를 치세요

"1983년 2월 25일 오전 10시 55분, 세상은 폭파되었어요."

그때 남자의 나이는 일곱 살이었다. 춥고 어두운 지하실에서 엄마에게 세상이 끝났다는 소식을 듣는 소년의 허약한 눈동자를 연수는 떠올렸다. 소년은 전쟁이 무언지, 세상이 끝난다는 게 무엇을 의미하는지 알지 못했을 것이다. 소년의 마른 어깨를 부여잡은 엄마의 얼굴이 우스꽝스럽게 일그러졌다. 소년은 웃기 시작했다. 웃음소리는 귀를 벨 것처럼 경쾌하게 울려 퍼졌다고 남자는 기억했다. 닥쳐 닥쳐 닥쳐 죽

고 싶니? 죽고 싶니? 이대로, 이따위로, 고작 이렇게,
너, 죽고 싶니? (소리 내지 마, 들키지 마, 죽지 않으려면.)
웃고 있는 소년의 볼을 엄마가 힘껏 때렸다. 멀어졌던
사이렌 소리가 다시 가까이에서 들려오기 시작했다.

"사이렌 소리는 5분간 계속되었다고 기록에 나와
있더군요. 믿을 수가 없었어요. 내가 들은 사이렌 소
리는, 27년간 계속되었던 그 사이렌 소리는, 어디로
가 버린 걸까요?"

영상은 모두 남자가 거실에서 직접 촬영한 것이었
다. 정면에 고정된 카메라에 남자의 얼굴은 잡히지
않았다. 보이는 건 목이 잘린 남자의 마른 상체뿐. 남
자는 아직 세상 밖으로 온전히 나오지 않았다. 여전
히 폐쇄적이고, 경계심이 많다.

27년간 방공호에서 살다가 세상 밖으로 나온 후
남자가 처음 맞이한 진실은, 그날 전쟁은 일어나지 않
았다는 것이었다. 그러나 6개월이 지난 후 남자는 의
문을 품게 되었다고 했다. 이 땅에서 전쟁이 없었다
는 게 사실인가? 모두가 속고 있는 건 아닌가? 모두
가 같은 꿈을 꾸고 있는 건 아닌가?

"국민 여러분, 실제 상황입니다. 북한기들이 인천을 폭격하고 있습니다. 아나운서의 다급한 목소리를 기억해요. 그것은 그날 이후, 27년간 제 삶을 지탱해 온 유일한 실제 상황이었어요. 하지만 1983년 2월 25일의 실제 상황이란, 북한 공군의 이웅평 대위가 미그19기를 타고 귀순한 것, 그것뿐이라고 기록은 말하더군요. 전쟁의 시작을 알리던, 세상의 끝을 알리던 사이렌 소리는 어떻게 된 건가요."

남자의 목소리가 점점 커졌다. 전장에서 꺼지지 않은 사이렌 소리를 뚫고 자신의 말을 전하려는 사람처럼 필사적인 데가 있었는데, 그래서 모든 것이 더 연극적으로 보였다. 먼 곳에서 포네틱 코드로 보낸 무전을 한국어로 번역해 전달하듯 말과 말 사이에는 시차와 국경마저 느껴졌다. 노포크식 한국어였다. 그런 게 존재한다면 말이지만.

"27년간 믿어 온 실제 상황이 한순간에 거짓이 되어 버릴 수 있다면, 사람은 무엇을 믿고 살아야 할까요. 실제 상황이란 무엇인가요. 방공호에서 살아온 27년의 제 삶은, 실제 상황인가요, 아닌가요."

그러니까, 실제 상황이란 이런 것이다. 그의 시나리오 「사이렌」이 개인적 체험을 바탕으로 했다는 그의 말을 믿는다면, 그날, 한 소년과 엄마가 사이렌 소리에 지하실로 숨어들었다. 전쟁은 없었으나 그 사실은 지하실까지 전해지지 않았다. 이틀 후, 연락이 닿지 않는 모자를 찾아 지하실로 찾아 온 K는 그들이 전쟁이 일어났다고 믿고 있다는 것을 알게 된다. 죽은 아빠의 친구이자 엄마를 연모했던 K는 그들에게 사실을 전해 주는 대신, 소년과 소년의 엄마를 사육하기로 한다. 건축업자였던 K는 폐쇄된 광산에 방공호를 짓고 그들을 피신시킨다. 한 편의 영화로 스타가 되었다가 신문 1면을 장식한 스캔들로 추락한 여배우인 신경쇠약 직전의 엄마는 이미 대인기피증에 시달리고 있었다. 자신의 불안과 공포를 정당화할 수 있게 된 현실에 엄마는 차라리 안도감을 느낀다. 엄마는 몰락한 왕족처럼, 아름다운 희생양이 되어 피난 생활을 견뎌 낸다. 어차피 소년이 기억하는 세상이란 별 볼 일도 없었다. 전쟁으로 세상이 모두 파괴되었다 해도 슬프지 않았다. 방공호 안에서도, 소년은 자란다.

남자의 이야기를 처음 물어 온 것은 강 팀장이었

다. 시나리오 공모전에서 우수작으로 당선된 「사이렌」이 말이야, 실화라는데? 이거 참, 노포크적이잖아. 강이 감탄했다. 픽션으로는 비슷한 이야기가 없는 것도 아니었지만 일어나지 않은 전쟁을 겪은, 엄마와 둘이서 방공호에서 27년을 살아온 남자의 이야기라니. 사실이라면 화제성은 충분했다. 조난자나 생존자의 이야기엔 늘 사람들을 자극하고 일깨우는 강렬한 매혹과 성찰이 있기 마련이었다. 실화라 믿기엔 허술한 구석이 많았으나 거짓말이라면 좀 더 용의주도하지 않았을까,라는 점에서 외려 믿어지기도 했다. 픽션도 결국은 실제 일어난 일에서 그럴듯하지 않음을 제거했을 때 가능한 장르였다. 세상엔 별별 일이 많았다. 그러니까 「세상에 별별 일이」라는 우리 프로가 몇 년을 해먹을 수 있는 거 아니겠어, 강은 말했다.

사실이라면 언론에서 가만뒀겠어요. 최가 반문하자 작가가 노출을 꺼린다는 것이었다. 오래도록 폐쇄된 삶을 살아왔다면 그럴 만도 했다. 강은 쉽게 포기하지 않았다. 물어 와. 물어 오라고. 사실이라고 믿기엔 좀,이라고 발뺌을 하자 강이 다그쳤다. 우리가 언제는, 응? 응? 그러니까 노포크적으로 말이야, 그럴싸한데? 정도면 충분한 거 알면서 왜 이래. 강의 말은 언제나 노포크적으로다가, 옳은 말씀이었다. 결국 남자를 물어 온 것은 한번 소스를 물면 놓치지 않기로 덕망 높은 최였다.

남자는 하루에 네 시간씩 촬영을 하고 한 시간 분량의 영상파일 네 개를 웹하드에 업로드했다. 남자의 영상을 프리뷰하고 방송에 쓸 만한 주요 멘트들을 중점적으로 문제가 될 법한 발언은 없는지 이중 체크해서 메인 작가에게 넘겨 줄 1차 프리뷰 대본을 작성하는 것이 연수의 일이었다. 얼마든지 혼자 할 수 있는 일이었고 자신의 소리를 내야 하는 '쓰기'가 아니라 타인의 소리를 그대로 옮겨 적는 '받아쓰기'라는 것, 그것이 연수가 이 프리뷰 작업을 좋아하는 이유였다.

오전 회의가 끝나고 연수는 노트북을 챙겨 자리에서 일어섰다. 맞은편의 최가 늘 그렇듯 스스럼 없이 말을 건넸다. 매번 혼자 일하려면 적적하지 않아요? 점심때 혼자 밥 먹기 싫으면 전화해요. 연수가 결코 전화하지 않으리라는 걸 최도 알고 있을 터였다. 아니까 할 수 있는 말들, 상대방이 덥석 잡지 않을 것을 알기에 건네는 다정하고 의미 없는 손짓들로부터 연수는 아주 멀리 도망치고 싶었다. 내가 모르는 줄 아는 걸까. 아무 일도 없었다는 듯 상냥한 최의 말이 끝나기도 전에 연수는 이어폰을 끼고 서둘러 프로덕션을 벗어났다.

연수가 최에게 블록당했다는 걸 알게 된 건 두 달 전이었다. 트위터에 블록 기능이 있다는 것도 처음 알았다. 연수는 자신이 최의 트위터에 남겼던 몇 안 되는 댓글들을 거듭해서 살펴보았지만 아무리 생각해도 블록당할 만한 이야기는, 한 적 없었다.

왜 날 차단했어요? 대놓고 물을 수는 없었다. 건네지 못한 질문은 연수 안에서 끊임없이 재생되어 어떻게든 답을 얻고자 했다. 알 수 없는 이유로 거부당한 까닭을 끊임없이 자기 안에서 찾는 동안 연수는 점점 더 아무 이유 없이 거부당할 만한 사람,의 자리에 자신을 놓게 되었다. 진짜 대화는 모두 자신이 블록당한 세계 바깥에서 이루어진다고 생각하니 동료들이 나누는 가벼운 잡담에도 끼지 못했고 점점 그들이 하는 말도 이해하지 못했다. 의미가 전달되지 않는 말은 모두 소음에 불과했다. 연수는 그 모든 소리들을 차단하기 시작했다. 온라인에서는 못하는 블록을 오프라인에서 하나씩 쌓아 나가는 동안 제 안의 어떤 소리조차 차단했다는 것까지는 알지 못했다.

"사람은 혼자서는 사람으로 살기 힘든 존재입니다. 사람들 사이에서 사람답게 사는 건 어렵지 않아요. 하지만 혼자 고립되면, 매일 아침 결의해야 합니다. 오늘 하루 인간답게 살아남기 위해 주먹을 불끈 쥐고 말입니다. 토끼도 토끼로 살기 위해 결의를 할까요? 사자는, 코끼리는, 전갈이나 독수리는? 매일 결의해야 할 만큼 가치 있는 인간다운 삶이란 무엇일까요."

남자도 마찬가지였다. 인간이란 게 뭔가 별다르고 대단한 종족인 줄 안다. 연수가 생각할 때 굼벵이도, 담쟁이덩굴도, 매일매일 결의하는 게 분명했다. 굼벵이다운 하루를 위해, 담쟁이덩굴다운 하루를 위해. 벌써 연수는 남자의 이야기가 지루해졌다. 방공호, 1983년의 사이렌, 전쟁 피해자, 그런 신선함도 잠시, 결국 똑같은 소리였다.

세상의 별별 일에 대해 떠드는 수많은 소리를 듣는 동안, 연수는 종종 중얼거리곤 했다. 죠리퐁이나 드세요. 연수는 아무리 차단해도 자꾸만 들리는 어떤 소리로부터 멀어지고 싶을 때면 죠리퐁을 하나씩 집어 먹었다. 죠리퐁 한 봉지를 뜯어 하나, 둘, 셋, 마침내 1328개까지 세고, 그리고 다시 1328, 1327,

1326…… 하나씩 집어 먹다 보면 내 소리는 좀 다르다는 듯이 누군가에게 떠들고 싶은 욕구도 가라앉았다. 그러니 당신들도, 죠리퐁이나 좀 드세요. 죠리퐁이나 쳐,드시라고요.

개들에겐 제멋대로 성대 절제 수술 같은 걸 하면서 인간들은 말이 너무 많았다. 세상의 별의별 일이라고 별스럽게 떠들어 봐야 별별 일이라는 공통점으로 결국 서로 닮아 있음을 확인할 뿐이었다. 사람들은 트위터부터 페이스북까지 수많은 파이프를 울려 댔다. 파이프들끼리 연결되지 않으면 불안해했다. 그 파이프들이 제대로 된 구멍에 꽂히기나 할까 의심스러웠다. 모두가 전 지구적인 위기와 세상의 종말에 대해 떠들었으나 결국은 그 시끄럽게 떠드는 파이프들이 정신 사납게 꼬여 빗장을 걸어 버릴 것 같았다. 세계가 에라이, 시끄러워 죽겠네. 잠 좀 자자, 잠 좀, 하고 돌아누워 동면에 들어가도 할 말이 없는 것이다. 이미 너무 많은 말을 뱉어 버렸다.

"나는 한 남자에 대한 꿈을 반복해서 꾸곤 했어요. 남자는 핑크색 튜튜를 입고 거울 앞에 서요. 마흔넷의 사내가 발레리나가 되기를 꿈꾼다면, 그것을 꿈이라고 불러도 좋을까요? (죠리퐁이나 드세요.) 남자는 박자에 맞춰 플리에를 합니다. 등을 꼿꼿하게 세우고 무릎을 굽히고 플리에, 플리에, 플리에. (죠리퐁 서른 두 개, 서른세 개, 서른네 개……) 그것은 구원입니까, 절 망입니까. 어느 날, 나는 방공호가 클라인의 병 모양을 하고 있었다는 것을 알게 됩니다. 안과 밖의 구분이 의미 없다면, 나는 여기서 무얼 하고 있는 건가요. 나는 정말 갇혔던 건가요? 나는 정말 나온 건가요? 그러니까, (죠리퐁 좀 쳐, 드시겠어요?)"

무의식적으로 소리를 받아 적다가 연수는 화면에 적힌 문장을 다시 읽어 보았다. 중간중간 남자가 하지 않은 말들이 섞여 있었다. 이어폰도 혼선될 수 있는 걸까. 연수는 이어폰을 빼고 카페 안을 둘러보았다. 평일 낮의 카페에는 혼자 앉아 노트북이나 스마트폰의 화면을 들여다보는 사람들이 대부분이었다. 그들의 얼굴이 어느새 낯익었다. 카운터 뒤의 직원과 눈이 마주칠 것 같아 연수는 황급히 다시 모니터로 시선을 돌렸다.

조금 전 직원은 연수가 주문하기도 전에 물었다. 아아 레귤러시죠? 연수는 알아듣지 못했다. 들었으나, 뜻이 해석되지 않았다. 요즘 들어 사람들이 하는 말을 한 번에 알아듣기 힘들었다. 이어폰을 끼고 잭을 연결한다면 들을 수 있을 것 같았지만 어디에 잭을 꽂아야 할지 알 수 없었다. 직원이 아이스아메리카노(R)라고 적힌 주문 모니터를 가리키고 나서야 연수는 비로소 이해했다.

직원은 연수를 기억하지 말았어야 했다. 아무리 사소한 취향일지라도. 인간적인 교류를 원한다면 사무실을 나와 이곳에서 일하지도 않았을 것이다. 이 카페도 오늘 이후 연수에게 블락당할 것이다. 접속되는 모든 것은 서로의 안전을 위협한다는 것이 연수의 믿음이었다.

*

"1983년 2월 25일, 사이렌이 울렸어요."

무영은 연수의 입 모양을 따라 소리를 내어 보았다.

"엄마는 날 지하실로 끌고 갔어요. 전쟁이 일어날 거야. 우리는 개죽음을 당할 거야. 엄마는 공포에 질

려 있었죠. 불쌍한 것. 차라리 내 손에 편히 죽여 줄
게. 엄마는 내 목을 조르기 시작했어요. 나는 간지럼
을 타듯 키드득 웃음을 터뜨렸죠. 엄마의 손이 점점
죄어 왔어요. 사이렌 소리가 멀어지기 시작했어요.
나는 그 사이렌 소리를 붙잡고 싶었어요."

이것은 실제로 재생된 소리와 얼마나 비슷할까. 전
부일 수도 있고 전부가 아닐 수도 있다. 무영이 볼 수
있는 건 CCTV 모니터에 잡힌 연수의 입 모양과 키
보드 위에서 움직이는 연수의 손가락뿐. 연수의 입 모
양을 읽는다지만, 읽히는 것은 전혀 다른 소리일 수
도 있었다. 아무려나.

연수는 무영을 알아보지 못했다. 기억은 이토록 일
방적이다. 낮에 일하는 카페에서는 더 이상 연수를
볼 수 없었다. 대신, 이틀 전부터 연수는 무영이 밤에
일하는 피시방을 이용하기 시작했다. 연수가 구석진
자리를 원해서 무영은 9번 좌석을 안내해 주었다. 두
번째 감시 카메라가 좌석 바로 앞쪽 위에 설치되어 있
는 곳이었다. 연수는 카페에서 보던 것과 같은 영상
을 이어 보는 것 같았다.

"그해에 나는 처음으로 수영을 배웠어요. 수영선수가 되고 싶었죠. 어릴 때는 무엇을 시작하건, 시작했다는 것만으로 최고가 될 수 있으리라고 생각하니까요. 나는 기억해요. 처음으로 내가 물속에서 10미터쯤 나아갔을 때, 나를 쳐다보던 여자아이의 표정. 분홍색 수영복을 입은 여자아이의 젖은 얼굴. 그 순간만큼 세상이 쨍, 하고 선명하게 내게 부딪쳐 왔던 적은 없었어요. 그때 내게 세상은 풀이가 끝난 문제였어요. 나는 무엇이건 할 수 있을 것 같았죠. 나는 방공호에서도 아침저녁으로 한 시간씩 수영 연습을 했어요. 인생은 길어요. 지나치게 길죠. 최고의 순간이 이미 일곱 살에 지나가 버린 사람은, 남은 인생에 무엇을 기대하고 무엇을 바라며 사는 걸까, 생각해 본 적 있나요?"

한 편의 영화가 이력의 전부였다. 주목받지는 못했으나 무영은 감독이란 타이틀을 얻었다. 꿈이라면, 그래, 꿈을 이루었다. 그래서 무엇이 달라졌나. 아무것도 달라지지 않았다. 아니다. 달라진 것도 있었다. 투자금을 회수하지 못한 채 무영의 가족은 전세에서 월세로 옮겨야 했다. 가족의 생계를 담보로 한 윤리

적이지 못한 꿈에 대해 고민하는 동안 무영은 더 이상 영화를 만들 수 없었다.

찍지는 않았지만 찍히기는 했다. 지역 케이블에 방영될 돼지갈빗집의 광고를 찍는 선배를 도우러 가서였다. 질기고 덜 익은 고기를 맛있는 척 뜯으며 엄지손가락을 계속 들어 올렸다. 찍는 동안 선배는 무표정하게 중얼거렸다. 그렇다고 치고.

그럴싸한데? 무영은 생각했다. 앞으로 나아가게 하는 것은 분명한 한마디가 아니라 분명하지 않은 한마디였다. 그렇다고 치고. 그렇다고 칠 수 있는 동안은, 피시방의 CCTV 화면을 보며 말도 안 되는 오디오를 입혀도 그것은 무영의 '윤리적인' 영화가 될 수 있었다.

피시방의 감시 카메라는 모두 여섯 대였다. 하나는 무영을 감시하기 위해 카운터 위에 설치되었다. 사촌 형은 기분 나빠 하지 마, 세상이 날 이렇게 만든다,라고 했다. 기분 나쁠 것은 없었다. 무영은 자신이 찍힌 영상을 지우지 않고 모두 보관했다. 매일 같은 시간, 같은 자리에서 대단치 않은 일을 하는 30대 후반의 남자. 물끄러미 보고 있자면 이상하게 귀에 물이 차오르는 것 같았다. 하나의 소리를 입혀 주고 싶었는데 어떤 소리를 넣어야 할지는 알 수 없었다. 결국 세상을 살아가는 건 내가 생각하는 나도, 남이 생각하는 나도 아니라 저렇게 소리가 제거된, 감시 카메라에 찍혀 있는 나일 뿐이라는 생각이 들었다. 할 수 있는 건 진짜 소리를 찾아 입혀 주는 것뿐.

연수가 자리에서 일어나 카운터로 다가오는 것을 보고 무영은 모니터에 띄워 놓은 감시 카메라 화면을 닫았다. 연수가 무영의 얼굴을 보지 않은 채 중얼거렸다.

─사( )를 ( )주세요.

피시방의 소음에 묻혀서인지 연수의 목소리는 무영에게 제대로 전달되지 않았다.

─죄송하지만 다시 한번 말씀해 주시겠습니까?

연수가 고개를 들고 다시 한번 말을 건넸다. 무영은 습관적으로 소리를 듣는 대신 연수의 움직이는 입 모양을 보았다. 사(장님)을 (살려) 주세요? 아니면 사

(생활)을 (지켜) 주세요.인가? 무슨 소리인지 알 수가 없었다.

난청이 생긴 건가. 소음성 난청 질환이 늘었다는 기사를 본 적 있었다. 길이나 지하철, 어디서나 끼고 있는 이어폰이 난청이 늘어난 원인 중 하나라고 했다. 소음 때문에 이어폰의 볼륨을 높일수록 어떤 소리는 멀어졌다. 소리를 붙잡으려면 먼저 소리로부터 멀어져야 돼. 명의 말이 떠올랐다. 무영은 두 손으로 귀를 막아 보았다. 피시방 안의 소음이 멀어졌다. 그런데 명은 왜, 그렇게 잘 알면서 명은 왜 소리에서 멀어질 수 없었던 걸까.

어려서부터 명은 소리에 민감했다. 무영이 과자를 먹고 있으면 새우깡을 먹는 소리인지 감자깡을 먹는 소리인지도 구분했다. 수저를 놓는 소리만 들어도 어머니의 기분이 어떤지 바로 알아차렸다. 그러니 여러 식구가 뒤척이며 내는 소음을 견디는 게 쉬울 리가 없었다. 애초에 친밀한 가족은 아니었다. 친밀했다 한들, 평균 나이 50이 넘는 다섯 가족이 좁은 방 한 칸과 거실 겸 부엌과 화장실을 나누어 쓰다 보면 친밀감은 사라지고 적대감만 남는 것이 당연할 터였다. 야간 아르바이트를 하며 한 사람분의 소음을 줄여 주는 것만이 당장 무영이 할 수 있는 전부였다. 시계를 보았다. 새벽 3시. 지금도 명은 깨어 있을 터였다.

밤중에 물을 마시러 갔다가 방문 앞 부엌 바닥에 밥상을 펴 놓고 끊임없이 먹고 있는 명과 마주친 적이 있다. 이어폰을 낀 채 노트북으로 영화를 보는 명의 주변에는 빈 라면 봉지와 과자 부스러기, 텅 빈 밥솥과 반찬 그릇들이 널려 있었다. 아침에 보면 고추장이나 마요네즈, 설탕 같은 것들도 다 떨어져 있곤 했다. 명이 스튜디오에 출근하지 않게 된 지 한 달이 넘었을 무렵이었다.

명은 폴리아티스트였다. 영화 속에서 사람의 목소리와 음악을 제외한 모든 소리를 실제처럼 창조해 내는 게 명의 일이었다. 진짜 소리만을 담아서는 진짜를 전달할 수 없었다. 진짜에 다가가기 위해서는 여러 도구를 사용한 창조 작업이 더해져야만 했다. 그리고 소리를 만들어 내기 위해서는 일상의 다양한 소리를 경험하고 기억하는 것이 중요했다. 그래야 상황에 맞는 소리를 만들어 낼 수 있었다.

그러나 언젠가부터 명은 일상의 소리들을 참을 수 없게 되었다고 했다. 더 이상 소리를 만들어 내고 싶지 않다고도 했다. 그때부터 명은 항상 이어폰을 끼고 있었다. 이어폰을 빼면 자꾸만 노포크의 만두 여왕님이란 소리가 들려. 명이 말했다.

노포크의 만두 여왕님이라니. 그 소리가 어디서 왔는지 알기만 하면 다시 돌려보낼 수도 있을 거라고 생각했다. 그러나 아무리 인터넷을 검색해 봐도 무영은 소리의 근원을 찾을 수 없었다. 그것은 애초에 존재하지 않는 소리 같았다. 그 소리는 어디서 왔을까. 왜 명에게 와서 명에게서 떠나지 않는 걸까. 그 소리는 명에게 무엇을 원하는 걸까. 명은 그저 귀를 막아 버릴 수는 없었던 걸까.

무영은 귀를 막았던 손을 천천히 떼어 보았다. 새끼야, 그걸 죽여야지, 또라이 같은 게, 비켜 봐, 쏴 버려. 쏴, 쏘라니까. 피시방의 소음들이 한꺼번에 몰려들었다. 연수의 목소리가 그 사이를 비집고 들어왔다.

— 사(이렌)을 (꺼) 주세요.

사이렌을 끄라니. 사이렌이 울리고 있었나? 무영이 멍하니 연수를 바라보자 연수가 카운터 뒤의 냉장고를 가리키며 천천히 말했다.

— 사이다를 꺼내 주세요.

*

"수영장에 갔어요. 내가 했던 것이 정말 수영이었을까, 나는 궁금했어요. 나는 팔과 다리를 열심히 휘저었어요. 그리고 고개를 들어 보았죠. 나는 단지, 제자리와 제자리가 아닌 어디쯤에 떠 있을 뿐이었고, 분홍색 수영복의 여자아이는, 보이지 않았어요."

무영의 목소리였다. 영상과 오디오는 서로 조금도 어울리지 않았다. 감시 카메라에 찍힌 무영의 모습 위로 오디오만 따로 입힌 것 같았다. 왜 이런 영상을 메일로 보내온 걸까. 밤마다 어딜 가나 했더니 피시방에서 야간 아르바이트를 하는 모양이었다. 피시방이라면 무영이 재수할 때 아르바이트를 하던 곳이다. 그로부터 15년이 흘렀다. 단지 조금 더 피곤한 얼굴로 같은 자리에 앉기 위해 허비한 15년이라니. 끄윽, 신물이 올라왔지만 아직 라면 두 개쯤은 더 먹을 수 있을 것 같았다. 이어폰이 빠지지 않도록 조심하며 명은 라면 물을 올렸다.

"그것은, 수영이 아니었어요. 내가 했던 것은 영사기를 비추는 일이었어요. 분홍색 수영복을 입은 여자아이의 기억을 붙잡기 위해 매일, 온몸을 다해 필름을 감아야 했던 거예요. 하나의 소중한 기억은, 한 사람의 인생에 얼마만큼의 영향력을 가질까요. 100프로라면 어떨까요."

무영의 목소리지만 이것은 무영의 이야기가 아니었다. 화면 속의 무영은 컴퓨터에 띄운 CCTV를 보며 계속 중얼거리고 있었다. 누군가의 소리를 흉내 내고 있는 것 같았다. 덜 끓은 라면을 상 위에 올리며 명은 기억을 떠올려 보았다. 이것은 「사이렌」에 나오는 이야기가 아닌가? 레코딩 스튜디오에서 「사이렌」이란 시나리오를 본 적 있었다. 심사평에서도 드러나듯 현시성과 상징성을 지닌 방공호라는 공간의 설정과 1983년과 2010년을 넘나드는 사이렌을 통해 보여주려는 문제의식은 엿보였으나 그것은 얕은 개울에서 물장구를 치는 식이었다. 구성이 빈약하고 주제가 명료하게 드러나지 않았다. 역사의식은 부재했고 고독한 개인에 대한 통찰은 미숙했다. 고립된 환경에서 나타난 엄마를 향한 소년의 삐뚤어진 성욕은 흥미로웠으나 도식적이었다. 차라리 K와 엄마, 소년의 삼각관계에 집중해서 인간의 억눌린 욕망과 갈등을 좀 더 긴장감 있게 풀었으면 좋았을 터였다. 무엇보다, 전개가 산만하고 나열식이어서 이야기가 하나로 집중되지 못했고, 안일한 해피엔딩을 위해 손쉽게 봉합된 현실은 지나친 낙관주의라는 혐의를 벗어나기 힘들어 보였다. 그럼에도 불구하고, 명이 끌렸던 것은 그것이 소리에 관한 이야기였기 때문이었다. 사람의 인생을 파괴하고 구원하는, 한 세계를 폭파시키고 재건하는, 하나의 사이렌. 그리고 사소하고 결정적인 일상의 수많은 사이렌 소리들.

"아니에요. 분홍 수영복을 입은 것은 안나였어요. 비치 볼을 들고 파도 앞에 서서 뒤를 돌아보며 웃고 있는 열아홉의 엄마. 방공호에는 스크린이 설치되어 있었죠. K가 설치해 둔 스크린으로 나는 반복해서 안나의 영화를 봤어요. 거기에 있는 건 엄마였지만 엄마가 아니었어요. 나는 그녀를 사랑했어요. 안나를 보고 수음을 하면서, 나는 아무리 도망쳐도 이 속된 몸이라는 형상에서 벗어날 수 없는 존재라는 걸 깨닫고 울기도 했어요. 참담했어요. 이곳은 정말 안전한가, 묻고 또 물었어요. 분홍색 수영복의 여자아이는, 처음부터 없었어요."

이제 충분하다. 토해도 좋을 만큼 차올랐다. 명은 이어폰을 빼고 자리에서 일어났다. 야, 이 육시럴 놈아, 아이고, 나 좀 살려 주시오. 방에서 잠든 할머니의 잠꼬대 소리가 부엌까지 여과 없이 넘어왔다. 내가 못 살아 진짜. 이불을 뒤척이며 엄마가 짜증 내는 소리에 이어 제발 쫌! 잠 좀 잡시다. 아빠의 한숨 섞인 부탁이 이어졌다. 그들이 자는 동안에도 신음과 잠꼬대, 코고는 소리와 부스럭거림과 또⋯⋯ 소리는 잠들지 않았다.

한 사람의 몸은 얼마나 많은 소리를 배출하나. 콜록거리고 쿵쿵대고 쭛쭛쩝쩝냠냠오물오물키득키득깔깔깔깔끅끅훌쩍훌쩍엉엉 꼬르륵거리고 뿡뿡 뀌고 삐그덕거리고 부스럭거리고 울고 소리치고 짖고 짖고 짖고. 이 모든 소음들의 가장 큰 폭력성은, 이 모든 소리가 무언가를 지향하며 완성을 향해 나아가지도 않으면서 끊임없이 만들어지고, 그리고 흔적도 없이 사라진다는 점이었다. 어차피 사라질 거면서. 이 많은 부질없는 소음이라니.

몸 안의 모든 소리를 뱉어 내려는 듯 명은 손가락을 집어넣어 토하기 시작했다. 출구와 입구가 하나인 클라인의 병이 된 것 같았다. 독일의 수학자인 펠릭스 클라인이 고안한 병. 출구와 입구가 하나로 접속되어 있기 때문에 닫혀 있지만 사실은 열려 있는 병. 클라인의 병은 삼차원의 유클리드 공간에서는 존재하지 않는다고 했다. 지금의 나 역시 존재하지 않는 것이라고, 명은 생각했다. 야간식이증후군으로 먹고 토하기를 반복하는 나는 꿈속의 존재일 뿐이다. 이것은 꿈의 연장이다. 나는 잠들어 있고, 먹고 토하기를 반복하며 끊임없이 소음을 만들어 내는 것은 실제의 내가 아니다. 실제는 없다.

"전쟁을 피하기 위해 숨어든 방공호가 실은 유일한 전쟁터였다는 것을, 어떻게 납득해야 할지 알 수 없었어요. 내가 방공호를 나온 건지 다른 방공호로 갈아탄 건지도 알 수 없게 되고 말았어요. 실제라 믿은 삶이 실제 상황이 아니라고 부정당하게 되면, 사람은 매 순간 의심하게 됩니다. 내가 돌아온 곳은 내가 떠났던 곳인가, 아니면 새로운 세계인가. 지금은 실제인가. 나는 실재인가. 너는 실체인가."

너는 실체인가. 너는 실재인가. 너는 실제인가. 늘어진 테이프처럼 무영은 그 말을 반복했다. 소리를 차단하기 위해 영상을 닫자 노트북의 검은 모니터 안에 명의 얼굴이 비쳐 보였다. 잦은 폭식과 구토를 반복하며 익사한 사람처럼 부풀어 오른 낯선 얼굴. 너는 실체인가.

명의 야간식이증후군은 낮에 의식이 명료한 상태에서는 몸이 음식 섭취를 거부하면서 시작되었다. 아빠를 유령 회사에 투자하게 하고 할머니에게 자석 요를 강매하고 보이스 피싱을 날리며 엄마에게 두 배, 다섯 배, 열 배로 불려 줄게, 속삭이던 소리들. 모든 것은 소리에서 비롯되었다. 언제 갚을 거예요, 직장이 어디, 강남에 있는 레코딩 스튜디오죠? 당신 형사 고발 들어갑니다, 그러면 빨간 줄 그어지는 거예요. 빨간 줄 몰라요, 빨간 줄? 끊임없이 울리는 벨 소리와 협박성 문자와 경고, 독촉 독촉 독촉들. 그 모든 소리가 지긋지긋했다. 일상의 소음들 역시 견디기 힘들었는데 그중에서도 특히 참을 수 없는 건 먹을 때 내는 소리였다. 후루룩 삼키고 오물오물 씹고 쩝쩝 입맛을 다시고 젓가락을 부딪치고 그릇을 달그락거리고. 그것은 먹고 살겠다고 추잡한 짓을 서슴지 않는 인간의 저속함을 증명하는 소리 같았다. 명은 자신이 그런 소음을 만들어 내는 인간 중 하나라는 것을 인정하고 싶지 않았다. 점심시간이면 없는 약속을 핑계 대고 산책을 하거나 배탈을 핑계로 화장실에 숨기도 했다. 그러나 명은 먹지 않고는 살 수 없는 존재였다. 공복에 자다가 깨면 반쯤은 잠든 상태에서 허기진 배를 채웠다. 먹고 나면 먹고 살겠다고 추잡한 소음을 만들어 낸 자신이 혐오스러웠고, 혐오를 덜기 위해 억지로 토하고 나면 그 빈자리는 더 큰 자기혐오의 감정들이 차지했다. 자기혐오는 커질수록 명을 허기지게 만들었다. 가짜 허기는 진짜보다 더 맹렬하게 명을 공격했고 명은 쉽게 굴복했다. 밤마다 폭식과 구토를 반복하는 동안 명은 자신이 '명백하게' 망가지고 있다고 생각했고 그 사실에 이상한 만족감을 느꼈다. 그러는 동안, 하나의 소리가 스르르 스르르 명의 귀에 반복적으로 들려오기 시작했다. 그것은 처음에는 아주 멀리서 나뭇잎끼리 부딪치는 소리 같다가 마침내는 아주 가까이에서 들리는 수십만 대군의 진군하는 말 발자국 소리가 되어 명의 발밑을 흔들었다. 노포크의 만두 여왕님, 노포크의 만두 여왕님.

그 소리는 오로지 명에게만 들렸다. 왜 자신에게만 그런 소리가 들리는지 알 수 없었다. 무슨 의미가 있는지 알아보려고 검색해 보았으나 아무 정보도 찾을 수가 없었다. 노포크, 만두, 여왕님. 각각은 실체가 분명했지만 노포크의 만두 여왕님이란 소리는 아무것도 아니었다. 아무래도 존재하지 않는, 아무 의미도 없는 소리 같았다. 그러나 그 소리는 계속 명을 괴롭혔다. 이어폰을 끼고 볼륨을 최대한 높이고 있을 때만 그 소리는 조금 멀어졌다.

폴리아티스트로서의 일도 정상적으로 해낼 수 없었다. 세상엔 이미 너무 많은 소리가 있었다. 새로운 소리를 만들어 내고 싶지 않았다. 소리를 내는 모든 구멍에 뜨거운 만두를 처넣고 싶을 뿐이었다.

일주일의 휴가를 얻었다. 쉬면 괜찮아질 거라고 생각했다. 그러나 아니었다. 일주일간, 하루 종일 먹고 토하기를 반복했다. 나아지기 위해서가 아니라 완전히 망가지기 위해서 휴가를 냈다는 사실을 명은 깨달았다. 일주일은 한 달이 되고, 두 달이 되었다. 스튜디오에서 오던 연락도 끊기기 시작했다. 모든 것을 포기했다고 생각했으나 지독한 자기파괴의 욕망만은 명을 놓아주지 않았다. 한번 시작된 것은 저 혼자 저만치 멀리 달려가고 있었다. 파국에 이를 때까지 명은 끌려갈 뿐이었다. 그때가 되면 이 모든 것이 끝나게 될까? 그러면 정말 평온한 상태에 이를까? 대단원의 끝은, 정말 끝일까?

"애초에, 알고 있었어요. 나는 그저 잃어버리고 싶지 않은 무언가를 가진 사람처럼 행동했던 거예요. 나는 수영선수가 될 수도 없고, 분홍색 여자아이는 없으며, 내 힘으로 전쟁을 끝내고 방공호에서 나갈 수도 없다는 것을 알고 있었어요. 그렇기 때문에, 나는 하루도 빠짐없이 맨바닥에 엎드려 규칙적으로 수영 연습을 했던 거예요. 이토록 쓸모없는 행동을 반복하는 것만이 나를, 이렇게 쓸데없는 일을 할 만큼 소중한, 잃어버리면 안 되는 소중한 무언가를 가진 사람인 것처럼 만들어 줄 테니까요. 수영을 할 때마다 분홍색 수영복을 입은 여자아이의 기억은 점점 완성되어 갔어요. 원래 없는 것이라서 사라지지도 않을, 분홍색 수영복의 여자아이를 향해 부질없고 쓸모없는 마른 수영을 계속, 계속, 그렇게, 그렇게. 그러니까 말하자면, 노포크의 만두 여왕님."

노포크의 만두 여왕님? 왜 저기서 갑자기 그 소리가 들리는 거지. 명은 잘못 들었나 싶어 이어폰의 볼륨을 높였다.

"노포크의 만두 여왕님, 노포크의 만두 여왕님."

이어폰을 통해 그 소리는 분명히 명에게 전해졌다. 너는 잘못 들은 게 아니야. 노포크의 만두 여왕님. 너는 노포크의 만두 여왕님이다. 그 소리는 너의 것이야. 네가 가지면 되는 거야. 영상 속에서 무영이 그렇게 말하고 있었다. 이게 뭐람. 명은 영상을 15초 앞으로 되돌린 후 그 구간을 반복해서 들었다. 분명히 무영의 음성이었다. 15년 전의 무영이라면 민망해서 절대로 입 밖으로 내뱉지 못했을 말이라고 생각하니 슬며시 웃음도 났다. 소리 내어 웃는 동안은 원치 않는 외부의 소리가 자신에게 함부로 침투하지 못한다는 것도 알게 되었다. 멀리 가지 못하고 떠난 자리로 돌아왔다 해도, 시간은 누구에게나 그냥 지나가지는 않는구나. 이어폰을 귀에서 빼내며 명은 생각했다.

*

"만두는 귀신을 속이기 위해 만들어진 음식이라고
하더군요."

노포크의 만두 여왕님은 도마 위에 올려놓은 양파
와 당근을 다지며 말했다. 여왕의 칼질 소리는 단호
하고 정갈했다. 칼에서는 칼의 소리가, 도마에서는 도
마의 소리가 났다. 저런 소리는 어떻게 해야 나는 걸
까. 도마질 소리만 들어도 포근포근한 만두처럼 건강
한 식욕이 부풀어 오르는 듯했다.

아참, 그 노포크의 만두 여왕님 말이야, 연수 씨 말
이 맞더라, 진짜 있던데?라고 알려 준 것은 최였다.
노포크적인, 응? 응? 다들 알면서 쫌, 응?이라는 말
로 강 팀장이 회의를 끝냈을 때였다. 강남역에서 노
포크식 여왕님 만두라는 걸 팔더라고. 그래서 보니까
사람들이 거기 사장님을 노포크의 만두 여왕님이라
고 부르는 거야. 동화책은 아니지만, 인터넷에서 동영
상도 찾았어. 내가 트위터에 올려놓을게, 봐 봐. 그쯤

에서, 연수는 이어폰을 낄 참이었다. 그러나 최는 개의치 않고 자기 할 말을 계속했다. 참, 오늘 보니 실수로 내가 연수 씨 계정을 블록 처리했더라. 암말 안 한 거 보니 모르고 있었지? 하여간 너무 무심하다니까. 오늘도 밖에서 일하다 퇴근할 거지? 이거, 연수 씨 생각나서 사 왔으니까 집에 가서 데워 먹어. 사무실을 나서는 연수에게 최가 내민 봉지에는 '노포크의 여왕님 만두'라는 스티커가 붙어 있었다.

언젠가 사무실에 모여 만두를 사다 먹었을 때였다. 노포크의 만두 여왕님이란 문장이 나오는 동화책인데, 혹시 몰라요? 연수가 물었다. 언젠가부터 자꾸 그 문장이 떠오르는데 아무리 생각해도 동화책 제목이 기억나질 않았다. 그런 책이 있어? 노포크의 만두 여왕님이라니. 그 문장이 확실해? 뭔가 말이 안 되는 거 같은데. 혹시 잘못 기억하는 거 아냐? 팀원들이 고개를 갸웃했다. 그런데 그 책 제목을 아는 게 연수 씨에게 중요한가? 강 팀장이 물었다. 왜?

왜냐하면. 그제야 연수는 자신이 왜 그 동화책을 오래 찾고 있었는지 깨달았다. 그것을 아는 것은 중요하지 않았다. 중요한 것은 그것을 모르는 것이었다. 그리고 그 모르는 세계에서 온 모르는 문장이 언젠가 자신에게 모름으로 가득한 미지의 세계로 진입하는 암호가 되어 줄지도 모른다는 막연한 기대감이 중요했다. 자신은 모르는 비밀의 문장을 하나 품고 있고 그것을 탐색하는 '상태'에 머물러 있다는 것, 늘 그 상태와 현상을 유지하고 있다는 것이 중요했고 그 모르는 것이 자신과 함께 모르는 세계를 탐색할 누군가와 자신을 연결해 줄지도 모른다는 미지에의 가능성이 중요했다. 물론 그때는 그렇게 말하지 않았다. 다만 연수는 대답했다. 그게 왜 중요하냐면, 그건 뭐랄까, 노포크적이잖아요.

잠깐의 침묵 끝에 강 팀장이 가장 먼저 웃으며 말했다. 그렇지, 그런 건 참 노포크적이지. 맞아 맞아. 그럴 줄 알았어. 그러자 다른 동료들도 다들 고개를 끄덕였다. 그때, 노포크적이라는 게 무엇을 의미하는지 아는 사람은 연수를 포함해 아무도 없었고, 다들 어떤 의미를 담은 새롭고 지적인 용어를 나만 모르는 건가 생각하며 모르는 것을 인정하고 싶지 않아 다들 아는 척하며 웃었다는 건 나중에 최의 고백을 통해 밝혀진 사실이었다.

그날 이후 노포크적이라는 건 적합한 표현을 찾지 못하고 빈 괄호로 남겨 둔 어떤 공백 안에건 넣기만 하면 그럴싸하게 의미가 통용되는 그들만의 언어가 되었다. 기온이 갑자기 떨어져도 노포크적인 현상이었고 출연 계약까지 끝낸 일반인 출연자가 갑자기 촬영을 펑크 내도 그건 참으로 노포크적인 일이었다. 노포크적인 게 무언지 정확한 의미를 아는 사람은 아무도 없었다. 정확한 의미를 묻는 사람도 없었다. 의미가 불분명할수록 그것은 노포크적이라는 수식어에 적합했는데 이상하게도 노포크적이라는 수식어를 붙이면 애써 설명하지 않아도 말하는 사람의 의도가 그대로 듣는 이에게 전달되었다. 그건 정말, 노포크적이었다.

"노포크의 만두 여왕님. 그 소리의 출처를 찾기 위해 노력했지만 알게 된 것은 만두의 유래뿐이었어요. 소설 삼국지에 나오는 설은 이런 것이었어요. 제갈공명이 남쪽 오랑캐, 곧 남만(南蠻)을 정벌하고 승리를 거둔 뒤 회군하면서 노수라는 강가에 이르렀을 때였어요. 홀연 먹장구름이 하늘을 뒤덮고, 큰비가 내려 강물이 순식간에 불어났어요. 남만의 추장이 말하기를, 강물의 신이 노하였으니 절대로 강을 건널 수 없을 것이다, 사람의 목을 바쳐 노여움을 풀어야 한다,

했어요. 공명은 생각했어요. 꼭 사람일 필요는 없다, 그 정성이 얼마나 참된 것인가에 따라 신의 마음이 움직이리라. 그래서 소와 양을 잡고, 그것을 밀가루 반죽에 싸서 사람의 머리 모양으로 빚어 제사를 지냈죠. 만두(饅頭)라는 이름에서 두(頭)는 머리 모양을 뜻하고, 만(饅)은 기만(欺瞞)하다의 만(瞞)과 같은 음을 따서 만든 것이라고 해요. 뭐, 어디까지나 설이지만요."

여왕은 다진 소를 섞어 만두피에 싸기 시작했다. 둥근, 사람의 머리 모양을 한 만두가 여왕의 손끝에서 만들어졌다. 만두가 귀신을 속인 음식이라면 사람은 얼마든지 속일 수 있을 것이다.

노포크의 만두 여왕님. 분명히 들리는 소리를 더 이상 외면할 수 없었노라고 여왕은 말했다. 여왕은 그 소리에 귀를 기울이기 시작했다. 소리가 나는 곳을 향해 걸어갔다. 그것은 산 채 매장된 자가, 소리가 들리는 곳을 향해 끊임없이 흙을 파내는 것과 마찬가지였다. 소리가 들리는 곳으로 나아가야 했다. 밤에 잠이 깨면 음식을 먹고 토하는 대신 고기와 야채를 잘게 다지고 밀가루를 여러 번 치대어 만두를 빚었다.

그리고 새벽 첫차를 타고 나가 배고픈 사람들에게 그
것을 팔았다. 새벽에도 많은 사람들이 소리를 만들어
내고 있었다. 날이 밝기도 전에 부지런히 거리를 메우
는 소음 중의 하나가 되어, 여왕은 천천히 소리와 화
해하기 시작했다.

사람들은 그녀를 노포크의 만두 여왕님이라 불렀
다. 그녀만 듣던 소리를 지금은 많은 사람들이 함께
들을 수 있었다. 이제 노포크의 만두 여왕님을 검색
하면 그녀가 일상의 소리들로 빚은, 귀로 맛보는 노포
크식 여왕님 만두,라는 음원도 다운받을 수 있었다.
내장을 살찌우는 만두 소리,라는 평이 달려 있었다.

관련 영상으로 몇 개의 인터뷰 영상이 더 검색되었
다. 클라인의 병,이란 제목으로 이어져 있었는데 노포
크의 만두 여왕님은 화성의 우편배달부를, 그는 춤추
는 가위손을 추천하는 식으로 인터뷰는 계속 이어졌
다. 영상의 공통점은 하나였다. 그래서, 당신의 죠리
퐁은 몇 개입니까?라는 질문으로 끝난다는 것. 신기
하게도, 그들은 모두 1362개요,라거나 1298개인데 부
스러기까지 치면 1322개 정도,라는 식으로 성실하게
대답을 했다. 죠리퐁 한 봉지의 개수를 세어 본 사람
들,이란 모임에서 단체로 나와 인터뷰라도 한 것 같았

다. 그래서 그것은 지나갔나요. 연수는 묻고 싶었다. 그것은, 지나가던가요.

확실히 사람들은 대단하다. 영상을 보며 연수는 새삼 생각했다. 죠리퐁 한 봉지의 개수를 세는 사람들이나, 클라인의 병을 발견한 사람이나. 어쨌거나 사람이란, 말이 너무 많긴 해도 확실히 감탄할 만한 존재긴 했다. 삼차원에서는 불가능한 것, 사차원에나 존재하며 쓰임새도 발견되지 않은 클라인의 병 같은 걸 고안하는 게 인간이라고 생각하면, 말이 좀 많은 것쯤은 죠리퐁이나 한 움큼 쥐어 주고는 먹어 가며 말해, 정도로 봐주고 싶어지는 것이다.

클라인의 병이라면 남자도 그의 인터뷰에서 언급한 적 있었다. 연수는 사라진 남자에 대해 떠올렸다. 남자의 사연은 방송되지 않았다. 갑자기 나타난 것처럼 갑자기 그는 사라졌다. 그가 직접 촬영한 영상은 더 이상 웹하드에 올라오지 않았고 연락처는 바뀌었다. 남자의 소리는 연수의 노트북에 몇 개의 영상으로 남아 있을 뿐이었다. 쓸모는 없었지만 연수는 그의 소리를 지울 수 없었다.

"광장에는 많은 사람들이 있었죠. 축제가 시작되

었다고 생각했어요. 단상 위의 남자는 마이크를 쥐고
있었어요. 하지만 그는 노래하지 않았어요. 머리부터
발끝까지, 진압복을 입은 젊은 남자들은 노래에 맞
춰 춤을 추지 않았어요. 사이렌은 울리지 않았어요.
아무도 대피하지 않았어요. 그렇게 밀고, 밀리면서
노래하지 않고, 춤추지 않고. 거리에서, 광장에서. 이
곳은 전쟁 중인가요 아닌가요. 이곳은 안인가요 밖인
가요."

　마지막 영상에서 남자는 말했다. 처음 영상에서
했던 말의 반복 같기도 했다. 남자는 다시 방공호로
들어간 걸까. 연수는 저장해 놓은 마지막 영상을 재
생해 보았다. 이어폰의 볼륨을 아무리 높여도 오디오
는 잡히지 않았다. 그때, 내가 들은 건 무엇이었을까.
　윤 선배가 이상한 표정으로 원고를 돌려줄 때까지
도 모르고 있었다. 도대체 뭘 한 거야? 윤이 물었다.
아무래도 인터뷰 내용이 이상해서 영상을 확인해 보
니 한 시간 정도 오디오가 씹혀 있던데, 그 분량의 인
터뷰를 다 채워 넣었더라? 연수 씨가 볼 땐 오디오가
멀쩡했었어? 연수는 윤이 가리키는 부분을 읽어 보
았다. 자신이 적은 원고였는데도 처음 듣는 소리 같

았다.

　"그것이 음모라 해도 우리는 연루되기를 택해요. 나는 알아요. 당신도 알죠. 나는 없어요. 나는 분홍색 수영복을 입은 여자아이, 당신이 꾸는 꿈이에요. 내가 떠내려갈 때 고요히 나를 보던 젖은 얼굴을 기억해요. 나는 괜찮아요. 남은 시간은 가담하는 자의 몫이에요. 내가 당신을 찾아냈어요. 당신의 젖은 얼굴을 물에서 꺼내 주기 위해. 당신은 이미 수영하는 법을 알고 있어요. 이제 두 팔과 다리를 움직여 강을 건너요."

　여전히 영상에서는 아무 소리도 나지 않았다. 오디오가 녹음되지 않은 것은 단지 실수였을까. 나도 모르게 남자의 소리를 차단해 버렸던 건지도 모른다. 연수는 생각했다. 실수로. 단지 실수로.
　최가 실수로 블록을 걸었다고 하는 말은, 사실일 수도 있고 아닐 수도 있었다. 그러나 실수라고 하면 실수라고 믿고 그가 내미는 만두를 맛있게 먹는 게 남자가 말한 강을 건너는 방법일 것이다. 만두는 차갑게 식어 있었다. 연수는 한 입 베어 꼭꼭 씹어 보았다. 꽤 맛있었다. 차가운 게 정말 노포크식 여왕님 만두답군,이라고 알 수 없는 소리를 중얼거려 보니 어쩐지 더 맛있게 씹히는 것 같았다.

인간으로 산다는 게 대단할 것은 없었다. 인간들이 내뱉는 소리가 대단하지 않은 것도 당연했다. 다만, 그러니까 더 귀를 기울여 들어야 했다. 그래서 말이야, 그건 네가 너무, 그럼에도 불구하고, 한 번만, 하지 마! 하지 마! 아니야, 해! 해! 해 줘! 응, 미안해, 응, 연락할게……. 이어폰을 뚫고 들어오는 카페 안의 손님들과 제 안의 소리를 연수는 받아 적기 시작했다.

*

"무엇이 되고 싶냐면, 세상에서 귀를 제일 잘 파는 사람이 되고 싶어요."

여자는 중얼거렸다. 이어폰을 끼고 있어서 자신이 소리 내어 중얼거리고 있다는 것을 모르고 있는 것 같았다. 옆 테이블을 치우며 남자는 힐끗 여자의 모니터를 보았다. 여자가 정말 세상에서 귀를 제일 잘 파는 사람이 된다면, 남자는 첫 번째 손님이 되고 싶었다. 카페 한구석에 귀 파 드립니다,라고 적힌 홍보물을 붙여 놓고 자리를 마련해 줄 수도 있었다.

그날, 남자는 귀를 파고 있었다. 귀가 꽉 막힌 것처럼 답답했는데 아무리 면봉으로 후벼도 나오는 것은 없고 아프기만 했다. 누군가 무릎에 머리를 누이고 귀를 파 주면 좋으련만. 남자는 텅 빈 집을 둘러보았다. 그 후 오래도록 집에만 갇혀 지냈다. 어느새 1년이 다 되어 갔다. 천천히 걸어 나와 귀이개를 사러 돌아다녔다. 마땅한 것이 보이지 않았다. 오래전에 지하철에서 마음에 드는 귀이개를 샀던 기억이 났다. 지하철을 탔다. 남자를 알아보는 사람은 아무도 없었다.

지하철의 치한 동영상이 인터넷에 떠다닐 때, 그 치한이 자신일 줄은 생각도 못했었다. 처음 영상을 올린 사람은 소리를 잘 들어 보라고 했다. 지하철의 소음 때문에 잘 들리지 않지만 멀쩡한 남자가 여학생의 뒤에 딱 붙어 서서 이렇게 중얼거린다는 것이었다. 티팬티를 내리세요.

자신은 그런 말을 한 적이 없었다. 그러나 그렇게 들린다는 말을 듣고 보니 정말 그렇게 말하는 것 같았다. 이미 영상은 널리 퍼졌고 남자에게는 티팬티남이라는 멸칭이 붙었으며, 변명의 여지는 없었다. 누구

에게 어떻게 사실이 아니라고 항의해야 할지도 알 수
없었고, 자신이 정말 저런 소리를 하지 않았다고 확
실하게 주장할 근거도 없었다.

직장에서도 남자를 이상한 시선으로 보기 시작했
다. 일을 그만두었다. 남자는 쉽게 포기하는 사람이
었다. 사람들은 곧 잊었으나 남자는 잊을 수 없었다.
그때부터였다. 사이렌 소리가 들리기 시작했다. 그렇
게 1년이 지났다.

다시 시작해 보기로 했으나 당연하지만 세상은 그
렇게 만만하지 않았다. 그의 과거엔 빈 괄호가 너무
많았다. 이력서에는 칸이 너무 많이 남았다. 남자는
자주 소리를 잘못 듣곤 했는데, 띄엄띄엄 살아온 탓
이었다. 세상과 남자는 구멍이 숭숭 뚫린 파이프 하
나로만 연결된 것 같았다. 소리들은 자주 그 구멍 사
이로 빠져나갔다. ( )하니까 ( )하셔야 ( )하실 수 있
고 ( )하지 않으면 ( ) 때문에 ( )가 치명적으로 ( )될
수 있으니 꼭 ( )를 명심하고 ( )해야만 ( )할 수 있습
니다. 이런 식으로 중요한 소리들은 모두 남자의 지난
시간이 만들어 낸 공백 속에 빠져 버렸다. 그래서 한
번도 제대로 된 답변을 돌려보낼 수 없었다. 남자의
답은 늘 오답이 되었다. ( ) 안에는 사이렌 소리만 가

득 찼다.

삶의 공백에 대해 변명하려고 긴 자기소개서를 썼다. 너무 길어 보낼 수가 없었다. 자기소개서를 바탕으로 시나리오를 썼다. 그것이 공모에 당선되었다. 소년의 방공호는 남자에게도 방공호가 되어 줄 수 있을 것 같았다. 그러나 쉽지 않았다. 영화는 투자를 받지 못했고 제작은 지연되었다. 결국 마찬가지였다. 조건은 다시 동일해졌다. 어느 쪽으로 진입하건 공백 없는 이력, 수많은 네트워크로 긴밀히 연결된 인간들에게만 쉽게 자리를 내주는 것은 변하지 않았다. 실로, 공평한 세상이었다.

거짓말은 아니었다. 「사이렌」은 개인적 체험을 다룬 이야기였고 소년의 이야기는 자신의 이야기였다. 남자는 자신의 작은 ( )들을 소년의 거대한 ( ) 안에 한데 밀어넣었을 뿐이었다. 그렇게 함으로써 지난 삶의 공백과 고립이 열등한 조건이 아니라 특이해서 가치 있는 조건으로 인정받을 수 있기를 바랐다. 그러나 거대한 ( ) 안으로 들어갈 수는 있어도 그 안에 머물 수는 없었다. 그곳은 클라인의 병 모양을 하고 있었다. 입구는 출구가 되고 안은 밖이 되었다. 결국 남자는 들어간 곳으로 다시 나왔다. 사이렌 소리는 잠

시 멀어졌다가 다시 가까이에서 울리기 시작했다. 그
날 이후로 사이렌 소리는 남자에게서 한 번도 멀어진
적 없었다.

그런데 그날, 사이렌 소리를 뚫고 여자가 남자에게
말을 건넸다. 남자는 그날의 대화를 이렇게 기록했고
그래서 이렇게 기억하기로 한다.

이어폰을 낀 채 열심히 무언가를 받아 적던 여자가
자리에서 일어나더니 카운터로 다가왔다. 사이렌 소
리 때문에 주문 내용을 정확히 알아듣지는 못했지만
여자는 늘 같은 것을 마셨기 때문에 남자는 원하는
것을 내줄 수 있었다. 사소한 기억이 소통의 빈 공백
을 메꾸어 주었다. 남자는 포스기에 아이스아메리카
노 한 잔을 입력하며 물었다.

— 레귤러시죠?

여자가 남자를 쳐다보았다.

— 아메리카노 레귤러 맞으시죠?

남자가 다시 한번 물었다. 여자가 멈칫,하다가 고
개를 끄덕였다.

— 네, 레귤러로.

남자가 커피를 내리는데 여자가 중얼거렸다.

— 사이렌이 울리네.

남자는 잘못 들었나 싶어 여자를 쳐다보았다. 여자가 창밖을 보더니 또다시 중얼거렸다.

— 사이렌 소리가.

여자에게도 정말 이 사이렌 소리가 들리는 걸까? 남자는 실시간 뉴스 채널에 접속해 보았다. 훈련 공습경보가 발령되었으니 시민 여러분은 하던 일을 멈추고 안전한 곳으로 대피하라는 안내 멘트가 반복해서 흘러 나왔다. 재난 대비 대피 훈련이 실시 중이라고 했다. 지금 들리는 사이렌은 실제라는 이야기였다.

커피를 건네주며 남자가 물었다.

— 사이렌이 울리면 안전한 곳으로 대피하라는데. 이곳에 있어도 괜찮으시겠어요?

여자가 말했다.

— 이곳에 있어도 괜찮다면. 팀파니를 치세요.

그때 여자가 말한 것은 분명히 대피했다 치세요, 였다. 그러나 그날 이후, 남자는 주장했다. 그때 자신이 들은 것은 분명히 팀파니를 치세요,였다고. 덕분에 용기를 내어 다시 팀파니를 치기 시작했다고. 처음에는 말도 안 된다고 웃어넘겼는데 그 이야기를 반복해서 듣는 동안 여자도 믿게 되었다. 그날 자신이 한 말은 팀파니를 치세요,였다고. 그거야말로, 노포크적이니까.

팀파니를 치세요. 그것은 남자의 유일한 대사였다. 엑스트라로 일할 때 남자는 처음이자 마지막으로 제대로 된 대사를 갖게 되었다. 팀파니를 치세요. 남자는 팀파니란 악기가 어떤 건지도 알지 못했다. 그래서 낙원상가에 가서 팀파니를 찾아보았다. 살짝 두드려 보기도 했다. 심장이 뛰는 소리와 닮았다고 생각했다. 팀파니 독주와 협주곡으로 이루어진 나만의 플레이리스트를 만들어 이어폰을 꽂고 다니며 항상 팀파니 소리를 들었다. "팀파니를 치세요."라는 자신의 대사에 그 살아 움직이는 생동감이 담기기를 원했다. 그 대사를 완성하기 위해 남자는 매번 다른 억양을 실어 중얼거려 보곤 했다. 하도 반복하다 보니 지하철에서 발을 밟고 나서도 죄송합니다, 대신에 팀파니를 치세요,라는 말이 먼저 튀어나왔다.

대사는 편집되었다. 영화가 끝나고 불이 켜진 후에도 남자는 한동안 극장에 남아 기다렸으나 소리는 돌아오지 않았다.

쓰이지 못했기 때문에, 소리는 오래도록 남자의 곁을 맴돌았다. 가끔 잡다한 소음에서 벗어나고 싶어질 때면 속으로 팀파니를 쳤다. 팀파니는 자신을 마중하기 위해 자갈길을 뛰어오는 발걸음 소리 같았다. 어린 날 가위눌림에서 깨어났을 때 주방에서 들려오는 도마 소리 같았다. 또한 그것은 파도 소리였다. 등을 두드리는 소리였다. 박수 소리였다. 괜찮아. 잘하지 않아도 돼. 소리 내 봐. 계속해 봐. 계속 그렇게 두드리면 되는 거야. 더 크게 소리쳐도 돼, 울어도 되고 웃어도 돼. 그냥 소리를, 소음을, 어, 너 아직 거기 있었네? 알았어, 알았다고. 너 거기 있는 거 알았으니까 이제 그만 조용히 좀 하지?

언제부터 팀파니 치는 걸 잊어버렸던 걸까. 팀파니를 치세요. 여자에게 그 말을 듣기 전까지, 오래도록 그 말을 잊고 살아왔다. 그때 지하철에서 자신이 중얼거린 말을 남자는 비로소 기억해 냈다. 그것은 티팬티를 내리세요 따위가 아니었다. 자신은 팀파니를 치세요,라고 중얼거린 거였다.

여자 덕분에 다시 찾은 그 말을 이제 아끼지 말고 써야겠다고 남자는 생각했다. 그 말의 주인은 남자가 아니었다. 필요한 누군가에게 가닿아야 하는 말이었다. 그 말이 필요했으나 편집되어 듣지 못한 누군가는 아주 오래도록, 낯설고 안전하지 못한 곳을 서성이며 누군가 그 말을 속삭여 주기를 기다리고 있을지도 몰랐다. 어디서 어떻게 쓰일지 아직은 몰라도 어쨌든 소리가 있음으로 쓰임새도 곧 찾아질 터였다.

팀파니를 치세요. 누구든 필요한 사람이 가져다 쓰길 바라며 남자는 매일매일 #팀파니를_치세요라는 해시태그를 올렸다. 소리는 어떻게든, 수많은 파이프를 통해 퍼져 나갈 것이다. 사람들은 그 앞에 원하는 소리를 넣어 들려주고 싶은 사람에게 사용할 수 있었다. 활용의 예는. 다음과 같았다. (변비에 걸리면) 팀파니를 치세요, (치한을 만나도) 팀파니를 치세요. (길을 잃으면) 팀파니를 치세요. (길을 잃고 싶어도) 팀파니를 치세요. (비명을 지르고 싶으면) 팀파니를 치세요. (비명을 멈추고 싶어도) 팀파니를 치세요. (혼자라고 생각되면) 팀파니를 치세요. (혼자가 되고 싶어도) 팀파니를 치세요. (귀가 막히면) 팀파니를 치세요. (코가 막혀도) 팀파니를 치세요. (사이렌이 울리면) 팀파니를 치세요. (더 이상 사이렌이 울리지 않아도) 팀파니를 치세요.

* 이 단편을 쓸 때는 몰랐으나 지금은 알게 된 것. '노포크의
만두 여왕님'이 나오는 동화책의 제목은 엘리너 파전의 『은빛 황새』다.

누군가는 춤을 추고 있다

X

민주는 살면서 쌍X이라는 말을 딱 두 번 들었다고 했다. 한 번은 아버지의 착한 딸이기를 중단했을 때, 한 번은 지금도 방송에서 좋은 선배 좋은 언니로 나오는 스타일리스트의 '따까리' 노릇을 그만두기로 결정했을 때였다. 이거 이거, 착한 줄만 알았는데 알고 보니 X년일세. 두 번 다 말을 하는 쪽이 대단한 모욕이라도 당한 양 부들부들 떨며 말해서 모욕을 가한 쪽이 자신인 것만 같았다.

살면서 두 번이면 많은가요, 적은가요?

많죠.

많아요?

터프팅 건을 들고 벽에 걸린 베일에 수를 놓던 민주의 어깨가 움찔했다. 나는 민주의 오른쪽 팔꿈치를 받쳐 자세를 고쳐 주며 대답했다.

그럼요. 그런 말은 한 번을 들어도 많은 거잖아요.

그런가요.

그렇죠.

민주가 계속해서 터프팅 건으로 실을 쏘며 고개를 끄덕였다. 세 번째 모욕 모자는 광목으로 된 베일에 순X 온X 배X 친X 공X같이 X로 가득한 말들을 새기는 것이었다. 사실 가려진 말들은 X로 가릴 필요 없는 단어들이었다. 그런데 민주는 왜. 나는 민주가 모욕 모자의 디자인을 구상하며 했던 말을 떠올렸다.

내가 썼을 때 가장 모욕적일 모자가 무얼까 생각했어요. 욕설이나 수치스러운 그림이 그려진 것, 그래서 내가 정말 모욕으로 느낄 만한 욕설들을 적어 봤어요. 그런데 성이 구분되지 않은 욕설은 그렇게 모욕적으로 느껴지지 않았어요. 여성의 성과 관련된 것. X발X. 갈X. 보X 창X 그런 류의 말들이 유독 모욕적이라고 느껴지더라고요. 그래서 그런 말을 새긴 모자를 만들까 생각해 봤어요. 그런데요, 그런 단어가 쓰여 있거나 여성의 신체나 성을 모욕적으로 형상화한 모자는 이미 상업화되어 나와 있더라고요. 제가 군이 만들 필요도 없이 아주 많이. 그래서 다른 식의 모욕을 떠올렸고. 그것이 강요된 순종과 온순, 배려, 친절, 공손, 그런 것이었어요.

그렇게 말하며 민주는 순백의 베일을 내밀었고 나는 그런 목적이라면 총을 쏘듯 털실을 쏘아 심는 자수 방식인 터프팅이 적합하다고 제안했다. 민주는 처음 취급하는 터프팅 건을 꽤 능숙하게 다루었다. 타당타당 총소리와 함께 민주의 손끝에서 수없이 많은 X와 X와 XX들이 만들어졌고 그것은 고개를 조금만 기울이면 십자가처럼 보이기도 했다. 민주가 팔이 아픈지 터프팅 건을 내려놓고 오른쪽 팔을 주무르다가 불쑥 말했다.

그런데요, 저는 너무 적었다고 생각해요. 더 일찍, 더 많이 그 말을 들었어야 했다고.

그 말을 하며 민주는 빙그레 웃었다. 내가 좋아하는 미소였다. 처음 만난 날도 민주는 그런 미소를 짓고 있었는데, 그것은 민주의 설명에 따르면 자신의 정체성이 '알고 보니 쌍X'이라는 것을 자각한 자의 미소, 흔히 말하는 빙그레 쌍X만이 지을 수 있는 염화미소라는 거였다.

XX

구립 아트센터에서 홈패션 소품 강좌를 시작하는 날이었다. 첫날이라 조금 일찍 출근하는데 복도 끝에서 시끄러운 소리가 들렸다. 한 중년 남자가 호통을 치고 있었고 그 앞에 큰 키를 애써 구부정하게 접어 고개를 숙이고 있는 직원이 보였다. 모른 척 피하고 싶었으나 강의실로 들어가려면 두 사람을 지나쳐야 했다. 다가가자 남자가 정확한 발음으로 내뱉는 오염된 말들이 내게도 와 꽂혔다. 스피치 강사라고 했던가. 내가 아가씨 따위와, 책임자 불러, 같은 진부한 말들이 발성 좋은 중저음의 목소리에 실려 의도한 모욕을 분명하게 전달했다. 내가 너를 모욕하겠다는 의지를 가진 사람들, 내게는 너를 모욕할 정당한 권리가 있다고 믿는 사람들끼리 공유하는 일관된 대사가 있는 게 아닐까 싶은 익숙한 말들이었다. 뻔해서 더 모욕적이고, 익숙해서 결코 익숙해지지 않는 말들. 당신이 지금 떠올리는, 한 번쯤 당신을 스쳐 간 그 XXX 같은 말들이 품은 악의가 나마저 감염시킬 것 같았다. 나는 그 말들을 피하고 싶었다. 그 말들의 수

신인이 내가 아니라는 사실에 안도하며, 그것이 퍼뜨리는 끈적끈적한 파편으로부터 온전히 나를 지키고 싶었다. 그래서 최대한 웅크린 채 그들을 지나쳐 강의실로 들어가려는데 남자의 휴대폰이 울렸다. 남자가 통화를 하며 복도 끝으로 걸어가다가 직원을 돌아보며 말했다. 야. 너 내가 돌아올 때까지 그 자리에 꼼짝 말고 있어.

야,라고 불린 직원의 가슴에는 하우스바이저 이민주라고 적혀 있었다. 전에 일하던 기정 씨의 육아휴직 대체인력으로 들어온 모양이었다. 그날 민주는 정말이지, 꼼짝하지 않고 그대로 서 있었다. 괜찮은 걸까. 그럴 리가 없었다. 서툰 위로를 건넬 수도 있었으나 무책임한 온정의 몸짓만 보이는 게 더 나쁜 태도 같아서 나는 그냥 지나치려 했다. 나는 그런 사람이었다. 다른 사람이 곤란을 당하거나 모욕당할 때 못 본 척하는 사람. 모른 척하는 것으로 진짜 몰랐다고 자신을 속일 수 있는 사람. 그것으로 더 나쁜 내가 되는 것으로부터 평범하게 나쁜 나를 지켜 낼 수 있는 사람. 그런데 그때 나를 지나치지 못하게 붙잡는 것이 있었다. 고개 숙인 민주의 어깨가 조금씩 움찔하더니 얼굴에 미소가, 이 상황이 재미있어 죽겠다는 듯 익

살스러운 미소가 서서히 번지기 시작한 거였다. 그것은 지금 생각하면 무대에서 모욕당하는 시녀1의 역할을 맡은 배우 이민주가 조명이 사라진 후 자신의 완벽한 메소드 연기에 흡족해하며 짓는 미소, 민주가 본체로 돌아왔을 때만 나온다는 진정한 빙그레 쌍X의 우아한 미소였다.

통화를 끝낸 남자가 걸어오기 시작하자 민주는 다시 모욕당하는 시녀1의 표정이 되었다. 나는 남자가 돌아와 불편한 장면을 이어 갈 것을 알았고 서둘러 피하기 위해 민주의 등 뒤로 걸음을 옮겼다. 연루되고 싶지 않았다. 그때 민주의 중얼거림이 들렸다.

모욕죄가 성립하려면 공연성이 있어야 해요.

네?

한 명으로는 부족하지만 끝까지 봐 주세요.

자신의 모욕을 봐 달라고 부탁할 수 있는 사람. 공공연하게 모욕당하는 순간을 무대 위에 올려 전시할 수 있는 사람. 모두가 똑바로 보도록 더 많은 조명을 켤 수 있는 사람. 자신의 모욕에 스포트라이트를 비출 수 있는 사람. 그렇게 용감한 부탁을 외면할 만큼 나는 용감한 사람이 아니었다. 그래서 나는 그 자리에 남아 민주가 당하는 모욕을 끝까지 목격했다. 그것이 민주와 내가 함께 겪은 첫 번째 모욕이었다. 민주가 남자로부터 모욕을 당하는 동안, 나는 내 외면에의 열망과 비겁함에 모욕당하고 있었다.

XXX

강의가 끝나고 나오는 길에 나는 다시 민주와 마주쳤다. 민주는 의례적인 미소를 지으며 꾸벅 인사를 했는데 거기에는 어떤 비난이나 원망도 없었다. 그러나 나는 민주를 붙잡고 무슨 말이라도 하고 싶었다. 고생이 많아요나 힘내요 같은 형식적인 응원의 말이 아니라, 도와주지 못해 미안해요 같은 사과의 말이 아니라, 내가 하고 싶은 말은 이런 것이었다. 나는 그런 사람이 아니에요. 그러니까 그런 자기변명을, 나는 당신의 곤란한 상황을 외면하고 아무런 도움도 주지 못했으나 나는, 나는 정말이지 나쁜 사람이 아니에요, 나는 그런 사람이 아니에요,라고 그저 내 부채 의식을 덜어 줄 변명만을 한없이 늘어놓고 싶어졌다. 그러나 우물쭈물하는 나 대신 먼저 말을 건넨 건 민주였다.

그거,

네?

귀여워요.

민주가 가리킨 건 내 가방에 달린 작은 눈사람 와펜이었다.

이런 거 좋아해요?

귀엽잖아요.

다행이었다. 내가 줄 수 있는 게 있었다. 나는 가방을 뒤져 남은 와펜을 모두 꺼내어 민주에게 내밀었다. 수강생들에게 선물용으로 준비했는데 강의 직전에 세 명의 수강생이 신청을 취소해서 남은 것들이었다. 최소 수강 인원이 충족되지 않았으니 내일쯤 폐강 연락을 받게 될 터였고, 그러면 다시 민주와 마주칠 일도 없을 거였다.

아니, 이런 걸 원한 건 아닌데.

민주가 당황하며 손을 내저었다.

받아 줘요. 내가 원하는 거예요.

나는 민주의 손을 잡아 펼치고 그 위에 햄버거와 펭귄과 눈사람과 풍선, 무지개와 작은 마법사 모자 같은 것들을 내려놓았다. 나의 부채감은 작고 귀여운 와펜에 담긴 채 민주에게 떠넘겨졌다. 민주는 꼼짝하지 말라는 남자의 말을 들었을 때처럼 미동도 없이 그것을 한참 응시했다. 내가 건넨 게 자수 와펜이 아니라 뜨거운 불이거나 차가운 얼음이기라도 한 것처럼. 남자에게 모욕당할 때의 차분함은 사라졌다. 귀까지 빨개진 채 동요하는 마음을 숨길 줄 모르는 민주 때문에 나 역시 당황하고 말았다. 민주가 계속 어쩔 줄 몰라 하며 자신의 손 위에 놓인 것을, 움켜쥐면 녹아 사라지는 눈송이거나 짓눌리는 작은 생명체이기라도 한 듯이 난감해하며 펼친 채 보고만 있어서 나는 민주의 손바닥을 꼭 접어 주었다. 그제야 민주는 내가 건넨 것들을 꼭 움켜쥐며 아주 작은 소리로 감사합니다, 하고 말했다. 그때 민주는 빙그레 웃지 않았고, 다만 아주 부끄러운 일을 당한 사람의 달아오른 얼굴로 링 위에 오르는 파이터처럼 주먹을 단단히 쥐고 꾸벅 인사를 할 뿐이었다. 그래서 나는 알았다. 민주는 모욕에 익숙하고 작은 다정에 크게 당황하는 사람. 타인의 친절에 어떤 껄끄러운 의도가 숨어 있다는 것을 조금도 생각하지 않는 사람. 누군가 건넨 작은 마음을 작고 단단한 주먹으로 꽉, 아주 꽉 움켜쥘 수 있는 사람.

그리고 며칠이 지난 토요일, 민주가 연락도 없이 내 작은 공방을 찾아와 조심스레 문을 열고 물었다.

모욕 모자를 만들고 싶은데요. 혹시 가능할까요?

목욕 모자라고요?

아니, 모욕 모자를.

XXXX

그날 민주가 돌아간 후 나는 벽에 걸어 둔 '그' 퀼트 담요를 내려 오랜만에 덮어 보았다. 조금 낡고 해진 채 그것은 여전히 따뜻했다. 오래전 M이 함부로 내다 버린 내 옷들을 다시 가져와 만든 담요였다. 그것 좀 치우라니까 그걸로 담요를 만들어 버렸네. 징글징글하다 진짜. 도대체가 그 싸구려 취향은 어떻게 안 되는 거니? M은 내 새로운 담요를 보고 웃으며 말했다. 혀를 쯧쯧 차며 담요로 온몸을 감싼 나를 안아 주기도 했다. 다정한 M. M은 내게 어울린다고 생각하는, 그의 고급 취향에 잘 맞는 옷을 사서 나를 위해 비워 준 옷장 한구석에 걸어 주기도 했다. 그 집에서 내 취향은 어디에도 없었다. 나는 집에 있을 때면 언제나 그 담요만 두르고 있게 되었다. 그것을 덮고 있으면 차가워진 심장이 차가운 그대로 유지될 수 있어 좋았다. 내 몸의 온도를 높이고 싶지 않았다. 언제나 차가운 대로 차가운 채로 살아가고 싶었다. 녹지만 않으면 괜찮았다. 그 담요가 너를 잡아먹어 버릴 거야. 다정하고 친절한 M은 나를 위해 담요를 가위로 갈기갈기 찢어 버리기도 했지만 나는 다시 그것을 작은 조각으로 만들어 하나하나 다시 연결했다. 그 담요는 M이 어떻게 그것을 난도질했는지 분명히 증거하고 있었다. 지금 나한테 시위하는 거니? 내가 너한테 못해 준 게 뭐가 있다고. 도대체 왜 그러는 건데? M은 담요를 뒤집어쓴 나를 점점 두려워하게 되었다. 그럴수록 나는 담요를 벗어날 수 없었다.

그래 너 좋을 대로 해라. 나도 이제 모르겠다. 마침내 M이 포기한 듯 말했다.

정말 나 좋을 대로 해도 돼?

내가 뭐라고 해도 어차피 너 좋을 대로 하잖아.

그럼 한 가지 부탁이 있는데.

M은 반가운 기색을 했다. 내가 자기에게 무언가를 부탁하는 게 오랜만이라고 했다. 부탁받는 걸 좋아하는 M. 내게 좋은 걸 해 주고 싶어서 늘 내가 가진 안 좋은 것을 없애려 했던 M.

뭔데 그래?

날 좀, 때려 줘.

뭐?

담요를 덮고 있을게. 그냥, 내가 그만두라고 할 때까지 나를 좀 때려 줘.

M은 기가 막힌 얼굴로 나를 보았다.

너는, 너는 결국 나를 나쁜 새끼로 만들고 싶은 거지? 내가 아무리 좋은 걸 주려 해도 그저 내게서 나쁜 것만 찾아내려는 거야. 너는. 그런 식으로 나를, 너는.

나의 부탁은 M에 대한 것이 아니라 나에 대한 것이었으나 M은 그것조차 자기에 대한 이야기라고 생각했다. 그리고 그날 밤, 집을 나갔던 M은 내가 잠든 한밤중에 술에 취한 채 들어왔다. 술 취한 M은 담요를 돌돌 말고 거실 구석에서 잠들어 있는 나를 보았다. 그리고 나를 때리기 시작했다. 나는 잠결에 내 몸에 쏟아지는 구타를 느꼈고, 그때 비로소 오랜 잠에서 깨어났다. M은 담요를 뒤집어쓴 내 몸에 발길질을 하며 울었다.

나는 나쁜 인간이 아니야. 넌 알잖아. 나는 나쁜 새끼가 아니라고. 나는, 나는, 그런데 너는.

나는 담요 안에서 웃었고 또 울었다. 그리고 다음 날 M의 집을 나왔다. 내 가방 안에는 그 담요 하나만 담겨 있었다. 그 후 새로운 일을 시작하고 직장에서 매번 다른 식으로 어떤 치욕을 겪고 집으로 돌아올 때면, 나는 종종 나의 담요를 떠올렸다. 담요를 뒤집어쓴 채 길거리에서 모르는 이들의 무심한 발길에 걸어차이며 구르고 굴러 어딘지 알 수 없는 곳까지 그대로 굴러가고 싶다는 생각을 했다. 모르는 사람에게 흠씬 두드려 맞고 싶다는 생각도 했다. 왜 그런 식으로 나는 나를 모욕하고 싶었을까. 그것으로 가장 나쁜 일은 지나갈지도 모른다는 생각, 내가 그렇게 모르는 사람에게 구타를 당할 정도로 '쌍X'이라고 생각해야 일상에서 오는 어떤 모욕에서도 안정을 찾을 수 있으리라고 생각했던 걸까. 그때 내 담요에는 이름이 없었다. 그런데 민주에게 모욕 모자라는 말을 듣는 순간, 나는 그 담요의 이름이 모욕 담요라는 걸 알았다.

진짜 그런 일을 겪었어요?

나중에 민주와 함께 담요를 반씩 나눠 덮으며 그 이야기를 들려주자 민주가 아주 걱정스러운 얼굴로 물어서 나는 대답했다. 아니, 그것은 꿈. 전생. 지나간 악몽. 그제야 민주가 찌푸린 얼굴을 펴고 웃으며 담요로 무릎을 꼭 감싸서 나도 함께 웃었다. 어쨌거나 그런 담요를 가진 적 있기에 나는 민주가 말하는 모욕 모자가 구체적으로 무엇을 의미하는지 몰라도 상상할 수 있었고 그렇게 우리는 함께 열 개의 모욕 모자를 만들게 되었다. 민주의 말에 의하면 그것은 하나의 질문으로부터 파생되었다.

xxxxx

모욕당한 적 있죠?

두 번째 면접관의 질문은 그렇게 시작했다. 구립 아트센터의 하우스바이저를 뽑는 자리였다. 민주가 공연 팀에서 무대 의상 아르바이트를 할 때 알게 된 기정 선배가 육아휴직을 신청하며 난 임시직이었다. 네가 하면 잘할 거 같은데 한번 지원해 보지 그래. 기정 선배의 추천으로 이력서를 넣었다. 어떤 점에서 잘 어울린다고 생각했는지 물었더니 기정 선배가 찡그린 채 웃으며 말했다. 진상들이 많아. 잡일도 많고. 기정 선배가 사람 하나는 잘 보는구나, 생각했다. 진상이 많고 잡일이 많은 업무가 아니라면 특별한 자격도 없이 나이만 먹은 자신을 채용해 주지 않을 터였다.

스타일리스트를 그만두고 몇 번의 직장 경험을 통해 민주는 자신이 내세울 만한 유일한 스펙이랄까 자질은 '만만해 보이는 것'이라는 걸 알게 되었다. 특히 대체인력을 구하는 자리는 유능함을 어필하거나 자격을 뽐내는 곳이 아니었다. 잠시 자리를 비우게 된 직원의 반복적인 업무를 무리 없이 이어받으면서 다른 직원들이 별다른 능력이 요구되지 않는 귀찮은 업무를 떠맡겨도 좋을 만한. 그러니까 소모품으로 함부로 쓰기 좋은 인력을 구하는 자리였다.

민주는 그런 역할에 적합하다는 인상과 태도를 취하는 데 특화되어 있었다. 알고 보면 쌍X이란 걸 들키기 전까지는 꽤 괜찮은 사람으로 인식된다는 이야기였다. 애초에 좋은 사람이고자 지나치게 애쓰거나 지나치게 착하게 굴지 않았으면 그런 욕설을 들을 일도 없었다. 배려가 멸시로 돌아오는 힘의 논리에 대해서 민주는 때때로 생각했지만 딱히 해답은 없었고 이내 순응했다. 정체를 감추고 숨겨진 쌍X으로 지내려면 3개월에서 최대한 6개월까지의 단기직이 적합했다. 그동안은 얼마든지 '막 굴리기 좋은' 무난한 인력으로서 기능할 수 있었다. 민주가 단기직 면접이나 일할 때 취하는 태도는 한 가지였다. 얼룩진 행주처럼. 언제든 더 더러운 얼룩을 닦아도 괜찮은, 함부로 막 쓰다 버리기 좋은 행주의 상태를 유지하는 것. 그것이 자신의 쓰임새를 증명하는 방식이었다.

임시직은 좋았다. 동료들과 친밀하게 관계 맺지 않
아도 되었고 어떤 치욕에도 그저 스쳐 지나가는 사람
들이라 생각하면 크게 상처 입지 않을 수 있었다. 장
기전이 아닌 단기전일 때만 가능한 담대함이었다. 그
후에는 만나서 더러웠고 다시는 만나지 맙시다,라고
훌훌 털고 떠날 수 있었다. 그런 식으로 자신은 '알고
보니 쌍X'의 정체를 들키는 위험에서 벗어났다고 생
각했다. 그러나 그것이 오히려 자신을 '쌍X'의 자리에
머물게 하고 스스로에게 지속적으로 드러나지 않는
모욕을 가하는 방식이라는 걸 그때는 몰랐다. 남들에
게 쌍X이란 소리를 듣지 않기 위해 민주는 본인에게
점점 더 쌍X이 되어 갔다. 그것이 성숙한 어른이 되
는 과정이라고 자평하며 혼자 빙그레 웃고 말았다. 그
렇게 모욕 안에서 생활하는 동안, 민주에게 모욕이란
단어는 낯설고 먼 것이 되었다.

모욕 안에 있으면 그것이 주는 폭력성에 대해 둔감
해지니까요. 민주가 말했다. 그래서인가 봐요, 그때
면접관의 입에서 나온 모욕이란 단어가 그토록 낯설
고 생경하게 느껴진 건.

모욕당한 경험을 바탕으로, 모욕적인 일을 당하면

어떻게 대처할 건지 얘기해 보세요.

면접관이 테이블 위에 놓인 민주의 이력서를 살펴보며 덧붙였다. 당연히 모욕당한 적 있을 거라는 가정하의 질문이었다. 내가 모욕당한 적이 있었나? 민주는 생각나지 않았다. 모욕이라는 단어는 희미하거나 어렴풋한 기억에 쓸 수 있는 단어가 아니었다. 분명하고 선명하게 상처를 남기고 끈질기게 달라붙어 괴롭히는 것. 그런 것에만 마땅히 모욕이란 단어를 붙일 수 있었다. 그렇게 따지면 애써 모욕당한 경험을 되짚어 보는 민주는 모욕당한 경험이란 없는 게 맞을 터였다. 그래서 민주는 어떻게 대답했나.

다행히도 저는 좋은 분들과 좋은 환경에서 생활해 온 덕분인지 특별히 모욕당한 경험은 없는 것 같은데요, 그래도 만약 그런 일이 생긴다고 가정하면, 민주는 그렇게 답변을 시작했다.

질문을 던진 면접관이 고개를 갸우뚱했다. 모욕당한 경험이 없다는 게 믿기지 않는 걸까. 마음이 조급해졌다. 당연하지만 민주는 면접관의 마음에 들고 싶었다. 마음에 들어 누구에게도 중 이하의 평가를 받는 일이 없기를 바랐다. 그러기 위해서는 자신이 가진 경쟁력을 강조해야 했고, 민주가 가진 경쟁력은 하나

뿐이었다. 행주처럼. 그래서 민주는 자신이 경험한 적 없어도 얼마나 모욕에 잘 적응할 수 있는 사람인지, 어떤 모욕적인 상황에서도 나는 그런 모욕을 당해도 '마땅한' 사람처럼 대처할 수 있는지를 최대한 열정적으로 드러내고자 했다.

만약 그런 일이 생긴다면 저는 먼저 제가 잘못한 일은 없는지를 생각하겠습니다. 제가 잘못한 게 있다면 먼저 제 잘못을 반성하고 사과하고 개선하려고 노력하고, 혹시 저의 잘못이 아닌데도 모욕을 당했다면 그 순간 분노하기보다는 그가 저를 모욕할 만한 정당한 문제나 불편은 없었는지 살펴보겠습니다. 그리고 모욕을 가한 상대방의 입장이 되어 그의 하루를 상상하겠습니다. 어떤 힘든 하루를 보냈기에 저 사람은 타인에게 모욕을 가하는 사람이 되었을까. 그리고 나면 저는 그 모욕으로부터 벗어날 수 있게 됩니다.

xxxxxx

세상에. 진짜 그랬다니까요.

민주는 그 이야기를 전하며 얼굴이 빨개지도록 웃었다. 자신이 그토록 머릿속이 꽃밭이었다며 귀엽지 않으냐고도 했다. 그리고 말했다. 모욕이란 그런 게 아닌데 말이죠.

그렇다. 모욕이란 그런 게 아니다. 자신의 잘못이 어떻건, 잘못이 있거나 없거나, 모욕적인 언사나 행동을 당해도 되는 잘못은 없다. 잘못에 대해 지적하고 사과와 개선과 보상을 요구할 수는 있다. 잘못에 대해서는 진심으로 사과하고 올바른 대응책을 마련하면 된다. 그러나 그에 대한 반응이 모욕을 주는 방식이어서는 안 된다. 모욕이란 어떤 개인의 과오와도 무관한 것이다. 모욕이란 이런 것이다. 네까짓 게 감히. 고개 숙여 사과하면 되는 일에 무릎 꿇기를 요구하는 것이다. 반성하면 되는 일에 뺨을 때리는 것이다. 상식을 요구했을 때 침을 뱉고 발로 차는 것이다. 내가 '나'가 아니라 '네까짓 것'이 되는 일이며 네까짓 게 감히,라고 할 때 나는 정말이지 벌레만도 못한 인간이구나, 뼈저리게 깨닫게 되는 일이다. 그리고 아주 오래, 그 일에 대해 떠올리며 그때 나한테 왜 그랬어요?라고 중얼거리게 만드는 것이다. 그리고 뒤늦게 아무에게도 들리지 않는 작은 목소리로 속삭이는 것이다. 나는 그런 사람이 아니에요. 나는 그런 모욕을 당해도 되는 사람이 아니에요. 질문과 대답은 결코 한 번으로 끝나지 않는다. 어떤 피곤한 밤, 혹은 평화로운 휴식의 한가운데에서도 종종 머릿속으로 상대방을 소환해 앉혀 놓고 반복해서 묻게 된다. 그때 나한테 왜 그랬어요? 그러나 상대방은 기억조차 하지 못한다. 그리고 대답할 것이다. 나는 그런 사람이 아니에요.

아니다. 당신은 그런 사람이다. 당신은 한 번쯤은 그런 사람이었다. 그리고 부끄럽지만, 슬프지만, 나도 한 번은 그런 사람이었다. 나는 내가 그런 사람이었던 기억을 가지고 있고 아주 오래 그것에 대해 생각하고 지금도 가끔, 그 사람을 어디선가 마주칠까 봐, 그 사람이 그 일을 아주 오래 기억하고 있을까 봐, 그리고 종종 혼자서 나는 그런 대우를 받아도 되는 사람이 아니에요, 중얼거리다 어느 밤, 우연히 마주친 나를 단번에 알아보고 그때 나에게 왜 그랬어요?라고 물을 것이 두렵다. 나는 그 사람의 얼굴을 기억한다. 나는 한 번은 그런 사람이었다. 실은 두 번. 어쩌면 기억하지 못하는 두 번보다 더 많은 순간에. 그래서 나는 당신이 한 번은 그런 사람이라는 것을 안다. 그리고 지금 내가 그들을 위해 할 수 있는 한 가지는, 그들이 아주 오래 나의 얼굴과 나의 목소리를 기억하기를 염원하는 것이다. 그들이 기억한다는 것, 그것은 내게 당한 모욕이 그들에게 매우 드물고 예외적인 경험이었다는 것을 뜻할 것이다. 그들이 내게 받은 모욕을 기억하고 산다는 건 나로서는 너무 슬프고 부끄럽고 아픈 일이시만 그들이 기억하지 못한다는 건, 그들이 이미 너무 많은 더 큰 모욕에 노출되었거나 그 후로도 수없이 많이 노출되었다는 의미이기 때문이다.

민주의 의도는 정확히 몰라도, 내가 모욕 모자를 만드는 것은 그래서였다. 내가 한 번은 그런 사람이었다는 걸 잊지 않기 위해, 내게 모욕을 당한 사람들이 아주 오래 나를 기억해 주기를 바라면서. 당신 역시 한 번은 그런 사람이었으며 따라서 우리는 서로의 머리 위에 높이 솟은 모욕 모자를 보며 우리가 주고받은 모욕을 없었던 것으로 지워 버려서는 안 된다고.

xxxxxxx

모욕(侮辱): 「명사」 깔보고 욕되게 함.

표준국어대사전은 모욕을 이렇게 정의한다. 깔보는 건 무엇인가. 깔보는 건 얕잡아 보는 것. 얕잡다는 남의 재주나 능력 따위를 실제보다 낮추어 보아 하찮게 대하다. 하찮다는 그다지 훌륭하지 않다는 말.

면접장을 나서며 민주는 모욕이란 무엇인가에 대한 근원적인 궁금증을 갖게 되었다. 그러나 사전적 정의에 따르면 자신은 모욕이란 걸 당한 적이 없는 게 맞았다. 실제보다 무시를 해야 모욕이 성사된다면, 자신의 실제란 언제나 깔보이거나 얕잡아 보이거나 하찮아 보일 법한 사람이었으므로 그건 모욕이 아니었다. 다들 그럴 만해서 그렇게 대했으니 그것은 굳이 말하면 배려가 없었다는 정도이지 모욕까지는 아닌 것 같았다. 그리고 알게 되었다. 자신은 모욕을 경험한 적이 없는 게 아니었다. 스스로를 모욕됨이 기본값인 인간으로 설정해 두었으므로 어떤 모욕이 와도 그것을 모욕으로 인식하지 않을 수 있었던 거였다. 모욕당한 적 없다는 대답은 그러므로 진심이었다. 도대체가. 나는 어쩌다 이런 인간이 되었나.

그 질문 때문이다. 민주는 면접관이 던진 질문에 시간이 갈수록 모욕감을 느꼈다. 그 질문이 아니었다면 자기가 이런 인간이라는 것을, 모욕된 세계를 일상이라 여기고 모욕 안에 스스로를 방치해 두고 있었다는 것도 모르고 지나갈 수 있었다. 그러니, 그 질문으로부터 모욕은 발생했다. 생각할수록 그 질문은 이런 의미였다.

당신의 보잘것없는 이력서를 통해 나는 당신이 '당연히' 모욕당하는 입장에서 살아왔음을 확인했다. 당신이 지원한 자리는 살면서 수없이 많은 모욕을 경험한 자들에게 적합한 자리다. 그리고 이 자리에 지원했다는 건 언제든 모욕당할 것을 알고 있으며 또한 알고 지원했으니 그런 일이 발생할 시 알아서 적절하게 대처하겠다고 약속하는 일이다. 그러므로 이 일을 하면서 받게 될 모욕에 대해 우리는 최소한의 방어 이상을 책임질 의무가 없으며 모든 것은 모욕을 감수하고 지원한 구직자 당신의 몫이다.

어쩌면 그것은 매우 통상적인 면접 질문인지도 몰랐다. 어떤 직무를 수행하건 중요한 업무 중 하나가 '모욕당하기'와 '적절히 모욕에 대처하기'라는 걸 모르는 사람은 없을 터였다. 그럼에도 민주는 그 질문이 자신을 '모욕당한 자'로 정의 내림으로써 자기 안의 '모욕된 자'로서의 정체성을 일깨웠다고 느꼈다. 이제 민주는 모욕이라는 거대하고 파괴적인 개념에 자신을 노출시켜 버린 질문 이전으로 돌아갈 수 없게 되었다.

사실 모욕은 질문 자체에 있지 않았다. 그 질문에 대한 민주의 대답에 있었다.

모욕에 둔감하며 어떤 모욕이건 혼자 감내할 준비가 되어 있다는 식의 대답, 그것은 그 자리에 지원한 다른 지원자들과 앞으로 그 자리에 채용될 사람들, 그리고 그 자리에 돌아올 기정 선배와 비슷한 업무를 수행 중인 다른 직원들에게까지, 비슷한 수준의 모욕됨을 견디라는 말과 같았다. 나는 동료가 모욕당할 때 무심히 한걸음 물러나 그 모욕이 결코 조직의 문제로 확산되지 않고 개인의 문제로 마무리되도록 경계선을 치고 외면할 수 있는 사람이라고 진술한 것과 같았다. 민주의 모욕됨은 혼자서 피해자가 되는 것으로 끝나는 것이 아니었다. 동료들을 더 많은 모욕에 무방비하게 노출시켜 같은 피해자로 만드는, 결국은 모욕의 피해자인 양 모욕의 가해자가 되는 방식이었다.

나는 그토록 얄팍하고 어리석었구나. 민주는 자신이 면접을 완전히 망쳤다고 느꼈다. 자신의 그런 이기심을 목격한 세 명의 면접관들에게도 끝없는 모욕감을 느꼈다. 그리고 더욱 모욕에 집착하기 시작했다. 진짜 모욕이란 무엇인가. 진짜 모욕과 가짜 모욕은 또 무엇인가. 나는 왜 모욕을 모욕인 줄 모르고 30년이 넘도록 살아왔나. 내가 진짜 좋은 환경에서 좋은 사람들만 만나서? 그러나 되새겨 보니 자신은 고객에게, 상사와 동료에게, 지인과 모르는 행인과 가족에게도 분명하게 보복을 당한 적이 있었다. 그러나 그런 모욕의 기억들은 희미해지고 삭제되었다. 어째서? 내가 무던한 성격이라서? 단지 시간이 흘렀기 때문에? 상처가 회복되어서? 아니다. 자신의 머릿속이 꽃밭이기 때문이었다.

언니는 참, 머릿속이 꽃밭이라 좋겠어요.

언젠가 팀 막내가 민주를 보며 했던 말이 떠올랐다. 잡지사 스타일 팀에서 계약직으로 근무할 때였다. 오전 6시에 경기도의 집을 나와 밤 11시 이전에 집에 들어가 본 적이 없었다. 야근수당 같은 건 당연히 받아 본 적도 없었다. 그래도 팀장이 출장을 다녀오며 건네주는 미니어처 향수나 고디바 초콜릿 같은 건 좋았다. 다음 파리 출장 때는 같이 가자는 말도 좋았다. 다음을 기약하는 말, 그 달콤한 말들은 사라지지 않고 민주의 머릿속에 뿌리내려 맨드라미나 금잔화, 작약 같은 꽃들을 화들짝 피게 해 주었다.

연경 씨는 파리 가 봤어요?

민주의 질문에 화보에 쓸 셔츠를 다림질하던 막내
가 피식 웃더니 말했다.

그걸 믿어요? 언니는 참, 머릿속이 꽃밭이라 좋겠
어요.

머릿속이 꽃밭인 게 어때서. 민주는 반박하고 싶
었으나 아버지만 아는 자신의 출생의 비밀, 알고 봤
을 때의 민주가 어떤 쌍X인지 들키고 싶지 않아 그
저 빙그레 웃고 말았다. 누구도 자신을 '알고 보게'
되지 못하도록 마음속에 있는 말은 사소한 것도 검열
하며 무난하고 좋은 말만 하게 되었다. 뒤에서 '따까
리'라는 멸칭으로 불린다는 걸 알았을 때도, 막내 연
경 씨조차 자신을 안쓰럽게 보며 언니, 무리하지 말
고 못 하겠는 건 못 한다고 해요,라고 해도 괜찮았다.
가끔 휴일에 팀장의 오피스텔까지 옷을 배달하며 필
요하다는 생필품을 마트에서 구입해 같이 배달해 주
기도 했다. 배달 앱을 두고 왜 자신을 시키나 생각해
봤는데 답은 단순했다. 그럴 수 있기 때문이었고 민
주가 그에 대해 아무런 이의도 제기하지 않았기 때문
이었다. 그럴 수 있는데 그러지 않을 이유가 없었던
거였다.

가끔 팀원들끼리 모여 팀장의 흉을 볼 때도 민주는 침묵했다. 저렇게 상사의 뒤에서 욕하며 키들대는 사람의 편에 서고 싶지 않았다. 자신은 그런 무리에 속하는 사람이 아니었다. 굳이 편을 가르자면 팀장의 세상에 속한 사람이었다. 팀장은 현재를 말하지 않았다. 늘 미래를 말했다. 그래서 좋았다. 그것이 현재의 민주를 함부로 부리기 위한 기약 없는 약속이라 해도 그 약속에 적극적으로 가담한 건 미래의 민주였으므로 팀장 탓만 할 수도 없었다. 현재의 민주는 민주가 존중하고 아껴야 할 대상이 아니었다. 현재의 민주는 미래의 민주를 위해 오늘을 희생해야 하는 소모품과 같았다. 한없이 부족하고 하찮은 대우를 받아도 마땅한 시녀1에 불과했다. 민주는 한 번도 현재에 머문 적이 없었다. 현재의 자신인 상태로 살면서 어떻게 매일의 안녕을 얘기할 수 있단 말인가. 민주가 인식하는 본질의 민주는 늘 미래의 어딘가에 있었고 그곳의 민주는 언제나 조금 멀리 조금 높은 곳에서 환하게 웃으며 어서 오라고 손을 흔들고 있었다. 그곳까지 끊어진 길을 잇기 위해 손을 더럽히는 건 현재의 민주 몫이었다. 그러므로 지금 곁에 있는 동료들은 '본질적으로' 자기의 동료가 될 수 없었다. 자신은

'근원부터' 달랐고 그 근원은 팀장의 근원과 맞닿아 있었다. 쌍X의 본성을 들켜도 좋을 미래의 민주를 위해, 민주는 머릿속에 독성 가득한 꽃들을 피웠다. 그리고 그 꽃밭으로 현재의 민주가 '모욕됨' 안에 있는 것을 감추었다. 팀장이 어떤 똥 같은 말을 투척해도 그것을 꽃을 피우기 위한 거름인 양 수용할 수 있었다.

그랬다. 사실 민주의 머릿속을 채운 건 꽃이 아니었다. 똥 덩어리였다. 그것을 알기에 감추려고 민주는 더 필사적으로 꽃밭인 척하며, 나도 너처럼 머릿속이 꽃밭이면 좋겠다는 말을 들어 가며, 꽃 같은 말들만 골라 아주 조금 아주 작게 말하며 지내 왔던 것이다. 아버지는 진실을 알고 있었다. 언젠가 아버지는 민주에게 이렇게 말했다. 머릿속에 똥만 가득 찬 X이.

그날은 민주가 아버지의 착한 딸이기를 거부한 날이었다. 아침부터 병원으로 한의원으로 약국으로 분주하게 다니던 아버지가 헉헉대며 돌아와 민주에게 약을 하나 내밀었다. 항문 삽입식 관장약이었다. 파산 후 집에서 재기를 꿈꾸던 아버지는 오래 변비로 고생 중이었는데 그날따라 심해진 변비에 병원에 갔다가 관장까지 할 필요는 없다는 말을 들은 모양이었다. 아버지는 똥이 나오지 않는다고, 똥마저 제대로 못 누면 자신은 이제 할 줄 아는 게 아무것도 없는 인간이 된 거라며, 병원에서는 관장을 해 달라고 해도 고작 하루 변비인 건데 그냥 기다려 보라고만 했다면서, 사기를 별것도 아닌 걸로 유난 떠는 진상 취급을 하더니 그 X 같은 간호사들이 관장약도 넣어 주지 않는다고 욕을 욕을 하면서 관장약을, 딸에게 넣어 줄 수 없느냐고 부탁을 하고는, 그것을 거절하자 너도 그 X 같은 간호사들과 똑같다고, 그래서 제발 욕 좀 그만하시라고, 그깟 똥 한번 못 눈다고 죽지 않는다고, 그러자 아버지는 똥구멍이 막혀 죽었다는 어떤 알지도 못하는 지인의 이야기를 꺼내며 이대로 죽기 싫다고, 실패자로 낙인찍힌 채 죽어도 똥 때문에, 똥구멍이 막혀 죽긴 싫다고, 죽어도 그렇게 똥같이 생을 마감하지는 않을 거라고 외치고는, 내가 지금 똥구멍이 막혀 X 같은 죽음을 맞이하면 그건 다 너 때문이라고, 돈도 못 벌고 쓸모라곤 어림 반 푼어치도 없는 X 같은 딸년 때문이라고, 그래서 참지 못하고 아니 X같이 죽으면 그건 다 아버지 탓이지 그게 왜 내 탓이냐고 했다가 그 말을 들었다. 착한 줄만 알았더니 이거 이거, 알고 보니 쌍X일세. 내가 쌍놈의 새끼를 키웠네. 그 와중에도 민주는 쌍놈의 새끼라면 여기서 쌍놈은 아버지가 아닌가, 그러면 쌍놈의 새끼가 쌍X인 건 유전적으로 당연한 거 아닌가 하는 생각을 했고, 그것이 아버지에게 들은 민주의 출생의 비밀이었다. 그래서인지도 몰랐다. 자신이 모욕됨을 모욕으로 느끼지 못하는 진짜 이유. 태생이 쌍X이라면 모욕된 세계 안에 사는 것을 당연하게 받아들이는 게 순리 아닌가 싶었던 것이다. 그날 저녁, 아버지는 똥이 나왔다며 수줍게 웃었다. 민주도 빙그레 마주 웃으며 말했다. 다행이에요. 저녁은 된장찌개로 할까요?

민주가 오래 피워 온 머릿속의 꽃밭, 그것은 민주가 자신에게 씌운 첫 번째 모욕 모자였다.

일주일 후, 민주는 면접을 망쳤다는 예상과 달리, 아니 어쩌면 짐작대로 아트센터로부터 합격 통지를 받았다. 면접관의 질문에서 시작된 모욕은 그것으로 완성되었고 또 새로운 모욕의 세계로 민주를 내몰았다.

✕✕✕✕✕✕✕✕

민주가 출근해서 첫 번째로 한 일은 질문을 던진 면접관을 찾는 것이었다. 면접장에는 세 명의 남자 면접관이 있었다. 그러나 민주는 그들의 소속도 이름도 알지 못했다. 하물며 얼굴도 제대로 기억나지 않았다. 구직자는 학력과 경력, 주소와 가족관계까지 모든 개인정보를 공개했지만 구직자는 면접관의 정보를 알 수 없었다. 아트센터의 벽에 붙은 조직 안내도와 팀장급 직원들을 유심히 살펴보았으나 심사의 공정성을 위해 외부 인사를 초빙해 면접을 진행했다는 이야기만 전해 들었다. 외부 인사라면 같은 문화재단 소속의 임원이거나 시나 구의 과장급 이상 공무원일 가능성이 컸다. 쉬는 월요일에는 다른 구립 아트센터나 문화재단에 가서 사무실 밖에 걸린 직원들의 사진을 찬찬히 훑어보았다. 로비의 의자에 앉아 오가는 사람들을 몇 시간씩 쳐다보기도 했다. 그 나이대의 남자들은 안경 착용 여부나 머리가 벗겨진 정도만 구분될 뿐 모두 비슷해 보였다. 마스크를 써서 얼굴을 구별하기가 더 어려웠다. 자신이 기억하는 얼굴의 형상도 점점 더 희미해졌다. 안경을 썼다고 기억하지만 안경을 썼던 건 직무 관련 질문을 던졌던 첫 번째 면접관인 것 같기도 했고, 그날 안경을 썼던 게 맞다 해도 서류를 보기 위한 노안용 안경이라면 평상시에는 안경을 쓰지 않을 가능성도 컸다.

면접관을 찾으면 무엇을 하고 싶은지, 무엇을 할 수 있는지는 민주도 알지 못했다. 때로는 면접관의 사무실 문을 똑똑 두드린 후 자신을 기억하느냐고 묻고 당연히 기억하지 못한다고 말하는 그에게 모욕 모자를 씌운 후 전동드릴로 머리에 박는 상상을 했다. 때로는 자신의 머릿속 꽃밭을 떼어 내어 그의 손에 건네주는 상상도 했다. 그의 손에 닿는 건 아름다운 꽃이 아니라 그 꽃의 뿌리가 감싸고 있는 똥 덩어리다. 어떤 날은 면접관을 면접자의 자리에 앉혀 놓고 그가 면접관의 자격이 있는지를 면접자인 자신이 평가하는 장면을 떠올렸다. 그런 기회가 오면 민주의 첫 번째 질문은 이런 게 될 거였다. 그때 나에게 왜 그런 질문을 했나요. 면접관은 기억하지 못할 가능성이 컸고, 기억한다 해도 뭐가 문제인지 전혀 인지하지 못할 터였다. 민주도 안다. 모욕은 면접관에게서 온 게 아니다. 그런데 왜 자신은 면접관을 찾는 일에 집착하는가.

사실 민주가 가장 궁금한 것은 그 질문에 대한 자신의 답이 당락에 어떤 영향을 주었는가 하는 점이었다. 혹시 그 굴욕적인 대답으로 인해 내가 합격한 것은 아닌가. 그 생각을 하면 민주는 스스로 만들어 낸 모욕에 압도되곤 했다. 자신을 모욕당해도 마땅한 사람으로 상정한 그날의 대답이, 그 자리에 지원한 같은 구직자들을 물리치고 자신이 선택되도록 한 거라면. 자신과 다른 지원자들과 이후의 예비 지원자들, 그리고 육아휴직을 끝내고 그 자리로 돌아올 기정 선배와 어쩌면 비슷한 일을 하는 동료들에게까지, 모르는 새에 모욕의 광장 한가운데에서 모욕 의자에 앉아 모욕 모자를 쓰고 모욕의 비바람을 맞아도 좋다고 긍정한 대가로 자신이 이 자리를 차지한 거라면. 그 생각을 하면 민주는 너무 무섭고 두려워서 자기를 모욕됨 안에 더 밀어 넣는 일로부터 벗어날 수가 없었다. 면접관을 찾는 일, 그것은 민주가 직접 머리에 쓴 탈착되지 않는 모욕 모자를 벗기 위해 피가 날 때까지 유리창에 계속 이마를 찧으며 자해하는 행위와도 비슷했다.

　정보공개 청구 신청도 해 보았으나 면접 심사표는 정보공개 청구 대상이 아니라는 답변을 받았다. 차라리 다행이라고 안도했다. 만약 그 질문에 대한 민주의 답이 합격을 결정하는 데 결정적인 영향을 미쳤다는 심사표라도 확인한다면, 모욕으로부터 더 이상 도망 갈 곳이 없을 터였다. 그 후부터는 모든 모욕의 근원을 질문을 던진 면접관에게 돌리는 것으로 진짜 모욕감으로부터 도망치고자 했다. 넌 나에게 모욕감을 줬어. 영화 「달콤한 인생」의 유명한 대사를 빌려 모욕이 모두 질문을 던진 면접관 탓에 발생한 것이라고 한정 짓는 것으로 민주는 업무를 하며 현장에서 받는 모욕 안에서 조금은 평정심을 회복할 수 있었다. 모욕은 확실한 외부 대상을 정하고 분명한 복수의 형태를 띤 채 미래완료 시점의 상상의 영역으로 넘어갈수록 다루기 쉬운 것이 되었다.

그렇게 다른 날과 그리 다르지 않은 모욕된 날들 중의 하루에, 민주는 나를 만나게 된다. 그날 민주는 내게 받은 와펜을 움켜쥐고 사무실에 갔다가 선배의 호출을 받았다. 선배의 부당한 책망을 듣는 동안 손안에 있는 작고 귀여운 것들에 대해 생각했다. 그리고 자리로 돌아왔을 때 그것들을 책상에 올려놓고 찬찬히 들여다보았다. 마음이 순하게 물러졌다. 그중에 입체로 만든 작은 모자도 있었다. 민주는 가운뎃손가락에 그것을 끼워 보았다. 민주의 책상 앞을 지나던 선배가 그게 뭔데,라고 물었다. 민주는 주먹을 쥔 채

손가락 모자를 쓴 가운뎃손가락만 펼쳐 선배의 눈앞에 흔들며 말했다. 귀엽죠, 손가락 모자예요.

그것이 민주가 모욕 모자의 쓸모 — 모욕을 건네며 모욕을 숨기고 모욕을 기억하며 모욕을 방어하고 빙그레 쌍X의 미소를 지으며 모욕을 나누는 용도로서의 — 를 발견하게 된 계기라고 했다. 지금까지 우리가 함께 만든 모욕 모자에는 이런 것들이 있다.

— 흰 사각팬티에 코끼리의 축 늘어진 코가 달린 코끼리 아저씨는 코가XX모자

— 검은 중절모에 깨진 거울 조각이 가득 달린 모욕 반사 모자

— 히잡과 웨딩 베일, 레이스가 달린 미사보에 지X마소서를 새긴 은총의X모자

— 함부로 잘린 단발머리 가발에 손가락으로 여러 번 주무른 껌을 붙인 단물빠진껌모자

— 모형 비둘기 인형을 단 마법사 모자에 비둘기 똥을 바른 평화의사절단모자

— 수영모에 알록달록하고 큼직한 꽃을 가득 단 X 가리가꽃밭모자

— 희고 보송한 털모자에 분홍 토끼 귀를 단 죽은

토끼에게어떻게모욕을설명할것인가모자

그리고 여덟 번째 모욕 모자를 만들기로 한 날, 민주가 전단지 한 장을 들고 공방 문을 열었다. 아트센터에서 다음 분기 정기 공연에 앞서 사전 공연 이벤트로 시민 공모전을 시행한다고 했다. 민주는 우리의 모욕 모자를 활용할 기회가 드디어 왔다며 즐거워했다. 모욕에서 중요한 건 공연성이니까요. 그렇게 말하며 민주는 공방 작업대에서 공연 기획안을 작성하기 시작했다. 그 기획안을 작성하는 동안 민주가 가장 많이 중얼거린 건 페터 한트케의 희곡「관객모독」의 대사였다. "우리는 이 욕들에 동의하지는 않을 것입니다."*

다음은 민주가 내게 보여 준 「모욕 모자를 위한 열 개의 실내극」의 한 부분이다.

---

* 페터 한트케, 윤용호 옮김, 『관객모독』(민음사, 2012), 58쪽.

XXXXXXXXX

1장

무대는 사각의 링. 관객들은 사각의 링을 좌우 앞에서 둘러싼 채 앉아 있다.

사각의 링 중앙에 세 개의 나무 의자가 서로 등을 맞댄 채 놓여 있다. 사각의 링 벽면에 늘어선 긴 죽창에는 오방색실들이 늘어져 있고 참수된 목처럼 모욕 모자 열 개가 대롱대롱 걸려 있다. 막이 오르면 배우 세 명이 관객석에서 걸어 나와 한 명씩 무대로 올라간다. 그들은 모욕 모자 중 한 개를 선택한 후 자신의 머리를 떼어 그 자리에 걸어 놓고 자신이 선택한 모욕 모자를 잘린 목 위에 얹고 의자에 앉는다. 세 사람은 서로 등을 맞댄 채 관객석을 향해 단 두 개의 대사만을 반복한다.

나　그때 나한테 왜 그랬어요.

너　나는 그런 사람이 아니에요.

당신　그때 나한테 왜 그랬어요.

나　나는 그런 사람이 아니에요.

너　그때 나한테 왜 그랬어요.

당신 　나는 그런 사람이 아니에요.

두 개의 대사가 반복되면서 질문하는 자와 대답하는 자가 바뀐다. 이렇게 한 구간이 끝나면 의자에 앉은 채 의자를 옆으로 질질 끌며 마찰음과 함께 이동해 관객들이 다른 각도에서 세 명의 배우를 볼 수 있도록 한 후 또 같은 질문과 답변을 주고받는다. 이 과정을 지겹도록 반복한다. 암전.

2장

1장과 마찬가지로 질문과 대답이 몇 차례 반복된 후 배우 한 명이 그때 나한테 왜 그랬어요에 대한 답을 한다. 그것은 배우의 개인적인 이야기로 공연마다 바뀔 수 있다. 이때 조명은 무대 위에서 말하는 배우가 아니라 탐조등처럼 관객석을 비춘다. 관객들은 그 이야기를 듣고 박수를 보낼 수도 있고 비난과 야유를 퍼부을 수도 있다. 어느 쪽이건 그때 왜 그랬는가에 관한 이야기를 하고 나면 배우는 일어나 죽창에 모욕 모자를 걸고 자신의 머리를 다시 쓸 수 있다. 그리고 관객석으로 퇴장해 앉아 있는 관객 중 한 명을 일으킨 후 그 의자에 앉는다. 누구를 선택하건 그 관객은

100퍼센트 확률로 모욕한 자, 모욕된 자다. 자리를 빼앗긴 관객은 무대에 올라 빈 의자에 앉아야 한다. 만약 관객이 무대에 오르기를 거부할 때는 무대 전면의 스크린에 뜨는 대사를 무대 위의 배우와 관객들이 모두 함께 세 번 외친다.

참여하지 않는 자가 범인이다.
참여하지 않는 자가 범인이다.
참여하지 않는 자가 범인이다.

누구도 범인임을 공공연하게 들키고 싶지 않다. 결국 관객은 무대에 오르고, 모욕 모자 중 한 개를 선택한 후 자신의 머리를 떼어 죽창에 걸고 그것을 목 위에 얹는다. 그리고 빈 의자에 앉아 다시 배우 두 명과 함께 질문과 답변을 반복한다.

나　　그때 나한테 왜 그랬어요.
너　　나는 그런 사람이 아니에요.
당신　그때 나한테 왜 그랬어요.
나　　나는 그런 사람이 아니에요.
너　　그때 나한테 왜 그랬어요.

당신 나는 그런 사람이 아니에요.

질문과 답변이 거듭되는 동안 어떤 질문은 마침표
가 되고 어떤 대답은 의문형이 된다. 누군가는 부끄러
워하며 오래 감춰 온 기나긴 답변을 하고 누군가는 화
를 내고 누군가는 울고 누군가는 떼어 둔 머리를 죽창
에 그대로 걸어 둔 채 모욕 모자를 쓰고 도망치듯 극
장을 빠져나간다. 그것이 반복되는 동안 관객들의 박
수 소리와 비난 소리는 점점 잦아든다. 마침내 관객들
은 더 이상 박수 치지 않는다. 더 이상 비난하거나 야
유하지도 않는다. 침묵한다. 침묵한다. 그리고 암전.

XXXXXXXXXXX

당연히 이 공연 기획은 채택되지 않았다.
심사평 중 하나는 가르치려는 태도, 교조적인 태도
가 불편하다고 했다. 그런가요. 조금 그러네요. 우리는
고개를 끄덕이며 그래도 계속 모욕 모자를 만들기로
했다. 열 개로는 애초에 너무 부족하다는 게 민주와
나의 생각이었다. 모욕 모자를 위한 열 개의 실내극보
다는 십팔 개의 실내극이 어감상 어울리지 않나요. 민

주는 그렇게 말하며 우선 여덟 개만 더 만들자고 했고 그래서 우리의 모욕 모자 만들기는 계속되었다.

그러던 어느 금요일 밤, 민주가 주먹을 꼭 쥔 채 공방 문을 열고 들어왔다. 그리고 내게 다가와 눈앞에 그 주먹을 망원경처럼 아주 조심스럽게 들이밀고 말했다.

보여요?

뭐가요?

안 보여요?

보이는 것은 깜깜한 내 미래뿐인가?

나는 민주가 장난을 친다고 생각해서 오래전 M이 내게 하던 나쁜 농담을 했다. 나쁜 농담이 아직 내 안에 남아 있다는 걸 잊고 있었다. 그러자 민주가 고개를 저으며 심각한 얼굴로 말했다.

장난치지 말고 진짜로.

나는 다시 민주가 꽉 쥔 채 눈앞에 들이민 주먹을 들여다보았다. 주먹을 꽉 쥐기 위해 힘이 들어간 민주의 손이 조금씩 떨리는 게 느껴졌고, 눈가에 닿은 민주의 손이 따뜻하다는 걸 깨달았고, 그리고 주먹 안의 응축된 어둠이, 오래 들여다봐서 일어난 암순응 탓인지 몰라도 어쩌면 빛인가 싶은 것이 잠깐 반짝이는 듯 보였으나 다시 보니 그것은 빛을 닮은 어둠일 뿐 빛은 아니었다. 보이지 않는 걸 보인다고 말할 수는 없었다.

보여요?

따뜻해요.

보이지는 않아도 나는 민주 손의 온기를 느낄 수 있었고 그래서 민주가 원하는 답이 뭔지 모르지만 그렇게 대답했다. 민주가 마침내 주먹을 내 눈앞에서 치우며 말했다.

그럴 줄 알았어요.

뭐가요?

따뜻한 게 이 안에 있을 줄 알았어요.

나는 민주의 얼굴을 보았다. 원하는 답을 얻은 것 같은데, 민주는 어쩐지 울 것 같은 얼굴이었다.

그날, 민주가 꼭 쥐고 온 그것은 이런 것이었다.

오후에 공연 물품을 실은 카트를 끌고 엘리베이터를 기다리다가 민주는 팀장의 배웅을 받는 그 면접관을 보았다. 얼굴을 기억 못 한다고 생각했는데, 본 순간 민주는 그가 질문을 던진 면접관임을 바로 알아보았다. 면접관과 둘이 엘리베이터를 기다렸다. 그렇게 찾고 싶었는데 막상 마주치자 아무것도 할 수 없었다. 민주는 엘리베이터가 한 층 한 층 올라오는 것을 가만히 응시했다. 마침내 엘리베이터 문이 열리고, 민주가 미는 카트가 바닥의 경계에 끼여 덜커덩댔다. 면접관이 그것을 앞에서 붙잡고 엘리베이터 안에 함께 실어 주었다. 민주는 엘리베이터에 올라탄 후 꾸벅 고개를 숙여 인사했다. 엘리베이터 문이 닫혔다. 면접관이 말했다.

할 만해요?

민주는 엘리베이터 버튼만 응시하며 대답했다.

네.

엘리베이터가 1층에 도착했다. 면접관이 열림 버튼을 눌러 주는 동안 민주가 카트를 밖으로 밀었다. 엘리베이터가 닫히기 전에 면접관이 웃으며 말했다.

잘할 것 같았어요.

문이 닫히고 면접관이 탄 엘리베이터는 지하 2층에서 멈췄다. 엘리베이터가 다시 1층에 올라올 때까지, 민주는 주먹을 꽉 쥐고 그 앞에 선 채 움직일 수 없었다. 면접관을 만나면 뭘 하고 싶은가요. 글쎄요, 대가리라도 깔까 봐요. 나와 했던 농담이 생각났다. 그러나 주먹은 대가리를 깨려고 쥔 게 아니었다. 그 말을 놓치고 싶지 않아서, 주먹 안에 그것을 꼭꼭 뭉쳐 두고 사라지지 않도록 간직하고 싶어서 쥔 거였다.

면접관은 그저 아무 생각 없이 던진 말일 수도 있었다. 아마 그럴 거였다. 그러나 민주에게 건넨 할 만해요?라는 질문, 그건 할 만하지 않은 일을 민주가 애써 하고 있다는 걸, 그 애씀과 모욕의 순간들을 알아주는 말인 것만 같아서, 그것을 놓치고 싶지 않아 주먹을 아주 꼭 쥐게 되고 말았다. 꼭 그 일뿐만이 아니라, 직장에서의 일만이 아니라, 이민주로 살아가는 모든 일들이 할 만하지 않지만 할 만하도록 용쓰고 있었다는 걸 알아주는 말 같았다. 그리고 잘할 것 같았다는 말. 그것은 민주에게 기약 없는 미래를 약속하는 말이 아니라, 착하게 살아 보려 애쓴 과거의 민주를 알고 보니 쌍X이라는 말로 짓밟아 버리는 말이 아니라, 민주조차 무시하며 함부로 대한 지난 시간의 민주의 머리를 쓰다듬어 주는 말이었다. 그러니까, 알고 보니 쌍X의 머리에 꽃을.

민주는 그 말을 하며 이번엔 귀가 아니라 눈가가 빨개졌다. 그리고 이런 말 한마디에도 자신의 머릿속에는 꽃이, 너무 많은 꽃이 핀다고, 이 꽃밭을 어떻게 해야 없앨지 모르겠다고 중얼거렸다. 내 머릿속이 꽃밭인 게 너무 싫은데, 지긋지긋하고 징그러운데, 어떻게 해도 이 꽃밭은 없어지지 않아요. 그렇게 중얼거리며 민주는 가만히 창밖을 보았다. 창밖으로 공방 앞의 화단에 심어 놓은, 대가 가늘고 잘 흔들리는 꽃들이 이리저리 휘청이며 바람을 나르는 풍경이 보였다. 민주는 벌떡 일어나더니 문을 열고 나가 화단 한구석의 메마른 흙을 손으로 파내고는 움푹해진 구멍에 자신의 머리를 묻었다.

대관식이구나. 나는 생각했다. 그것은 모욕인 줄도 모른 채 모욕을 자주 견디고 무뎌진 사람만이 쓸 수 있는 흙으로 만들어진 면류관이었다. 민주는 마침내 자신의 머릿속 꽃밭에 잘 어울리는 비옥한 모욕 모자를 찾아낸 거였다.

머릿속 꽃밭을 화단에 묻고 두 다리를 유리창에 기댄 채 어설프게 물구나무를 선 민주의 몸이 바람에 풍선 인형처럼 흔들렸다. 그것은 민주가 추는 모욕의 춤이었으나 얼핏 보면 구애의 춤처럼 보이기도 했다. 나는 예전에도 이런 춤을 본 기억이 있다는 걸 떠올렸고 지금도 어딘가의 광장 구석구석에서 이런 춤을 추는 사람들을 알고 있었다. 민주에게 그 이야기를 들려줘야 했다. 민주가 춤을 끝내기 전에.

나는 민주의 머릿속 꽃밭이 늘 좋았다. 내가 건네

준 작은 와펜에 귀가 빨개지며 어쩔 줄 몰라 하는 걸 본 순간부터 나는 민주의 머릿속 꽃밭을 애정했다. 무언가를 깨려고 쥐었다가도 작고 따뜻한 말 한마디를 소중히 쥐고 돌아와 내게도 나눠 주는 그 어설프게 단단한 주먹도 좋았다. 사실 민주가 꼭 쥐고 돌아온 그 말은 면접관에게서 온 게 아니었다. 면접관의 입을 통해 나왔지만 그 말을 완성한 건 지난 시간, 함께 덜 모욕되기 위해 기억하고 싶지 않았을 스스로의 모욕됨을 애써 떠올리며 하나씩 모욕 모자로 박제하며 자신을 '할 만하게' 만든 민주였다. 그렇기 때문에 미래의 민주가 그 말의 온기를 움켜쥘 수 있었던 거였다. 그러니까 민주의 머릿속에 꽃을 피워 준 건 다만, 잘해 온 지난 시간의 민주 자신이었다. 그러니 민주의 머릿속 꽃밭은 얼마든지 더 흐드러지게 피어 오래 흔들리고 오래 춤춰도 좋았다.

민주는 지금도 그 노래를 부르고 있을까. 내가 그렇게렇게 만만하니.* 민주는 언젠가부터 모욕을 당할 때면 머릿속에서 이 노래가 자동 재생된다고 했다. 그러면 저도 모르게 어깨가 들썩여지고요, 모욕적인 말

---

* 유키스 「만만하니」 중에서

들이 랩처럼 들리기 시작하거든요. 그러면 저는 랩 배틀에 나온 래퍼가 된 기분이 들고요. 그러곤 다 괜찮아져요. 민주는 웃으며 흥얼거렸다. 언제까지 어깨춤을 추게 할 거야.

무슨 생각 해요?

민주의 질문에 나는 언젠가의 밤에 물구나무를 선 민주의 대관식을 보고 왔다고 말했다. 대관식에서 멈추지 않고 이어지던 민주의 춤이 매우 훌륭해서 숨 쉬는 것도 잊고 바라볼 수밖에 없었다고. 화단의 마른 흙을 파낸 자리에 주먹에 쥐고 온 따뜻한 말을 묻고 두꺼비집을 만들던 민주가 빙그레 웃었다.

모욕 여왕의 대관식인가요?

아니. 모욕 시녀의 대관식을.

모욕 시녀도 대관식을 해요?

그럼요. 시녀들의 대관식이 얼마나 근사하냐면요.

나는 맨손으로 흙을 파내느라 깨진 민주의 손톱 위에 작고 봉긋한 무덤 같은 모자를 만들어 주며 만만한 우리들이 머릿속이 꽃밭인 채로 함께할 수 있는 많은 재미있고 신나는 일들에 대해 속삭이기 시작했다. 아주 오래전부터 전해 내려오는 시녀들의 비밀과 살아남은 시녀들의 밤에 대해서도.

허 수 의   탄 생

일곱 개의 다리를 하나도 빠짐없이 한 번씩만 건널 수 있을까?

수학자 레온하르트 오일러가 머물던 쾨니히스베르크는 도시를 흐르는 강에 의해 네 개의 구역으로 나뉘었다. 네 개의 구역을 나눈 강에는 네 개의 구역을 연결하는 일곱 개의 다리가 있었다. 어느 날 오일러는 다음과 같은 질문을 던졌다.

"일곱 개의 다리를 하나도 빠짐없이 단 한 번씩만 건널 수 있을까?"

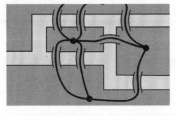

쾨니히스베르크의 다리

1 구시가지

껌이었다. 운동화 밑창에 붙은 껌이 걸을 때마다
뜨거운 보도블록에 닿아 찐득거렸다. 봉서가 껌을 떼
어 내려 바닥에 문지르자 껌은 신발 바닥의 홈을 메
우며 더욱 끈끈하게 달라붙었다. 어쨌든 떼려는 시도
는 해 본 거니까. 봉서는 다시 걸음을 옮겼다. 몇 걸음
지나자 껌은 바닥과 닿아도 더 이상 접착성을 발휘하
지 않았다. 껌의 성질이 사라지자 떼어 낼 이유도 없
어졌다.

구시가지를 걷는 사람들은 자주 걸음을 늦추고 발
밑을 확인해야 했다. 구시가지의 블록들은 모서리가
깨져 있거나 금이 가 있었다. 다리 건너 새로운 터미
널이 생기고 그 주변으로 새로운 시가지가 형성되면

서 이전의 시가지는 빠른 속도로 낙후되기 시작했다. 구시가지가 할 수 있는 건 방향을 트는 일이었다. 이제 와서 앞으로 나아가는 건 의미가 없었다. 방향을 틀어, 최대한 빨리 뒤로 달려가는 것이 최선이었다. 사람들은 도시가 하루빨리 낡기를, 그래서 어떤 기대도 없이 모든 것을 부수고 새로 시작할 수 있기만을 바랐다. 때로는 어떤 방향으로 움직이느냐가 모든 것을 좌우하는 법이었다.

봉서의 집에서 학원으로 가는 길에는 극장이 하나 있었다. 구시가지에 있는 두 개의 극장 중 한 곳은 지난봄 폐쇄되었다. 유일하게 남은 극장은 구시가지가 그냥 시가지일 때부터 낡은 곳이었다. 그래서 그것은 낡게 변한 것이 아니라 낡음이라는 자신의 본질에 충실한 것처럼 보였다. 무엇이건 아무리 낡거나 해지거나 못났어도 그것이 본질이기만 하다면, 정수에 가까워진 것들은 내부에서부터 빛이 나기 마련이었다. 시가지가 빠르게 구시가지로 변하는 동안, 그 빠른 속도에 적응하지 못한 것들이 빠르게 사라지는 동안, 이미 낡아 있던 것들만 당황하지 않고 자신의 모습을 굳건하게 유지했다.

극장에는 다른 도시의 극장에서 상영이 끝난 영화들이 뒤늦게 걸리곤 했다. 500만, 1000만이라는 숫자에 포함되지 못했던 사람들이 열외를 벗어나기 위해 뒤늦게 극장을 찾았다. 남들보다 조금 빠르게,의 시대에 남들보다 조금 늦게,라는 전략은 성공적이었다. 전략적인 선택이라기보다 어쩔 수 없는 뒤처짐이었지만 행렬의 끄트머리에라도 끼어 집합의 일부가 되고 싶은 사람들의 수요는 언제나 넘쳐 났다. 낡음을 깃발처럼 내걸고 나자 신시가지에서도 데이트하는 젊은이들이 찾아들었다. 극장 주변에 있는 다방이나 수족관이 있는 경양식집도 뒤늦게 인기를 끌었다.

영화가 끝났는지 극장에서 사람들이 쏟아져 나오기 시작했다. 현실로 돌아온 사람들이 현실이 눈부신 듯 실눈을 뜨며 거리를 걸어 다녔다. 봉서도 막 극장에서 나온 사람처럼 눈을 가늘게 뜨고 걸음을 옮겼다. 멀리, 학원 앞의 죽은 가로수에 무언가가 걸려 있는 게 보였다.

목격자를 찾습니다.

펄럭이는 것은 나무를 죽인 범인을 찾는 시의 현수막이었다. 현수막을 매단 채 죽은 가로수는 링거를 맞고 있었는데, 영양제를 맞는다고 해서 다시 살아날 가망은 없어 보였다. 부질없음이 명백한 일을, 전시하듯 처리하는 행정에는 사람의 마음을 흔들어 놓는 구석이 있다고 생각하며 봉서는 학원 건물을 올려다보았다. 2층의 레고영재학원 간판이 또렷하게 보였다.

봄이 되면서 웃자란 가로수의 무성한 잎이 2층 학원의 간판을 자꾸 가렸다. 원장은 간판이 보이지 않아 학생들이 가까운 학원을 두고 신시가지에 있는 학원에 간다고 불평했다. 간판을 가리던 가로수는 여름이 되면서 죽어 버렸지만 신시가지의 학원으로 간 학생들은 돌아오지 않았다.

가로수가 가리지 않더라도 상가의 간판들은 애초에 제 기능을 못 하고 있었다. 언제 허물지 모르는 건물에 투자를 하려는 사람은 없었다. 바이올린 대신 바이오리를 가르치는 학원과 요가 대신 요기를 가르치는 학원들이 입주한 상가에서는 결코 음악이 될 수 없을 바이오리 소리만 새어 나왔다.

무엇을 증명하려 했던 걸까. 봉서는 찬찬히 죽은 나무를 살펴보았다. 시의 공무원 말대로 독극물을 주사한 자국이 남아 있었다. 이런 짓을 하는 사람은 분명히 자신에게든 사회에게든 무언가를 증명하고 싶은 게 있을 터였다. 어딘가에 분명히 자신만의 규칙을 남겨 두었을 것이다. 그러나 나무엔 어떤 표식도 남아 있지 않았다. 단지 붉은 실만 하나 붙어 있었다. 모든 흔적은 아무리 사소하더라도 더하고 빼고 나누며 알맞은 식만 찾아 주면 어딘가에서 하나의 정의로 완성되는 법이었다. 봉서는 주머니에 실을 넣고 지도에 x를 하나 그려 넣었다.

선생님 안녕하세요. 아이들 몇이 학원으로 들어가며 봉서에게 인사를 했다. 그래. 봉서는 고개를 끄덕이며 보도 위의 작은 얼룩을 보았다. 붉은색 같기도 하고 검은색 같기도 했다. 오래 밟힌 얼룩은 원래의 색이 무언인지 알기 힘들었다. 봉서는 발끝으로 얼룩을 눌렀다. 얼룩인 줄 알았던 것은 작은 벌레였다. 검은색 벌레 안에서 붉은색 피가 터져 나왔다. 새로운 얼룩이 보도블록 위에 생겼다. 봉서는 발밑의 얼룩을 떼어 내려는 듯 재빨리 걷기 시작했다. 그러나 얼룩은 봉서의 걸음마다 따라왔다. 상관은 없었다. 새로운 얼룩은 곧 오래된 얼룩이 될 터였다. 시간이 지나면 오래된 얼룩은 얼룩이었던 것도 잊히기 마련이었다.

툭, 돌멩이 하나가 발끝에 부딪쳤다. 데구르르 울퉁불퉁한 보도를 따라 돌멩이가 굴러갔다. 툭, 봉서는 다가가 다시 돌멩이를 걷어찼다. 툭, 툭, 돌멩이는 상가 입구를 지나쳐 계속 굴러갔다. 툭, 돌멩이가 가는 길을 따라 봉서도 나아갔다. 선생님 어디 가세요. 뒤에서 누군가 물어보는 것 같았지만 봉서는 방향을 돌리지 않았다. 툭, 돌멩이를 차며 앞으로 나아가는 데 집중했다. 이것은 돌멩이인가 아닌가. 죽은 나무인지도 모른다. 죽은 나무에서 떨어진 죽은 참새인지도 모른다. 죽은 참새가 먹다 뱉은 죽은 나무의 죽은 열매의 죽은 씨앗인지도 모른다. 툭. 돌멩이는 차도로 굴러떨어졌다.

2 구시가지의 죽은 나무와 산 나무

전화가 온 것은 한 달 전이었다. 가로수 때문에 신고하신 적 있죠? 시의 공원녹지과 직원이라는 남자의 목소리는 귀에 익었다. 원장의 불평에 서너 번 가로수 유지 관리 담당자를 찾아 민원을 넣은 적이 있었다. 가로수가 간판을 가려 영업을 방해한다는 내용이었다. 조사 결과 별다른 영향을 미치지 않는다고 판단되었는지 후속 조치는 없었다. 그것으로 충분했다. 실질적인 조치가 따르길 기대한 것은 아니었다. 봉서는 단지 원장의 불만을 해소하기 위해 노력하는 자신을 그녀에게 증명할 필요가 있었을 뿐이었다.

직접 가로수에 조치를 취하신 적이 있나요? 담당자가 물었다. 어떤 조치 말씀이시죠? 봉서는 학원의 창밖으로 눈을 돌렸다. 그러고 보니 창을 가리던 초록의 잎사귀들이 보이지 않았다. 남자는 상가 앞의 가로수에 누군가 독극물을 투여해 나무를 고의적으로 죽였다고 했다. 봉서가 몇 번 민원을 넣은 터라 용의선상에 오른 모양이었다.

선생님 잠깐만 볼까요. 사무적인 말투로 봉서를 원장실로 부른 원장은 블라인드를 내리더니 봉서를 끌어안았다. 봉서 씨가 날 위해 그렇게까지 할 줄은 몰랐어. 아니라고 말할 틈도 없이 원장은 봉서를 용의자가 아닌 범죄자로 확정 짓고 있었다. 대학 때 통통하던 몸은 아이를 낳은 지금 오히려 더 날씬해졌다. 딱히 피할 이유도 없어서 봉서는 안겨 오는 몸을 마주안아 주었다. 원장실의 격자무늬 블라인드 틈새로 원장의 아이와 눈이 마주쳤다. 아이는 곧 시선을 돌려 언제나처럼 무심히 테이블 위에 레고를 쌓아 올리는 데 열중했다.

그날 저녁, 퇴근하는 길에 상가 앞의 가로수를 살펴보았다. 나무는 눈에 띄게 시름시름 말라 있었다.

봉서는 양옆의 다른 가로수들과 비교해 보았다. 조금만 관심을 기울였다면 금세 확연한 차이를 눈치챌 수 있었을 터였다. 간판을 가릴 때는 불평하던 원장도, 가로수가 더 이상 간판을 가리지 않고 어떤 불편도 주지 않자 곧 잊어버렸던 모양이었다. 번성할 때와 달리 죽어 가는 것은 쉽게 눈에 띄지 않았다.

용의자가 된 후에야 봉서는 나무를 죽이는 방법을 검색해 보았다. 의외로, 방법은 간단했다. 가까운 농약방에 가서 글라신을 구입한 후, 나무에 구멍을 아래로 비스듬하게 내어 주사기로 약을 주입하고 몇 개월 기다리면 된다는 것이었다. 사람이나 동물을 죽이는 것과는 달랐다. 손에 피를 묻힐 필요도 없었다. 가로수 때문에 민원을 넣을 때는 직접 죽이는 방법이 있다는 건 생각도 해 보지 않았지만, 지금이라면 봉서도 쉽게 나무를 죽일 수 있을 것 같았다. 담당자가 또 전화를 한다면 나무를 죽이는 방법 따윈 모른다고 잡아뗄 수도 없었다. 의심이 깃들자 의심받을 만한 근거도 하나씩 쉽게 만들어졌다.

죽은 가로수는 상가 앞의 가로수만이 아니었다. 구시가지의 가로수 중 많은 수가 독극물이 투여되어 죽어 가고 있는 것이 발견되었다고 했다. 덕분에 봉서는 용의선상에서 벗어났다. 가로수 관계자들에 대한 조사가 끝났지만 시에서는 범인을 찾아내지 못했다고 했다. 목격자를 찾는 현수막을 내건 걸 보니 이유도 파악하지 못한 것 같았다. 도대체 누가, 왜, 이런 일을 하는 걸까. 이 일로 인해 이득을 보는 사람이 나타나지 않았기 때문에 범인을 찾는 일은 미궁에 빠진 듯했다. 때문에 구시가지의 누구나 용의자가 될 수 있었다.

나는 아직 안 한 사람일 뿐이고, 그는 이미 한 사람일 뿐이다. 차이는 그뿐이다. 봉서는 생각했다. 이미한 사람과 언제든 할 수 있는 사람. 앞서 죄를 저지른 사람보다 앞으로 죄를 저지를 가능성이 큰 사람 쪽이 더 위험한 건 아닐까? 용의선상에서 벗어났으나 봉서는 자신이 용의자라는 생각에서 벗어날 수 없었다.

집과 학원을 오갈 때마다 가로수가 늘어선 큰길을 따라 걸으며 죽은 가로수와 산 가로수의 차이를 살펴보기 시작했다. 그것은 은행나무나 단풍나무처럼 나무의 종류와 관계된 것이 아니었다. 죽은 나무와 산나무의 차이는 오로지 식재된 위치였다.

연쇄적으로 벌어지는 일에는 어떤 식이든 패턴이 발견되기 마련이었다. 사람은 그토록 단순하며 시간은 많은 숨겨진 그림들을 드러낸다. 수학자 오일러는 중요한 것은 눈에 보이는 것이 아니라 각각이 연결된 방식이라고 했다. 그 연결된 방식을 찾기만 하면 수수께끼는 쉽게 풀릴 터였다. 오랜만에 증명되지 않은, 자신이 증명해야 할 방정식과 마주한 기분이었다. 연쇄 살목범, 그가 누군지는 모른다. 모르는 수니까 미지수 x라고 하자. x를 밝히기 위해서는 그에 맞는 수식을 만들어 내면 된다.

봉서는 구시가지의 위성사진을 보며 직접 지도를 그렸다. 몇 개의 찌그러진 도형과 도형 사이를 잇는 구시가지의 가로수 길을 그리고, 가로수 길을 한 번에 돌 수 있는 선을 그려 보기로 했다. 되돌아가거나 같은 길을 두 번 지나지 않도록 주의했다. 규칙을 찾기 위해서는 순서가 중요했기 때문이었다.

지도를 그려 놓고, 언젠가 죽은 가로수를 따라 걸으며 규칙을 찾아 보리라 생각했다. 하지만 오늘일 필요는 없었다. 두 번째 죽은 가로수 앞에서 봉서는 잠시 걸음을 멈추고 뒤를 돌아보았다. 한 번도 무단으로 결근을 한 적은 없었다. 지금 가면 강의 시간에 늦지 않게 들어갈 수 있었다. 지도를 그린 종이 반대편엔 오늘 아이들과 함께 풀 수학 문제가 적혀 있었다.

종이의 양면을 번갈아 들여다보았다. 오늘 가야 할 곳은 뒤에 있었고 오늘 가지 않아도 될 곳은 앞에 있었다. 봉서는 앞으로 나아가기로 했다. 이유는 하나였다. 지금 이 순간, 이 일을 해야 할 이유가 아무것도 없었기 때문이었다.

3 구시가지의 죽은 나무와 산 나무 사이를 33과 3분의 1 박자로

중요한 것은 시작점을 찾는 일이었다. 어디서 시작하느냐에 따라 전혀 다른 결과가 나올 수도 있었다. x가 어디서 시작했는지는 알 수 없었다. 알 수 없다면 x의 생각을 나와 일치시킬 수밖에 없다고 봉서는 생각했다. 나라면. 나라면 상가 앞의 나무에서 시작했겠지. 가장 먼저 죽이고 싶은 것은 언제나 매일 보는 풍경, 일상의 창밖을 가리는 나무일 테니까. 그래서 봉서는 상가 앞의 죽은 가로수를 좌표 (0,0)으로 삼고 계속 걸어가기 시작했다.

시작점을 찾고 방향을 정하고 나면, 적합한 속도를 찾아야 했다. 모든 일에는 가장 어울리는 속도가 있었다. 그 일정한 리듬을 찾는 일이 중요했다. x라면 어떤 속도로 걸을까. 가로수 길에 서서 봉서는 가만히 숫자가 자신을 찾아오기를 기다렸다. 해답을 구해야 할 방정식이 만들어지기도 전에, 불투명한 안개 속에서 숫자가 먼저 자신을 찾아오는 일이 종종 있었다. 숫자는 봉서와 가장 친밀한 언어였다. 33과 3분의 1 공회전. 죽은 나무의 속도로. 이내 그런 문장이 봉서의 머리에 떠올랐다.

하지만 나무에는 원래 속도가 없다. 죽은 나무의 속도라는 게 어떤 건지 알 수 없었다. 오가는 사람들의 속도에 걸음을 맞추어 보았다. 가로수를 살피며 걷기엔 너무 빠른 속도였다. 구시가지에는 산책을 하는 사람은 없었다. 모두가 목적지를 향해 바삐 걸음을 옮길 뿐이었다. 신시가지에서는 새로 깔린 초록색 보도 위를 폭삭폭삭 걸으며 강아지를 데리고 산책하는 사람들이 자주 목격된다고 했다. 그들은 이유 없이, 지나가는 사람들에게 친절히 인사를 건넨다고 했다. 이유 없이 인사를 주고받는 사람들이라니. 봉서는 쉬는 날에도 신시가지로 놀러 나가지 않았다.

보도 옆으로 자전거를 탄 여학생이 지나가고 있었다. 황금빛 바퀴는 초여름의 햇볕을 받으며 허공에 동그란 원을 반복해서 그리며 굴러갔다. 언젠가 아이들에게 파스칼의 사이클로이드 곡선에 대해 설명하기 위해 자전거의 바퀴를 이용한 적이 있었다.

　동그라미가 일직선 위를 굴러갈 때는 일정한 모양의 곡선을 그리는데 이 곡선의 주기를 사이클로이드라고 한단다. 자전거 바퀴를 관찰하다 보면 곡선이 일정하게 전진하다가 한 번씩 아래쪽에서 작게 말리는 걸 볼 수 있지. 기차도 마찬가지야. 기차는 앞으로 가기 위해 계속 앞으로 굴러가는 것처럼 보이지만 사실은 사이클로이드 곡선을 그리며 기차의 진행 방향과는 반대인 뒤로 약간 주춤했다가 다시 앞으로 전진한단다. 이 사이클로이드 곡선 주기가 반복되면서 자전거도 기차도 앞으로 나아가는 거야.

　설명하는 동안 아이들은 자전거의 벨을 뻑뻑 누르며 장난을 했고, 원장의 아이만 메트로놈처럼 일정한 박자로 몸을 좌우로 흔들며 봉서의 말을 그대로 따라 했다. 아이들은 지금 무얼 하고 있을까. 수업 시간이 되도록 오지 않는 학원 선생님을 기다리는 건 원장뿐일 터였다. 봉서는 휴대폰의 전원을 끄고 지도를 펼쳐 보았다.

　죽은 나무 산 나무 산 나무 산 나무 죽은 나무 산

나무 산 나무 산 나무 산 나무 산 나무 산 나무 죽은
나무 산 나무 산 나무 죽은 나무 산 나무 산 나무 산
나무 산 나무 산 나무 산 나무 산 나무 죽은 나무 산
나무 죽은 나무 산 나무 죽은 나무 산 나무 산 나무
산 나무

X-O-O-O-X-O-O-O-O-O-O-O-X-O-O-X-O-
O-O-O-O-O-O-O-X-O-X-O-X-O-O-O

봉서는 죽은 나무와 산 나무를 x와 o로 표시한 지
도를 한참 들여다보았다. 구시가지의 두 블록을 지나
오며 죽은 가로수와 산 가로수를 표시했지만 아직은
어떤 식도 끄집어낼 수 없었다. 직접 살펴보기 전에
는 죽은 나무들끼리 등차수열을 이루거나 일정한 나
무의 수를 곱해서 거리를 두는 등비수열을 이루는 건
아닐까 의심했지만 어느 쪽도 아니었다. 가장 의심했
던 건 피보나치수열이었다.

자연은 피보나치수열을 좋아했다. 1, 1, 2, 3, 5, 8,
13, 21…… 등 인접한 앞의 두 수의 합이 다음 수가
되는 피보나치수열은 정확하게 해바라기 씨의 비율과
일치했다. 선인장이나 앵무조개의 껍질에서는 자연

적으로 형성된 피보나치수열을 확인할 수 있다. 딸기 꽃의 꽃잎 다섯 장, 코스모스와 모란의 여덟 장, 금잔화의 열세 장, 치커리의 스물한 장 등과 같이 대다수 꽃의 꽃잎 수도 피보나치수열에 있는 수 중 하나였다.

피보나치 수가 커질수록 파이의 정확한 값에 점점 더 근접하게 되며 이는 황금의 수, 황금 비율과 가까워지고 이 황금 비율은 인간이 가장 아름답게 느끼는 비율이었다. 죽은 나무와 산 나무가 피보나치수열을 이룬다. 꽤 그럴듯한 이론이라고 봉서는 생각했다. 이해할 수 없는 목적을 가진 미친 짓일수록 결국 찾아보면 단순히 아름다움을 추구하는 경우가 많기 때문이었다. 그러나 지금까지 살펴본 바로는 죽은 가로수는 피보나치수열과도 관계가 없었다.

나라면. 봉서는 다시 한번 미지수 x에 자신을 대입해 보았다. 왜 이런 짓을 했을까. 그늘이 없는 죽은 나무 아래 서서 하늘을 올려다보았다. 눈이 부셨다. 지금 봉서에게 필요한 건 그늘이었다. 시원한 나무 그늘. 혹시 그는 그늘이 필요했나. 봉서는 생각했다.

그는 햇빛을 피하고 싶었는지도 모른다. 그늘이 필요했던 거다. 봉서는 훔친 나무의 그늘을 훔쳐다가 그을음을 만들어 내는 검은 그림자의 남자를 떠올렸다. 미지의 x는 검은 모자를 쓰고 검은 망토를 두르고 검은 지팡이를 쥔 채 훔친 나무의 그늘로 뭉게뭉게 그을음을 만든다. 어느 날, 그 그을음이 충분히 모아지면 구시가지를 그을음으로 덮으려는 음모를 꾸미고 있는지도 모른다. 그렇게 되면 아침이 와도 아무도 아침이 온 줄 모를 것이다. 창밖을 내다보고는 아직도 어제구나, 생각하며 다시 잠드는 날들이 계속되겠지. 구시가지에는 마침내 어제만 남고 오늘도 내일도 돌아오지 않을 것이다. 그리고 구시가지는 x의 도시가 될 터였다.

봉서는 죽은 나무 아래에 서서 좌표 (2,10)에 x를 그린 후 다음 가로수의 그늘을 찾아 재빨리 걸음을 옮기기 시작했다. 훔쳐간 그늘로 구시가지를 지배하려는 검은 망토의 사나이 x가 어디선가 자신을 보며 비웃고 있을 것 같았다. 한낮의 뜨거운 햇볕이 머리에 꽂혔다. 생각이 정리되지 않았다. 생각은 자글자글 햇볕에 끓어올라 화상으로 생긴 작은 수포처럼 톡톡 터지곤 했다. 어제 밤새 잠을 못 이루고 뒤척이다 깼던 게 생각났다. 마치 꿈속을 걷는 것 같았다. 지금이 현실인지 조금 전 지나쳤던 극장 안의 스크린 속인지

자꾸 헷갈렸다. 걸으면서 봉서는 꿈을 꿨다. 원래 한
낮에 깨어 움직일 때 꾸는 게 꿈이었다. 자면서 꾸는
꿈은 피곤이 그리는 그림일 뿐, 한낮의 재연일 뿐, 진
짜 꿈이 아니라는 것을 봉서는 알고 있었다.

규칙은 쉽게 찾아질 것 같지 않았다. 봉서는 조금
쉽게 접근해 보기로 했다. 가로수를 죽이셨나요? 봉
서는 죽은 가로수 근처의 가게에 들러 자신이 받은 질
문과 같은 질문을 던지기 시작했다. 첫 번째 들른 가
게는 잡화상이었다. 주인은 어이없다는 듯 고개를 절
레절레 흔들었다. 봉서가 나오려는데 주인이 검은색
기다란 우산을 내밀었다. 이런 날엔 화상을 조심해야
돼. 주인의 말에 봉서는 우산을 사 들고 나왔다. 그러
나 펼치지는 않았다. 두 번째 가게는 문구점이었다.
역시 봉서의 질문은 허공을 맴돌다 땅바닥에 추락했
다. 뭐든 사 가지고 나가야 할 것 같았다. 봉서는 잠
시 망설이다가 팽이 하나를 사 들고 나왔다. 세 번째
가게는 문이 닫혀 있었다. 간판집인 모양이었지만 정
작 간판은 떨어져 있었다. 간 ㄴ 달아 드립니다,라는
글자만 남아 있었다. 네 번째 가게는 중고 음반점이었
다. 크게 틀어 놓은 음악 소리에 주인은 봉서의 질문
을 듣지 못한 것 같았다. 다시 질문했지만 봉서의 질

문은 또 음악 소리에 묻히고 말았다. 가로수를 죽였거나 아니거나, 어차피 대답은 하나였다. 자신이 가로수를 죽였다고 대답할 사람은 아무도 없었다. 봉서는 다시 질문을 던지는 대신 오래된 LP판들을 살펴보았다. 1967년에 발매된, 그가 가장 좋아하는 레코드가 먼지에 덮인 채 상자 안에 놓여 있었다. 턴테이블도 없으면서 봉서는 레코드를 사 들고 가게를 나왔다. 사더라도 쉽게 들을 수 없으리란 점이 가장 마음에 들었다. 다섯 번째 집은 럭키슈퍼였다. 질문을 이해 못 하는 주인 아주머니에게 사과를 하고 사이다한 병을 샀다. 뚜껑을 열자 기포가 보글보글 올라오는 게 보였다. 슈퍼 앞 의자에 걸터앉아 사이다를 마셨다. 끄윽. 몸속에 들어갔던 기포들이 다시 금세 튀어나왔다. 럭키. 마실수록 더 목이 말랐다.

여섯 번째 집은 자매식당이거나 김밥천국이었다. 죽은 가로수는 그 중간에 위치해 있었다. 자매식당앞에는 자리가 나길 기다리는 직장인들 여섯 명이 줄지어 있었다. 봉서는 줄의 끝에 섰다. 일곱 번째. 오늘의 메뉴는 낙지덮밥인 모양이었다. 가게 앞에 네 개의 낙지상자를 쌓아 놓고 언니거나 동생이거나 어느누구의 자매도 아닐 식당 여자가 산낙지를 꺼내어 토

막 내고 있었다. 낙지 한 마리를 도마 위에 올려놓고
여섯 번 토막 내어 그릇에 담았다. 다시 낙지 한 마리
를 꺼내어 여섯 번 토막 내어 그릇에 옮겨 담았다. 또
낙지 한 마리를 꺼내어 토막을, 내는데 학교가 파하
고 귀가하던 아이들 네 명이 그 광경이 신기한 듯 모
여들었다. 여자가 꿈틀거리는 낙지를 쥐고 장난삼아
얼굴 가까이 들이밀자 아이들이 비명을 지르며 흩어
졌다. 다섯 번만 토막 낸 낙지 한 마리가 그릇에 옮겨
졌다.

　네 명이 빠져나가고 세 번째 차례가 되었다. 봉서
는 뒤를 돌아보았다. 자기 뒤로 이어질 줄 알았던 줄
은 더 이상 이어지지 않고 있었다. 1, 2, 3. 숫자는 줄
었지만 여전히 봉서가 줄의 끝이었다. 잠시 망설이다
가 봉서는 줄을 빠져나왔다. 빈자리가 많은 김밥천국
에 들어가며 돌아보니 줄은 어느새 0이 되어 있었다.
새로 온 손님 두 명이 줄을 서지도 않고 바로 자매식
당 안으로 들어서고 있었다.

　줄을 설 필요가 없었는데. 봉서는 뒤늦게 깨달았
다. 자신은 가로수에 대해 묻기만 하면 되는 거였다.
단지 줄이 거기 있다는 이유로 너무 쉽게 줄 끝에 섰
고, 또 너무 쉽게 빠져나왔다. 줄에 관한 한 봉서는

한 번도 무심한 적 없었으나 끝까지 버텨 본 적도 없었다.

창가에 앉아 김밥을 말고 있는 건 수연이었다. 가끔 상가 건물에서 마주쳤지만 수연이 이곳에서 일하는 술은 알지 못했다. 혹시 가로수를 죽이셨나요? 김밥에 오이를 넣다가 수연이 어리둥절한 표정으로 봉서를 쳐다보았다. 뭐라고 하셨죠? 수연이 작은 목소리로 되물었다. 어차피 답을 들어야 했던 질문은 아니었다. 봉서는 다시 묻는 대신 김밥 한 줄을 주문했다. 수연이 새 김을 깔고 밥을 얹고 계란과 당근과 단무지와 오이와 햄을 하나씩 올려놓고 말기 시작했다. 수연의 손끝에서 각각의 재료들이 동그랗게 말려 하나의 김밥이 되었다.

수연은 봉서의 학원이 있는 상가 2층에 있는 바이올린 학원에 다녔다. 그 전에는 4층의 요가 학원에 다녔고 그 전에는 3층의 미술 학원에 다녔고 그 전에는 1층의 수예점에서 뜨개질을 배웠다. 봉서가 퇴근할 때면 늘 무언가를 배우러 오거나 배우고 나가는 수연과 마주치곤 했다. 가끔 마주치는 게 전부였지만 그녀가 자신을 좋아한다는 걸 알고 있었다. 봉서는 모르는 누군가 자신을 좋아할 수 있다고 생각해 본 적도 없었기 때문에, 수연이 자신을 좋아한다는 걸 바로 알아챌 수 있었다.

복도를 지나며 수연이 연주하는 바이올린 소리를 종종 듣곤 했다. 그녀의 바이올린 실력은 바이오리 학원의 방음 수준만큼 형편없었다. 불가능한 것을 불가능하다고 보여 주는 것만이 목표라는 듯이, 그녀의 연주는 한 달이 지나고 두 달이 지나도 늘지 않았다. 어쩌면 그녀가 다니는 학원이 바이올린이 아니라 바이오리를 가르치는 곳이라서 그런지도 몰랐다.

봉서가 김밥을 손에 쥐고 식당에서 나올 때부터, 수연은 봉서의 뒤를 쫓아왔다. 봉서도 알고 있었다. 그러나 그녀는 일곱 걸음의 간격을 유지하며 쫓아왔다. 쫓아오는 것 같았지만, 아니라고 하면 아닐 수도 있는 거리였다. 무슨 일일까 궁금했지만 한편 궁금하지 않기도 했다. 수연이 먼저 말을 걸지 않는 한 봉서가 말을 건네기는 애매한 거리였다.

구시가지의 공원에 다다른 후에야 봉서는 걸음을 멈추었다. 벤치에 앉아 김밥을 꺼내며 속으로 숫자를 셌다. 하나. 둘. 셋. 넷. 다섯. 여섯. 일곱을 채 세기 전에 수연이 봉서의 앞에서 걸음을 멈추었다. 두 사람의 간격은 한 걸음 차이가 되고 속도는 똑같이 0이 되었다.

단무지를.

꼭 해야 할 말이 있는 듯 봉서 앞에서 머뭇거리던 수연이 주춤주춤 앞치마 주머니에서 꺼낸 것은 개별 포장된 노란 단무지였다.

4 구시가지의 죽은 나무와 산 나무 사이를 33과 3분의 1 박자로 굴러가는 저,

구시가지의 공원 가운데에는 시의 상징물이 돌로 조각되어 있었다. 청개구리의 몸에 박쥐의 날개를 달고 원숭이의 꼬리를 한 상징물은 각각의 부분들이 조화를 이루지 못했지만 그 부조화 때문에 관리가 안 된 낡은 공원과 썩 잘 어울렸다. 낡은 조각상 주위에서 아이들 몇이 자전거를 타고 빙글빙글 돌고 있었다.

자전거를, 탈 줄 아세요? 벤치의 한쪽 끝에 앉아 있던 수연이 물었다. 봉서는 단무지를 우물거리며 고개를 저었다. 봉서는 자전거를 탈 줄 몰랐다. 어린 날 배워야 했던 것을 놓치면, 어른이 되어서 익히기 힘들어지는 일들이 있기 마련이었다. 봉서는 자전거를 타는 아이를 보았다. 봉서의 시선은 계속 자전거보다 조금 늦게 움직였다. 자전거의 속도를 따라잡을 수가 없었다. 그러고 보니 자신은 한 번도 자전거의 속도로 세상을 지나쳐 본 적도, 풍경을 바라본 적도 없다는 것이 생각났다. 자전거의 속도가 궁금했다.

애야, 자전거를 잠시 빌려주겠니? 봉서의 말에 아이가 의심스러운 눈초리로 봉서를 쳐다보았다. 자전거를 빌려주면 저한텐 어떤 이득이 있는데요? 아이가 물었다. 똑똑한 아이였다. 이걸 받으렴. 봉서는 주머니에 넣어 둔 팽이를 건네주었다. 아이는 잠시 망설이다가 자전거를 봉서에게 빌려주고 팽이를 돌리기 시작했다. 수연은 벤치에 앉아 가만히 봉서를 쳐다보았다.

봉서는 자전거를 탔으나 탈 줄 몰랐다. 방향도 속도도 봉서의 의지대로 움직일 수 있는 것은 아무것도 없었다. 눈앞의 풍경이 흔들리기 시작했다. 하나의 길이 두 개가 되었다가 다시 하나가 되곤 했다. 수직의 나무들과 수평의 길들이 합쳐졌다가 흩어졌다. 수평과 수직이 함께 빙글빙글 돌았다. 도는 것은 봉서가 아니라 풍경인 것 같았다. 바퀴 하나가 빠진 게 아닐까. 봉서는 생각했다. 바퀴가 빠지지 않았다면 이렇게까지 비틀거릴 리가 없었다. 이윽고, 수직과 수평이 서로 자리를 바꾸었다. 봉서는 깨진 보도블록 위에 넘어지면서, 빠져나간 바퀴가 굴러가고 있지 않나 주위를 둘러보았다.

데굴데굴 무언가 좁은 골목길 안으로 굴러가고 있는 것이 보였다. 바퀴인가? 봉서는 눈을 가늘게 뜨고 유심히 살펴보았다. 햇볕에 반사되는 차가운 은색의 둥근 구. 그것은 오래전 봉서가 잃어버렸던 굴렁쇠였다.

5 구시가지의 죽은 나무와 산 나무 사이를 33과 3분의 1 박자로 굴러가는 저, 굴렁쇠

그때는 누구나 굴렁쇠를 굴렸다. 학교 앞 문구점에는 색색의 굴렁쇠가 대롱대롱 걸려 있었고 아이들은 운동장과 골목에서 저마다 자신의 굴렁쇠를 굴리곤 했다. 둥글둥글 굴렁쇠야 굴러 굴러 어디 가니 굴러 굴러 산에 가니 굴러 굴러 강에 가니. 노래하며 굴렁쇠를 굴리면 맞은편에서 굴렁쇠를 굴리며 오던 아이가 화답했다. 어딜 가나 묻지 마라 굴러 굴러 나는 간다 산이 있어 산에 간다 강이 있어 강에 간다 간다 간다 나는 간다 둥글 둥글 굴러 굴러.

88서울올림픽 개막식 장면은 여러 번 재방송되었다. 소년이 어둠 속에서 천천히 굴렁쇠를 굴리며 운동장으로 나왔다. 거대한 고요 속에 수많은 눈들이 소년이 굴렁쇠를 굴리는 모습을 지켜보았다. 이윽고 운동장 한가운데까지 다다른 소년은 굴렁쇠를 멈추고 관중석을 향해 손을 흔들었다. 불이 켜지고, 모두가 박수를 치며 환호했다.

저것 봐라, 저것 봐라, 하루만 일찍 태어나지. 엄마가 봉서의 등짝을 내리쳤다. 봉서는 1981년 10월 1일에 태어났다. 굴렁쇠 소년으로 불린 88 호돌이는 1981년 9월 30일에 태어난 아이들 중에서 선발되었다. 그날은 독일의 바덴바덴에서 서울이 일본의 나고야를 누르고 올림픽 개최지로 확정된 날이었기 때문이다.

봉서가 굴렁쇠를 처음 놓친 것은 1981년 10월 1일이었다.

굴렁쇠는 소란과 꽉 참이 아닌 침묵과 비움의 메시지를 전달합니다. 개막식을 중계하던 아나운서가 말했다. 열 번, 스무 번, 보고 또 봐도 봉서는 볼 때마다 목이 메었다. 뜨거운 인절미를 서너 개쯤 한꺼번에 입 안에 밀어넣은 것 같았다. 침묵과 비움의 메시지는 굴러 굴러 봉서의 목 안에 똬리를 틀고 봉서를 기나긴 침묵으로 이끄는 것 같았다. 봉서는 사이다를 벌컥벌컥 마셨지만 시원한 트림은 나오지 않았다.

골목 안에서, 굴렁쇠를 굴리지 않는 아이는 구봉서뿐이었다.

태어나면서부터, 봉서의 굴렁쇠는 저 혼자 저 앞에서 먼저 굴러가고 있었다. 봉서는 다가갈 수 없었다. 꿈속에서 밤새 쫓아가도 거리를 좁힐 수가 없었다.

봉서는 천천히 그 모든 결승선에서 멀어지기 시작했다. 결승선이 눈앞에 보이기 시작하면 배가 살살 아팠다. 결승선을 눈앞에 두고 화장실에 가서 똥이나 누어야 했다. 무른 똥을 누고 오면 결승선의 리본은 이미 끊어지고 경기는 끝나 있었다. 찬란하게 나부끼던 만국기만 빈 관중석 의자에 함부로 나뒹굴었다. 만국기를 집어 들고 터덜터덜 혼자 집으로 돌아오던 나날들, 그것이 봉서가 뛰어온 레이스였다.

자존심도 없냐? 어떻게 널 차고 다른 남자와 결혼한 전 애인 밑에서 일하냐. 소식을 접한 동창들은 봉서가 옛 연인의 학원에서 일이랍시고, 아직 혼자 똥도 못 닦는 아이들과 레고를 쌓거나 스도쿠를 하는 걸 알고는 혀를 차곤 했다. 배알도 없다. 그렇게 할 일이 없어?
봉서는 재미있는 농담을 듣는 것처럼 웃기만 했다.

명백한 비굴함 속에 자리 잡으면 더 이상 삶이 주
는 어떤 모욕에도 모욕당하지 않는다는 것을 그들은
아직 몰랐다. 집에 돌아오면 가만히 누워 천장의 네
모난 무늬들을 헤아리며 수직선상을 벗어난 하나의
좌표가 되는 것에 대해 자주 생각했다. 이렇게 하루,
이틀, 일주일, 열흘, 한 달을 누워서 천장에 좌표를 그
리다 보면 이대로 허공에 뜬 하나의 점이 될 수도 있
을 것 같았다.

하지만 수직선은, 결코 봉서를 놔주지 않았다.

1년에 한 번씩 봉서는 개그맨 시험을 보러 갔다.
개그맨이 되고 싶거나 될 수 있을 거라고 생각한 적
은 한 번도 없었다. 구봉서 씨. 재미있는 이야기 좀 해
봐. 코미디언하고 이름이 같다는 이유로 사람들은 종
종 그에게 코미디를 기대했다. 그러나 봉서는 한 번도
그 기대에 부응해 본 적이 없었다. 명백히 기대치 없
는 불가능한 일이라서 봉서는 개그맨 시험을 보러 가
곤 했다.

불가능은 무엇도 가능하게 했다. 불가능은 무한한
자유와 동의어였다. 봉서는 개그맨 시험장에서라면

하고 싶은 걸 하고 싶은 대로 할 수 있었다. 올해 개그맨 시험장에 봉서는 칠판과 분필을 들고 갔다. 꾸벅, 심사 위원들에게 인사를 한 후 봉서는 칠판에 하나의 방정식을 적기 시작했다.

$x^n + y^n = z^n$에서 n이 3 이상의 정수(整數)인 경우 이 관계를 만족시키는 자연수 x, y, z는 존재하지 않는다.

이것은 페르마의 마지막 정리라고 불리는 식입니다. 칠판 가득 식을 적으며 봉서는 말했다. 페르마는 이와 같은 정리만 남기고 증명 방법은 남겨 놓지 않았습니다. 때문에 이 식은 1994년 10월 영국의 수학자 앤드루 와일스가 증명하기까지 357년 동안 수학자들에게 해결하지 못한 과제였습니다. 지금부터 이 식을 증명해 보이도록 하겠습니다.

봉서가 분필을 들었다. 작은 칠판은 이미 적은 정리만으로 꽉 차 있었다. 칠판 앞에서 잠시 머뭇거리다 봉서는 분필을 내려놓고 말했다. 저는 분명히 증명을 끝냈습니다. 그러나 여백이 좁아서 여기에 적는 것은 생략하겠습니다.

잠시, 어색한 침묵이 시험장을 가득 채웠다. 웃는

사람은 아무도 없었다.

　이것은 봉서가 아는 가장 재미있는 수학적, 존재론적 농담이었다. 페르마는 이 정리를 풀이 없이 남겨 놓고 다음과 같이 무책임한 메모를 덧붙였다. "나는 이 문제를 증명하는 경이적인 방법을 발견했다. 그러나 여백이 좁아서 여기에 적지 못한다." 이것이 참인지 거짓인지조차 알 수 없었다. 그러나 이를 통해 수백 년간 수많은 수학자들이 이 정리를 증명하기 위해 매달렸다. 진정한 코미디가 아닌가, 봉서는 생각하곤 했다.

　그게, 웃기려고 한 코미디인가?

　심사 위원들이 당황한 표정으로 봉서를 쳐다보았다.

　네. 이것은 코미디입니다.

　봉서가 이어 말했다.

　저는 이것이 코미디라는 것을 증명하는 방법을 알지만 생략하겠습니다. 세상에는 여백이 너무 부족하기 때문입니다.

　심사 위원들이 뜨악한 표정으로 봉서를 쳐다보았다. 어린 날, 침묵과 비움의 메시지를 전달받은 봉서처럼 목이 타는지 물만 벌컥벌컥 마시는 심사 위원들을 뒤로 하고 봉서는 시험장을 나왔다.

저놈, 웃긴 자식이네.

닫힌 문 사이로 어이없다는 듯 내뱉는 심사 위원의 목소리가 들려왔다. 웃긴 자식이네. 어디서도 들어 보지 못한 칭찬이었다. 봉서의 얼굴에 웃음이 떠올랐다. 아무도 웃지 않았지만, 자신만은 웃을 수 있었다. 내년에도 봉서는 개그맨 시험을 보러 갈 예정이다.

그들은 몰랐지만 봉서는 시험장에서 굴렁쇠를 굴렸다. 보이지 않는 굴렁쇠를 보이지 않는 굴렁대로 보이지 않는 길을 따라 아름다운 곡선을 그리며 굴렁쇠를 굴렸다. 끝내 관중석의 불은 켜지지 않았고 아무도 감탄하지도, 박수를 보내지도 않았지만 그렇기에 진정한 침묵과 비움의 메시지가 전달되었다고 봉서는 생각했다.

가끔 봉서는 꿈을 꾸었다. 운동장 한가운데까지 굴렁쇠를 굴리며 가는 소년은 봉서다. 아니다. 소년이 아니다. 굴렁쇠를 굴리며 운동장 한가운데까지 도달하는 동안, 1년, 2년, 3년, 시간이 흘러간다. 운동장 가운데에 이를 때쯤, 봉서는 이미 서른 살의 남자가 된다. 봉서는 멋지게 굴렁쇠를 멈추고 손을 흔드는 대신 자신의 굴렁쇠에 발이 걸려 어설프게 넘어지고 만다. 아무도 웃지 않는 코미디. 그래서 길이길이 기억

될 세기의 코미디 쇼를 선보이는 위대한 코미디언 구봉서 선생님.

저 혼자 앞서 가던 굴렁쇠는 때때로 봉서의 앞에 나타났다. 봉서가 갑자기 속도를 늦추거나 방향을 틀 때, 인생의 어떤 구간의 시작이나 끝에서, 굴렁쇠는 한 번씩 봉서의 앞에 나타나곤 했다. 이것이 다시 시작할 수 있는 기회라는 듯이, 새로운 차원으로 건너가는 동그란 문이 지금 열렸다는 듯이. 그러나 한 번도 봉서는 그 굴렁쇠를 손에 잡아 본 적이 없었다.

굴렁쇠는 지금, 봉서의 앞에서 굴러가고 있었다.

6 구시가지의 죽은 나무와 산 나무 사이를 33과 3분의 1 박자로 굴러가는 저, 굴렁쇠를 따라 딸기밭으로

곧 무너질 듯 낡은 담장이 이어진 좁은 골목길 양쪽에는 벽화가 그려져 있었다. 낮은 담장은 짙은 파란색으로 채색되어 있었는데, 가장 어울리지 않을 법한 색을 짓궂게 고른 듯했다. 파란 바탕 위에는 붉은 선과 검은 동그라미들이 몇 개 그려져 있었다. 선행하는 붉은 선과 뒤따르는 검은 점들. 아니, 그것들은 형님 먼저 아우 먼저, 누가 먼저랄 것도 없었다. 막막한 우주에서 길 잃은 행성처럼 저마다 무한히 떠다닐 뿐이었다. 점들은 제자리에 있지 않고 끊임없이 굴러다니고 회전하고 곡예를 넘었다. 빙글빙글 회전하는 둥근 판처럼 볼 때마다 다르게 보였다. 모르긴 해도, 이걸 그린 사람도 어릴 때 길과 길 사이, 길이 아닌 길을 다니며 열심히 굴렁쇠를 굴렸을 것 같았다.

막다른 담에는 종달새를 쫓는 붉은 원반 그림이 그려져 있었다. 어리둥절한 듯 우스꽝스러운 모습으로 새를 쫓는 남자의 모습이 자신의 그림자 같다고 봉서는 생각했다.

미로의 그림이네요. 수연이 말했다. 봉서는 수연을 돌아보았다. 수연은 파란 담장에 기대어 바이올린을 연주하고 있었다. 빨간 벨벳 조끼를 입고 털이 보송보송한 토끼 귀를 단 수연은 마법 소녀처럼 보였다. 수연은 굴렁대로 바이올린을 켰다. 바이올린에서는 바이올린 소리 대신 어미를 잃어버리고 우왕좌왕하는 못생긴 아기 오리 떼의 소리가 났다. 음악이 되지 못한 불협화음의 소리들은 하나씩 총알처럼 뻗어 나가 부르르 몸을 떨며 담장에 박혔다.

담장에 난 구멍으로 봉서는 담 너머의 세계를 보았

다. 그곳에 딸기밭이 있었다. 다섯 장씩의 딸기 잎에 감싸인 봄날의 딸기가 붉고 탐스럽게 매달려 있었다. 여름의 태양은 봉서의 머리를 뜨겁게 달구었다. 봉서의 머리는 곧 종달새를 쫓는 원반처럼 터져 버릴지도 몰랐다. 저곳에만 가면, 이 열기를 식힐 수 있을 것 같았다.

딸기밭에 가자.

봉서는 바퀴 없는 자전거 위에서 눈을 감았다. 바퀴가 없는 자전거는 길이 없어도 굴러갈 수 있었다. 눈을 떠 보니, 봉서는 담을 넘어 딸기밭에 들어와 있었다.

붉은 딸기는 달고 시원했다. 봉서는 정신없이 딸기를 따서 입 안에 넣기 시작했다. 점점이, 딸기 씨가 몸 안에 박혔다. 딸기는 발밑에서 배부른 무당벌레처럼 짓밟히며 툭툭 터졌다. 봉서가 걸음을 옮길 때마다 발이 붉게 물들어 갔다. 마치 피를 흘리는 것 같았다.

저 멀리서, 빙글빙글 돌고 있는 형체가 보였다. 너무 빨리 회전해서 무엇인지 알 수 없었다. 봉서는 돌고 있는 것과 같은 속도로 돌기 시작했다. 회전 속도를 맞추자 돌고 있는 것이 무엇인지 비로소 보였다. 원장의 아이였다.

선생님, 안녕하세요.

아이가 말했다.

여기서 뭘 하는 거니.

봉서가 물었다.

팽이를 돌리고 있어요.

아이는 딸기를 돌리며 딸기가 도는 방향과 정확히 반대 방향으로 제 몸을 돌리고 있었다.

선생님, 저는 언제까지 이곳에 있어야 하나요.

아이가 묻는 동안 딸기는 팽글팽글 계속 돌아가고 있었다.

애야, 왜 그걸 내게 묻니.

선생님이 데려오셨잖아요.

아이가 말했다.

나는 붉은 실 하나를 주머니에 넣었을 뿐인데 그 줄 끝에 있던 게 너였니?

봉서는 상가 앞에서 죽은 나무에 붙어 있던 붉은 실 하나를 주머니에 넣었던 게 생각났다. 주머니를 뒤져 보았다. 주머니에는 아무것도 없었다.

원장의 아이는 예민하고 재능이 있었다. 집중력이 없이 산만한 아이들과 달리 혼자 앉아서 네 시간, 다섯 시간씩 레고로 자신만의 성을 쌓곤 했다. 봉서는 아이의 특별한 재능을 항상 칭찬해 주었다. 너는 레고의 왕이로구나. 정말 특별해. 너는 특별한 아이야. 아이는 점점 더 특별해졌다. 자신의 주위에 점점 더 커다란 레고를 쌓기 시작했다.

봉서는 지난 크리스마스 때 아이에게 레고로 만든 커다란 성벽을 선물했다. 그렇게 커다란 성벽이면 누구도 아이가 쌓은 레고의 성을 깨부술 수 없을 것이다. 저 애가 당신 아이가 아니라는 건 알지? 언젠가 원장이 물었다. 봉서는 말없이 아이에게 더 많은 레고를 만들어 주고 더 많은 칭찬을 들려주었다. 아이는 바쁜 원장이 학원에서 일을 보는 동안, 다른 아이들이 수업을 받고 떠나간 후에도 한쪽에 앉아 자신이 쌓은 레고의 성에 혼자 갇혀 있곤 했다.

포에버? 포에버!

언젠가 아이가 봉서와 새끼손가락을 걸며 외치던 소리를 봉서는 잊지 못했다. 아이들이 외치는 영원히, 는 결코 어둠을 건너 하루를 넘기지 못한다. 그래서 소중한 것. 봉서는 그 부질없는 포에버를 가슴에 새겨 두었다.

아이는 이제 딸기보다 더 빠르게 돌고 있었다.

몰랐구나. 너는 비눗방울처럼 너무 가벼워. 무게가

없잖아. 모가지를 꺾어도 피 한 방울 나오지 않을걸. 그래서 이곳까지 너를 데려온 걸 몰랐구나.

봉서가 말했다.

그렇게 돌다간 목이 부러지고 말 거야. 이제 그만 멈추렴.

봉서가 아이가 돌리던 딸기를 짓밟았다. 아이는 그제야 회전을 멈추고 봉서를 쳐다보았다.

이제 집에 돌아가도 된단다.

봉서가 아이에게 우산을 건네주었다.

집은 어떻게 가나요.

우산을 든 아이가 허공에 뜬 채 물었다.

네 몸에 감긴 붉은 실을 따라 가면 된단다. 비가 내리는 길을 따라 우산을 받쳐 들고 걸어가렴.

아이는 빙글빙글 제 몸에 감긴 실을 풀며 낙하산처럼 우산을 펼쳐 들고 집으로 낙하하기 시작했다.

날이 어두워지기 시작했다. 어디선가 검은 박쥐 몇 마리가 날아와 벽에 자꾸만 머리를 부딪쳤다. 날아다니는 박쥐의 그림자가 벽에 새겨졌다. 박쥐의 날갯짓 소리가 사라져도 벽에 찍힌 배트맨의 날개는 사라지지 않았다. 달이 떠오르기 시작했다. 벽에 길쭉한 남자의 그림자가 드리워졌다. 길고 가느다란 무언가를 손에 쥐고 있었다. 장총 같기도 하고 커다란 주삿바늘 같기도 했다. 봉서는 그림자의 움직임을 주시했다. 그림자는 점점 작아졌다. 나무 앞에 쭈그려 앉은 그림자는 나무를 쓰다듬고 있었다. 그는 나무를 죽이러 온 범인이었다.

나무가 너무 자라서 뛰어넘을 수가 없었어요. 밤에도 자라나는 나무 때문에 밤이 되어도 잠을 잘 수가 없어요. 훔친 나무 그늘을 방 안에 꽉꽉 채웠지만 어둠은 언제나 제 안의 어둠보다 너무 환해서 잠이 오지 않아요. 멈출 수가 없어요.

사내는 나무 밑동에 주사를 놓으며 울고 있었다.

사내가 서서히 몸을 일으키기 시작했다. 담장에는 사내의 그림자만 길고 가늘게 새겨져 있었다. 봉서는 주위를 둘러보았다. 벽에 비친 그림자뿐, 사내의 모습은 보이지 않았다. 문득 봉서는 깨달았다. 내 그림자는 어디로 갔지? 봉서는 고개를 저어 보았다. 벽 속의 그림자도 고개를 저었다. 봉서가 오른쪽으로 가면 왼쪽으로 가고, 왼쪽으로 가면 그림자는 오른쪽으로 갔다. 봉서는 그림자로부터 도망가기 위해 서서히 뒷걸음질 치기 시작했다. 그림자는 점점 작아졌다. 사라진 걸까. 봉서가 안도의 한숨을 내쉬는 순간 그림자는 벽에서 나와 지나가는 봉서의 굴렁쇠를 낚아챘다.

자, 뛰어넘어 봐. 뛰어넘어 봐. 그림자는 말했다. 굴렁쇠는 동그랗게 타오르고 있었다. 봉서는 굴렁쇠를 뛰어넘었다. 뛰어넘은 곳에서는 구시가지가 화염에 휩싸여 있었다. 봉서는 다시 반대로 뛰어넘었다. 불길이 꺼진 구시가지의 건물들은 모두 그대로 재가 되었다. 죽은 나무와 죽은 건물들이 죽은 길 위에 늘어서 있었다. 더 빠른 속도로 좀 더 빠른 속도로. 봉서는 굴렁쇠를 계속 뛰어넘기 시작했다. 폐허가 된 구시가지가 마침내 딸기밭이 될 때까지 봉서는 넘고 또 넘었다. 딸기밭에는 붉고 탐스러운 딸기가 한가득 열려 있었다. 봉서는 하나씩 떼어 입에 넣고 꼭꼭 씹었다. 그리고 딸기밭에 웅크려 똥을 누었다. 셀 수 없이 많은 딸기 씨가 허공에 흩어졌다.

그림자는 사라졌다. 굴렁쇠 혼자 남았다.

그것은 아주 작은 굴렁쇠였다. 좀 더 큰 거 없나요? 문구점 아저씨가 웃었다. 네 굴렁쇠는 그만한 동그라미를 품고 있단다. 다른 사람 것을 탐하면 안 돼. 봉서는 굴렁쇠 안에 들어가 작게 몸을 말기 시작했다. 그리고 발로 열심히 굴렁쇠를 굴렸다. 막상 안에

들어와 보니 굴렁쇠는 크지도 작지도 않고 봉서에게
딱 맞았다. 봉서는 열심히 굴리기 시작했다. 이제 나
무를 뛰어넘지 않아도 될 것 같았다. 어둠보다 더 어
두워도, 나무의 그늘을 훔쳐 방에 꽉꽉 채워 넣지 않
아도 될 것 같았다. 한 번 굴리면 밤이 나오고 두 번
굴리면 낮이 나왔다. 봉서는 굴렁쇠와 함께 굴러가기
시작했다. 둥글 둥글 굴렁쇠야 굴러 굴러 어디 가니
산이 있어 산에 가니 강이 있어 강에 가니 간다 간다
나는 간다 둥글 둥글 굴러 굴러.

7

어디서 웃어야 될지 모르겠어요. 수연이 미안한 듯
말했다. 웃지 않아도 괜찮아요. 봉서는 옆에 앉은 수
연을 돌아보며 말했다. 수연은 봉서의 이야기를 들으
며 붉은 실을 가지고 실뜨기를 하고 있었다. 봉서가
이야기를 하는 동안 구시가지에 어둠이 내렸다. 어둠
은 죽은 나무 위에도 산 나무 위에도 똑같은 무게로
드리워졌다.

자전거를 타며 지나가는 아이들 너머로 덜덜덜 굴
렁쇠가 굴러가는 모습이 보였다. 어차피 잡지 못할 거

야, 포기하려는 순간 굴렁쇠가 멈추어 섰다. 깨진 보도블록에 걸린 듯했다. 지금이라면 굴렁쇠를 손에 쥘 수 있을 것 같았다. 봉서가 엉거주춤 엉덩이를 들어 올리려는데 수연이 봉서의 옆구리를 조심스레 건드렸다. 봉서가 수연을 돌아보았다. 수연이 봉서에게 실뜨기를 내밀었다. 잠시, 굴렁쇠를 보다가 봉서는 손을 내밀어 수연의 실뜨기를 건네받았다. 바람이 불어 굴렁쇠가 다시 굴러가기 시작했다. 봉서는 사라져 가는 굴렁쇠를 보며 수연에게 건네받은 실뜨기를 이어서 하기 시작했다.

일곱 개의 다리를 하나도 빠짐없이 한 번씩만 건널 수 있을까?

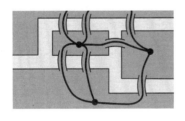

쾨니히스베르크의 다리

죽은 나무의 지도 반대편에는 아이들과 함께 풀기

위해 준비한 오일러의 증명 문제가 있었다. 이런 걸 가르치시는군요. 수연이 종이를 들여다보며 손가락으로 선을 그려 보기 시작했다. 손을 떼지 않고 한 번에 그려야 돼요. 몇 번 반복하는 동안 수연의 얼굴이 점점 더 벌겋게 달아올랐다. 저는, 저는 못 하겠어요. 수연이 부끄러운 듯 고개를 숙이며 종이를 뒤집었다.

못 하는 게 당연해요. 봉서가 말했다. 오일러가 증명한 것은 일곱 개의 다리를 빼놓지 않고 한 번씩 건널 수 있다가 아니라 없다를 증명한 거였으니까요. 봉서의 말에 수연이 다시 그림을 들여다보았다. 할 수 있음이 아니라, 없음을 증명하는 것도 의미가 있는 건가요? 수연이 물었다. 저는 증명이란 다, 할 수 있는 걸 증명해서 위대한 건 줄 알았어요. 수연이 말하며 봉서에게 종이를 건넸다.

봉서가 미처 잡기도 전에 수연이 손을 놓았다. 종이는 바람에 날아가기 시작했다. 수연이 당황하며 종이를 잡으려고 일어섰다. 괜찮아요. 봉서가 수연의 앞치마 끈을 잡으며 다시 자리에 앉혔다.

종이는 바람이 부는 대로 공중에 떠올랐다가, 다시 바닥에 내려앉으며 방향도 속도도 없이 떠가고 있었다. 봉서가 무단결근을 하고 한나절 동안 구시가지를 걸으며 그린 죽은 나무의 지도는, 아무런 증명도 남기지 못하고 바람에 날아갔다. 나무를 죽인 이유도, 규칙도, 범인도, 아무것도 찾지 못했다. 시작했을 때와 마찬가지로 새롭게 알게 된 것은 아무 것도 없었다.

허수라는 수가 있어요. 바람에 따라 움직임이 바뀌는 종이를 보며 봉서가 말했다. 제곱하면 음이 되는 허수 i가 발견되기 전까지 모든 수는 수직선상에 위치했어요. 수직선 밖의 한 점, 허수가 발견되면서 우리의 세계는 삼차원으로 넓어졌죠. 애초에 자연계에는 수가 없잖아요? 수연이 물었다. 네. 사실 모든 수는 허수일 뿐이죠. 대답하며 봉서는 휴대폰을 꺼내어 다시 전원을 켜고 시간을 확인했다. 이 시간을 기억해 두고 싶었다. 제곱하면 음이 되는 허수인 두 개의 i가 만난 지금 이 시간.

같이 산책하실래요? 봉서가 일어나며 말했다. 뭐, 하시던 중 아니었나요? 끝내셔야 하는 거 아니에요? 수연이 따라 일어서며 걱정스레 물었다. 정리는 끝났어요. 증명은, 여백이 없어서 생략하려고요. 봉서가 말하며 가만히 웃자 수연도 어리둥절한 표정으로 봉서를 따라 웃었다. 나중에 10년 뒤, 20년 뒤, 그때쯤

나는 정말 코미디언이 될 수 있을지도 몰라. 봉서는 생각했다.

붉은 실의 양끝을 하나씩 쥐고 봉서와 수연은 구시가지를 산책하기 시작했다. 저 앞에 굴렁쇠를 굴리는 소녀가 보였다. 흰색 바탕에 검은색 바둑무늬가 들어간 원피스를 입은 소녀가 굴렁쇠를 굴리며 가로수길을 달려가기 시작했다. 검은색 바탕에 흰색 바둑무늬가 그려진 격자무늬 원피스를 입은 소녀의 모습은 구시가지의 죽은 나무 뒤로 보였다가, 산 나무 뒤에서 가려졌다. 보였다가 사라지고 보였다가 사라지는 소녀는 점점 작아지더니 더 이상 보이지 않게 되었다. 원래 없었던 것처럼, 원래 아무것도 아니었던 것처럼.

작가의 말

　나는 아직도 사람을 만나는 게 어렵고 사람들과 유연하게 관계를 맺는 일에 익숙하지 않은데, (나이가 들수록 편해질 거라는 것은 착각이고 어떤 것은 더 어려워지거나 내내 어렵기도 하다는 슬픈 소식을 전하면서) 그래서 여전히 새로운 사람들을 만나면 마이쭈나 초코파이, 그와 유사한 작고 다정한 것들을 건네고 나눠먹는 것으로밖에 마음을 표현하는 법을 모른다. 그래서 내 소설의 인물들은 자꾸만 별것도 아닌 것을 건네주고 건네받곤 하는 모양이다.

　별것도 아닌 것을 굳이.

그것이 여기 담긴 여덟 편의 단편에 담긴 마음.

책을 내는 것은 좋기도 하고 무섭기도 하다. 특히 내 인생에 소설집은 없지 않을까,라고 생각해 온 긴 시간이 지나고 첫 소설집을 내는 마음은 더 그러한데, 이렇게 좋지 않으면 이렇게 무섭지도 않았으리라 생각하면 내가 무서워하는 많은 것들을 — 사람과 만나고 소통하는 일이나 내게는 늘 굵은 고딕체나 명조체로 두둥, 하는 느낌으로 읽히는 문학 같은 것들을 — 결국 좋아서 그런 거니까 이 정도 무서움쯤은 괜찮아, 별것도 아니야, 별것도 아니지, 꽤나 센척도 해 가면서 조금씩 더 앞으로 나가 볼 수도 있을 것 같다. 그러니까, 책 한 권 분량만큼의 좋음과 배짱과 별것도 아니잖아,의 몰라서 용감한 초심자의 패기로.

이 글을 쓰면서 나는 시간이 훌쩍 지나가 버렸다고 썼다가 지운다. 다시 생각하니 시간은 훌쩍 지나가지 않았다. 덜컹덜컹, 어떤 식으로건 겪어야 할 것은 겪어야만 시간은 마침내 지나갔다. 12년 전의 소설 네 편과 12년 후의 소설이 각각 네 편, 묶어 놓고 보니 어떤 점은 조금도 달라지지 않아서 이래도 되나 싶고 어떤 점은 조금도 달라지지 않아서 이대로도 괜찮지 않나, 싶기도 한데. 덜컹덜컹 지나가 버린 마음들이 소설 안에서 우왕좌왕 엉거주춤 우물쭈물 여전히 오리무중 속을 헤매고 있더라도, 그것이 한때의 최선이었다는 것, 무서움을 견디며 좋음으로 나가기 위한 한 걸음 한 걸음이었다는 걸, 나는 믿어 주고 싶다. 왜냐하면. 내가 내 소설을 믿어 주는 것, 그것이야말로 정말 별것도 아닌 거니까. 하지만 별것도 아니라서 정말이지 굳이, 애써 믿어 주어야 하는 거니까.

읽지 말아 달라고 부탁하면 내 글을 읽지 않아 주는 가족이라서 안심하고 글을 쓸 수 있다. 내 글을 읽지 않고도(실은 그렇기 때문에) 내가 좋은 글을 쓸 거라고 대책 없이 믿어 주는 가족이라서 나는 또 계속 글을 쓸 힘을 얻는다. 가족들은 내 첫 번째 다정한 이웃들이다.

소설집을 내자고 제안해 주시고 출간되기까지 애써 주고 살펴봐 주신 김세영 편집자님과 단편에 대한 짧은 아이디어를 듣고 다시 단편을 쓸 용기와 기회를 주신 박혜진 편집자님, 분에 넘치는 평론을 써 주신 김미정 평론가님께 특별한 감사를 전합니다. 혼자인 제 곁에 읽고 쓰는 좋은 이웃분들이 많아서(일방통행일지라도) 별것 아닌 것을 굳이, 10년 넘게 꼬깃꼬깃 모아 둔 이웃비를 이렇게 좋음과 무서움이 6대 4의 비율인 채로 낼 수 있게 되었습니다. 좋은 이웃이 되고 싶다는 인사를 부끄러운 진심을 다헤 건넵니다.

결국은 빈 괄호에 있다

김미정(문학평론가)

『이달의 이웃비』는 장편소설 『지나치게 사적인 그의 월요일』(2013)과 『고독사 워크숍』(2022) 등을 쓴 소설가 박지영의 첫 단편소설집이다. 여기에는 작가가 처음 소설을 발표하기 시작한 2010년대 초반의 작품이 4편, 2020년대 초반의 작품이 4편 실려 있다. 단편과 장편을 능수능란하게 넘나드는 상상력과 서사 앞에서 떠오르는 이미지가 여럿 있는데, 예컨대 어린 시절 종합선물 꾸러미 속의 과자 하나하나를 열어 볼 때의 설레고 궁금하던 기분들, 혹은 예측하기 어려운 벡터를 가지고 있지만 종국에는 그곳에 닿고야 마는 탄력 좋은 럭비공 등이 그런 것이다. 『이달의 이웃비』 속 8편의 단편소설 역시 그런 이미지를 변주하는데, 그럼에도 어떤 인물들의 잔상이 계속 떨쳐지지 않으니 그 이야기를 먼저 해 보려 한다.

1 배역과 가면

작가의 데뷔작 「청소기로 지구를 구하는 법」은 청소기 에이에스 일을 하는 주인공의 일상 이야기다. 그는 정해진 규칙에 따라 사는 류의 사람이고, 해외의 고아 소녀를 후원하는 선행을 남몰래 행하는 인물이다. 하지만 그런 성실하고 무던해 보이는 선함 이면에는 "언젠가는 가장 쓸모없는 것들로 가장 쓸모 있는 것을 만들고 싶"은(233쪽) 욕망이 강렬하다. 또한 "지구는 더 이상 가망이 없"다고 여기며 "지구를 없애기 위한 소명을 타고 난 클린맨"(244쪽)을 자처한다. 한편 그의 선행 역시 고객들을 속여서 부과한 벌금으로 이루어지고 있으니, 이런 면모는 이 소설집에 등장하는 복잡한 인물들을 이해하는 최초의 실마리로 읽어도 좋을 것이다.

「경주는 왜냐하면」 속 인물의 겉으로 비치는 모습과 그 속내의 괴리는 내내 긴장감을 자아낸다. 여기에는 읽는 이로 하여금 무언가를 들킨 듯 초조하고 뜨끔하게 만드는 것이 있다. 예컨대 장기와 시신 기증을 신청할 때에도 기간 한정 커피 쿠폰에 대한 소소한 잇속을 따지거나, 사후에 자기 신체가 타인에게 어

떻게 보일지 세심하게 의식하는 주인공의 속내는, 캐
릭터의 복잡성을 넘어 존재의 이질적이고 모순적인
여러 모습을 떠올리게 한다. 게다가 이 소설은 노골적
으로 전한다. 부러뜨린 뼈를 이어 주려고 하는 인류
의 노력이 아니라, 어떻게든 타인의 뼈를 부러뜨리고
싶어하는 은밀한 욕망 쪽에 초점을 맞추는 서사라고.
하지만 주인공의 강박적 위악이 자주 실패하는 것이
야말로 이 소설의 핵심이다. 착함이나 좋음을 벗어
나고 싶고, 어떻게든 "상스러운 종자"(105쪽)임을 드러
내고 싶지만 그건 몸에 자연스레 익혀진 것이 아니니
어설플 수밖에 없고 간파당하기 쉬울 수밖에.

한편 보이는 모습과 속내의 괴리를 「경주는 왜냐
하면」과는 다른 방식으로 그려 내는 소설이 「내 글
에서 냄새 나?」이다. 자기 안의 무수한 자기와 대결하
는 이 소설에 따르자면 사람들이 가령, 생일마다 케
이크 초의 불을 끄는 것은 자기 안의 내밀한 무언가
를 지우는 의식이라고 할 수 있다. 이는 반드시 선이
나 악의 문제만은 아니다. 그것은 오히려 사회가 허용
하거나 기대하는 일정한 가치를 연기하는 자기에 대
한 질문과 관련된다는 점에서, 배역과 가면의 문제로
접근해야 할 것이다. 하지만 미리 적어 두건대, 이러

한 주제는 예의 그 도플갱어 서사나 자아 탐색 서사 등으로 환원되지 않는다. 인물들이 보이는 나와 실제 자기 사이의 괴리를 자꾸 독자들에게 노출하는 것에는 전통적 의미의 개인의 내면이나 자아를 찾아나서 겠다는 목적을 초과하는 이유가 있어 보인다. 그것을 우선 '착함' '무해함' 등의 키워드를 경유하여 읽어보려 한다.

2 착함과 무해함을 증명해야 하는 세계, 그러나 서로에게 빚지고 있는 세계

「쿠쿠, 나의 반려밥솥에게」는 일견 오늘날 돌봄 불평등의 첨예한 현장 혹은 고령화 세계에서 돌봄의 가치를 돌아보게 한다. 그런데 한편 이것은 동시에 선의(善意) 너머의 위선, 쓸모에 따라 가치가 매겨지는 세계에 대한 강력한 블랙유머이기도 하다. 예컨대 소설 속 치매 노인 돌봄 브이로그는 실제 치매 당사자의 의향과 무관하게 만들어지고 운영되지만 '일상'이라는 이름으로 소소한 감동을 준다. 사람들은 '치매 노인의 일상'을 약자, 다정함, 귀여움, 무해함 같은 의미와

호환시켜 소비한다. 실제 이런 요소들은 오늘날 사람들을 끌어모으는 아주 매력적이고 소구력 있는 자원이기도 하다. 소설에서 정작 치매 당사자는 착취와 수탈의 대상이 된 셈이지만, 그것은 돌보는 아들의 착함과 선의로 포장되어 사람들에게 힐링으로 진딜된다. "고양이 김갑순을 귀여워하듯 치매에 걸린 무해한 노인을 귀여워"(36쪽)하는 사람들, "예쁘게 포장된 거짓과 위선으로 가득"(37쪽)한 콘텐츠를 경쟁하는 세계. 이것은 감히 말하건대 우리 시대의 잘 닦인 거울이다. 소설 속 아들의 착함과 아버지의 무해함은, 올바름과 선함을 갈망하는 오늘날 사람들의 강박과 그에 부응하는 마케팅, 미디어의 요구 등에 정교하게 얽혀 있다.

표제작 「이달의 이웃비」는 어떤가. '이웃비'라는 생소한 용어에도 역시 이 '착함'이 일종의 생존 자원이자 전략으로 택해지는 세계가 함축되어 있다. 이 소설은 질병과 장애를 갖고 있던 형의 죽음에 대한 애도의 소설이자 뒤늦은 추적담이기도 하다. 그리고 이 과정에서 주인공이 만나 관계를 맺어 가는 배병식의 서사가 소설의 또 다른 한 축을 이룬다. 배병식은 형과 오버랩되는 존재로 설정되고 있지만 소설은 이들을 일방향적으로 비호하거나 방어하지 않는다. 이 소설 역시 예기치 못한 사건과 사연들이 독자를 빈번히 긴장하게 만드는데, 곰곰이 생각해 보면 언급되는 제재 자체가 그럴 수밖에 없다. 예컨대 "가족이 아니었다면 형과 이웃이 되고 싶지 않"(168쪽)았다고 말하는 주인공의 발화가 그 복잡함을 단적으로 환기시킨다.

여기에서도 쓸모없거나 유해한 존재로 낙인찍히기 쉬운 존재는 "좀 모자르지만 착한 친구"(160쪽)로 기억되어야 한다. 아들에게 좋은 이웃으로 살아남는 법을 훈련시키고 그 모습을 반복적으로 이웃에게 노출하는 아버지의 노력은 「쿠쿠, 나의 반려밥솥에게」속 부자 관계에 상응한다. 배척되지 않고 살아남기 위해 필사적으로 "좋은 이웃"임을 "증명"(161쪽)하는 세계는, 앞서 '귀엽고 무해한 노인'임을 증명하고 경쟁하던 세계와 동일하다. 배병식의 이해하기 쉽지 않은 당근마켓 구매 활동(일종의 쓰레기 수거 역할인 셈)이야말로 이 세계를 체화해 버린 사례일지 모른다고 소설은 말한다. 폐 끼치지 않는 존재이자 어떤 식으로건 쓸모 있는 존재임을 증명하기 위해 지불하는 자기 존재 비용이 '이웃비'의 첫 번째 의미다. 작명법의 재치와 위트에도 불구하고 독자가 이 소설을 결코 편히 즐길 수 없는 이유가 여기에 있다.

이때 「쿠쿠, 나의 반려밥솥에게」에서 '반려밥솥'
과 치매 아버지의 유비 관계는 단지 텍스트 안에서만
기능하는 상징으로 보기 어렵다. 고장난 밥솥도 치매
에 걸린 아버지도, 이 세계의 관점에서는 똑같이 '쓸
모'를 다한 셈이다. 하지만 가족이라는 이름하에 밥
솥도 아버지도 가까스로 그 수명을 연장하고 있는 셈
이다. '쓸모'가 지금 이 뒤죽박죽 장면들의 진원지인
것이다.

'쓸모'란 무엇인가. 그것은 『이달의 이웃비』 속 다
른 소설들에서도 느슨하게 계속 환기되는 단어다. 방
금 두 편의 소설에서 엿본 예컨대 장애, 질병, 백수 등
과 치매, 고장난 밥솥 등의 공통점을 생각해 보자. 그
것은 생산성과 쓸모와 사용 가치와 무해함 등으로 존
재의 값어치를 매기는 세계와 떼어 놓고 생각할 수 없
다. '쓸모'가 준거가 되는 세계에서 장애, 질병, 백수,
치매, 고장난 밥솥 등은 모두 비슷한 위치에 놓인다.
생산하지 않고/못하고, 쓸모가 없고, 기여는커녕 신
경 쓰이게 하는 귀찮은 존재라는 시선 앞에 그들은
놓여 있다. 즉, 생산성이나 쓸모나 기여도로 평가·판
단하는 자본주의 가치 법칙의 한 극단에 가령 항간

에서 말하는 능력주의가 있다면, 그 정반대의 자리에 잉여처럼 여겨지는 저 말들이 있을 것이다.

문제는, 이들이 착함과 좋음을 증명하는 일에 적당히 성공한다고 해도, 예상치 못하게 이물감은 비어져 나오고, 그것은 결코 완벽히 통제될 수 없다는 사실이다. 이것은 반드시 착함이 훈련되거나 강제되었기 때문만은 아니다. 세상 모든 것이 그러하듯 완벽하고 순수한 ○○란 불가능하다. 요지부동의 절대적인 무언가는 존재할 수 없다. 그러니 소설 속 배병식의 착함이나 무해함은 내내 아슬아슬하다. 그의 서사는 계속 위태롭다. 하지만 그것을 전달하는 서술자=주인공은 계속 신중하다. 배병식의 서사를 통념적 선악이나 도덕의 문제로부터 탈구시킨다. 소설은 선악, 옳고 그름이 아니라 근본적으로 판독불가능한 타자(성)에 대해 사유한다.

어쩌면 배병식의 위태로움(이라고 적은 것)은 그의 위태로움이라기보다 그에 대해 선함과 무해함을 기대해 온 우리(나 혹은 독자) 안의 위태로움이다. 대상의 위치에 놓인 이들이 기대되던 역할이나 이미지를 이탈할 때 사람들은 또 다른 소설의 이야기에서처럼 (「누군가는 춤을 추고 있다」) 스스로가 배반당했다고 여기거나 마치 모욕이라도 당한 듯 오해의 책임을 상대에게 전가한다. 즉, 배병식에게 기대된 무해함은 어떤 존재나 사건의 복잡함을 보이지 않는 것으로 여기며 안심하려 하는 우리 믿음의 판타지였을 뿐일지 모른다.

그러므로 이 소설들의 방점은 성급하게 착함과 좋음 자체의 부정 혹은 인간 본연의 위선이나 기만의 긍정 등에 찍혀서는 안 될 것이다. 소설들은 공히 세계의 역학이 서로 얽혀 작동하는 역할극을 겨냥하고 있다. 그리고 그 역할극의 허약한 토대와 배역의 작위성뿐 아니라 우리 시선으로 온전히 환원될 수 없는 타자의 지대를 조심스레 사유한다. 근본적으로 판독 불가능한 대상을 오로지 자기 시선하에 이해 가능한 것으로 수렴시키려는 것은 누구이고, 그 욕망은 누구의 것일까. 반복하지만 소설 속의 착함, 다정함, 귀여움, 무해함 등은 존재의 쓸모를 셈하는 이 세계에서 살아남기 위한 도구이자 생존 자원이다. 그리고 그에 대한 소설 속 사람들의 환호는, 주류·정상성의 시선을 내면화하며 쾌적함을 유지하고자 하는 우리 시대의 강박이나 다를 것이 없다.

하지만 소설은 착함, 무해함 등을 기존 시선의 강

박과 부조리함에만 가둬 두지 않는다. 더 나아가 판독 불가능한 타자를 불가지론으로 귀결시키지 않는다. 실제 동석이 형에게 한 번도 꺼내지 못한 "어떤 진심"(204쪽)은 배병식과의 관계를 통해 상기해 낼 수 있었다. 배병식이 동석에게 보이게/보이지 않게 미친 영향을 없는 것으로 할 수 없다. 배병식만 이웃비를 지불해 온 것이 아니라 실은 동석이야말로 배병식에게 지불할 이웃비가 있는 것이다. 그리고 이것이 바로 소설 속 '이웃비'의 두 번째 의미다.

이쯤 되면 소설 속 '이웃비'는 자기의 무해함을 증명하기 위한 존재 비용이기도 하지만 실은, 관계가 있는 모든 곳에서 발생하는 서로 빚짐을 함의하기도 한다. 한 정치철학자가 '박탈(dispossession)'을 통해 관계를 이야기할 때* 그것은 관계에 대한 평화로운(나이브한) 이미지를 배반하는 것이었다. 즉, 나와 너는 평화롭게 스미는 관계라기보다, 언제나 어떤 격렬한 이물감으로서 경험되며 서로에게 스민다. 관계란 늘 타자에 의해 나의 것을 내어놓아야 하고 타자가 내어놓는 것을 내가 받아들이도록 수행시킨다. 이는 결코 평화

* 주디스 버틀러·아테나 아타나시오우, 김웅산 옮김, 『박탈』(자음과모음, 2016).

롭기만 하거나 안도감만 주지는 않는다. "서로가 서로에게 현전하기 위해서는" 원하든 원치 않든 자의든 타의든 "자기 박탈, 혹은 자아를 상대에게 넘겨"*주어야 한다. 즉, 관계는 결코 한쪽의 시혜나 희생 등에만 의하지 않고, 반드시 쾌적하고 단정한 것만도 아니다.

3 모욕의 구조를 기어이 넘는 이들

소설 속 캐릭터들이 보여 주는 복잡함은 늘 이 세계 힘들의 보이지 않는 교섭을 함축하고 있다. 교섭 과정 자체가 이 소설들이 암시하는 역할극의 현장이다. 이 교섭과 역할극은 아주 내밀한 것으로 간주되는 감정의 영역에서도 이루어진다. 감정은 보통 내밀하고 사사롭고 하찮은 것으로 여겨지기 일쑤다. 하지만 의외로 거기에는 측량할 수 없는 규모로 나를 초과하는 세계가 깃들어 있다. DNA마다 우주 전체의 역사가 담겨 있다는 말은 비유도 과장도 아니다. 「누군가는 춤을 추고 있다」가 집요하게 질문하는 '모욕

* 앞의 책, 337쪽.

(감)'에서 특히 그러한 역설이 두드러진다. 모욕을 작품 안에서 언표화하거나 주제로 삼은 탁월한 소설은 적지 않지만, 모욕이라는 감정과 그것의 구조를 「누군가는 춤을 추고 있다」만큼 집요하고 미분적으로 그리고 총체적으로 간파한 소설은 잘 기억나지 않는다.

소설에도 언급되듯, 통상 모욕의 가장 효과적인 방법 중 하나는 욕설이다. 욕설은 누군가를 모욕하는 데에 특화된 언어 형식이다. 오늘날 욕설은 일종의 '내 기분상해죄'에 대한 무자비한 응징과 사적 처벌이 목적인 현장마다 난무한다. 모든 언어가 청자로 하여금 어떤 감정이나 행위를 수반시키듯, 욕설은 정서적·인식론적으로 청자를 그 표현에 값할 존재로 추락시키고 실제 그러한 존재가 되도록 수행시킨다. 이러한 욕설은 소설 속 서술자의 말처럼 여성의 성과 관련될수록 유독 모욕적으로 들린다. 나아가 욕설이 특정 젠더나 섹슈얼리티뿐 아니라 유독 장애, 동물, 소수자 등의 신체와 친연성을 띠는 것까지 떠올리면, 모욕(감)이란 결단코 개인적이고 사사로운 감정으로만 환원될 수 없는 것이다. 요컨대 감정은 늘 관계적이고 사회적인 것이다.

그런데 「누군가는 춤을 추고 있다」는 타인을 명백

히 모독하는 잔인한 상황만을 주목하지 않는다. 소설 속 '민주'는 깨닫는다. "강요된 순종과 온순, 배려, 친절, 공손"(351쪽) 등이 모욕과 관련된다는 사실을. 이것은 소설을 읽는 독자의 다수 역시 알아차리지 못해 왔을 것이다. 우선, 방금 나열한 것들은 통상 미덕으로 간주되는 것이기 때문이다. 그리고 모욕이란 단지 욕설로 증거될 수 있는 것이 아니라 은밀하게 구조화된 상황까지 포함하기 때문이다. 그렇기에 저 가치들 앞에 "강요된"이라는 수식어를 유의해서 보아야 한다. 당연한 말이지만 순종, 온순, 배려, 친절, 공손 등은 늘 관계 속에서의 일이다. 이 역시 누군가를 불편하게 하지 않기 위해, 또는 한 사회 내의 자기 쓰임새를 증명하기 위해 택해지는 가면일 수 있다.

스스로가 좋은, 괜찮은 사람으로 인식되는 것에 익숙해질수록, 소설 속 민주처럼 부당함을 겪어도 그것이 부당함인지 알아차리지 못하곤 한다. 누군가의 멸시나 욕설 앞에서도 무디어지고, 그럴수록 괜찮은 사람이라는 평판을 얻기도 한다. 어떤 독자에게 민주의 캐릭터는 결코 낯선 타인의 것으로 읽히지 않을 것이다. 가족, 학교, 일터 등 사회 속 어떤 위치에서마다 그것이 모욕이나 부당함이나 차별인지 알아차리지 못하게 하는 가림막들이 많다. 또는 알면서도 조용히 내면화해야 하는 경우도 많다. 차별이나 불평등에 늘 내재된 것이 모욕의 구조이기도 했으나 그것은 단지 개인 대 개인의 문제로만 환원될 때도 많다. 그러하니 강조하건대 이 캐릭터는 발명된 것이 아니라, 지금 비로소 간신히 발견된 것이다.

민주가 겪어 온 모욕에 여성이라는 정체성뿐 아니라 계급적 요소도 직결되어 있다는 소설의 통찰도 중요하다. 그녀는 "'막 굴리기 좋은' 무난한 인력"(363쪽)으로 통용되는 단기직 일을 하고 있다. 그녀의 모욕(감)은 인종, 젠더, 섹슈얼리티, 계급, 장애나 질병 여부 등에 의해 규정되는 존재의 위치를 반영하지만, 어느 한 요소로만 환원되지 않는다. 위치를 규정하는 요소들이 교차하고 얽이고 누적된 자리에 그녀의 존재와 감정이 놓여 있는 것이다. 민주가 알아차린 것도 그런 복잡성이다. 게다가 민주는, 스스로가 이곳에서는 모욕받는 당사자이지만 의도치 않게 그 구조를 온존시키는 역할을 해 왔을 수 있다고 생각한다. 즉, 나는 언제나 희생자이면서 공모자일 수 있다는 것, 피해와 가해의 구분은 더 복잡하다는 것을 소설은 계속 환기시키고 있다. 이것은 순도 높은 100퍼센트를 주장하며 과거를 지속시키는 쪽이 아니라, 난삽한 얽힘으로부터 어떻게 미래를 구출할 것인지를 묻는 세계관이다.

앞서 「이달의 이웃비」에서 형을 추적하고 배병식과 관계 맺는 주인공 동석도 그러했다. 그는 관조적 서술자의 자리에 있지 않고, 계속 그들 사연에 자기를 연루시키며 서사를 이어간다. 동석은 "형에게 한 번도 지불하지 못한 이웃비를 후불로 처리하기 위해 손쉽게 병식을 이용하는 것은 아닌가." "잃어버린 돌보는 자의 지위를 병식을 통해 다시 획득하려는 건 아닌가."(188쪽)라고 자문하며, 당사자(성)를 둘러싼 첨예한 화두를 피해 가지 않았다. "본인이 아니면 주변인은 관련된 이야기를 할 자격"(171쪽)이 있을지/ 없을지 거듭 고민하는 동석의 모습은 「누군가는 춤을 추고 있다」속 민주의 자기성찰로도 연결된다. 즉, 『이달의 이웃비』속 반추하는 인물들은 스스로를 결코 예외적 자리에 두지 않는다. 이와 비슷하게 독자 역시 편안한 자리에 몸을 두지 못하고 자꾸 저들에게 연루하며 읽게 된다.

나아가 민주는 자신이 경험한 모욕과 그 메커니즘을 반추하며 자신을 수동적인 피해자, 희생자의 자리에만 두지 않는다. 스스로 "머릿속이 꽃밭"이었다고 자조하지만 거기에서 그치지 않는다. 소설은 한사코 "머릿속이 꽃밭"이었던 시절을 후회만 하는 수동적 부정이나 체념을 거부한다. 그러한 부정의 심상이야말로 바로 민주를 그렇게 내몬 세계를 이롭게 할 것이다. 그리하여 「누군가는 춤을 추고 있다」의 백미는, 복수의 마음을 품게 한 면접관과 민주가 실제로 마주친 장면이다.

상대방이 어떤 말을 하건, 그것이 실제로 어떤 의미이건 민주는 그 말에 휘둘리지 않을 상황을 스스로 만들기 시작했다. 이 세계가 어떤 책략을 꾀하는지 이미 간파한 이상 이제 그것은 노심초사의 대상이 아니다. 그녀는 자기에게 던져진 말("할 만해요?", 391쪽)을 재전유한다. 그리고 그것을 "민주조차 무시하며 함부로 대한 지난 시간의 민주의 머리를 쓰다듬어 주는 말"(392쪽)로 바꿔 버린다. 소설은, 스스로들의 '모욕시녀'로서의 삶에서조차 나름의 재미와 신남을 어떻게 쟁취하며 살아남았는지 의미화한다. 그녀들 덕택에, 모두가 서로를 모욕하는 것에 골몰해 온 이 세계가 공멸하는 속도를 조금이라도 늦추어 온 것 아닐까. 이 세계를 보이지 않게 움직여 온 이러한 민주들에게 이 세계는 얼마나 큰 빚을 져 온 것일까.

그러하니 소설 속 마지막 장면의 "시녀들의 대관식"(395쪽)라는 말은 너무도 정확하다. "무언가를 깨려고 쥐었다가도 작고 따뜻한 말 한마디를 소중히 쥐고 돌아와 내게도 나눠 주는 그 어설프게 단단한 주먹"(394쪽)의 소유자 민주의 결말은 이 소설집 전체에서 가장 돌올한 장면의 하나라고 생각한다. 이것은 「경주는 왜냐하면」에서 서로에게 건네는 비밀스러운 '매듭 문자'나, 「허수의 탄생」에서 수연이 건네던 '실뜨기'의 비밀과도 환유적으로 연결된다. 한 번쯤은 민주였을 누군가들이, 혹은 민주의 자리를 지금도 자꾸 강요받는 이들이 여기에서 어찌 용기를 얻지 않을 수 있겠는가.

4 결국은 빈 괄호에 있다

지금까지 하나의 주제에 매진해 이야기해 왔다고 하여 『이달의 이웃비』 전체의 럭비공 같은 매력이 잘 드러나지 않을 리는 없을 것이다. 럭비공의 매력은 어디로 향할지 모르는 그 예측불가의 생동감, 이를테면 예측불가의 장난꾸러기 트릭스터의 이미지 쪽에 있다. 이 생동감이나 트릭스터 이미지의 소설적 장면을 잠시 한 서술자의 어투를 빌려 이렇게 적어 본다. 빈 괄호가 문제다.' '결국은 빈 괄호에 있다.'

「팀파니를 치세요」를 읽고 나면 이것이 SNS가 막 상용화되던 즈음의 소설임에 우선 놀라게 된다. 잊기 쉬운 것이지만, 소설 속의 세계는 있는 그대로의 것이 아니라 늘 그 세계를 관찰하고 분석하는 시선을 경유한 것이다. 이 소설에서는 이제 많은 이들에게 실감되고 있는 뉴미디어의 회로에 대한 통찰이 우선 눈에 띈다. 하지만 다른 박지영 소설들이 그러했듯 이것은 입체 도형의 한 단면일 뿐이다. 이 소설에서 더 들여다보고 싶은 것은 바로 소통에 있어서의 빈 괄호, 그러니까 그 내용이 무엇일지 알 도리가 없어 전전긍긍하게 만드는 그 공백이다. 또는 안이 곧 바깥이고 바깥이 곧 안이랄 수밖에 없는 상황들이다.

이 소설은 27년간 실제 상황이라고 믿어 온 것이 한순간 거짓으로 밝혀졌을 때, 그 27년이 실제 상황인지 아닌지 질문하며 시작한다. 속아서 살아왔다고 하더라도 그것이 정작 당사자에게는 실감이었고 진짜로 여겨졌으며 그렇기에 그 삶이 지속되어 온 것이라면 그것이 어떻게 부정될 수 있을까. '진짜' '실제'라는 말은 어쩌면 구체적 경험 층위를 지우는 어떤 규범 혹은 프레임의 효과일지 모른다. 그렇다면 오해나 불통 역시 한편으로는 진실일 수 있다. 가령 소설 속에는 "사( )을 ( )주세요."라는 문장의 빈 괄호 내용을 짐작하려고 애쓰는 이의 장면이 등장한다. 저 불완전한 문장은 "사(장님)을 (살려)주세요" "사(생활)을 (지켜)주세요" 혹은 "사(이렌)을 (꺼)주세요." 식으로 상상되지만, 본래는 "사이다를 꺼내 주세요."(313~317쪽)였음이 밝혀진다.

하지만 본래 문장을 짐작하는 저 허둥지둥하는 마음을 무의미하다고 할 수 있나. 저 문장을 완성하며 저곳에 닿기 위해 애쓰는 노력과 상상은 어떻게 부정될 수 있겠는가. 즉, 이 빈 괄호와 공백은 결여나 결핍이 아니다. 어쩌면 '내가 믿고자 하는 것' '현실의 방향을 틀어 다른 세계를 상상할 가능성' 등까지 적극적으로 만들게 하는 것인지 모르겠다. 「이달의 이웃비」속 서술자가 다음과 같이 적었듯 말이다. "중요한 건 진실이 아니다. 무엇이 더 진실처럼 보이는지, 내가 무엇을 진실로 믿고자 하는지 믿음의 방향에 있다."(203쪽)

소통이라고 믿어지는 것 역시 늘 불통과 오해에 기반하고 있는지 모른다. 하지만 소통되지 않는 불통이나 오해의 상황을 재전유하면 「누군가는 춤을 추고 있다」의 민주의 경우처럼 지금까지와는 다른 시간으로 방향을 틀 수도 있고, 그렇다면 불통과 오해는 적극적으로 다른 세계를 열어젖힐 가능성의 지대이기도 하다. 지금 이 소설에서 또 다른 인물이 "대피했다 치세요."를 "팀파니를 치세요."라고 잘못 들은 것이 그의 삶의 경로를 바꾸는 시작점이 되었던 것처럼 말이다.

여러 이유에 따라 "필요했으나 편집되어 듣지 못한" 말들을 구출해 내고, 그것을 통해 "누구든 필요한 사람이 가져다 쓰길 바라"(344쪽)는 것이 어쩌면 박지영 소설들의 보이지 않는 메시지이고 방법일지 모르겠다. 무수한 빈 괄호와 공백들은 누군가에게는 "어차피 사라질" 것이고 "부질없는 소음"(321쪽)만 낳을지라도 "미지의 세계로 진입하는 암호"(329쪽)라고 소설은 말한다. 앞서 언급한 「경주는 왜냐하면」이 결국은 '망한 독립 영화' 같은 것 혹은 서로에게 건네는 비밀스러운 '매듭 문자'의 세계를 지지하는 것을 여기에 겹쳐 본다. 또한 증명되기를 거부하는 것들을 추적하는 이야기인 「허수의 탄생」이 결국은 이 세계의 모든 허수(虛數)적인 것들을 긍정하는 장면도 떠올려 본다.

즉, 빈 괄호와 공백과 암호코드와 매듭문자, 허수 등은 자연스레 소설이라는 장르의 (쓸모 따위가 아니어도 상관없는) 역설적 쓸모를 생각하게 만든다. 앞서 이야기한 이 세상 기준의 '쓸모'는 이 세계 시스템의 가치 법칙을 그대로 담고 있는 것이었다. 그런 관점에서 무쓸모 혹은 잉여로 여겨지는 존재들이 『이달의 이웃비』에 이리저리 등장하는 것의 의미는 이미 예사롭지 않다. 즉, 『이달의 이웃비』가 긍정하는 무쓸모, 잉여, 비밀, 빈 괄호, 공백, 허수 등은 모두 어쩌면 우리가 종종 망각하는 예술의 술어들이다. 현실과 쓸모와 효율성과 생산성 등이 압도적인 자연이 된 세계에서 다른 세계를 상상하게 할 틈새가 어딘가 한 군데쯤은 있어야 한다는 믿음. 공상과 무쓸모와 비효율과 여가와 유희 등이 한편으로는 인간을 살아내게 해 왔다는 믿음. 어쩌면 그런 것이 소설집 전체를 가능하게 한 동력이다.

13년 전 작가는 첫 발표작에서 "지구가 따뜻한 먼지로 이루어진 행성이라는 걸 아시나요? 어쩌면 먼지가 다 사라진다면 우리가 살고 있는 별, 지구도 사라지게 될지 모릅니다."(259쪽)라고 적어 두었다. 소설 속 모든 존재와 사건과 그것을 읽는 우리도 결국은 이 "따뜻한 먼지" 하나하나다. 이 부유하는 우주 먼지들의 세계에서 서로에 빚지지 않고 폐 끼치지 않는 단정하고 쾌적하기만 한 관계란 어쩌면 불가능하다. 소설에서 그려지듯 오늘날의 예컨대 무해함, 착함, 안전함 등에 대한 강박은 한편으로는 단정함과 쾌적함을 추구하는 세태와 불가분이다. 그리고 이것이 곧 타자 없음의 상태와 원리적으로 다르지 않다는 것을 지금 이 소설들을 통해 계속 생각하게 된다. 하지만 이 소설은 나아가 결코 나의 독단으로 닿을 수 없는 타자의 의미를 환기시키고 그 자리 자체를 긍정한다. 어떤 인식으로 환원 불가능한 그 공백 지대에서 이제까지와는 다른 시간의 가능성을 점친다. 이 다른 원리의 세계에 어떤 이름을 붙일 수 있을까. 아니 이름이 필요할까. 도처에 빈 괄호가 있다는 사실, 그리고 그것의 불가해함이 오히려 우리를 단념하지 않도록 한다는 사실을 알아차린 것으로 우선은 충분하지 않을까. 무엇이든 넣을 수 있고 무엇이든 될 수 있는 빈 괄호의 잠재성이야말로 종종 잊혀진 이 세계의 비밀 아니었을까.

쿠쿠, 나의 반려밥솥에게 (《릿터》 33호, 2021)

경주는 왜냐하면 (《현대문학》 2월호, 2023)

이날의 이웃비 (기 키오 브런치북, 2023)

청소기로 지구를 구하는 법 (《조선일보》 신춘문예, 2010)

내 글에서 냄새 나? (《현대문학》 4월호, 2010)

팀파니를 치세요 (《세계의 문학》 겨울호, 2010)

누군가는 춤을 추고 있다 (《릿터》 39호, 2022)

허수의 탄생 (《뿔》 7월, 2010)

이달의 이웃비

1판 1쇄 펴냄 2023년 9월 8일
1판 2쇄 펴냄 2024년 12월 16일

지은이 박지영
발행인 박근섭, 박상준
펴낸곳 (주)민음사

출판등록 1966. 5. 19. (제16-490호)
서울특별시 강남구 도산대로1길 62(신사동) 강남출판문화센터 5층
대표전화 02-515-2000 팩시밀리 02-515-2007
www.minumsa.com
ⓒ 박지영, 2023. Printed in Seoul, Korea
ISBN 978-89-374-2796-1 03810